文學館
Quill

作家的筆，是鳥的羽，載我們回到心靈最深處，築下永恆的巢。

文學館
Quill
24

天使飛走的夜晚

Moonlight on the Avenue of Faith

Gina B. Nahai

吉娜・B・納海 作品

李靜宜 譯

目錄

【導讀】
天使回眸，我們看見希望

◎李靜宜

夜色初新。銀白的月牙悄悄爬上青色的山巒。絢麗的彩霞蒙上神秘黑紗，朦朧淡去。大大小小的星辰宛如傾洩一地的鑽石，漫天閃爍。大馬士革玫瑰倚在琉璃牆邊傲然綻放絕豔花顏，潔白的詩人茉莉攀滿藤架，隨著吹過荒袤大漠、古老市街的第一絲夜風，吐露醉人幽香。噴泉流金，燈籠在枝葉掩映之間亮起一盞盞悠遠的傳奇，弦琴與手鼓隔著流蘇紗幔緩緩響起，珠落玉盤，是薛拉莎德王妃訴說《一千零一夜》，揭開一千零一夜的序幕嗎？不，是吉娜・B・納海纖手輕拂，撥開重重迷霧，讓我們看見另一個湮沒於歷史悲劇中的族裔命運。

具有中東移民背景的作家在新舊世紀交替之際成為西方文壇矚目的焦點，但是吉娜・納海無疑是其中最為特殊的一位，因為她筆下的主角，是世世代代幽居在伊斯蘭世界，讓人難以窺見身影，久而久之也遺忘了他們的存在的猶太族裔。

遠在波斯帝國創建之前即已遷居兩河流域的猶太人，經歷近千年與祆教徒相安無事的平安歲月，在西元六世紀伊斯蘭教傳入波斯，創立政教合一制度之後，開始成為被迫害與攻擊的目標。

在伊斯蘭律法（Shorut）的規範下，被視為「不潔」的猶太人喪失政經權利，被迫集居在「猶太

區」中，面對歧視、壓迫，甚至慘遭屠殺。二十世紀中葉，崇尚西化的巴勒維王朝雷札國王宣布開放猶太區，賜予猶太人平等權利，讓世居社會底層的猶太族裔一躍而成伊朗現代化潮流的中堅力量。然而美景如曇花一現，一九七九年伊朗革命，伊斯蘭基本教義派領袖柯梅尼掌政，猶太人再次成為仇恨敵視的對象，被迫踏上流亡之路，拋棄家園，在世界的各個角落暗自酌飲苦澀的宿命。

吉娜·納海出身德黑蘭猶太家庭，在猶太區長大的祖父拜開放政策之賜，以進口法國香菸致富，是德黑蘭第一批擁有進口轎車的富豪之一。他耗費長達三年的時間，在當時德黑蘭風華最盛的雷札國王大街上興建豪宅。占地廣達一個街區的豪宅裡，有繁花似錦的波斯庭園，海豚造型的噴泉，鑲金飾銀的帝王雕像，極盡奢華的宴會廳，夜夜笙歌談笑不輟。但在上流權貴對日益擁擠繁亂的德黑蘭市區失去興趣，紛紛搬往市郊山區之後，吉娜的祖父卻堅持不願離開，鎮日幽居豪宅之內，直到過世。

吉娜·納海的父母親成長於猶太區開放之後的黃金年代，活潑、樂觀、開朗，是猶太上流社會的金童玉女。兩人在最高級的「軍官俱樂部」舉行盛大婚禮，不時計畫要送兒女到歐洲讀書，甚至夢想未來要定居美國。一九七七年，吉娜祖父過世之後，納海夫婦在洛杉磯買下房產，帶著當時已經在瑞士就讀寄宿學校的三個女兒移民美國。他們留下僕役照料德黑蘭的豪宅，以備隨時返國度假。但始料未及的是，兩年之後革命爆發，回家的路就此阻斷，他們再也無法回到魂牽夢繫的家園。

吉娜・納海十三歲遠赴瑞士，十六歲轉赴美國，在加州大學洛杉磯分校主修國際關係，獲碩士學位，曾經在知名的智庫蘭德公司（Rand Corporation）負責伊朗政情研析，原本在父母親的安排之下進入法學院就讀，卻因抗拒當律師，而意外開啟寫作人生。

生性敏銳，心思細膩的納海，在少女時代屢次告別熟悉環境，面對新文化衝擊時，總以文學為心靈的寄託。此時，站在人生抉擇的關口，不知何去何從的她再次以文學作為避風港。她決定寫一部關於伊朗猶太人的小說，於是四處拜訪寓居洛杉磯的伊朗猶太老人，蒐集他們的人生故事與鄉野傳奇。但是，隨著訪談的進行，納海感覺到自己記憶深處的某些意象也開始復甦了，一幅幅兒時的景象，一個個奇特的人物，不停在她心底、在她眼前躍動，讓她不得不逐一捕捉，用文字留下永恆的印記。

直到此刻，納海才明白，她的靈魂一直都留在伊朗，留在雷札國王大街的那幢豪宅裡，始終未曾離開。現實裡的她，從十三歲就負笈瑞士，在開放自由的西方世界成長，享受富裕無憂的生活。但是，深藏在心靈底處的她，卻還是當年那個敏銳多感的小女孩，在每個人都有傳奇怪談與人生奇遇可以誇耀的古老國度裡，每天擔心撞見在豪宅裡遊蕩的鬼魂，不時想像在每一扇緊閉的高窗背後的人生悲歡，害怕自己也會像故事裡的主角一樣，永遠無法擺脫宿命的束縛。於是，納海就用這雙小女孩的眼睛，帶領我們看見一個不同於《一千零一夜》，不同於CNN新聞報導的伊朗；帶領我們一步步踏進伊朗猶太人的悠遠歷史，看見他們千年流離的悲歡歲月。

她的第一部小說《孔雀啼鳴》（The Cry of Peacock）耗費八年才問世，透過主角「孔雀」之

眼，回顧猶太家族三千年的血淚歷史，是第一本以西方語文寫就的伊朗猶太社群歷史，一九九一年出版便讓美國文壇大為驚豔，不但贏得「洛杉磯藝術協會大獎」，更獲《華盛頓郵報》推崇為「為西方世界揭開歷史迷霧的重要鉅著」。

又隔了八年，納海才再出版第二部小說《天使飛走的夜晚》，以瑰麗魔幻的文筆，描繪伊朗猶太區的人生傳奇，故事從德黑蘭猶太區延伸到美國洛杉磯，藉由小女孩莉莉尋覓母親天使羅珊娜的歷程，探索背負傳統包袱的猶太人，面對宿命的束縛，如何追求另一種人生的可能性。這部文采燦爛、格局恢宏的作品，以一個個鮮活靈動的人物，跨越現實與想像的界線，創造一則希望的傳奇，甫出版便登上《洛杉磯時報》暢銷排行榜，獲多項國際文學獎提名，奠定納海在美國文壇的地位。

納海的作品宛如花色繁複絢麗的織錦繡帷，以充滿想像力與詩韻的文字編織出細膩入微的故事，令人目眩神迷，常被拿來和魔幻寫實大師馬奎斯相提並論。但是納海雖然自承極為喜愛馬奎斯的作品，卻堅持她筆下的故事都是真的，書中的人物也都有所本。因為，大門千年深鎖的猶太區，連屍骸都必須在狹小的墓園中一層疊一層地勉強入土，鬼魂自是無路可去，只能在暗街窄巷裡流連出沒，在每個人的記憶中覓得棲身之所，所以在世的猶太人儘管遠離猶太區，儘管流離遷徙，來到新的國度，還是永遠擺脫不了世代鬼魂的糾纏。而那一個個將他們與故國家園緊緊繫在一起，聽似怪力亂神的詭異故事，也就成了納海取之不竭的靈感泉源。

吉娜．納海的第三部小說《週日的靜寂》（Sunday's Silence）以美國阿帕拉契山脈為背景，透

過伊朗移民與秘密教派的互動，探討宗教自由與宗教狂熱的議題，跳脫過往作品的地域框架。二

〇〇六年出版的第四部小說《裡海之雨》（Caspian Rain）再次回到革命前的伊朗，以猶太少女宛

如灰姑娘般一夕之間躋身上流社會的故事，描繪無法跨越的階級與族群鴻溝，探索人生中的機

遇、信念與希望，在美國與國際文壇引起極大迴響。

儘管多以伊朗和猶太社群為背景，但是納海的作品在神秘繽紛的異國色彩底下，其實蘊藏了

普世的人性價值。愛與失落是她一再探討的人生課題：母親為了帶走女兒眼中的傷痛，決絕轉頭

離去；女兒為了贏得母親的愛，不惜傷害自己；癡情的男子為了悖倫情緣，斷然犧牲塵世的一

切；心碎的丈夫與摯愛的妻子，只能選擇自我封閉。納海筆下的角色總是因為愛而走上自我

放逐的不歸路，直到流亡的盡頭才發現，原來只要一轉身，希望與救贖就近在咫尺。因著這樣深

刻的人生省思，納海跨越種族與地域的藩籬，跳脫中東背景的限制，開創了更為寬闊、也更能引

起心靈共鳴的文學版圖。

目前在南加大教授創意寫作的納海，離開伊朗三十餘年，基於安全因素始終無法重返家園。

儘管依舊懷念雷札國王大街上的庭園大宅，依舊想望裡海的翡翠綠波與海濱的金色稻浪，但她卻

也衷心感謝父母親有勇氣實踐理想，在美國展開新生活，讓她與姊妹們能在「充滿希望與選擇的

國度」成長，讓她有機會可以一無所懼地說出心底的話，可以毫不羞愧地對傳統提出質疑，可以

無所保留地寫出她所見所信的所有故事。

吉娜・納海透過書寫，夢迴兒時舊家園；而我們，透過閱讀，照見自己靈魂深處的孤寂與失

落。因著一則傳奇，我們相信，唯有愛，能讓天使回眸，唯有愛，能讓我們在黑暗中看見光明的希望。

母女感性共讀

◎薇薇夫人（作家）

就算你先讀了（第一篇天使羅珊娜變成了一百七十七公斤的龐然大物），仍然會對作者讓那輕盈、纖美的羅珊娜有這種結局而瞠目結舌。終於你心搖神炫，目迷情動於作者用魔幻寫實的筆法，寫出人類的宿命：戰亂、疾病、競爭。寫出男人的宿命：事業的沉浮、愛情的得失。寫出某些傳統下女人的宿命：被壓制、生育、性侵、貧窮、同性的欺凌，以及性別的詛咒。

人類不幸而有情，情讓人受苦受難，被救贖。人類也幸而有情，情讓人被眷顧，被救贖。

從那個全身裹著黑布，被丈夫叫做「烏鴉」的母親開始。人們以為她醜得不能見人，有一天，在猶太贖罪日，在男女信眾眼前，她突然全裸高唱，「她肌膚雪白如河流沖激的泡沫，金髮從頭上垂到腳邊，苗條纖細，曲線玲瓏，芳香撲鼻，宛如每個年輕男子翻雲覆雨的美夢。」然後在氣得印堂發黑的丈夫、在女兒、家人，及信眾眼前，在贖罪日炎熱難耐的陽光裡，她失去蹤影。

那是十八世紀末。從此以後，她的每一代都有一個女性成員逃家失蹤。一九三八年，「烏鴉」

的某一代孫女天使羅珊娜出生。儘管她的外婆千方百計不准她的母親秀莎出嫁，但敵不過命運，秀莎不但嫁了人，生了孩子，還生了「命帶厄運的羅珊娜」。於是，母親—女兒—母親—女兒，串連起這本讓人放不下的書（我就是從晚上十一點到清晨五點一口氣讀完的）。

生兒子，對某些女人來說是一種完成任務的驕傲。但很多女兒是母親貼心的朋友，女兒小時候就是母親的小幫手，長大了她懂得母親的心事，因為都是女人，可以一起談論女人的話題。兒子在過了叛逆的青春期以後，逐漸變成有距離的男人。女兒在過了叛逆的青春期以後，反而是母親的知己。甚至曾經離家出走的女兒，再回到母親身邊時，依然是貼心的女兒。同樣的，曾經離家出走的母親一旦回頭，會諒解她的，女兒多過兒子。

天使羅珊娜在某個晚上，穿著「宛如明亮光影的白色睡衣」從窗口飛走時，她的女兒莉莉五歲，到莉莉十八歲，她再度看見那變成癡肥重病的母親。憤怒、痛恨，並且咒罵母親死掉的情緒過後，她的淚滴在母親的臉上，她耐心地給彌留的母親餵食溫甜的杏仁油。母親流出幾乎無止境的眼淚，緊緊抓住女兒的手。

不管如何恨極、否定母親的存在，但女兒莉莉的血液中流著母親的孤僻、倔強、聰慧，她是羅珊娜的女兒。

「妳越來越像妳媽媽了。」我女兒的同學這麼說。是的，我們同樣在手指上長了纖維瘤、坐骨神經同樣有點問題，同樣不務實際，同樣一個人糊糊塗塗闖到陌生的國度，同樣幻想過人生中不可能的自由。也同樣謹守著本分，盡著自己的責任。因為我們同樣沒有天使羅珊娜那樣的勇氣，

從窗口飛逃出實際的生活。

「媽，妳還有什麼毛病，早點告訴我，我可以告訴女兒，看她能不能預防。」傻女兒，身體的毛病也許可以預防，但性格上的特質卻是註定的。果然我的小外孫女初中畢業考，數學全國第二名，但不是計算，而是抽象思考。也是不務實際吧。

吉娜‧B‧納海的寫作功力太強了，無論是人物的性格、言行，故事的離奇卻又真實，以及有時像詩一般美的文句，都能強烈地撼動讀著的心靈。

天使羅珊娜臨終時每流一滴眼淚，身體就減一公斤重量，是多少淚水讓她從纖細的美人，膨脹成要打破牆才能抬出來的肥女人啊！但她的靈魂是帶著女兒的愛飛離人間的。

◎周維潔（教師）

這本書是二十世紀的故事，讀起來卻有《一千零一夜》的感覺。一開始蜜黎安告訴莉莉，羅珊娜之所以離開她，是因為「人只不過是無情命運的棋子」，命運是無法突破，不能改變的。但是故事裡的女人們生活在種種不平等的性別壓制下，她們精采地用各種手段不向命運屈服，芙洛蓮‧克勞德和茉希狄看準了她們要的丈夫就動手打造自己的未來。在她失去兒女後，蜜黎安從小照顧弟妹，甚至父母，即使羅珊娜被所有人認定是惡運化身也沒有放棄她。她對神說「祢還沒擊倒我」。其實古今中外關於女性強韌生存力故事我們隨處可見，所以不熟悉的中東伊朗背景一點

不會減少故事的吸引力。

羅珊娜是個相反的例子，她相信命，她相信她是不祥之人，她相信她身邊的人都會遭遇不幸。她從小渴望母親的愛，結果卻被母親賣了。她愛莉莉，為了不讓女兒沾上她的惡運，她遠走逃避，結果卻讓莉莉也在孤獨和被遺棄的憂懼中長大。羅珊娜是天使，輕盈美麗卻也遙不可即，只有當她第一次帶莉莉在夜晚逃出家門，到遊樂場玩耍時，她才是一個母親，在七彩美麗卻一觸即破的肥皂泡裡與女兒共享一個祕密，共同對抗命運。看到這裡忽然讓我非常想念媽媽，想念我們一起逛街，一起討論電影，小說，想念媽媽味道的時光。

茉希狄看起來是個無情冷漠的女人，但沒有她，莉莉的童年將更孤獨。書裡每個角色都有不同的包袱，他們用自己所瞭解的方式來愛，來對待命運。接受也好，改變也好，就像每個母親給孩子他們認為最好的愛，解決不了世界和平的大問題，但是至少讓希望像月光永遠存在。

「天使」是母親與女兒彼此的同義詞。透過母女兩人心魂的力量，納海的魔幻寫實，更具體地彰顯出籠罩在黑勢力混亂中的世代，親情是人類最後的救贖。

◎鄭如晴（作家）

對於每個女孩而言，母親都是最初的天使。納海迷人文采裡的寓意，提醒我對我的天使更加

◎張鈞甯（知名藝人）

珍重。

《天使飛走的夜晚》是一個關於愛的故事。讓兒女擺脫宿命的糾纏，是母親最大的使命，縱使犧牲自己的人生，背棄所有的人也在所不惜。然而，拋開宿命束縛的人生，卻需要更多的愛來填補空虛。只有愛，能讓我們擁有救贖的力量，找到人生的希望。

◎李靜宜（本書譯者）

《天使飛走的夜晚》是一個關於寬恕的故事。人生的命運可以靠自我的努力來扭轉，但是被母親拋棄的痛，是什麼良藥都癒合不了的傷痕。只是，如果我們不選擇寬恕，又如何面對未來呢？

◎連詠涵（國中生）

國內作家推薦

情節奇幻，但感情真摯。作者的筆調，在主角面對最大的苦難時，依然可以輕描淡寫地給出慰藉。那些異國的文明、戰亂、顛沛流離，看似充滿陌生的宏觀挑逗，看深了，卻蘊含寫實的人生教化，而且屬於這世上的每一個人。

——陳樂融（作家、作詞家、主持人）

死而復生、長出雙翼、朝向夜空飛去，還有美麗的少女、鬼魅般的秘密情人、愛恨交織的母女情……《天使飛走的夜晚》的故事高潮迭起，意象華麗繽紛，色彩詭譎濃郁，從頭到尾，皆洋溢出一股強大的生命力，幾乎要讓人喘不過氣來。作者吉娜·海納堪稱是一位文字的魔法師，在字裡行間恣意揮灑著想像的光芒，而這些光芒交織成了一股神秘的魅惑，吸引讀者隨之在後，一步步走入這座奇特的女性國度裡。

——郝譽翔（作家）

從一開始羅珊娜出場，展翅消失在星空，就牢牢把我的目光釘住。長出翅膀的羅珊娜近乎天使形象，但往故事軸線走，卻揭開羅珊娜一生搏鬥的故事，她曾經是妓女，留下一句我認為是愛

情的經典名言：「幫我逃走，我就會永遠是你一個人的。」現代女人閱讀這本書，可以將「逃走」延伸成逃脫各種精神囚籠，誰能幫女人脫困，女人就會永遠隸屬於「他」。然這個「他」未必是男人，也許是閱讀，也許是出走，也許也同是女人……。這一本書由多位女人的故事串連成命運的織錦圖，戳出了母族家族與國族之間的傷痕血淚，可說是女人版的《百年孤寂》，構築了極具魅力的魔幻女人國。

——鍾文音（作家）

國際媒體書評

納海充滿詩意的小說，令人聯想起伊莎貝拉．阿言德。喜愛奇幻故事的讀者必能享受閱讀樂趣。

——亞馬遜書店

一部充滿驚人美感與力量的小說，頂尖傑作。馬奎斯的魔幻寫實技法向來無人可及，堪可匹敵的或許只有童妮．摩里森的《索羅門之歌》，以及納海的作品。

——《克里夫蘭忠實報》

跨越數代的故事宛如精心編織、色彩絢麗的波斯地毯。納海在《孔雀啼鳴》中所表露的才華，在《天使飛走的夜晚》裡展現無遺。納海的作品令人聯想到馬奎斯與譚恩美，但她的文筆另有獨特的創意與鮮活風格……現代版的《一千零一夜》。

——《奧蘭多哨兵報》

這部小說奠定了納海與其他女性文化作家，如譚恩美與童妮．摩里森，等量齊觀的地位。讀者不僅可以窺見一個陌生族裔的內心世界，也將發現一位讓聽眾如癡如醉的說書人。

伊朗作家納海精心鋪陳、充滿神話色彩的小說，堪可媲美《一千零一夜》……故事流暢開展，遊走於超現實邊緣，有著諸如「貓咪雅麗珊卓」、「果凍賈可伯」名字的角色逐一登場……萬分迷人。

——巴爾的摩《猶太時報》

作者創造了一部極為豐富多彩的小說……她顯然熟諳感官與魔幻寫實的技法。讀者很容易就融入故事之中，彷彿住進德黑蘭的猶太區……儘管故事中的女性並非擁有特權或大多基本自由的人，但她們仍然以絲毫不帶戲劇化的方式展現了堅強與韌性。這些女性角色的塑造極具說服力，唯有寬恕自己的激情，方能成就她們的人生。

——《出版者週刊》

一個格局恢宏的醉人故事，探討女性、家庭與國家……這部小說既迷人，又有相當的深度，描繪大多數西方讀者眼中看似深奧難懂、充滿異國風情的國度……母女之間的獨特故事張力十足，令人難忘。高度推薦。

——《曼斐斯商業報》

——《圖書館期刊》

《天使飛走的夜晚》證明，即便是最黑暗的魔力也無法擊潰愛的超強力量……納海創造了極為不凡的效果，讓日常瑣事散發出神奇的魅力。

——《紐約時報書評》

美麗，充滿異國風情，意涵豐富……我們跳上神奇的飛毯，騰空飛越信仰大道，甘心讓這位才華洋溢的說書人揮舞魔咒……充分展現納海文筆的力道與優美，讓讀者看見她照亮的明燦世界。

——《波士頓地球報》

引人入勝，行文不慍不火，泰然流暢，巧妙融合憤世嫉俗與希望，溫馨與譏諷，人世的沉重憂傷與展翅翱翔天際的輕盈喜悅。

——《洛杉磯時報》

一幅綿延多彩的織錦繡帷……納海以優美的對比手法，發揚魔幻寫實的極致魅力，創造出宛如散放精巧光芒的故事，證明她出色的故事敘述技巧。

——《波特蘭奧瑞岡人報》

為魔幻寫實再添燦爛新頁……納海女士始終以如詩的筆觸駕馭文字……劇力萬鈞出人意表的終章，更強化了這部作品的效果。

——《達拉斯晨報》

納海是洛杉磯極具天分的作家。她以文字精心織網，堪與任何獲獎小說家相提並論。其首部作品《孔雀啼鳴》是我所讀過的第一本有關伊朗（或稱之為波斯）猶太人的故事。她的新作《天使飛走的夜晚》不僅達到，甚且超乎預期。

——《比佛利山莊快訊》

天使飛走的夜晚

Moonlight on the Avenue of Faith

給亞歷山大・夏辛・納海
艾希莉・萊拉・納海
凱文・西路斯・納海

永遠相信神奇魔力的存在

人物關係圖

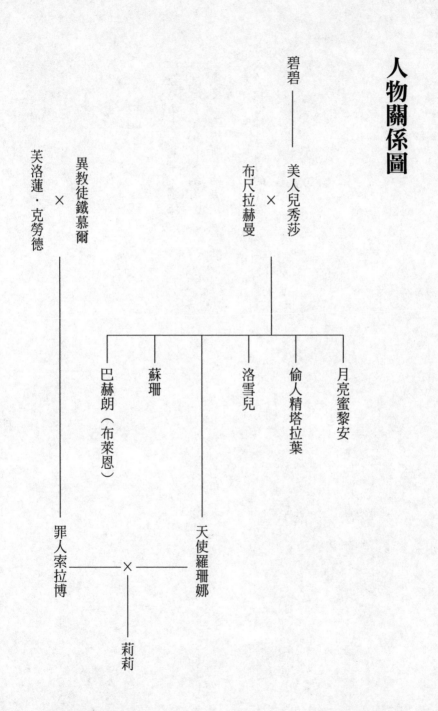

碧碧 ——— 美人兒秀莎 × 布尺拉赫曼

月亮蜜黎安
偷人精塔拉葉
洛雪兒
蘇珊
巴赫朗（布萊恩）

芙洛蓮・克勞德 × 異教徒鐵慕爾

天使羅珊娜
罪人索拉博 × 莉莉

莉莉

眼前的她，體重高達一百七十七公斤，而且一天比一天重，身形龐大得已經有兩個多月無法挺直身子。如果沒先卸下門鍊、拆掉房門，她絕對出不了房間。而且她的呼吸聲轟隆如雷，惹得她和姊姊在洛杉磯同住的這條街上眾狗齊吠，還讓鄰家的鋼琴在夜裡古怪的時刻奏起狂亂的曲調。

很難相信哪，眼前的這個女人，就是我的母親天使羅珊娜。她以前曾經是個雙眸澄藍如水，肌膚吹彈可破的年輕女子，啟齒一笑就能讓世界停止轉動，吸引男人（包括我的父親）跟隨著她穿過城裡的大街小巷，渾然不知自己為何要跟隨著她，也不知道萬一她停下來回應他們的呼喚時該怎麼辦。很難相信哪，當年的她，如此輕盈，如此纖美，完全不受重力法則與人世疾苦的羈絆，她在夢想褪盡，色彩黯暗如墨的夜晚，肩上長出一對翅膀，飛入伊朗那片緊緊掌握她命運的鑲綴星辰的夜空。

那時，羅珊娜的舉動震驚了整個德黑蘭城。我父親，犧牲了所有的人，一心一意愛著羅珊娜，他守喪終生，再也無法走出傷痛。而當時人在現場，站在她背後，看著她展翅消失在星空裡的我，一整個童年都在等待羅珊娜再次歸來。她的下落和命運有諸多傳奇般的流言。我的朋友都疑心她早就喪命，埋屍在我們位於信仰大道上的那幢大宅的後院裡，而罪魁禍首呢，就是我父親──一手拉拔羅珊娜長大的大姊月亮蜜黎安，把找到妹妹的下落當成終生職志，就算違反羅珊娜的意志也非找到她不可。

天使羅珊娜一直飛，一直飛，一點都不理會大地的引力或心愛的人呼喚她的聲音，更沒停下

來回頭看她十三年行蹤成謎所引發的災難。從一個城市到另一個城市，她跨越伊朗，跨越土耳其，住過一條條不知名的街道和一幢幢不起眼的房子。在那些地方，她只是個一貧如洗，有雙迷人明眸，美貌緩緩凋零的女人。若非幾個月前謎樣的液體開始讓她的身體腫脹得活像中了毒，她也絕對不會停下來，讓我們任何人找到她。那謎樣的液體從她的眼角淌下，讓她的雙臂與雙腿腫脹到完全無法動彈，讓她一度宛若天籟的嗓音變成沙啞的低語，最後，終於讓她不得不停下來。

母親離開的時候，我五歲，她回來的時候，我十八歲。姨媽月亮蜜黎安告訴我，我一定要瞭解，羅珊娜之所以離去，是她永遠掌控不了的命運使然，拋棄我並非羅珊娜的本意，而是早在我出生之前就已運轉數世紀之久的自然力量推動的結果。她說，羅珊娜早在成為妻子或母親之前，早在出世之前，甚至早在受孕之前就已經註定要離家遠去。蜜黎安告訴我，世界原本就是這麼運轉的，不論東方或西方都一樣：人只不過是無情命運的棋子。什麼自由意志和理性決定，都只不過是脆弱心靈的產物，只因為我們無法面對現實，無法接受人之存在極其荒謬的現實。所以，她說，我必須原諒羅珊娜，原諒她連一句再見都沒說就離我們而去，原諒她聽到我們喊她卻頭也不回的事實。我必須原諒她，因為離開我和我父親的痛苦，是我們其他人所不能體會的。

而且，蜜黎安堅持說，我必須純粹基於信念地這麼做——因為即使她回來了，躺在月亮蜜黎安位在西洛杉磯退伍軍人大道的這個空房間裡，即使她用那雙淚水盈眶，因為自知來日無多而黯然神傷的眼睛看著我，天使羅珊娜還是沒給我隻字片語的解釋。

月亮蜜黎安把我母親的故事說給我聽。

猶太區

一九三八年

她出生在一九三八年，是美人兒秀莎和裁縫老公布尺拉赫曼的女兒。他們一家人住在租來的兩個房間裡，房東是秀莎的母親——既恐怖又嚇人的碧碧。碧碧在德黑蘭猶太區有三棟房子，一個房間一個房間地出租，房客全都是走投無路到肯迎合她無理要求與嚴苛規定的人。碧碧對自己的女兒也鐵面無私，猶太區裡好多人在背地裡咬耳朵，說她連寬貸秀莎一個星期的房租都不肯。

這兩間房沒鋪地板，也沒有窗戶，用土塊和灰泥砌起來，通向中庭那道窄窄的木門是用幾塊鬆垮的木板拼湊在一起的，釘得歪歪斜斜，不時吱吱嘎嘎。第一個房間是秀莎和丈夫睡的，白天則充當丈夫的裁縫工作室。第二個房間是全家人的餐廳兼客廳，也是孩子們的寢室。孩子們一個挨一個地睡在地板上——五個小小的身軀躺在一床被子底下，四肢交纏，皮膚習慣了彼此的體溫，要他們自己一個人睡在床上，還沒人睡得著呢。

有一回，三歲的時候，羅珊娜聞到一股奇特的香味，醒了過來。她在床單上坐了起來，屁股底下只有一條薄薄的帆布地毯鋪在泥土地上，將她與在塵土裡爬來爬去的小蟲子隔開。她那時還只是個小小孩，好單薄，好輕巧，一舉一動都吵不著別人。她伸手搖醒蜜黎安。

「我夢見我是一隻小鳥。」她說。

蜜黎安歎了一口氣，翻個身。才九歲的她一輩子都在照顧弟弟妹妹。

「會痛痛嗎？」她閉著眼睛問。

「不會。可是我感覺不到我的腳。」

蜜黎安摸摸羅珊娜的額頭。

「妳沒發燒。」她斷下結論。「回去睡吧。」

一個小時之後，蜜黎安悚然驚醒。她看見羅珊娜睡在她自己的位置上。其他的孩子睡得很沉。但是，她突然明白，房裡有股奇怪的味道。不是平常那種皮膚與頭髮的氣味，不是剩菜剩飯、陳舊衣物，冷硬的乾泥地的味道。月亮蜜黎安聞到了海的味道。

她點起蠟燭，四下查看。沒有什麼不對勁。這時，她看見了羅珊娜，頭髮溼答答的，雙臂攤開，飄在一床潔白的羽毛上。

此刻的羅珊娜看起來如此平靜，如此美麗，完全沉醉在遙遠群山與翡翠綠海洋的睡夢中，讓蜜黎安覺得，如果有人叫醒了她，她一定會死掉。於是蜜黎安躺在她身邊，躺在那一床羽毛上。羽毛如此潔白，在月光下看起來幾乎是藍色的。她好希望自己也能夢見羅珊娜的夢。

後來蜜黎安又看見羽毛好多次，在這座距海數千里遠的城市裡，不時聞到裡海的氣味，有些個晚上，她甚至以為羅珊娜會溺死。蜜黎安很怕有人發現羽毛後會出事，所以把羽毛藏在被子裡。她用手指拆開縫線，把羽毛塞在因年代久遠而變黃、因長時間使用而變薄的棉花上頭。但是過不了多久，羅珊娜的祕密就沉重得讓蜜黎安無法獨力負荷。有一次，他們房裡的空氣變得好潮溼，凝結成一顆顆水珠，從屋頂滴落，掉在孩子們的臉龐和頭髮上，於是蜜黎安跑去叫媽媽。

秀莎光著腳，睡意迷濛地走過來，長袍鬆鬆地披在腰上，站在羅珊娜身邊低頭看了好一會兒，卻沒發現那些羽毛。

「看！」蜜黎安抓起一把，湊到秀莎面前。「好多個晚上，我夜裡醒來，就在她床上找到羽毛。」

秀莎倒抽一口氣，好像被閃電嚇到似的。她身體猛然一震，雖然只有那麼一下下，但是力道還是大得讓蜜黎安必須閃開來。她看見秀莎臉上血色盡褪，皮膚變成透明的。

「還有誰知道？」秀莎問。

「沒有。」蜜黎安真希望自己沒叫醒她。「我一直都藏得好好的。肯定沒有人發現。」

這時，秀莎的二女兒塔拉葉在睡夢中翻了身。她才八歲，除了家裡的人之外，從來沒接觸過其他的男人。但是，早在此時，熾烈的慾望，以及日後將主宰她成年生活的，那種赤裸裸、堅決不屈的濃烈熱情，已充塞她的心中無法遏止。

秀莎的視線從塔拉葉身上轉開，走到外面。她坐在房門外通往中庭的臺階上，使個眼色要蜜黎安過來坐在她身邊。她是個令人驚豔的女人——深色的皮膚，深色的眼眸，傾城絕倫的美麗，讓每個見到她揭開面紗的人都覺得既迷惑又哀傷。但是她好像從來就不自知，或許還對自己的美貌覺得有幾分羞愧。

「妳不能把羽毛的事告訴其他人，知道嗎？」她要求蜜黎安。

蜜黎安點點頭。

「妳知道是打哪裡來的嗎？」

蜜黎安想開口，卻又住嘴。當時她們活在沉默的面紗裡，在綿延千年的祕密所編織而成的網裡，言語的力量令她們敬畏，而言語的後果則讓她們恐懼。所以蜜黎安沒說，秀莎也沒把她知道得一清二楚的事告訴蜜黎安：羅珊娜床上的羽毛來自她的夢，在夢裡，羅珊娜展翅飛翔，宛如小鳥，也或許是天使吧，飛過無邊無際的廣大海洋，帶她遠離猶太區牢牢封鎖的邊界，翅膀與海風有時會漫過夜色的邊緣，掙脫欲望與事實的界線，掉落在羅珊娜床上，傾訴她的渴望。

故事是從一個女人身上開始的──悲劇不往往如此嗎。話說十八世紀末一位猶太儀式派（Lubovicher）拉比，懷抱著教導猶太人美德與公義的使命，帶著他的俄國太太和四個女兒一起來到德黑蘭。他用驢子馱來一大堆書籍和卷軸，在演講和講道的時候必定可以派得上用場，他說。他創設聖堂，熱忱地實踐使命。沒多久，他就讓那些猶太人相信他是全世界最了解罪惡本質，也最知道該如何防杜罪惡的權威。既然邪惡最常來自女人身上，而他所謂的「悖德墮落行為」也常源起於女人，所以拉比自己動手寫了一部《聖經》來規範女人的合宜行止──他禁止女人享有諸如大笑之類的生活樂趣，因為笑會讓她們喪失理智；他也要求女人說話時必須用手掩口，這樣才不會露出充滿肉慾的粉紅色口腔，引誘男人。

為了讓其他人有典範可循，拉比用最嚴格的標準來控制自己的妻女。他把她們裹在一層又一層的黑布裡，不准她們開口說話，就連有其他女人在場的時候也不例外，而且絕不讓其他人知道她們的名字。他甚至還要猶太區的浴池管理員每隔一週提早兩個小時開門，好讓別人無法看到他的妻子和女兒摘面紗洗澡。其餘的時間她們都待在家裡，安安靜靜，孤孤單單，畏畏縮縮地關在家裡，靠著比手劃腳來彼此溝通，免得有拉比之外的人聽見她們的聲音。對那些來到門外或站在屋頂偷看的人來說，她們簡直像一群又聾又啞的人，在無邊無際的遲滯迷霧中走動。流言四起，她們想必有什麼肢體的缺陷吧，所以拉比才會想盡辦法掩藏。那些猶太人猜想，拉比的老婆一定很醜，兔唇，麻臉，搞不好牙齒掉光光了呢。女兒們也一定遺傳了母親的醜八怪模樣，所以拉比才不肯透露她們的名字──因為他知道醜女人永遠嫁不掉，所以也不值得活在世上。猶太人

背著拉比，叫他的老婆、女兒「烏鴉和她女兒」。

烏鴉就這樣過了好多年，她的故事眼看著也就要這樣畫下句點，不料在一八○○年的猶太贖罪日❶，她突然瘋了。和往年一樣，上帝讓這天異乎時節的熱——存心讓猶太人的日子更難熬，因為他們得捱上將近三十個小時不能喝水——連不時在地面橫行的老鼠和蠍子全都躲進縫隙裡求得蔭涼。將近正午時分，猶太儀式教派聖堂擠滿前來懺悔罪行的信眾。男眾坐在聖殿裡，祈禱書在他們手裡熱得熔化了。女眾站在殿外的庭院，汗流浹背地罩在面紗裡，互咬耳朵交換猶太區近來的醜聞流言。就在這時，她們聽見了一個聲音，紛紛抬頭仰望。

有人在唱歌。是個女人，歌聲輕柔圓潤，從紅唇淌下，一路沁涼蜿蜒，注入男人身體，惹得他們大腿如火灼燒。那是妓女的歌聲，自由奔放，無拘無束，唱著只有最卑賤的男人——也就是走唱人——才能唱出口的古老情歌。最先聽見她歌聲的，是站在庭院裡的女人，接著是聖殿裡的男人，最後才是拉比。他們全都抬頭望，透過從乾涸地面蒸騰而起的黃色熱氣，他們看見了烏鴉，全身赤裸裸的烏鴉。

她肌膚雪白如河流沖激的泡沫，金髮從頭上垂到腳邊，苗條纖細，曲線玲瓏，芳香撲鼻，宛如每個年輕男子翻雲覆雨的美夢。她走進聖堂，雙眼緊閉，雙手圈在嘴邊，讓歌唱的聲音能傳得

❶ Yom Kippur，猶太曆七月初十為贖罪日，前一天日落至當天落日之前禁絕一切飲食與娛樂，信眾群集聖堂唱詩、讀經、禱告，祈求罪孽獲得赦免。

更遠。四個女兒跟在她背後，仍然戴著面紗，似乎被歌聲迷惑得不能自己。一看見她，拉比就氣得印堂發黑。

擋下那個罪人！他想張口大叫，但是喉嚨卻緊緊鎖住了。他絕望地看著妻子穿過聖堂，繞了布道壇一圈，然後又離開了。看見烏鴉的女人嘴角淌出嫉妒的口沫，而男人則把她的每一吋曲線深深印在記憶裡，傳了一代又一代。所以，烏鴉往外走的時候，所有的人全跟著她走，也就不足為奇了。

她走到街上，背後跟著四個女兒，眾人則緊隨在後。她穿過片刻之前除了一群流浪黃狗之外空無一人的大廣場，然後穿過靜悄悄的巷弄，以及猶太區令人窒息的拱廊，走過因為她丈夫禁止大笑而顯得悲慘的人家與可憐兮兮的商鋪，一直來到連結猶太區與德黑蘭市區的大門。她終於不再歌唱，轉身面對她的女兒。她眼神空洞，十足是雙瘋女人的眼睛，然而微笑一綻放，呼出的氣息卻帶著流水的味道。

就在這時，她在贖罪日炎熱難耐的陽光裡失去蹤影。

可想而知，她的離去就算只是偶發的意外事件，對家人來說也已經是慘得沒人敢再提起的災難。但更慘的是，她的失蹤只是個開端，拉比的後嗣裡，每一代都有個女性成員逃家失蹤。例如，烏鴉最小的女兒在十四歲的時候，有天清晨離家出走，再也沒有人看見或聽見她的下落。她

的孫女九歲的時候逃家，加入在德黑蘭城外山區紮營的土耳其吉普賽人。其他女孩要麼跟著強盜土匪跑了，要麼被游牧部族誘拐，再不然就是自願賣身為妓。有個女人，秀莎的祖母，跳進卡拉佳河裡，希望河水能帶著她直奔大海，但最後卻變得烏紫浮腫，在河的南岸陳屍腐臭。另一個女孩，秀莎的阿姨，逃家途中被父親逮了回來。他在她腳踝上綁了一塊磚頭，綁了一輩子。

美人兒秀莎從小聽著她這些任性長輩的故事長大。聽說她們之中有好多個最後都落得衣不蔽體，可憐兮兮地在連蠍子都絕跡的伊朗中部沙漠流浪，一心想回家，苦苦哀求家人原諒，卻不得其門而入。打從小時候，她就體會到與眾不同、被人瞧不起的那種羞辱，也很擔心自己會「沒人要」——變成一輩子嫁不掉的老處女——她還懷疑自己終有一日也會離家出走，因為那是根植在「她的血脈裡」的宿命。她兩歲大的時候，父親過世了。母親碧碧靠著家裡經營的蔬果鋪撫養她長大。她賣的盡是對穆斯林來說太不新鮮也太腐臭的東西——因為法律規定，猶太人不得接觸新鮮的食品。對顧客不假辭色，對秀莎更是無情的碧碧，碰上抱個瘸腿孩子的乞婦討顆被蟲咬過的蘋果吃，總是想也不想地一口回絕。而她教秀莎乖乖聽話的法寶，就是拿石榴樹枝抽她，抽到血珠滲上自己龜裂的皮膚。為了讓秀莎逃脫宿命，不致遠走高飛，碧碧以父親為師，在秀莎睡覺的時候，把她的一雙腳踝緊緊綁住。

秀莎安靜哀傷地長大，心中充滿恐懼，母親給她的食物她幾乎連一口都嚥不下去，滿心相信自己會一輩子結不了婚，孤伶伶地死掉。她開始省下布頭，給自己準備壽衣。上門提親的人並不多，這倒是事實，因為她的名聲早就被烏鴉的傳奇給玷污了。不過，遠在提親的人上門之前，碧

碧就已經清清楚楚地告訴秀莎，絕對不會讓她嫁人的。

「我要終結這件丟人的事，」碧碧這麼說。「如果妳嫁人，妳會有個女兒，就像我一樣，她總有一天會離家出走，再不然她的女兒也會。我絕對不讓妳生小孩，只有這樣才能扭轉我們的命運。」

十四歲的時候，秀莎出落得十分美麗，所以碧碧禁止她照鏡子，怕她會變得虛榮，不聽管教。到了十六歲，專替有錢的穆斯林上窮碧落下黃泉地搜羅絕世美女以充實後宮的媒婆們，紛紛上門提親。十八歲時，縫好壽衣，確信自己永遠當不成母親的她，把苦澀的淚珠滴進她從離家出走的姨媽那裡繼承來的淚瓶裡，然後再一口喝掉，彰顯自己的哀痛。五旬節假期的前夕，碧碧到德黑蘭市區去採買蔬果。隔天清晨，秀莎按尋常的時間開店──清晨五點，比沿街叫賣飲用水的男人還早──整個早上都在與挑剔蔬菜價格的顧客討價還價。接近中午的時候，布尺拉赫曼走進店裡，正忙著剝掉萵苣爛葉子的秀莎就此墜入愛河。

他當時在裁縫大師貓咪雅麗珊卓家裡當學徒。雅麗珊卓是德黑蘭猶太區最與眾不同也最神祕如謎的居民，她贊助藝術，還庇護了至少一百二十隻的野貓。貓兒只要受了虐待或不得寵愛，總有辦法找到她家去。雅麗珊卓在猶太區住了八年，還是沒有人知道她真正的來歷，也搞不清楚她當初是怎麼來到這裡落腳的。她自己一個人走路來，什麼行李都沒帶，只穿了一襲絲緞篷裙禮服，圍著皮草披肩，戴著十二串珍珠。頭髮上滿是塵土，蓬亂沒修剪，但還是看得出來曾經費了一番工夫梳整的痕跡。腳上那雙細窄的高跟鞋破舊不堪，鞋底都和腳底板黏在一起了。

她對區裡的猶太人說，她打莫斯科來，出身皇室，是沙皇尼古拉二世麾下最偉大將軍的妻子。有天晚上，她和丈夫正要出門去看歌劇的時候，布爾什維克黨衝進她家打殺，她丈夫當場身亡。雅麗珊卓抓起披肩就跑。她老早就把所有的珠寶縫在披肩裡了，因此也逃過一劫。獨自走在街頭，她以瘋子和小孩才可能會有的勇氣斷下決心，離開俄國。她走啊走啊，穿過她自己住的那個富豪區，踏進莫斯科的貧民窟，走過士兵、坦克和血淋淋、冷冰冰的屍體旁邊，就這樣穿著絲緞禮服，戴著珍珠項鍊，走啊走的，每回鞋跟一著地，她就以為會有一雙手從後面伸出來抓住她。

但是沒有人阻擋她，她說。最後，她來到德黑蘭。

猶太區的人向來對外國人疑神疑鬼的，特別是非猶太人和女人，他們說雅麗珊卓不可能神不知鬼不覺地逃離俄國，說她不可能穿著高跟鞋和大篷裙禮服跋涉數千里，而且不管怎麼說，她沒

有藍眼睛，也沒有俄國口音。就剛抵達此地的人來說，她那一口法爾西語委實太過流利了。

不過呢，既然她膽子這麼大，而且顯然有一大筆錢可花，所以猶太人也就讓她住了下來。她用金幣付款買了一幢房子，宣稱要把七個房間和中庭全部留給自己住。她用各種古怪離奇的東西裝飾房子：桌子啦，椅子啦，還有個像怪物的東西，她說那叫「躺椅」——金色的骨架，酒紅色的天鵝絨布面。她在牆上鑿窗，裝上玻璃，讓每個人都看得見她家裡的房間。窗上掛著石榴紅的布幔，垂著深藍的絲穗和金色的絲繩。接著，她雇了十二個男人把一頭木皮閃亮、齜牙咧齒的動物拖進她家。看熱鬧的人龍綿延到三個街口之外。

她把這頭動物放進她那間可以俯瞰街道的「接待廳」，卸下外裝，擦拭乾淨，然後坐在椅子上，把手擺進牠的牙齒上。那頭野獸發出叮叮咚咚的聲音，一點都不刺耳。

「這是鋼琴！」她對猶太人說出這頭寵物的名字。「我母親訓練我成為鋼琴演奏家。」

就在這時，第一次有流言傳出，說貓咪雅麗珊卓有個男性「恩人」資助：替她把鋼琴搬進屋裡的工人後來告訴猶太人說，鋼琴是個不願透露姓名的亞述商人在歐洲買的古董。雅麗珊卓挺身對抗流言，不理會八卦中傷，用更加精心潤飾的細節，把她逃離俄國的那個故事再重新講一遍。

然後她安頓下來，雇了拉赫曼。

布尺拉赫曼已經為雅麗珊卓工作了七年，負責跑腿打雜，清理房子，替她煮飯，也幫忙她裁

剪縫紉了許多件蓬裙禮服，因為她堅持在又髒又窮的猶太區還是要這樣穿著打扮。每天早上，他走路到碧碧家的鋪子裡買蔬菜打點當天的飯菜。他看著秀莎長大，但是從來沒注意過她——因為他比她大兩歲，又是個孤兒，好長一段時間，女人壓根兒沒在他的意識裡出現過。然後，突然有一天，他看見她，感覺到口乾舌燥，雙手冰冷，腦筋一團混亂，最後什麼都沒買就走了。回家的路上，他一直想著秀莎，想著她抬眼看他的神態，她的眼眸映照每一絲光影的模樣，他完完全全沉醉在這個前所未有的心蕩情迷之中，連雅麗珊卓的午餐都忘了煮。

整整兩個星期，他每天到鋪子去，站在街角盯著秀莎看，然後什麼都沒買就回家去。有天晚上，雅麗珊卓坐下來吃晚飯的時候，他清清喉嚨，問她認不認識賣菜的碧碧。

雅麗珊卓那張塗脂抹粉的臉轉過來看著他，顯然對他的輕舉妄動感到很不高興，正準備要提醒他，僕人不該拿私人的問題來煩主人時，卻看見拉赫曼臉色慘白，緊張得不得了。她知道他心裡必定藏了什麼了不得的事，於是精心修畫的眉毛一揚，在描過眼線的眼睛上方彎成一道完美的弧形，仔細端詳拉赫曼，明白他是為情所困。

「原來是這麼回事啊。」她微微一笑：「你看見菜販的女兒啦？」

雅麗珊卓等著拉赫曼替她斟酒，端上她教他煮的湯，然後告退，站到房間後側——就站在她背後，這樣他才能在不侵擾她隱私的情況下，隨時照應到她的大小需求。直到這時，她才隨口像評論那碗湯似地說：「去鋪子裡邀她們來喝茶吧。然後我再看看，怎麼樣按照你們這種不文明也不入流的求婚習俗，來安排個相親。」

第二天，雅麗珊卓給碧碧寫了封邀請函，派拉赫曼親自送去。在鋪子裡，他站在老婦人面前，緊張得渾身哆嗦，因為目不識丁，所以只能大概轉述雅麗珊卓的意思：「今天下午到我家，」他說：「來喝茶。認識一下。」

身高一九〇公分的碧碧，連坐著都像巨塔似地俯瞰拉赫曼。她的身軀占滿鋪子裡所有的空間，讓他覺得空氣稀薄得不夠他們兩個人呼吸。一如往常，她穿著黑色的長袍，臉上蓋著粗糙的面紗，躲在網紗後面的眼神炯炯閃爍，如此熾烈，如此堅定，純然是個決心以一己之力對抗全世界的女人。拉赫曼彷彿等了一輩子才等到她開口回答。

「我不喜歡茶，」她說：「而且我也不需要和誰認識。」

她的回絕對雅麗珊卓來說簡直是奇恥大辱。若是平常，她鐵定以一輩子對碧碧視而不見來當成報復。但是，那天她一瞥見拉赫曼頹喪的表情，就決定為這孩子的心理健康犧牲一點自己的尊嚴。她派他帶著另一封邀請函去找碧碧。

「那麼，來喝杯酒吧。」他又轉述大意說：「我們有很重要的事情必須談一談。」

「只有男人和妓女才喝酒！」碧碧回答說。

貓咪雅麗珊卓恨恨地歎了口氣，決定給碧碧一個教訓。她回到房裡，換上一襲薰衣草紫的鵝絨禮服，套上三層篷裙和一件短背心，腳蹬顏色相襯的真絲鞋子，頸戴紫水晶項鍊，抓起一把

紫色蕾絲陽傘，灑上一點紫色風信子香精。

「走吧。」她對拉赫曼說，從擠在她腳邊磨磨蹭蹭的貓群裡開出一條路來。「我有句話要對那個賣爛菜的女人說。」

他們在鋪子後面找到正在抽水煙的碧碧。

「這個年輕人替我工作。」裹在緊身上衣裡酥胸半露的雅麗珊卓，居高臨下，用濃重的俄國腔對碧碧說。秀莎站在鋪子後面的角落裡側耳凝聽。「我們之所以到這裡來，是因為他對妳女兒有意思，請我代表他來提親。」

碧碧瞄向她的目光，讓擺在敞口箱子裡的蔬菜全凋萎了。

「滾開。」

「很好，」她氣炸了。「我該說的話都說了。或許下一回幸運來敲門的時候，妳會腦筋清楚，知道該好好掌握。」

雅麗珊卓深吸一口氣，用力之猛，連脖子上的水晶也叮噹作響。

她昂首闊步往外走，發誓再也不來了。

貓咪一走，碧碧轉頭找秀莎，伸手就摑她一巴掌。她叫秀莎回家做晚飯，別再癡心妄想等著拉赫曼來找她，因為她不會嫁給他，也不會嫁給任何人，更別想再用她的眼睛勾引其他男人。

碧碧直到半夜才關店，然後帶著西瓜回家準備晚飯之後才吃。她一切開西瓜，房裡就瀰漫著紫色風信子的香味，讓她想起那個穿天鵝絨禮服的俄國鋼琴家。

那天晚上她不得不睡在中庭——為了避開雅麗珊卓的香水味——第二天早上醒來犯了頭疼。

一整天在鋪子裡，客人不停抱怨東西聞起來都「像那個養貓的瘋狂鋼琴家」，她提早關門，去了澡堂，洗刷掉皮膚上的雅麗珊卓香水味，可是一回到家，鄰居就尖聲怪叫，說她毀了他們的晚餐，害他們的孩子生病，因為她在家裡擺了風信子。

碧碧當時四十七歲，已經守寡十六年了。她不怕上帝，不怕惡魔，甚至也不怕伊朗古老神話裡的邪靈。但是她由衷相信命運的力量，她明白，驅之不散的風信子香味和揮之不去的貓咪雅麗珊卓的回憶，是來自上天的徵兆，顯示秀莎命中註定要嫁給拉赫曼。所以她交代秀莎一聲就出門，直接闖到貓咪家。

「不准有婚禮，」拉赫曼一開門她就說：「我不給嫁妝，也不要妳的聘金。妳星期四晚上可以帶她走。到時候我不在家。」

就這樣，美人兒秀莎嫁給了布尺拉赫曼，一起住在貓咪的房子裡。雅麗珊卓知道光靠男僕的薪水無法養家活口，於是訓練拉赫曼當裁縫，放他出去創業。拉赫曼和秀莎搬出貓咪家，住在向碧碧租來的兩個房間裡。每隔一年，秀莎就多添一個孩子。她母親從未過來看她或孩子，但是每回生了女兒，她就捎話來要秀莎小心，因為遲早總有個女兒會讓母親蒙羞。就在這時，彷彿為了取悅碧碧的命運諸神似的，羅珊娜誕生了。

一九三八年的夏季，炎熱乾燥得異乎尋常。城市周圍沙漠吹來的塵土，在猶太區四處飛揚，將所有的東西——連小孩的睫毛和老太婆黯沉的上額都不放過——蓋上一層薄薄的沙膜。人們熱渴難耐地醒來。動物變得躁動不安，在街頭流竄。身穿黃金胄甲，帶閃亮銀劍的男子，騎馬奔出古老童話的畜欄，來到這個永遠渴求救贖的猶太區陰暗後巷。

這是秀莎八年來所懷的第四胎。她變得恍恍惚惚，心不在焉，對自己的孩子和日常生活起居都漠不關心。她在中庭一坐就是一個上午，總要捱到鄰居覺得她快中暑了，才把她拖進屋子裡。她一進屋就躺了下來，對周圍走動的孩子們視而不見，從來沒動手餵他們吃一口飯，或幫他們清洗一下。布尺拉赫曼很擔心妻子的情況，去找猶太區最好的產婆姬瓦商量。姬瓦說秀莎是因為懷孕而有暫時的老化現象。

「這是因為胎兒的血和母親的血不相容引起的。」姬瓦解釋說：「等孩子出生之後，你就會明白我的意思。你老婆和這個孩子永遠都不會瞭解彼此的。」

日復一日，秀莎變得越來越安靜，越來越心不在焉。懷孕六個月的時候，她有整整七天沒開口和任何人說半句話。拉赫曼嚇得半死，找來一個水蛭仙，那人把秀莎的衣服褪下肩頭，放了四條黑色的水蛭在她背上。儘管有水蛭在身上，但秀莎還是一動也不動地趴著，顯然沒感覺到穿透肌膚的痛楚。等水蛭仙一走，她就坐起來，穿好衣服。

「我一直想著大海。」她對拉赫曼說。

拉赫曼從來沒到過海邊。他只從貓咪雅麗珊卓說的故事裡聽到過大海的存在。雅麗珊卓說她曾經和丈夫搭乘俄國沙皇的御船橫越海洋。對拉赫曼來說，大海代表了他擔心會奪走妻子的世界。

「我問過貓咪雅麗珊卓，」他騙秀莎說：「她告訴我，沒有大海這種東西。大海是吉普賽人說來誘拐小孩的謊言。」

秀莎輕蔑地看著他。「告訴雅麗珊卓，她錯了。」她說：「我們的北方有大海，南方也還有另一個海洋。而在兩個海洋之間，土地是紅色和金色的，非常壯觀。」

她就這樣又過了兩個月，連最樂觀的人都已經放棄希望，不相信她會回復正常。懷孕八個月的時候，有天早上，她醒來，喚著蜜黎安。

「去肉鋪幫我買羊腿。」她下達指令：「叫妳爸爸去找產婆來，我要生了。」

清晨七點鐘，拉赫曼走出家門去找姬瓦的時候，感覺到皮膚被陽光燙得起水泡。暑熱讓通常擁擠不堪的猶太區街道，冷清得像墓園。有那麼一會兒，拉赫曼簡直要以為是穆拉❷下達屠殺令，嚇得所有的猶太人全躲進地窖裡了。

拉赫曼在產婆姬瓦位於猶太區第七道大門附近的房間裡找到她。她坐在那頭異常矮小的騾子背上，用芥菜籽和蛋黃敷著腫脹的腿，一面祈求天降甘霖。她生來雙腿就比常人短，所以一次只能走個幾步路，行動不便的結果讓她變得肥胖笨重，渾身圓滾滾得像顆球。年紀還小的時候，她父親為了讓她能到處走動，就把姬瓦綁在小騾子背上，訓練牠在屋裡走動，不跌倒也不撞壞任何東西。這頭騾子是姬瓦長相左右的同伴，幾十年來已經成為她不可或缺的一部分了，除非

要上廁所，否則她根本就不下騾子。她甚至還坐在騾子上吃飯，連睡覺也是半闔著眼，頭挺得直直地坐在騾背上入睡。時日一久，她的皮膚變成騾子皮的顏色，她的聲音和牠一樣沙啞，而她的長相更是半像女人，半像騾子。

相對的，這頭騾子為了證明牠對姬瓦的愛，就讓自己活得比正常的壽命來得更長：在拉赫曼來敲房門這天，產婆姬瓦已經六十八歲制，同時也讓自己的體型不超過她這個小房間的面積限了，而她發誓騾子至少和她一樣老。

拉赫曼告訴她說秀莎快生了。

「我們一定要想盡一切辦法制止才行。」姬瓦丟下她那包芥菜，輕輕推著騾子，要牠站起來。她是猶太區有史以來接生過最多新生兒的產婆，她知道，彷彿清楚記載在猶太法典上那般地確定，懷胎八個月生下的孩子會畸形，會難產。

「七個月還好。」她對拉赫曼解釋說。她臉上汗光閃閃，而騾子豆大的汗珠滴到地面，匯成一窪水。「七個月大的時候，胎兒已經完全成形了。可是八個月的時候，胎兒會四分五裂，四肢和器官全都移了位，不在該有的位置上。但是，等進入第九個月，所有的部位都會再度回到原位，準備出生。」

抵達拉赫曼家的時候，蜜黎安朝他們奔來。

---

❷ Mullah，伊斯蘭教內用於學者或宗教領袖的稱號，包括宗教學校的教師、精通教會法典的人等。

「媽媽在睡覺。」她迫不及待地報告說：「我給她煮了羊腿湯，潤滑她的子宮，以防萬一寶寶要出來了。此外，我把她的腿抬起，叫她一定要等產婆來。」

姬瓦的騾子不必靠任何人指引就找到了秀莎的房間。牠直接闖了進去，跪在床邊。姬瓦捲起袖子，用蜜黎安端給她的那碗水洗淨結瘤多斑的雙手，伸進秀莎的子宮裡摸索寶寶的頭。

「假警報。」她抽回手，又在水缽裡洗洗手。騾子站起來，緩緩走回中庭。「這天熱得讓人腦筋都不清楚了。」

一整天，氣溫都熱得讓人難以忍受。

但是那天晚上稍晚的時候，一絲微風吹過猶太區，帶來溼潤空氣與沁涼流水的味道，讓霧氣——濃重得看不穿的白霧——從烤得焦熱的地面升起，穿過一幢幢盈滿悲哀的房舍，拂過一個個慾望難耐，在睡夢中糾纏她們漢子的女人。黎明破曉，白霧散去，太陽照耀德黑蘭，但是照不亮城裡的猶太區：猶太區依舊沉寂靜默，籠罩在藍灰色的天空之下——宛如《聖經》中洪水浩劫過後的沙灘——散發著魚腥味，那氣味好濃好濃，濃得瀰漫全城，濃得引來了穆斯林。他們在熱得頭暈目眩的中午時分轉頭一望，發現猶太人的那一角天空仍未破曉。

穆斯林向來深信「非正信者」會施展邪魔歪道影響天地。他們聚攏到猶太區，卻留在七道大門之外，深怕一踏進不潔之地就會邪法纏身。他們在那裡待了一整天，而所有的猶太人卻依舊深陷夢境，夢見裡海的海水，夢見無窮慾望的繽紛色彩。只有秀莎清醒地躺著，懷裡抱著她剛出生的女兒。

早在碧碧還沒出門往秀莎家去──黑色長袍垂在踝邊沙沙作響，水晶念珠在手腕上叮叮噹噹，手杖敲在地面叩叩響，宛如暗夜食屍鬼的心跳──早在太陽遲了十四個小時才升起，眾多大惑不解的穆斯林人海圍滿猶太區的那個晚上，碧碧還沒跨進秀莎房間的門檻之前，每個認識這個老太婆的人都敢打包票，她準備親口宣布羅珊娜是個命帶厄運的孩子。他們心中瞭然，根本不需要聽碧碧講任何理由，或等她提供任何證據。這是不證自明的事實──就像上帝的存在，就像女人的卑微，就像貓咪雅麗珊卓打從來到猶太區之後就和那個負擔她所有開銷的亞述幽靈商人睡覺──這是不必證明就能存在的事實：羅珊娜害她媽媽懷孕的時候精神錯亂，在絕無僅有的詭異狀況下出生，而且已經在猶太區引起不下於大屠殺的騷動。她當然是會這麼說的啦。碧碧當然是命帶厄運啦。

碧碧踏進屋裡的時候，拉赫曼正套上褲子，一面對秀莎嘀咕說剛才一定是死而復生──否則怎麼可能在她生產的過程裡一直睡得不醒人事呢──而偷人精塔拉葉則想盡辦法再進入夢鄉，因為她剛夢見自己和一個金色皮膚紫色眼睛的男人整整纏綿了二十四小時。就在這時，房門猶如上蒼賜下的啟示般砰然開啟，碧碧登場了。她體型好龐大，得彎下腰，側著身子才能擠進門。

她走到秀莎身邊，一把抱走女兒懷裡的小寶寶。裹在舊毯子裡的羅珊娜嬌小蒼白，嘴唇圓潤粉紅，眼睛圓睜，盯著人看。那雙眼睛直盯著碧碧，讓她不寒而慄。她把羅珊娜還給秀莎。

「這是帶厄運的孩子，」她說：「可以的話就送人吧。再不然，妳就動手殺了她吧。」

晚上七點，太陽出來了。就從那天起，德黑蘭猶太區的晝夜時序永遠改變了。

貓咪雅麗珊卓十萬火急地把拉赫曼找來。打從他結婚不當僕人之後，這幾年，她炒人魷魚的速度遠比雇人還快，再也不像信任拉赫曼那樣信任其他人了。她哀聲歎氣說自己得了叫「哀怒疫」的毛病——也就是心痛啦，她對目不識丁的鄰居解釋說，因為和既不瞭解她也不欣賞她的人一起生活，讓她覺得很受不了。她大部分的時間更多巧奪天工、眩目迷人的家飾裝點房子。從一九三八年的夏季到秋季，她有段時間關起門，設計自己鎖在房間裡，不讓任何人見她一面。她一直到初冬時分才再度露面，原本纖細的腰線和粉粧玉琢的外貌都已不復見，只忙著開始採購大量的食品和生活基本用品。她在家裡囤積煤、糖和油，還有煙燻魚、乾果和米，把每一個房間和地窖都塞得滿滿之後，她才終於罷手，找來拉赫曼。

「戰爭就快爆發了。」那天她坐在她的躺椅上警告他，身上穿的不是慣常穿的天鵝絨絲緞禮服，而是下襬僅及小腿肚的普通棉袍，一頭長髮——灰白的頭髮因為長年捲燙而變得又黃又乾——披散肩頭。拉赫曼總覺得她好像緊咬著下唇，怕祕密脫口而出。

「我每天晚上都夢見莫斯科大火。」她對他說，表情神似受傷的動物，明明疼痛難耐，卻又對自己的痛苦覺得很羞愧。「我看見牆上濺滿我丈夫的血。大禍就要臨頭了，我們該做好準備。」

他躬身站在她面前，右手緊抓著左手，等待著。有那麼一會兒，她彷彿已經說完想說的話，很不耐煩地看著他，就像以前他在她面前待得太久惹得她不高興一樣。但是，接下來，突然之

間，她想起為什麼要叫他來的原因了。

「你的孩子。」她說，記憶能力猶存讓她很興奮。「你們去年生的那個女孩，害街頭巷尾全是魚腥味的那個。我聽說她的眼睛很怪。」

她直直盯著拉赫曼，可是他就像訓練有素的僕人，始終低頭垂眼。

「看著我，」她頤指氣使地下令：「看這邊。」

他抬眼看她。

「我聽過一些謠言，關於那個女孩的。」她說：「很可怕的謠言。我想告訴你的是，你一定要看好她。」

他好像聽不懂。她在躺椅的扶手上使勁一拍，傾身靠近他，好像要把一字一句直接灌進他的腦袋裡。

「我聽說你老婆打算殺了那孩子。」

✄

戰爭果真在一九三九年爆發。戰火蔓延到蘇聯的時候，伊朗舉國驚慌。拉赫曼早已清淡的生意更是了無生機。食物變得比以前更匱乏，整整兩年，猶太人什麼事都不幹，整天豎起耳朵傾聽納粹從俄國揮軍南下伊朗的聲音：當時的雷札國王❸比較支持希特勒而非盟軍。他准許德國間諜進入伊朗，卻不顧英國的再三警告，拒絕盟軍借道伊朗運送急迫需要的戰爭物資到蘇聯去。一九

四一年，盟軍入侵伊朗。

他們在夜裡舉兵進攻，擊沉伊朗的幾艘戰艦，如入無人之境似地飛越領空，僅僅幾個小時就攻占全國。他們接收糧田與工廠，把所有的糧食全挪供軍隊之用，禁絕所有的貿易、商業與旅行。到了隔月的贖罪日，猶太人群集聖堂懺悔罪行，感謝上帝賜給他們盟軍——因為盟軍拯救他們逃離希特勒的魔掌——同時也祈求祂保佑他們免於饑荒。

那天，四歲的羅珊娜很沮喪。她爸媽到聖堂去了，留她和蜜黎安在家。所有的人都要齋戒——連正在哺育新生兒的秀莎，連根本不了解為何要不吃不喝的羅珊娜都不能例外。隨著氣溫越來越高，舌頭在嘴裡開始灼熱發燙，她不斷問蜜黎安要水喝。沒辦法，蜜黎安只好對她解釋身為猶太人不得不守的誡律，要她起碼得捱到中午才能喝水。羅珊娜站在門邊，等著那個背上綑著水桶賣飲用水的男人出現。但他根本沒現身，於是她跑到街上，坐在乾涸的水溝邊等待著。等著等著，她突然想起鄰居家有個貯水槽，就忙不迭地跑去找。

沒人聽見她掉進去。幾分鐘後，蜜黎安在家附近到處找來找去，曉得羅珊娜失蹤了。但過了整整二十分鐘之後，她才在鄰居的水槽裡找到漂在水面上的羅珊娜。這孩子肯定已經溺死了。大家把渾身腫脹的羅珊娜撈出來，圍攏過來盯著她看：她的皮膚藍得透明，指甲發紫，一大群白色的水蟲從她的頭髮裡爬出來，爬到她周遭的地面。這時她歎了口氣，宛如悠然醒轉的天使，從嘴裡冒出一注清澈冰涼的水，濺溼了每個人的鞋子。她張開眼，雙眸閃著螢光。

「媽媽說我該喝水。」她對蜜黎安說。

一九四三年，天花肆虐德黑蘭。小雞夫人善恩的丈夫是第一個得病的人，但是他發病得很快，在還沒有人知道他得的是什麼病之前就死了。最初三天，他渾身發熱，高燒不退，抖個不停。第四天早上，他老婆進到房裡，發現他早就死僵了。她跑到他們養小雞和公雞準備賣給猶太屠夫的院子裡，發現所有的家畜就算沒死，也已經去了半條命地奄奄一息。她想警告大家提防傳染病來襲的危險，但是沒有人理她。新頒布的法律准許猶太人住到猶太區之外❹，小雞夫人善恩是第一批受惠的人。她住在德黑蘭城北山丘的一座穀倉裡，地點非常荒僻，沒人認為她丈夫的病會傳染給其他人。

但是在她丈夫葬禮過後幾天，有位陸軍醫院的醫生病倒了，症狀和善恩形容的一模一樣。接著，拉赫曼碩果僅存的客人，一位十六歲的新娘，也高燒不退。轉瞬之間，疫情在猶太區一發不可收拾。

這年羅珊娜五歲。她聽見爸媽談起新近染病的人，說醫院人滿為患，拒收病患，而醫生和護士拚命照顧病人，最後自己也病倒了。羅珊娜感覺到惡疾迫近的威脅，那股溫溫熱熱的惡臭，猶

❸ 雷札國王（Reza Shah, 1878~1944），原為伊朗軍官，一九二五年推翻卡加爾（Qajar）王朝，創建巴勒維（Pahlavi）王朝，推動多項現代化建設，一九四一年英俄盟軍占領伊朗後被迫遜位，由其子繼任國王。

❹ 伊朗在十九世紀末掀起憲政運動熱潮，猶太人與其他少數族裔積極參與，一九○七年頒布的新憲法中賦予非穆斯林較為平等的權利，並廢止猶太人必須居住於猶太區的隔離政策，但一直到雷札國王時代，猶太人才開始真正融入伊朗社會。

如一頭駭人野獸呼出的氣息。她看見一具具赤裸而慘白的屍體，裹在便宜的帆布裡，綑在哀傷的親人背上，一路扛到猶太墓園去。沒過多久，她就覺得自己家裡也有了疾病的味道。

「這裡聞起來有病味兒。」她對蜜黎安說。但是蜜黎安叫她別再說蠢話了。

「天花根本沒有味道，」蜜黎安訓她：「我聽說是因為水傳染的。」

即便如此，羅珊娜還是堅持說她在家裡的許多個角落都看見發燒的熱氣，還指著幾個地方說那裡的味道最濃。一九四四年春，拉赫曼病了。

秀莎送他到濟世醫院，回到家來，遵照醫生的指示，燒掉他所有的衣服。孩子們聚集在中庭裡，看著他們父親的衣物付之一炬。鄰居們交頭接耳說秀莎一定是瘋了，不知在搞什麼巫術，不過呢，天花既然是上帝的作為，就算她燒掉自己的房子和家當，也制止不了。

他們的說法倒也沒錯，因為就在那天晚上，秀莎唯一的兒子發病了。隔天早上，連蘇珊也發燒了。秀莎知道自己如果不盡快採取行動，就會落得一無所有，於是鼓起勇氣，去找那個她認為連死神都嚇得跑的人。

碧碧穿著一襲筆挺的長袍跨進門來，只斜眼瞄了羅珊娜一眼。

「是她的錯，」她開門見山地說：「是她把病帶進來的。」

這是事實，秀莎絕望地對自己說：是羅珊娜先在家裡談起，才招來了病氣。說不定她根本就希望家人得病。說不定是她在那兩個展翅飛向秀莎從未聽聞過的奇鄉異土的夜晚，在睡夢中帶回了病氣，傳染給其他人。

「有她在，妳只會厄運纏身。」說完預言，碧碧就展開工作。

她把所有的門關緊釘牢，叫健康的孩子別靠近病人。她把染病的孩子集中在一個房間裡，把自己和他們一起鎖在裡面。因為藥品短缺，所以既不可能種牛痘，也沒有辦法拿到治療天花的解藥，她只能靠著草藥和每天用水蛭放血來治療生病的孩子。為了驅走羅珊娜帶進秀莎家裡的邪氣，她用火盆裝滿煤炭，點上火，然後拿一個生雞蛋寫上羅珊娜的名字，擺在煤炭上，希望蛋會爆裂開來。她用野生的芸香籽燒出又濃又臭的煙，燻著羅珊娜的臉，燻得女孩兒淚眼婆娑，而她自己也噁心想吐。她掌心握著一把鹽，揮手兜著秀莎和巴赫朗的頭繞了個圈，然後把鹽撒向羅珊娜。

至於秀莎呢，她誦經禱告，哭個不停，甚至動手做杏仁淚──做杏仁淚需要很長的時間，也要耗費很大的心力，是在其他方法盡皆失敗之後，用來尋求奇蹟出現的法子。一個星期過去了。生病的孩子都活下來了。

第八天，碧碧從病童的房間裡出來，看起來雖然疲累，但卻得意揚揚的。她宣布，生病的孩子都活下來了。

「去小雞夫人善恩家裡，買一隻公雞來獻祭。」她命令秀莎：「帶那個邪氣的孩子一起去，一定要她親眼看著雞血灑出來。把雞血裝在瓶子裡帶回來，小雞夫人會幫妳寫好獻祭的經文。然後我們把瓶子掛在孩子房間外面。」

秀莎蒼白頹喪地站在她母親面前。她的眼睛緊緊凝望著碧碧的眼睛，嘴唇顫抖，彷彿想開口招認她尚未犯下的罪行。她已經暗暗計畫殺掉自己的女兒了。

她們走到猶太區邊界，雇了一輛馬車，搭到善恩的穀倉去。秀莎原本只想帶羅珊娜一個，但是蜜黎安堅持她和塔拉葉也要一道去。她們遠遠看見了善恩的房子——一幢位在泥土路中央的小棚屋，屋頂的一側加蓋了一個房間，看起來怪模怪樣的。有個人影就在那屋頂房間裡對著她們揮手。走近一點的時候，窗裡的人影消失了，幾分鐘之後，又從大門口衝了出來：她又瘦又小，穿一件男用的白襯衫，釦子扣得嚴嚴的。而西式的長褲則用一條普通的繩子綁在腰際。頭上那頂軍用硬帽是她從盟軍那裡買來的，然後自己在帽沿裝點上一圈白色紙花。

「請進，請進。」她有點得意地招呼每個人。院子裡有不少小雞。地面上堆著整整五公分厚的羽毛，混雜著乾掉的鳥糞。善恩帶秀莎到穀倉，開始沿著架在外牆的梯子往上爬，爬上穀倉的屋頂，進到她搭蓋在屋頂上的那個房間，最後再爬上那個房間的屋頂。她站在屋頂上，活像個穿男裝的稻草人，對著秀莎和孩子們招手：

「上來吧。」她放聲大喊：「從這裡望下去，風景漂亮得讓人抓狂。」

她看孩子們不敢爬上梯子。

「來吧。」她大笑：「往下看才會覺得可怕。」

屋頂是平的，離地三層樓高，鋪著草蓆，還擺著大枕頭，火盆，一條水管，和一只燒炭火的銅茶壺。善恩盤腿坐在銅壺旁邊，咧開缺牙的嘴對著孩子笑，把紅茶倒進指頭大小的玻璃杯裡。

她問起拉赫曼和碧碧，教秀莎該怎麼照顧生病的孩子。太陽開始西斜，夜幕漸漸低垂，她喝了一杯又一杯滾燙的熱茶，娓娓道起自己的人生故事。

她爸媽一輩子都在養雞。認識她丈夫的時候，她才十三歲，他不顧父母反對，娶了她。他父親和他斷絕父子關係。他母親頭披黑紗，帶著一把火灰來參加婚禮，她把灰撒在頭髮上，代表心中的哀痛。

小雞夫人善恩生了五個兒子，一個比一個健康，一個比一個聰明。她送他們去上猶太區的學校，然後上德黑蘭的高中，接著申請獎學金赴法國留學。現在他們全當上醫生了，工作太忙，地位又太高，沒辦法回到猶太區來。

她一直說一直說，說到黃昏轉入薄暮。她的聲音甜美如青春少女，心情輕鬆快活，彷彿很慶幸有秀莎為伴。天色越來越暗，羅珊娜望著講個不停的善恩，不知不覺趴在蜜黎安身邊，緩緩入睡。

突然有隻手拉拉羅珊娜的腳。她張開眼睛，看見姊姊已經開始爬下梯子。善恩還是滔滔不絕，一面忙著拉毯子，給火盆添火，一面告訴秀莎說她們應該留下來過夜，真的，雖然雷札國王已經在國內實施軍管，但是一個猶太女人帶著三個女兒在夜裡長途跋涉，還是很危險的事。

「過來。」秀莎拉著羅珊娜的手。「我們下去吧。」

羅珊娜壓根兒沒想到該逃。

多年之後，月亮蜜黎安回想起那天夜裡的事，就感到一股悠遠的恐懼，如釋重負的情緒強烈得讓她渾身顫慄：天幕上星辰密布，月亮宛如明鏡映照地球。月光下，羅珊娜蒼白嬌小，眼睛半閉，蓬鬆的卷髮披散臉龐。身穿褪色的藍色舊棉袍和從姊姊那裡接收來的大了兩號的舊鞋，羅珊娜看起來全然不像凡人——她是個天使，蜜黎安想，是個從天而降，停歇在善恩屋頂的天使。

就在此時，周遭隱隱騷動。一陣微風，宛如邪魔呼吸的氣息，再不然就是盤踞黑夜的靈魔在睡夢中一翻身，傾覆了夢境與真實之間的平衡。霎時，院子裡的小雞開始驚聲啼鳴，飛拍翅膀，天空上出現一群鴿子，宛若一抹灰色的陰雲，羽毛片片飄墜，遮蔽了明月。秀莎把羅珊娜推下屋頂。

「別！」蜜黎安尖叫，但是太遲了。

羅珊娜仰面落入夜色，緩緩下墜，展開雙臂，放鬆雙腿，宛如浮在水面的泳者。她往下墜落，一點聲息都沒有。鞋掉了，眼睛大睜，一無所懼。就在快要碰上地面的時候，她開始揮動手臂，上下擺動，彷彿第一次展翅飛翔的小鳥——尋找身體的平衡，嘗到大氣的滋味，愛上飛翔的自由。接著，她更有自信地擺動雙臂，飛得越來越高，掉頭越過善恩家院子的圍牆，遠離秀莎的身影和她那雙行凶的手，遠離德黑蘭和它的恐懼，飛向白雪靄靄的艾爾布茲山頂峰，然後越過山峰，飛向奔流不息的裡海。

事後，每個人對當天晚上目睹的事都有不盡相同的回憶。月亮蜜黎安說羅珊娜長出翅膀——是那種有銀色與白色羽毛的天鵝翅膀——往北飛，飛得越來越遠，最後變成地平線上的一個小白點，然後消失無蹤。塔拉葉證實她的說法，還有些住在那條路上的鄰居也說，夜裡被鴿子驚叫的聲音吵醒，看見一個有白翅膀的女孩飛過他們家的屋頂。小雞夫人善恩不記得自己曾見到什麼翅膀。她說羅珊娜像鬼魂一樣飄了起來——輕若無形，靠著雙臂就飛了起來——而且羅珊娜一直是清醒著的。她意識清明，完全知道自己在做什麼。善恩的說法格外讓秀莎膽戰心驚。她不知道善恩的說法到底對不對。不過秀莎堅稱，是一大群鴿子突然飛攏過來所湧起的強勁氣流，把羅珊娜給吹走了。

然而，就連秀莎也無法否認，那天晚上羅珊娜的確消失了五個小時，等她終於回來的時候，現身的地點也是她自己選擇的：在濟世醫院門外的臺階，因為她要去找爸爸。羅珊娜光著腳，驚恐萬分，衣服碎成一條條的，夾雜著樹葉，臉上滿是塵土。她的瞳孔放得好大，看起來像個猛然面對強光的夢遊者。

護士告訴她醫院不准探病，因為有被傳染的危險，而且話說回來，像她這個年紀的小孩，說什麼都不該一大清早自己一個人在城裡晃蕩。羅珊娜站在大門口的臺階上，吵嚷吼叫，拚命想衝進大廳裡，弄得護士長只好從背後一把抱住她，把她拎出去。羅珊娜張口使勁咬住護士的手肘，咬得肉綻見骨，害護士痛得鬆了手。羅珊娜跑上臺階，一群警衛和護士追在後面，等他們終於在二樓逮住她的時候，她已經放聲大喊拉赫曼的名字好多遍，把其他的病人嚇得全都抓狂。

負責全城安全的憲兵被召來幫忙——他們的車子好幾天前就已經沒油了。瘦弱的身軀上垮垮地掛著褪色的制服，肩上扛著他們根本不知道該怎麼使用的過時武器。幾番奮戰之後，他們讓羅珊娜安靜下來，帶她回家。那時，秀莎和孩子們也都回到家了。她們在泥巴路和善恩穀倉周圍光禿禿的山丘四處搜尋羅珊娜，卻始終找不著，搞得筋疲力竭。

羅珊娜一看見秀莎，就本能地奔向前去，想要得到媽媽的撫慰。但是，她突然停下腳步，抽身後退。有那麼一會兒，她呆呆地一動也不動，嘴唇泛白。然後垂下頭。

「我知道妳做了什麼。」她輕聲說。

從那天起，打出生就百依百順的羅珊娜開始像有千百惡魔附身。或許是因為她從屋頂摔下來的時候震壞了腦袋。再不然，就是她無法接受，看起來這麼愛她的媽媽竟然想殺掉她。無論原因何在，自從展翅飛翔過後，羅珊娜就變得躁動不安，她沒辦法在同一個地方坐太久，隨時急著保護自己遠離不管是真實或想像的危險。她幾乎再也睡不著覺了。

在家的時候，她不聽蜜黎安與秀莎的話，只要她們想打她就動手還擊，她們想把她關起來就逃得遠遠的。她總是過好幾個小時之後才回家，渾身帶著血跡，蓬頭垢面，腳上的鞋子溼淋淋，衣服破破爛爛的，一副準備吵架的樣子，所以沒人敢惹她。拉赫曼出院回家以後，她暫時安靜了

一段時間。自從知道是秀莎動手推她的那一刻起揮之不去的恐懼——秀莎推她，不只是那天晚上從屋頂推她落地，還有贖罪日那天，趁她口渴的時候，把她推下鄰居家的水槽——那份恐懼在拉赫曼回家之後暫時消失了。但只是暫時。羅珊娜知道秀莎怕她，她知道秀莎偷偷掉眼淚，低聲對拉赫曼說：「把她送走吧。我好怕她。」羅珊娜心知肚明，而且她對自己也起了疑心——她懷疑自己真的很邪惡——弄得她快抓狂了。

兩年過去了。戰爭結束了，但是盟軍繼續占領伊朗。拉赫曼一貧如洗。他的子女挨餓。他的妻子不時提心吊膽，擔心羅珊娜會害他們大禍臨頭。拉赫曼自己則怕秀莎又會再次對羅珊娜下毒手。

因此，在羅珊娜滿八歲那年，她父親決定畢其功於一役，一方面挽救家庭生活，一方面拯救羅珊娜的生命，也就一點都不意外了。他要找個願意收留羅珊娜的人，把她像個蹩腳禮物一樣包好，送走。

貓咪雅麗珊卓把拉赫曼叫到家裡來，說她又在找僕人了。過去十二年，她用過了三十幾個男僕。這一次，她說，她打算雇個女的。

「男人動作慢又遲鈍，天生就很難管教。」她對拉赫曼說：「去薩巴吉瓦❺附近的村子裡，替我買個聰明伶俐，可以訓練來服侍我的年輕女孩。」

雅麗珊卓要拉赫曼去做的，並不是什麼異乎尋常的事。父母把孩子賣到城裡替有錢人家工作，是常有的事。雅麗珊卓準備付筆大錢，買個聰明伶俐的女孩。一聽到她的要求，拉赫曼就知道這是絕對不容錯過的大好機會。他吞吞吐吐地問貓咪，與其要找個農家女孩，她或許可以考慮一下他的女兒？

「妳想要她留在這裡多久都沒問題。」他說，但是沒提到他心裡想的是他的哪個女兒。「而且妳一文錢都不必給。我唯一的要求是，讓她每天去學校上幾個鐘頭的課。」

這時是中午十二點，雅麗珊卓正在家裡的中庭吃早餐。她撐開傘，免得細緻的皮膚給太陽摧殘了；篷裙禮服又重見天日了，因為她腰臀多餘的贅肉都已經消聲匿跡了；而頭髮呢，那頭用從黑市買來的一加侖英國啤酒清洗保養的頭髮，在頭頂上盤成足有五十公分高的圓錐形，用上百來根髮夾固定成髮髻。一如往常，她在餐桌上鋪著上漿的亞麻桌巾，擺上昂貴的瓷器，把看歌劇用的眼鏡擺在盤邊。這會兒，她拿起眼鏡，仔細端詳拉赫曼。

「我要的是個可以一輩子留在我身邊的女孩。」她冷冷地說。她的視力一直都不太好，從盟軍占領以來更是持續惡化，現在就算靠著歌劇眼鏡，也只看得見模模糊糊的輪廓。可是她的自尊

心太強，不肯承認自己需要眼鏡，而且也還維持著慣有的自信，所以就連曾經見過她視力尚可的拉赫曼，也沒注意到她已經差不多全瞎了。

「妳可以一輩子留她在身邊。」他說，突然羞愧得滿臉通紅，垂下目光盯著鞋尖。

雅麗珊卓放下眼鏡，讓拉赫曼回到近日以來時時籠罩她身邊的茫茫白霧裡。她心想，看不見自己不想看到的東西，可真是愜意哪。她啜著咖啡，把椅子往後挪一點，躲進傘影裡。

「你要把大家都說是壞胚子的那個女兒給我。」她說。

他還是垂著頭。

「我聽說你老婆把她從屋頂上推下來，想殺了她。」

他不肯抬頭看她。

「你早該知道的。我警告過你了。」

「你真丟臉。」她說。拉赫曼被激怒了。

拉赫曼竟然沒反駁，讓她覺得很憤慨。他竟然袖手旁觀，眼睜睜看著這種駭人聽聞的事發生。

雅麗珊卓受夠了。

「好吧。」她站起來。「把那個女孩帶來吧，我得先看看她。」

星期四下午，拉赫曼帶羅珊娜到市場，給她買了一件新袍子，一條甜麵包，和她生平第一雙新鞋子。他告訴她，新鞋不能穿上街，因為會弄髒弄壞，她得拎在手上，等到了目的地再穿上。

羅珊娜欣喜欲狂，不知道自己到底是做了什麼好事，讓爸爸對她這麼好。那天和拉赫曼一起走出市場的時候，她下定決心要改正自己所有的過錯，讓自己值得擁有這份珍貴的禮物。

但是，拉赫曼沒帶她回家，而是到了貓咪家。

他們進門的時候，雅麗珊卓坐在鋼琴前面。她一抬頭，看見兩個人影，一高一矮，她知道是拉赫曼帶女兒來了。在鋼琴上摸索了一陣之後，她想起自己把眼鏡留在臥房裡了，於是只好用那雙患白內障的眼睛使勁瞧著羅珊娜。雅麗珊卓的麻煩就此開始，因為她看見的不是個有棕色卷髮與白皙皮膚的女孩隔著茫茫白霧對她微笑，她看見的是她自己。

雅麗珊卓出生在俄國與伊朗交界的奧魯米葉。她母親是個天生失明的鋼琴老師，出門的時候總是在眼睛蒙上一條白色蕾絲，腳踝掛上一串細小的牛鈴，提醒沿途的人說她看不見。她沒和雅麗珊卓的父親結婚，也沒有其他的親戚或朋友，一輩子都擔心自己死後沒有像樣的葬禮，所以打從年輕時代就拚命攢錢準備後事。她犧牲了自己和雅麗珊卓最基本的生活所需，攢下每一分錢，

藏在鋼琴裡，留待葬禮之用。

母親過世的時候，貓咪雅麗珊卓二十二歲。她一輩子最大的心願就是離開奧魯米葉，嫁個有錢人。此時她面臨抉擇，是要辦場像樣的葬禮完成母親的遺願，還是要拋下母親，利用這筆錢遠走高飛。她把母親的遺體丟在家裡，沒入棺也沒入土。

她趁夜逃走，以為自己很快就會忘了那個老太婆。她覺得，活著的人既然這麼需要錢，就不該把這筆錢浪費在死人身上。她告訴自己，她總有一天會回去，只要她找到有錢人結婚之後，就會回去。她會找到母親的屍體，辦場母親一心想要的隆重葬禮。

在莫斯科，雅麗珊卓嫁給沙皇麾下的將軍。他後來死了，但並不是像她說的那樣死在布爾什維克手裡，而是因為欠賭債打架喪命的。雅麗珊卓再次子然一身，也不得不再次想辦法脫身。

她遇見另一個男人──一個沒什麼雄才大略，但娶了有錢老婆的亞述商人。那個老婆當然瞭解，男人都有生理衝動，所以一夫一妻制是行不通的。不過呢，她很有錢，有錢的女人才不像窮人那麼在乎什麼生理問題。於是呢，不想惹惱老婆而痛失財庫的亞述人，只好把他和雅麗珊卓的婚外情藏得不見天日了。

他安排她住進猶太區。那裡離亞述人住的地方非常之遠，遠得讓老婆絕對聽不到這樁緋聞的風吹草動。他相信自己和雅麗珊卓的戀情只是逢場作戲，只要一嗅到危險或她年老色衰，他一定會馬上走人。但是，雅麗珊卓用優雅世故的歐洲風情與歌劇演員似的豔麗妝容魅惑了他，用迷離奇幻的故事和虛妄不實的習性引誘他踏進蛛網，越陷越深，終至無法脫身。每天晚上，猶太區沉

沉入睡之後，他就偷偷穿過巷弄到家裡來，和她交歡直到破曉。沒人見過他，連替她服務了七年之久的拉赫曼也沒見過，連搬出大宅自立家業之前有一小段時間和貓咪住在一起的秀莎也沒見過。原本一切都很順利的，真的，只是一個不小心，竟讓那個沒心肝的綠眼黃髮怪物來到世間。

戰爭爆發的前一年，雅麗珊卓懷了亞述情人的孩子。她告訴他的時候，他要她故意跌下樓梯，流掉孩子，但是雅麗珊卓不肯。於是他叫她把自己鎖在房子裡，別讓人知道她懷孕了。孩子生下來之後，他帶回自己家裡撫養。他告訴妻子說，女孩是個遠房親戚留下的孤兒。他老婆信了他的話。他們雇了個奶媽，讓孩子在家裡無憂無慮地長大。

貓咪雅麗珊卓從沒問過情人，他們女兒叫什麼名字，或她長什麼模樣。她從來不覺得把女兒送走有什麼好丟臉的，因為她腦筋很清楚，知道自己別無選擇——沒有真正的選擇——因為賭注這麼高，而勝算又這麼低……她明白，選了女兒，就要失去情人，而沒有情人，她就會窮苦潦倒，孤獨無依，被棄之如敝屣。拉赫曼帶羅珊娜來的那天，貓咪看著面前的女孩，看見了她自己……一個別無選擇的女孩。

「讓她留下來吧。」她說，揮手要拉赫曼回到迷霧裡。

起初，羅珊娜適應得很好，雅麗珊卓讓她目眩神迷。她的模樣，她的氣味，她鎮日帶著成群貓咪和已故沙皇的回憶在屋裡到處轉的生活，在在讓羅珊娜著迷。一身紫燙得筆挺的蕾絲花邊與印花絲緞，頭髮飄著香水味兒，睫毛刷得又濃又黑，雅麗珊卓活脫脫是個陶瓷娃娃，宛如藍眼羅特菲還沒在鬱金香大道開鋪子之前在自家地下室賣的那種娃娃。

羅珊娜歎為觀止，無論是雅麗珊卓主宰之下的靜默，還是她自己的腳步聲在走廊裡迴盪的回音，或是沒人住的空房間，擺著不用的家具，都讓她嘖嘖稱奇。貓兒躺在雅麗珊卓床上，貓兒舔著鋼琴腳上的金葉鑲邊，貓兒在屋裡的每個角落瞪著她看。

每天上午雅麗珊卓都在睡覺，睡到羅珊娜從學校回來，替她端上咖啡才醒來。接著在梳妝檯前面耗上三個小時，給頭髮捲上小髮卷，把眉毛拔得精光，再重新畫上兩道眉。然後，把身體塞進緊身衣裡，開始煩惱該穿哪件禮服，配哪串珍珠。等羅珊娜上完下午的課回來，貓咪也打扮停當，準備登場了。

她下午三點鐘吃午餐，五點鐘喝咖啡，趕在太陽快下山前踏進音樂室。這時，音樂室裡燈火輝煌，閃著黑漆光澤的鋼琴燦爛如展示櫃裡的珠寶。羅珊娜拉開窗簾，讓每天定時聚集在窗外的襤褸孩童與無業老人飽覽女主人的丰采。雅麗珊卓以王公貴族的高貴儀態面對觀眾，屈膝致意，坐了下來。剎那間，她已化身為沙皇尼古拉二世宮廷的首席鋼琴家。她是沙皇最美麗動人的朝臣，在莫斯科歌劇院滿座的觀眾面前展現千載難得一聞的琴藝。

琴聲一波波湧起，襯著燈光，滿室迴盪，宛如陣陣波濤，在四牆之間躍動。雅麗珊卓打個信號——幾乎無法察覺的微微點頭——羅珊娜就打開所有的窗戶，讓琴音流進猶太區。樂音飄過巷弄，穿透牆壁半塌的房舍，喚醒兩千年來始終沉睡在逆來順受之中的猶太人，讓他們在那一瞬間湧現奮起抵抗的渴望。

雅麗珊卓彈奏蕭邦、貝多芬與舒曼，沒有人知道她彈的是什麼，也不知道她彈得好不好，因為他們以前從沒聽過像這樣的音樂，也不知道該抱持什麼期待。然而他們每天都來，不管日曬雨淋，顧不得午睡，犧牲在涼爽的咖啡館喝熱茶的樂趣，只為了來欣賞這個養了一大群貓的奇女子，欣賞這迷離國度的瘋狂奇觀。

天黑之後，雅麗珊卓回到臥房，倚在她的躺椅上，看書看到半夜。她給這條躺椅取了個女人的名字——約瑟芬。她告訴猶太人說，約瑟芬是偉大戰士拿破崙摯愛的女人，他封她為法蘭西帝國的皇后。多年之後，羅珊娜的姊姊洛雪兒用這把椅子的名字給自己的女兒命名，希望她長大之後也能嫁個帝王。

上床之前，羅珊娜會在房子裡繞一圈，點亮燭臺，哼著雅麗珊卓彈奏的旋律，感覺到樂音在黑夜裡隱隱迴響。

羅珊娜在學校裡會碰到姊姊，但是她不敢問起爸媽，也不敢問她為什麼非要永遠住在雅麗珊

卓家不可。她知道，這是為了懲罰她，因為她不聽話，因為她床上滿是羽毛，因為她如影隨形的厄運。她知道她並不是唯一一個被迫在孩提時期就離家的女孩：很多女孩被送到遙遠的城鎮去工作，再也見不到父母。還有很多女孩在青春期還沒開始之前就被嫁掉，或送給無法生育的親戚。

然而，羅珊娜還是覺得媽媽很討厭她。

「這不是妳的錯。」有一回蜜黎安對她說：「妳媽媽怕她自己會沒命。她以為把妳送走，就可以改變我們的命運。」

事到如今，船錨已斷，羅珊娜只能孤伶伶地迷失在大海之中。

她明白，雅麗珊卓的房子是她唯一的家。她認真工作，想盡辦法不讓思念父母的情緒或夢中所見的人事景物惹得心煩意亂。然而，每天早上醒來，她眼裡看見的還是映照在裡海碧藍水面的金色陽光；而一走出房間，她就踏進了雅麗珊卓的回憶裡：回憶的幽靈在屋裡到處走動，有血有肉，活生生的，比生命本身還要來得真實。

羅珊娜看見年輕的雅麗珊卓，穿著粗衣布衫，但總帶著高人一等的神態。那女人不停叨唸著她丟下的棺材和孤伶伶沒下葬的屍體，她說，她把屍首丟在那個再也回不去的城市裡，她再也回不去了，因為市名改了，邊界不見了。除了在老人家的記憶裡之外，那裡的大街小巷也已經不復存在了。

羅珊娜也看見雅麗珊卓的母親：在雅麗珊卓彈鋼琴的時候坐在她身邊，手拍著大腿打拍子，腳踝上掛著瘋瘋病患的鈴鐺，手指上戴著廉價的戒指。

只有那個像鬼魅一般的情人從未在羅珊娜面前現身。

他很高，羅珊娜從他抵達時地板吱吱嘎嘎的聲音判斷。等他終於來到之後，雅麗珊卓才如釋重負地舒一口氣。貓兒被趕下床去，恨恨地喵喵叫。一會兒之後，有個輕微的金屬聲響起，像個鈴鐺，輕輕敲著床頭櫃的陶瓷鑲板。

得出來，貓咪很怕他有一天會拋下她，在清晨離去，永遠不再回頭：每天晚上，在他抵達之前，羅珊娜不論走到哪裡都聽得見雅麗珊卓的心跳。等他終於來到之後，雅麗珊卓才如釋重負地舒一口氣。

羅珊娜來到貓咪家六個月之後，那個鬼魅般的情人不再到訪。

有天晚上，雅麗珊卓等他直到天明。她在屋裡在中庭踱來踱去，開門，關門，然後又開門。

一直到第二天，她還在等，等到天黑，他還是沒來。

第三天晚上，雅麗珊卓打從午夜時分就站在窗邊，不肯走開，深怕錯過情人跨進中庭的身影。天亮，羅珊娜到魚池洗臉的時候，雅麗珊卓還躲在臥房的層層窗帷後偷偷往外看。她自尊心太強，不願讓人看見她。

羅珊娜伸手入水，拍散了一個十分眼熟的鬼魂倒影：有雙綠眼睛，穿雙漆皮皮鞋的女孩。她

雙手舀起水，把那個鬼魂的倒影往臉上一潑。

「走開。」她心煩意亂地對那個鬼魂倒影說。她對神出鬼沒的身影已經習以為常，早就懶得去分辨他們是真是假。「今天貓咪沒心情見你。」

女孩映在池裡的倒影一動也不動。在她身邊，羅珊娜看見一個男人的倒影，一個她從未見過的男人。

他很高，頭禿禿的，嘴唇紅得有點過分。身穿歐式西裝，配著背心和鍊錶。相較於身體的其他部分，他的腿實在有點太肥了。

「雅麗珊卓告訴我說你會飛。」他對羅珊娜說。

羅珊娜轉頭看站在她面前的這個男人和女孩。

他的聲音輕輕柔柔的，像女人的聲音，說話的時候，身體還微微往前傾。他一腳踩在魚池邊上，手肘靠著大腿，微微笑。

「這是我女兒。」他指著那個穿白皮鞋的女孩說。

「妳們兩個年紀應該差不多。」他說：「她要來和妳們一起住。」

那女孩穿著漿得筆挺的白襯衫，深藍裙子，滾蕾絲花邊的白襪，鞋子新得像沒穿過似的。在她身旁的地上，羅珊娜看見一個棕色的硬紙板手提箱站在塵土之中。

「她叫茉希狄。」那男人用舌尖舔舔紅潤的嘴唇。「她還不會講法爾西語，只會說亞述語，不過她很快就可以學會了。」

他望著自己映在魚池裡的倒影。

「而且呢，」他說：「妳要幫我帶個口信給雅麗珊卓。」

霎時，所有的魚兒開始狂亂游動。羅珊娜抬頭望向貓咪的臥房。她知道雅麗珊卓正透過她的歌劇眼鏡看著他們。

那男人有點猶疑。

「告訴她，我不能再留著這個孩子了。」他說。他脖子上開始冒出汗珠，順著潔白的襯衫領往下淌。他看看茉希狄，看看臥房窗戶，又回頭看著羅珊娜。

「告訴她，」他吞了吞口水：「我不能再來了。」

魚兒鑽進池水深處，沒再現身。男人呼了一口氣，直起身子，勉強走到女孩身邊。他用一種奇怪的語言對女孩輕聲說了幾句話，手背輕撫著女孩臉龐。茉希狄縮了一下，沒抬眼看他。他沒辦法，只好把原本的話再說一遍，指指房子，一面對羅珊娜點點頭。女孩一句話都沒回答。

羅珊娜覺得這女孩好堅強，堅強得嚇人，不管成年人想怎麼樣，都打定主意絕不理會。他掏手帕揩掉手上的汗水時，她看見他左手無名指上的黃金婚戒。

「再見。」亞述人對羅珊娜說，想擠出微笑，卻怎麼也笑不出來。

一整個早上，羅珊娜和茉希狄彼此對望。

茉希狄還是站在池邊——全身富家千金的行頭，潔白無瑕的襪子，繫著深藍寬緞帶的白色草帽，她看起來如此完美，一點都碰不得的樣子。站在她面前，羅珊娜渺小無助，很清楚自己和茉希狄沒得比，一心只想要取悅她，只想求她別再用這種嫌惡的眼神看著自己。

接近中午的時候，羅珊娜猛然想起自己今天沒去上學，而且也已經有一整天沒看見雅麗珊卓了。她走到雅麗珊卓房門口，敲了敲門，但是沒人回答。她等了又等，不敢再次敲門。

「走開。」一會兒之後，雅麗珊卓的聲音穿門而出。「我需要妳的時候會叫妳。」

羅珊娜走進廚房，找出前一夜的剩菜。她把飯菜擺在盤子上，忍住自己的饑腸轆轆，端到外面給茉希狄。

「拿去。」她把盤子放在池邊，為自己的慷慨大方而得意揚揚。「這是給妳的。」

茉希狄瞥見飯菜的那一瞬間，羅珊娜就羞愧得一縮：頃刻之前還顯得如此新鮮可口的東西，在這雙富家千金眼睛的綠色光芒之中，卻立時變得腐臭，難以下嚥。羅珊娜像黏在地上一樣動也不動，無法決定該不該把餐盤端走。過了一會兒，趁茉希狄轉頭看著別處的時候，羅珊娜伸出手，悄悄取走盤子。

後來，她看見茉希狄坐在池邊。膝蓋幾乎抵住行李箱，但背還是打得挺直，決心和全世界對抗。一直到晚上，她都還是一動也不動。

「妳可以到裡面來睡。」羅珊娜對她說，但一點用都沒有。

中庭裡好暗，充斥著猶太區夜晚的各式聲響——從街頭傳來的喃喃低語，迴盪不去。魚池裡

暗影浮動，多彩的金魚在月光下閃著螢光。羅珊娜懷念爸媽家的眾聲喧嘩，姊姊們坐下來吃飯或

忙著做家事，秀莎餵著小寶寶或幫忙拉赫曼做衣服。看著一頭黃色頭髮，全身白衣的茉希狄，羅

珊娜比以往更覺得自己寂寞孤單，她好希望自己像茉希狄這般堅強，好希望媽媽留她在身邊。

她在雅麗珊卓臥房外面的地板上睡著了，一整夜都夢著秀莎。第二天早上醒來，對前一天夜

裡發生的事只有模模糊糊的印象。她看見自己躺在地上，什麼都沒蓋，身上穿的還是學校制服，

而雅麗珊卓的門還是鎖著，窗簾還是拉上的。所以羅珊娜站起來，去中庭看看。她還在，貓咪雅

麗珊卓和她那個有婦之夫情人生的綠眼睛女兒，穿著深藍色的褶裙，坐在魚池邊，看起來筋疲力

竭，一臉蒼白，但還是──還是沒被擊倒。

月亮蜜黎安打從在雅麗珊卓家中庭看見茉希狄的那一瞬間，就很討厭她，因為她傲慢得不得了，一句話都沒說就把羅珊娜給惹哭了。羅珊娜勸不動茉希狄進屋裡去，也沒辦法把雅麗珊卓哄出臥房，只好到學校找蜜黎安求救。她們一直等到下了課，校長睿智太太放學生回家之後，才一起走到貓咪家，一路上，羅珊娜都緊抓著蜜黎安的手。

蜜黎安是個很漂亮的女孩——修長苗條，出落得比同年齡的女孩都來得標緻，儘管有家族遺傳的問題，還是吸引求婚者不顧一切地上門提親。截至目前為止，來提親的都是有缺陷的男人，他們知道要討老婆就得做些讓步。性情溫和，美貌絕倫的蜜黎安，配那樣的男人顯然是浪費了，所以她爸媽也捨不得把她嫁掉。

當然，蜜黎安一點都不質疑她爸媽的判斷力——雖然她已經十五歲，就快到女生變得「老朽」再也嫁不掉的年齡了。她天生就溫馴聽話，對任何命運都逆來順受。她具備女人的美德，一向謙卑恭順，而且也不相信美貌是她踏進幸福人生的墊腳石。她在學校裡用功讀書，聽老師的話，從不賣弄學識，也不曾吐露心中的祕密，說她在中學畢業之後還想繼續升學。從年輕時，蜜黎安就相信忍耐——接受人生帶來的失望，讓自己不致崩潰的力量——是人類最崇高的品格。她成天穿著嚴肅的黑色與悲傷的棕色，頭髮緊緊盤成難得解開的髮髻，年紀輕輕，就渾身散發一股準備要當老處女的氣息。她自己負起的責任比其他人加之於她的更多，連最微不足道的歡愉都避之惟恐不及，深怕會讓自己的身體與心靈受到污染，隨時準備好面對最糟糕的情況。正因為如

此，在見到茉希狄之後，她才會這麼突然，又這麼長長久久地恨起茉希狄。

她們站在貓咪的院子裡，瞪著彼此——茉希狄坐了一天半，累壞了；蜜黎安恍然大悟，自己若不馬上發動攻擊，就只能乖乖接受失敗。

煌到令人難以置信的金髮女孩，嚇得目瞪口呆。一會兒之後，蜜黎安恍然大悟，自己若不馬上發動攻擊，就只能乖乖接受失敗。

「惡魔才穿閃閃亮亮的白鞋呢。」她的聲音冷若冰霜。

她繞著茉希狄打轉，找尋可以下手的弱點，發現了那個行李箱。

「她爸爸一定很想擺脫掉她。」她大聲說出心裡的推論。

她問也沒問就打開那只行李箱，在一大堆漿燙摺好的衣物裡翻找——全都是白色的蕾絲和柔軟的棉料，還有三雙漆皮皮鞋（一雙白、兩雙黑，鞋底幾乎都還是全新的）讓蜜黎安的雙手嫉妒得發冷。她輕蔑地哼了一聲。

「哼，」她對羅珊娜說：「她只要穿這些東西一踏上我們的街啊，就全毀嘍。」

茉希狄氣得不得了，撤下心防，對著蜜黎安吐出一連串的咒罵。字字句句從她嘴裡吐出來，她說的是亞述語，聽在蜜黎安耳中完全無法理解——所以也就沒有任何效果，只證明茉希狄也有弱點，只證明她面對這些講著她不會說也聽不懂的話的人時，有多麼無能為力。

「我們去找貓咪。」她對羅珊娜說。

蜜黎安贏了這一回合。

她們敲了兩次雅麗珊卓的房門。

「夫人閣下，」蜜黎安高聲喊道，刻意用尊敬的語氣對老婦人說：「有件非常緊急的事，需要您來處理。」

沒有回答。

「夫人閣下，」她又喊道：「您家院子裡有個陌生的女孩，帶了行李箱，裝滿可能是偷來的衣服，您的僕人羅珊娜和我，不知道該拿她怎麼辦才好。」

最後，她們打開門，走了進去。

雅麗珊卓端坐在她的約瑟芬上頭。頭上的髮髻半塌了，手臂軟軟地垂在躺椅上，身上還戴著三天前等候情人前來卻始終等不著時戴的珍珠。門一打開，她就倒抽一口氣，彷彿從漫長的睡夢中突然驚醒，然後揚起下巴。儘管一臉的妝容已經斑駁剝落，眼睛布滿血絲幾乎張不開了，但她還是想保持儀態。只是她必定也知道傷害早已無可挽回了——在此之前一直完美無缺的偶像，瞬間變成了鹽柱——因為她對著兩個女孩伸出手，要她們扶她起來。她們扶她到梳妝鏡前，幫她脫下衣服，解開緊身褡和鞋子。然後讓她躺在床上。

她在床上足足躺了十一天，分不清映在眼裡的陰影與睡夢的昏沉，她好享受她的平靜，好珍惜她的自由，可以不必憶起一絲一毫的現實，若非羅珊娜和蜜黎安不時煮粥，把黏糊糊的湯汁灌進她喉嚨免得她餓死，她可很能就永遠這樣沉浸在一語不發的失神狀態了。到最後，她總算起床了，但除了自己的幻想之外，她覺得什麼都無所謂了，也不再掩飾她眼睛已經全瞎的事實。

「叫妳爸爸賣掉我的鋼琴，用那筆錢來辦場隆重的葬禮。」她說：「邀請我的愛人來。幫我換上綠色的塔夫塔綢禮服，掛上長串珍珠，塗上鮮紅的唇膏。把我埋在靠近清澈水流的地方，每逢下雨就來為我上墳。」

她有時說得泫然欲泣，自憐自艾，有時卻心如鐵石，輕描淡寫，彷彿明白歷史之所以不斷重演，全都是因為上帝太缺乏想像力的緣故。她沉浸在自己的思緒裡，所以對於羅珊娜一想到可能失去她就心驚膽跳的那種絕望，她完全無法理解。

天使羅珊娜每咬一口食物就嘗到饑餓的滋味，每到晚上就擔心秀莎會來要她的命，但是，比起所有的恐懼，最讓她害怕的是雅麗珊卓終將一死的時刻。

正因為如此，所以她才會格外小心翼翼地照顧貓咪，像照顧小嬰兒似地餵她吃飯，替她更衣洗澡；所以她才會對茉希狄這麼有耐心……忍耐她的亂發脾氣，她的暴跳如雷，隨時堆滿微笑心平氣和地走近她，直到慢慢的、慢慢的，茉希狄終於放下恨意，把羅珊娜當朋友。她們都孤苦無依，都被父母拋棄，都只能靠著雅麗珊卓過日子。儘管如此，羅珊娜這麼放不下貓咪，還是招來茉希狄的嘲笑。

「別再把她當成沒人發現的國寶啦。」她對羅珊娜說。在猶太區住了一年之後，她學會法爾西語，但還是講得不太流利，圓潤似天鵝絨的嗓音，卻掩不住怒氣。「我倒是祈禱她早死早超生。那我就可以離開猶太區，永遠不回來。」

希望這個女人早點死，茉希狄一點都不覺得有罪惡感。這個女人帶她來到世上卻又拋棄她，以前不想要她現在又假裝她根本不存在。她看不出來有任何理由，應該覺得自己和雅麗珊卓有關係，或者應該像羅珊娜不時幻想的那樣，期待父親會再回來，帶她回家。住在猶太區的這段時間，茉希狄只有一個努力追求不懈、最後也終於達成的目標：盡快離開，釣個蠢得不只給她錢還給她自由的有錢男人，讓她可以無牽無掛地獨自去見識世界，再也不必因為仰仗任何人而換來失望。

早在年紀還沒大得可以執行計畫之前，她就已經擬好策略了。例如，她知道自己有超乎常人的美貌，她知道自己的身體雖然還不到發育期，卻已經散發引人遐思的挑逗意味，每當穿著棕色的學校制服款款穿過男生群中，總是飄著讓他們臉紅心跳的女人香。她很討厭制服粗糙的布料。她穿也不肯穿上所有女生都必須穿的──都怪該死的睿智太太──那種厚得像油布的黑色褲襪。她穿上白色的薄絲襪，放下頭髮垂在肩頭，直到有一天早上朝會的時候，睿智太太用那雙黝黑的手抓住她，把她的滿頭金髮浸到一桶泥巴水裡，然後紮成緊緊的辮子，緊得讓茉希狄覺得鼻子以上的皮膚都快裂開了。如果下一回茉希狄敢再「不梳頭」就來學校，睿智太太保證要剪掉她的頭髮。這番話顯然是達到效果了，因為茉希狄開始紮起馬尾巴。即便如此，她走起路來馬尾巴還是左搖右晃，不時甩一下，彈一下，讓頭髮像以前一樣不安分，充滿暗示。

隨著歲月流逝，年齡增長，雅麗珊卓家的一雙女孩變成猶太區嚼舌根的話題。羅珊娜皮膚白皙，有雙焦糖色的眼睛，骨架纖巧，純真無邪的模樣，彷彿不食人間煙火。她身上褪了顏色的衣服是用雅麗珊卓不要的舊布料縫製，總是太長也太寬，因為她把料子裁成一直線，縫起來活像個布袋。她也穿蜜黎安從家裡帶來給她的舊鞋子。她懷裡捧著書走路上學的時候，背後總有一串惡毒的蜚短流長如影隨形。在她身邊，昂首闊步的茉希狄像匹冠軍馬──胸膛挺得高高的，眼底盡是不屑的神色──只要有哪個老太婆敢對她品頭論足，馬上就罵回去。

「這不是她們的錯，」羅珊娜對她說：「她們會這麼刻薄，是因為她們老了，而且她們心裡很難過，怕自己就快死了。」

「她們早死早好。」茉希狄心不甘情不願地休兵：「窮人活那麼久要幹麼。有錢人才該長命百歲。」

茉希狄想要有錢，也想要長命百歲。她的注意力全集中在男生身上，不等他們先來找她，而是主動找上他們，好測試自己的威力，劃出勢力範圍，讓猶太區的其他女孩不敢越雷池一步。十二歲的時候，光靠她那雙豹子也似的媚眼，靠她胸部的彈動，琥珀色朱唇的輕啟，和她朝男生走去時的模樣──靠得那麼近，近的可以感覺到他們的身體在筆挺制服下的顫抖──就足以讓男生陷入無法自拔的絕境。她輕聲歎息，哈出的白色輕霧濛濛上他們日曬黝黑的臉龐，在那一瞬間，他們感覺到此生再也無法體會的幸福快樂。然而就在此時，她卻又一轉身，宛如一陣塵煙，遠去無蹤。

十四歲的時候，她讓男生趴在母親膝頭哭泣，讓已婚男人在她的挑逗調情之下感到自慚形穢，回家揍老婆。

十六歲的時候，她不再上學了，大半的時間都在德黑蘭鬼混，四處尋覓可以帶她脫離貓咪家的有錢穆斯林。對那些早在她還沒和任何人上床之前就罵她是「妓女」的猶太人，她理都不理。羅珊娜警告她說，她釣上的男人會把她用過即丟，她哈哈大笑，說還不知道是誰利用誰呢。她把他們送她的錢和禮物拿給羅珊娜看，證明沒有人占她的便宜。

七年過去了。挑起全家生活重擔的羅珊娜，除了鋼琴之外，把所有能賣的家當全賣光了，但還是只能勉強湊足三餐度日的錢。她還得靠蜜黎安的幫忙。蜜黎安畢業了，剛開始當老師，教一年級。她大半的薪水都拿來養父母和弟妹，但有時候還是想辦法擠出一些來給羅珊娜。貓咪和羅珊娜的生活多半是靠茉希狄的錢來維持的。

有些個晚上，茉希狄根本沒回家。隔天早上，摸黑趕往鄰近村莊的攤販會看見她溜下閃亮亮的轎車，睡眼惺忪但趾高氣昂地走過猶太區窄窄的街道，哼著異國的曲調，臉上掛著彷彿是祕密的微笑。

回到家裡，她就著將明未明的晨光緩緩褪去衣服，脫掉她從鬱金香大道的藍眼羅特菲店裡買來的絲襪，以及她強迫羅珊娜替她做的緊身衣。她細數德黑蘭的那些男朋友給羅珊娜聽：他們都是年紀比較大的男人，她說，因為年輕小夥子沒錢可揮霍，只給點小之又小的禮物就期待能有「真愛」當回報。

羅珊娜不懂她的朋友怎麼會這麼討厭有人愛她。

「我呢，我想要有個愛我的男人。」她對茉希狄說：「我不在乎他有沒有錢，只要他願意帶我回家，永遠不離開我。」

然後她會往後靠著枕頭，形容她未來的男人，彷彿已經見到了他，活靈活現的一個人，在等著她。

「他很年輕，很親切，我們會一起生個全世界的人都很喜歡的女兒，因為她比任何人所見過的任何東西都漂亮——比月亮蜜黎安漂亮，甚至比妳還漂亮。更棒的是，她還很聰明呢。妳光看她的眼睛就知道她有多聰明，連睿智太太都不敢不讓她上大學，因為她知道，每個人都知道，我的女兒總有一天會光宗耀祖，洗刷我帶給我們家族的所有羞辱。」

她們就這樣靜靜坐著，羅珊娜夢想的魔力緩緩充塞了整個房間，一景一物如此栩栩如生，讓茉希狄彷彿一伸手就摸得著，在那短短的一瞬間裡，她們的喜悅唾手可得。但是，最後茉希狄還是會強迫自己擺脫這瘋狂的念頭。

「妳就像其他人一樣蠢。」她會哈哈大笑：「妳嫁的那個男人會把錢花在其他女人身上，留妳在家裡替他養小孩。等我意氣風發騎在某人頭上的時候，妳就只能洗米，做白日夢，幻想妳的女兒有一天會征服全世界。」

茉希狄果然找到了她的男人。

他是個有錢的穆斯林，名叫阿敏，在伊朗全國各地的好幾個城市裡擁有一大串紡織工廠。那些工廠原本生產規模不大，廠裡的機器在占領期間全停擺生鏽了，可是等盟軍一撤退，阿敏又重起爐灶，將工廠搖身一變，成了現代化的生產事業，大發利市。為了管理德黑蘭的工廠，他雇了一個經理。

這個經理沒什麼錢，也沒見過什麼世面，可是大權在握，因為他有權雇用或開除員工，所以呢，儘管穿得一身破舊的西裝和磨壞鞋跟的鞋子，他還是敢去找茉希狄，只不過有點兒怕她會取笑他罷了。他在藍眼羅特菲店裡找到正瀏覽進口唇膏的茉希狄。他問她願不願意和他到對街去喝杯熱茶。

茉希狄只瞥了一眼這人髒兮兮的鞋子和皺巴巴的長褲，就知道最好別浪費她的時間。

「我不喝茶。」她回答說，然後心照不宣地對著藍眼羅特菲微笑。「我只喝燒酒。」

那名經理深受鼓舞，問她要不要到他家，參加他為老闆舉辦的聚會。經理驕傲得不得了地說，他的老闆是鼎鼎大名的阿敏，全國所有的棉花田和紡織廠，除了被國王偷走的部分之外，全都是他的。

「到我家來吧，妳愛喝多少燒酒都可以。」他堅持：「妳想抽鴉片也沒問題。」

茉希狄回家換上白色的絲緞洋裝。她在一本買來時就已經有一年歷史的舊雜誌上看見這套衣

服，硬要羅珊娜幫她做。結果不盡理想：衣襬一邊長一邊短，袖口也太緊。但是穿上之後，茉希狄看起來活脫脫像個電影明星。

那名經理在藍眼羅特菲鋪子外面的車上等她。他說她美呆了。

我們等著瞧吧，看你老闆是不是值得我費這番工夫，茉希狄在車裡點起一根菸時這麼想。

那位貴賓約五十幾歲，有兩個老婆，七個孫子，還有一大群他連名字都懶得記的情婦與姘頭。他比茉希狄原本盤算的還有錢，但是除了有錢之外，他還是個人品高尚，而且沒什麼壞心眼的男人。所以那天晚上，他看見茉希狄站在房間的另一端，隔著一大群脫掉外套喝燒酒的男人對著他微笑時，根本想像不到她會給他的人生帶來什麼樣毀天滅地的影響。他盤腿坐著，面前擺著一根水煙管，吃著甜點，抽著許多伊朗人日日不可或缺的鴉片。一整個晚上，她都背靠牆站著，抽著香菸，盯著阿敏看。直到夜色深重，阿敏起身準備搭司機駕駛的轎車離去時，她款款走近，問他願不願意帶她回家。

「那我們的主人怎麼辦？」阿敏問，她的大膽逗得他好樂。

電影明星茉希狄盯著阿敏看，眼神如此溫暖，讓他覺得自己願意沉浸在她的目光裡，永遠不再離開。她伸出手，用指尖輕輕轉著他那只金錶上的鑽石旋鈕。她領頭走在他前面三步，怒火中燒的經理眼睜睜看著老闆帶走了他的戰利品，卻深怕逾越了他在工廠裡的身分，敢怒不敢言。阿敏一坐上車，她的腿就盤上他的腰，舌頭溜進他的嘴裡。

一九五五年的夏季，有整整四個月的時間，電影明星茉希狄沒回到猶太區的家。羅珊娜等了她好幾天，然後又等了一個星期，最後擔心茉希狄出了事，就到德黑蘭去找她。她找上鬱金香大道的藍眼羅特菲鋪子。

「別再白費工夫等她啦。」羅特菲勸她。他是個很親切的人，因為個子太小，看起來不太有男子氣概。但是那雙清澈的藍眼睛和好言安慰的態度，讓大家都好喜歡他。「她已經挖到金礦啦，如果她那雙綠眼睛後面還有半個腦袋的話，就絕對不會回來的。」

羅珊娜不相信羅特菲的話。

「茉希狄不會沒告訴一聲我就離開的。」

即使過了好幾個月茉希狄還是音訊全無，即使以訛傳訛的流言四起，說什麼茉希狄嫁給阿敏啦，說什麼她懷了他的孩子啦，還說她和他的大老婆住在一起，但是羅珊娜還是堅持己念，不為所動。沒了茉希狄帶回家的錢，羅珊娜和貓咪從一貧如洗淪落到一無所有，於是，有些知道雅麗珊卓情況的猶太人跑去找拉赫曼，要他幫自己的女兒一把。

在家裡，雅麗珊卓穿著破破爛爛的禮服，成天晃來晃去，對著她想像中的俄國皇宮僕役發號施令。「晚餐我們要吃燉爛羊肉佐龍艾，番紅花飯拌蒔蘿，配上紅酒，還有橘子雪酪。別再像上次那樣，把龍艾給燒焦了。」

她們吃烤薄餅，白飯拌橄欖油，配上小黃瓜和胡桃。每天都是一樣的東西，午餐和晚餐都是，至於早餐呢，就喝甜茶配前一夜剩下來的餅。但是雅麗珊卓，一整星期都穿著同一件緊身低胸露出皺巴巴胸部禮服的雅麗珊卓，和她身著戎裝的將軍丈夫翩然旋舞，然後坐下來享用白酒蔥佐康威爾嫩雞。

在德黑蘭，茉希狄住進阿敏眾多房宅中的一幢。家裡有成群的僕役伺候，出門有司機開的史達貝克（Studebaker）代步，花起錢來活像剛搶了國王寶庫似地大方揮霍。她沒向阿敏提出任何要求——不要他的時間，不要他的愛，也沒要他保證至少會照顧她到找到下一個男人為止。她之所以和他若即若離，並不是顧忌他的家庭或他的社會地位，而是因為她知道，單單從她每回一下他的床就發現他雙手變得冰冷，她就知道，阿敏已經一腳踩進洞裡，飛快墜落而不自知。

她留在他身邊整整四個月，然後打包好他送她的衣服和珠寶，說她要離開了。阿敏哈哈大笑，當然啦，他確信她只是虛張聲勢，因為她既沒有其他男人供養，而且名聲壞到這個地步，也不可能回猶太區，免得那些猶太人突然大起膽子來丟石頭砸死她。可是，等她真的走出大門的時候，他慌得要和她談條件。

「別走。」他說：「我會娶妳，和妳訂個六個月的短期契約。」

什葉派伊斯蘭律法准許男人娶四個永久的老婆，但只要精力應付得來，想討多少個臨時的老

婆都可以。這是個光明正大的方法，讓男人可以擁有愛人，又不違背上帝禁止通姦的律法。但是，成為臨時老婆的女人卻會失去貞操，日後也將喪失冠夫姓或享用夫家錢財的權利。

她帶著裝滿衣服的行李箱回到猶太區，渾身散發高雅貴氣，怎麼看都像是有錢人的情婦，連腳上那雙昂貴皮鞋蒙上的灰塵，都沒減損她一現身就綻放的燦爛光芒。

「就快了。」她低聲和羅珊娜咬耳朵，冷冷的嘲諷語氣，活脫脫是個知道自己就快達成目的的女人。

「等我結婚之後，妳可以來和我一起住。」

當然啦，阿敏對她的不知天高地厚一笑置之。他是個家財萬貫的男人，而她只是個有一頓沒一頓的年輕女子，沒有家世背景，除了出眾的容貌之外，沒有什麼麻雀變鳳凰的指望。有九個星期的時間，他一心相信茉希狄絕對逃不出他的手掌心。他甚至找了另一個愛人，一個至少假裝在乎他這個人甚於他的錢的女人。然後，有天早上，坐在理髮店的椅子上，他一瞥見鏡裡的自己，一個年輕男子，阿敏看見的是個年華老去的傢伙，雙鬢花白，下巴鬆弛，看似已走到人生的盡頭。他腦袋裡有個東西失聲驚叫——等驚叫聲平息下來，他頓時醒悟，他要茉希狄回來，因為她是他的青春，她是他的野心，是他氣喘吁吁的肺裡吞吐的每一個氣息。

鏡裡的人不是那個擁有許多工廠和許多女人，志得意滿的年輕男子，阿敏看見的是個年華老去的傢伙，雙鬢花白，下巴鬆弛，看似已走到人生的盡頭。他腦袋裡有個東西失聲驚叫——

好大聲，他覺得店裡的其他人肯定都聽見了——等驚叫聲平息下來，他頓時醒悟，他要茉希狄回來，因為她是他的青春，她是他的野心，是他氣喘吁吁的肺裡吞吐的每一個氣息。

他派車到猶太區去接她，但是她打發車子離開。

他送給她一雙鑲著細碎紅寶石的手繪緞絲鞋子。她收下鞋，但是沒對他送出的訊息給半點回

應。

　所以他去看她。有天傍晚，他到貓咪雅麗珊卓家裡去看她。茉希狄告訴他，如果想再度擁有她，唯一的方法就是休掉所有的老婆，只娶她一個。

　電影明星茉希狄在一九五六年三月二十一日的早晨離開猶太區，身穿阿敏在德黑蘭最有名的裁縫那裡訂製的白色結婚禮服，有上千人夾道目送她離開。成群的猶太人一直跟著她走到猶太區的大門口，看著她坐上阿敏的車子，十年來第一次，每一個人，從最慈悲到最毒舌的每一個人，全都啞口不言。

城裡

一九五六年

巴士司機有一身藍皮膚。

他坐在車站外面的泥土地上——一個龐然大物，頂上無毛，肌肉壯碩，讓他看起來七分不像人。他打扮得像個角力選手：一條長僅及膝的寬鬆褲子，一件緊身無袖上衣，露出大半個上身。那雙黑眼睛溼潤潤的，宛如魚一般，彎彎的眉毛完美得像是畫到他臉上似的。可是他的皮膚，從剃光的頭到彎曲變形的腳趾頂端，全是刺青——所以羅珊娜第一眼看見他的時候，就只覺得他是藍色的，像個戳章。

她從雅麗珊卓家走到車站，帶著幾張鈔票，還有一個小袋子，塞著她僅有的一件好衣服。她身上穿的是學校制服，帶著筆記本，看起來像要去上學。但她不是要去上學，而是要搭巴士到德黑蘭去。她不知道自己要到哪裡去，只知道電影明星茉希狄嫁的那個男人叫什麼名字。

總有這麼一天的啊，此刻月亮蜜黎安對我這麼說——因為她相信命運，也相信世事環環相扣——羅珊娜總有一天會追隨茉希狄的腳步到德黑蘭去。羅珊娜終於離開猶太區並不足為奇，比較奇怪的是她竟然等了這麼久才採取行動——而且呢，雖然並非直接相關，但她之所以離開還是因為蜜黎安的關係。

一九五六年，月亮蜜黎安二十四歲——就算按猶太人比較跟得上時代潮流的標準來看，也都已經是個老處女了——她結婚的機會差不多等於零了。她當一年級的老師已經五年了，雖然她媽

媽一直說她才只有十八歲，但是事實很明顯，蜜黎安想找個丈夫已經沒什麼指望了。不過呢，比起自己的婚事，她比較掛心的還是塔拉葉和洛雪兒的歸宿。弟弟巴赫朗和妹妹蘇珊還在唸書，所以大家也懶得問他們有朝一日變成家計的負擔和綁在父親脖子上的繩套時該怎麼辦。可是身材單薄，緊張兮兮，向來作最壞打算的洛雪兒相信，卡在蜜黎安和塔拉葉後面的她永遠都結不了婚。而一心只想和男人上床的塔拉葉，鎮日躺在床上，抱著枕頭哭，嚷著要離家出走──像她阿姨和電影明星茉希狄一樣──去當妓女，因為只有這樣才能和男人上床。

所以，那天，蜜黎安抱著一大堆準備要改的一年級考卷回家，在中庭看見一群神情嚴肅的婦人時，壓根兒沒想到她們是為她而來的。那幾個婦人和拉赫曼坐下來談，秀莎則忙著端茶、上甜點，奉上她在自家地下烤爐烘焙的麵包，以及添了開水和冰塊的櫻桃蜜飲。誰是最重要的客人一目瞭然：那個有兩顆金門牙的女人。因為拉赫曼和她談得最熱絡，而秀莎對她的態度也最殷勤。

那個女人正在替兩個男人找老婆。一個是她的兒子，二十五歲，目前沒工作，到伊斯法罕[6]的瓶子工廠工作之前，曾經上了一年的學。他媽媽用英國皇族的名字，給他取名叫查爾斯先生。她一心一意相信，兒子雖然目不識丁，現下又沒有工作，但是只要討對老婆，將來必定能成大器，可以坐擁龐大權力與耀眼財富。對另一個準新郎，她可就沒這麼熱心推銷了⋯⋯哈比博是她弟

❻ Isfahan，伊朗中部古城，為昔日西亞商業貿易中心，繁盛一時，城內多壯麗古蹟，其中，伊瑪目廣場被聯合國列入世界遺產。

弟，長得不怎麼樣，但工作賣力。三十歲的他在市集裡有家賣銀飾的鋪子。

蜜黎安在臥房裡找到塔拉葉和洛雪兒。她們正偷偷瞧著訪客。

「有人上門提親嘍。」她告訴她們，然後就去改她的考卷。

院子裡的婦人待了一整個下午。她們把拉赫曼的女兒一個接一個地叫出來，從蜜黎安開始，到蘇珊結束。她們叫女孩咧嘴笑──才能檢查女孩的牙齒──叫女孩開口講話，跨步走過院子再折返──為了證明她們還是處女：失去童貞的女子走起路來會把大腿張得開開的，查爾斯先生的媽媽解釋說，因為她們已經沒有什麼東西需要保護了。

之後，她們把女孩們趕回屋裡，開始討價還價。蜜黎安等結果等到睡著了。塔拉葉不改本性地出言要脅，說她如果沒被挑上，就要離家出走，去當妓女。洛雪兒坐在門邊，偷偷瞧著外面，勉強壓抑內心的焦慮。

結果呢，查爾斯先生的媽媽替查爾斯挑中的是蜜黎安──因為蜜黎安長得很漂亮，查爾斯先生的媽媽很想要有相貌出眾的孫兒女。她替弟弟哈比博挑了塔拉葉，因為塔拉葉看起來就是一副很哈男人的樣子，不管誰討她當老婆鐵定都會很滿意的。

每個婆婆都需要武器，而這幾個女孩都已經是老處女的事實，正是查爾斯先生的媽媽打算用來對付她們一輩子的武器。

一開始，她要求拉赫曼支付傳統上是男方要負擔的婚禮費用。她也堅持每個女孩都要有體面的嫁妝──如果拉赫曼需要的話可以去借錢──而且還大言不慚地說，連自己名字都不會唸的查

爾斯先生正在用功讀書，準備當醫生。至於弟弟哈比博，她倒沒必要扯什麼謊，只是隱瞞了一件相當古怪的事：雖然年已三十，他卻還是對任何形式的肢體接觸避之唯恐不及到誇張的地步。當然啦，拉赫曼真的得去借錢籌辦女兒的婚禮，不過呢，只要能看到蜜黎安和塔拉葉嫁人，到頭來都是值得的。他在家裡舉行婚禮，邀請羅珊娜和貓咪來參加。他甚至還幫羅珊娜買了一件新衣服。

羅珊娜挽著雅麗珊卓的手回來，在這幢她曾經被掃地出門的房子裡，顯得羞怯不安。她讓雅麗珊卓穿上她的新衣服，因為她不想看見這老婦人穿著破爛又過時的禮服，變成全場的笑柄，不料卻反而讓兩人都落到難堪的境地：羅珊娜找不到衣服穿，只好套上學校制服；而年華老去，皮膚皺巴巴，又塗得一臉五顏六色的雅麗珊卓穿上打法國細褶的棉布白洋裝，變成十二歲的小女生滿場飛。

她們兩個簡直蔚為奇觀，一登場就讓婚禮戛然而止。婚宴上的男人對著雅麗珊卓皺起眉頭，直說看見這麼個年老色衰的老傢伙，真是觸楣頭。女人則是真心哀歎，惋惜雅麗珊卓沒多久之前的青春美貌，也憂心自己看來也難逃一劫的未來。查爾斯先生的媽媽大聲埋怨秀莎和拉赫曼邀請的賓客素質不佳，看到秀莎親吻雅麗珊卓的頭，讓她坐在新娘家族旁邊的貴賓席，更是不以為然。

蜜黎安叫羅珊娜過去。「我會常常去看妳。」她想讓妹妹安心。「查爾斯先生的媽媽不讓我出去工作，可是我會想辦法給妳錢。就算以後有了小孩，我還是會照顧妳的。」

羅珊娜就只是低頭盯著自己的鞋子，點點頭。蜜黎安說的話她顯然並不相信。

婚禮進行得很順利，唯一的插曲是哈比博那個八歲的姪子。染頭蝨而剃個大光頭的他，一臉惶惶不安地呆站在塔拉葉面前，眼睛瞪得大大的，一副垂涎三尺的模樣，任誰都看得出來他的心思。原始的衝動讓他的大腿內側承受龐大壓力，所以每隔幾分鐘，他就得跑到外面，對著拉赫曼家的牆壁尿尿，舒緩小弟弟的疼痛。

接近午夜的時候，查爾斯先生的媽媽喚來兩對新人，祝福他們，然後讓他們各自啟程回新家。塔拉葉和哈比博要住在薩翠西梅附近租來的房子。蜜黎安和查爾斯先生則和他媽媽一起住。賓客陪著兩位新娘離開婚宴，穿過猶太區，到她們的新房去。秀莎和拉赫曼隨大家一起去，當然，洛雪兒和蘇珊也去了。但是羅珊娜留了下來，因為她沒辦法一路拖著雅麗珊卓走，更不能把她一個人丟在家裡。

也就因為這樣，所以後來羅珊娜去叫雅麗珊卓，發現她已經像具木乃伊一樣，變得冰冷僵硬死翹翹的時候，家裡除了幾個年紀非常大的老人之外，什麼人都沒有。

羅珊娜知道，在這個節骨眼上，最好別拿死訊驚動任何人：在婚禮上，一面破掉的鏡子代表婚姻不美滿。而死亡，特別是猝死，就表示新娘命帶厄運。所以她讓雅麗珊卓留在原地，背靠著抱枕坐得直挺挺的，眼睛睜開，露出現在人們已經司空見慣的那種盲人眼神，豔紅的嘴唇微張，

戴滿廉價戒指的手指緊抓著身上那件少女洋裝的細褶。看著她，羅珊娜微微有些悲哀──宛如想起自己以前也曾經歷過喪親之痛的人──但是並沒有她料想中的那種驚恐。拉赫曼得賣掉鋼琴，她想，用來支付葬禮的費用。得有人去通知那個魅影情人。羅珊娜還得找到茉希狄，把這個噩耗告訴她。

他們把雅麗珊卓安葬在「天堂地」（beheshtieh），也就是德黑蘭的猶太墓園。因為穆斯林不准他們擴建，所以幾個世紀下來，墓園裡的屍骨一層又一層地往上疊。葬禮上來了好幾百個猶太人。雅麗珊卓的那群貓兒察覺到主人不在了，所以追隨著她的味道一路找到墓園。魅影情人也出現了──證明他的確像雅麗珊卓所愛的那個人一樣有男子氣概，但同時也像她拋棄她時那樣懦弱無能。他帶著妻子、兒女，甚至岳母一起來。他一看見裹在白色屍布裡的雅麗珊卓遺體，就膝蓋一軟，跪了下來，當著所有的猶太人和家人面前，哭了起來，彷彿愛她愛得永遠難以自拔，也不怕有人知道。

這是個終於雪恥復仇的偉大時刻。說不定吧。但或許根本就只是命運的嘲弄，一切盡皆枉然的嘲弄。在雅麗珊卓再也享受不到任何好處之後，魅影情人才終於承認他們的關係。可是，墓坑的土一填滿，他就走近羅珊娜，告訴她得把房子還給他。他是合法的屋主，他想賣掉房子，因貓咪已經不在了。他還很好心地建議羅珊娜應該搬回去和家人一起住，在她父親的屋簷下，那才是──他竟有臉這麼說──女孩家在出嫁前該住的地方。

被那個情人趕出雅麗珊卓家的時候，天使羅珊娜並不是非離開猶太區不可。蜜黎安不會拒絕給她一個棲身之所。塔拉葉也很可能會收留她。甚至還可能會有男人要娶她。她之所以非離開不可，是因為早在她還不會聽、不會說話之前，就已經有人告訴過她，她命中註定要離開。

「妳所要做的，」雅麗珊卓說過：「就只是別回頭。」

巴士車站是一間磚房，讓司機可以在輪班的空檔吃飯睡覺，讓旅客在雨天或下雪的時候可以候車的地方。只有一輛巴士——破破爛爛，空空蕩蕩，輪胎磨得像皮膚一般光滑——等在外面，像條忠心耿耿的狗。

司機看著羅珊娜走近，當然啦，因為那天街上只有她一個人，但是他不動聲色，因為他是個「祿提」（Luti），也就是那種身強體健，以行俠仗義為職志的人。他受過嚴格訓練，除非有女人主動對他講話，否則不准和女人說話，甚至不准看女人。她走到他面前，膝蓋顫抖，停下腳步。

她手指夾著一張鈔票，就像偶爾會搭上他巴士的女孩，那些和男生睡覺，懷了孩子，離家出走躲避父親責罵的女孩。他很納悶，她到底知不知道今天是穆斯林的節日——紀念某位先知門徒被暗殺的日子。整個德黑蘭，什葉派信徒全上街遊行。他們身穿黑色襯衫，悲痛難遏地撕裂衣衫，拿鐵鍊鞭撻自己和孩子。他們把鐵鍊纏在手腕上，鞭打他們赤裸的背，他們的臉，他們的頭，打得皮開肉綻，骨斷血流到不醒人事。在每一個遊行隊伍裡，把自己傷得最重的那個人就會被認為是距真主最近的人。

這個巴士司機不太相信什麼自我鞭刑，也不喜歡打傷自己，因為一旦傷口癒合，他身上的刺青圖案就會變形。他沒理會羅珊娜，自顧自地埋頭吃午餐。他的午餐是一碗湯——牛腿燉洋蔥、馬鈴薯、白豆和黃色鷹嘴豆。他把藍色的手指伸進湯裡，撈起所有的固體，擺進碗旁邊的小鉢裡。然後把碗端到唇邊，一仰頭，氣也不喘一口地一股腦把湯灌進喉嚨裡。喝完之後，他打個飽

嗝，咂咂嘴唇，讚美阿拉。

她還站在那裡。

他的目標轉向那個缽，把從湯裡撈上來的肉和豆子攪碎，弄得黏糊糊的，然後用手指舀起來，塗在一大塊薄餅上。他在餅裡夾進生洋蔥，然後捲起來，把捲餅對折再對折，然後讚美阿拉，展現他在德黑蘭祿提圈裡赫赫有名的絕技，把整個捲餅一口塞進嘴巴裡。

羅珊娜靜靜地盯著他看。

他為自己倒了一杯葡萄燒酒，一口喝光。又一個飽嗝，讓他的皮膚變得更藍，哈出的熱氣灼傷了羅珊娜的腳。

「咱們不管妳是不是猶太人哪，姊妹，」他終於開口，用「咱們」來代表「我」，這是所有的祿提習以為常的習慣。「可是妳應該讓男人安安靜靜喝他的酒啊。」

「我想買一張車票。」羅珊娜怯怯地說。

他哈哈大笑。

「妳不知道今天是暗殺日嗎？」他問：「妳要咱們開車穿過遊行的隊伍啊？」

她看起來一臉不解的樣子，讓他替她覺得難過起來。她夾著鈔票的手縮了回去。但是，突然之間，他很肯定她是要離家出走了。

「姊妹啊，妳有丈夫嗎？」他以為她準備回家去了。有那麼一會兒，他

她搖搖頭。

「父親呢？兄弟？還是照顧妳的叔叔伯伯？」

「沒有。」

她的聲音像水一樣。她的眼睛也是，水汪汪的。

「我朋友嫁給一個叫阿敏的人，」她解釋說：「我要去德黑蘭找她。我一定得去通知她。你知道，她媽媽死了。」

他看著羅珊娜的眼睛，看得越久，越覺得雙腿發軟，也越覺得鼠蹊湧上一股暖意，就像每個星期五準備去找他的女人法麗芭的時候一樣。法麗芭是他一生中唯一僅有的女人，她餵他吃羊睪丸，噴鴉片煙到他嘴裡，讓他覺得自己有力量征服全世界，把一切奉獻在她腳邊。

他都是到法麗芭家裡去找她的。因為她是個謹慎的女人，不像其他女人那樣，到一天要接待上百個客人的地方去做生意。在那些妓院裡，有個中庭讓男人排排坐，還有兩個裝上門簾，只擺了張床的小包廂。一大清早，妓女就遵照伊斯蘭教守貞的律法，穿長袍戴面紗進到中庭來，對所有的男人簡單打聲招呼，然後叫排前兩位的客人進包廂去。她會在第一間包廂待十分鐘，連清理一下或穿上衣服都嫌麻煩地下了床，到第二間包廂去。十分鐘之後，她又回第一張床，招呼另一個男人，就這樣來來回回，直到接完所有的恩客。

法麗芭和她們不同，她是個模範主婦，一個盡責的母親。在她接待「朋友」的時候，她那幾個父不詳的孩子就在院子裡玩。有時候，巴士司機事情正辦到一半的時候，他們就跑到臥房門口，抱怨這裡疼那裡癢，誰打了架，誰掉了玩具。但是他們從來沒挨餓──巴士司機最佩服法麗芭的就是這一點──從來不髒兮兮的，甚至也不無聊。

她對「朋友」照顧得無微不至，就像照顧兒女一樣。每到星期五早上，她就點起水煙，擺一塊棕色的鴉片泥到炭上加熱。然後在火盆裡燃起火，把她前一夜就用大蒜和洋蔥醃好的四打羊睪丸串起來烤。她把燒酒放在冰上，等司機一來，就把酒淋在他身上，讓他的皮膚摸起來像熱冰（hot ice）。接著，在他抽鴉片喝燒酒的時候，就幫他按摩。她從火盆上拿來熱呼呼的羊睪丸，烤又好燙，害他抓起來的時候燙傷手指（他永遠都是用手抓東西吃，因為他就是這樣的男人啊），然後一口吞掉半打睪丸。

可惜今天是星期二。法麗芭規矩很嚴的，絕對不接待不速之客。

他又灌下一杯燒酒，從刺滿圖騰的腳上扯掉帆布拖鞋。

「妳愛找誰就去找吧，姊妹。」他對羅珊娜說：「至於我呢，我今天打算在這裡睡覺。」

他睡了五個鐘頭，醒來的時候，羅珊娜孤伶伶坐在巴士上，手裡還抓著鈔票，等待著。他一看見她就哈哈大笑。

「妳以為我會只為了一個客人就開巴士上路啊──何況還是個猶太人？」他從躺著的地方對

她喊道。她從座位上站了起來，走到門邊。

「天黑了。」她說，小心翼翼地怕得罪他：「遊行已經結束了。」

他這才明白，她根本不死心。他突然生起氣來，惡狠狠地咒罵先知和他所有門徒的聖靈，祈

求可蘭經和隱身伊瑪目❼的賜福。最後，他從地上爬起來，坐到駕駛座。「哪一站？」他問，從

後照鏡裡看著她。

看她回答不出來，他一點也不驚訝。

「上城。」她勉強擠出自信的表情。「我知道該在哪裡下車。」

在伊朗，每逢暗殺紀念日，所有的人除了上街遊行之外，都會留在家裡。所有的一切都停止

運作，就連收音機也停掉宣導政令的常態節目，改播穆拉在清真寺裡淒泗縱橫誦經禱告的實況錄

音。司機發現空蕩蕩的馬路上沒有別的車子和他爭道，就踩足油門，開得飛快，每回一轉彎，車

子就好像要翻了過去。從後照鏡裡，他看得出來羅珊娜很害怕，因為他開得這麼快，她根本看不

❼ Imam，伊斯蘭教社會的首腦。在伊斯蘭教兩大派之一的遜尼派（Sunni）中，伊瑪目是穆罕默德指定的政治繼承人；在什葉派（Shiite）中，伊瑪目是擁有絕對宗教權力的人，只有伊瑪目能洞悉《可蘭經》的奧秘。此外，在清真寺領導祈禱者的穆斯林也稱伊瑪目。Invisible Imam，什葉派穆斯林的一個宗派十二體（Twelvers）相信，在伊拉克消失的第十二個伊瑪目已成為隱身於無形的伊瑪目，未來將以救世主的身分重回世人面前，統一伊斯蘭世界。此一典故曾被改編為線上遊戲背景。

見路標，更別說要讀上面的路名了。但是開得飛快，過站不停，讓他非常痛快，才懶得管他的乘客怎麼了。

「妳到站的時候告訴我。」快到上城的時候，他對她喊道。

他們開到這條路線的盡頭，穿過整個城市，進到凡納克區，一直開到沒路才停了下來。他拉起手煞車，轉頭看羅珊娜。

「終點站。」

她滑下座位，站了起來，一臉慘白，微微顫抖，顯然很害怕。等她走到他身邊時，他才知道她是想付車錢。他突然心生愧疚。

「錢留著吧，姊妹。」他咕噥說。

他看著她走下車。

「不關咱們的事，」他說，很小心地迴避她的目光。「可是不管妳到底是幹了什麼好事，在這樣的夜裡，回家去找妳老頭，總好過待在外頭吧。」

羅珊娜看著著巴士開走，司機身影的顏色融入夜幕。一等他開到安全距離之外，她就開始往回走，踏向她最後看見還有馬路的地方。在黑漆漆的夜色裡，在離猶太區如此之遠，連上帝都找不著她的未知之地，隱隱有股興奮挑動著。

她走了快十分鐘，聽到後面有個聲音，於是轉頭去看。她看見一輛車——又長又黑又亮——滑過街道，宛如黑水中的鰻魚。車窗全貼上深色的隔熱紙，原本閃射出不同層次與色澤的暗黑，

等駛近之後，就映照出羅珊娜的倒影。她閃到路邊，讓車子經過。車速慢了下來，幾近停止，然後又再加速，開走了。

她開始快步走，突然很怕自己走在路上會引起疑心，或被憲兵逮捕。這條街原本是以第一位巴勒維國王，也就是當今國王的父親為名的。雷札國王喜歡替自己樹立紀念碑。他原本是個識字不多的士兵，是英國人選來替他們治理伊朗的傀儡，後來不乖乖聽話，所以英國人就把他拉下王位，讓他的兒子取而代之。雖然這兩個巴勒維國王在位時間還不算長，不過德黑蘭大部分的街道都還是重新命名或改名來歌頌他們的豐功偉業。

街的盡頭是一個小廣場，豎立著雷札國王騎馬的雕像。羅珊娜看見雕像旁邊有條長椅，就坐下來休息。車子的聲音又出現了。

車子從另一頭開進廣場，繞了一圈，再一圈，開得好慢好慢，羅珊娜聽著車輪駛過坑洞鏗鏗鏘鏘的聲音，感覺到車裡的人在打量她。她嚇壞了，衝出廣場往街上跑去。車子跟著她。停了下來，一面車窗搖了下來。

「一下下就好！」

羅珊娜丟下裝衣服的袋子，拔腿就跑。

她使盡腿力快跑，知道她再怎麼跑都不是追她的那頭野獸的對手，但是她只知道自己絕對不能停下來，不管她要跑多久，不管那輛車要追她多遠都不能停，因為一停下來鐵定就要被活逮送死。

車子駛過她身邊。

那車在她前面一百呎處停了下來，緩緩轉向左邊，擋住街道。羅珊娜大叫一聲，轉身跑向另一頭。車門開了，兩個穿黑西裝的男子下車。

「一下下就好，小姐！」有個不同於先前的那個聲音喊道：「聽我說句話就好，拜託。」

她氣喘吁吁，怕得全身發抖，沒辦法轉身面對那個男人。

「一句話就好。」

她想跑，但是動不了。

別轉身，她對自己說。

那男子向她走來。

別往後看。

他走到距她五步的地方，停了下來。他在等待──等待著，她想，宛如看她一眼就能判他生死。別轉身。

但她轉過身來。

後來，在傷痛徹底毀了他們之後，罪人索拉博還清清楚楚記得，那天在自由廣場，羅珊娜第一次轉身面對他的那一刻，他心中的喜悅。

他是個安靜的人，打從出生起就孤僻寂寞——雖然他母親芙洛蓮·克勞德後來把他的鬱鬱寡歡全怪到羅珊娜頭上。他很少談起自己的事，更少談起心中的感覺。但他一提起遇見羅珊娜的往事時，就搖身一變成了真愛永誌不渝的男人，洋溢著溫柔甜蜜。

他當時二十一歲，已經踏出校門，替父親工作。那段時間他們全家人出城，到戈爾崗❽，異教徒鐵慕爾所擁有的海濱村莊度假。索拉博提早回德黑蘭。在回家途中，他遇見了羅珊娜。

他起初以為她是迷路了，所以要馬西堤放慢車速。但是她轉身藏起她的臉，勾起了他的好奇心。他是個很有教養的人，不會攔下不想被驚擾的人。所以他們加速開走，開了一小段路，到了自由廣場。

罪人索拉博向來覺得自由廣場是他開始擁有記憶的地方。第一次到這裡的時候，他七歲，才上二年級。課堂上正在教授伊朗最新版本的歷史，也就是雷札國王命令歷史學家修改過的版本。和之前與之後的所有版本一樣，這一版的歷史描述歷朝歷代的高壓暴行，頌揚當前這個王朝的豐功偉業。但還是略有新意——書中提到人身與政治自由，提到依據憲法制定的法律，還說必須賦予每個個人平等的權利。有天晚上吃飯的時候，索拉博想對爸媽獻寶，把學校老師說的那套關於

❽ Gorgān，伊朗北部瀕臨裡海的城市。

自由的定義，拿出來現學現賣。

芙洛蓮・克勞德大大稱讚他，當然啦，因為索拉博是她眼中的寶貝，做什麼都對。但是他看得出來，他剛學到的這些東西惹得父親不太高興，因為父親根本沒抬起眼睛正視索拉博，當作沒聽見似的。之後好幾個晚上，鐵慕爾都忙著在晚報上找他想要的消息。有天晚上，他終於找到了。

「那天早上我們早一點出門。」他對索拉博說：「我帶你去看處決。」

處決的日期總是在晚報上公告周知：受刑的有殺人兇手、毒販和外國間諜，而為數最多的是國王的敵人。雷札國王吊死的人實在太多了，鐵慕爾說——很多都是什葉派教士——要不了多久，德黑蘭死人的數目就會超過活人了。

一整夜，索拉博都覺得父親沒入睡，在一樓的客廳踱來踱去。凌晨四點，鐵慕爾把他叫醒。

「走吧。」他說：「你應該看看自由是什麼樣子。」

坐在車裡，索拉博想握緊爸爸的手，但是鐵慕爾把他的手拂開。他直視前方，像個知道自己即將執行某種恐怖行動的人。

在自由廣場周圍，空氣像沙子一樣——粗粗的，帶著石礫，凍得人胸口發疼。來看處決的有好幾百個人。大部分都是男人，臉色蒼白，眼眶一圈黑。但是人群裡也有女人，大半都裹在長袍裡暗暗啜泣。到處都有孩子躲在母親懷裡。

索拉博看見四排臨時豎起的絞架，每排五個。士兵手持來福槍，面對群眾嚴加戒備。

五點三十分，一輛軍用卡車開進廣場。士兵跳下車，押解著已被定罪的人犯。有幾個囚犯一無所懼地向前走。其他的則苦苦哀求饒命，被士兵拖著走。還有幾個雙手掩面，不住禱告。一個接一個，索拉博看著那些二人被吊上絞繩。

✎

屍體留在絞架上一整天，恨不得讓所有的人民都看見和雷札國王作對的下場。一具具屍體掛在絞繩上，活像鉛鑄的雕像──頭垂向一邊，眼睛凸出，舌頭腫脹。矗立廣場中央，騎馬拯救世界的雷札國王雕像從未轉身看他的受害者喪命。

「記住這個！」鐵慕爾對索拉博說：「這就是你們老師告訴你們的自由。如果你們相信她，這就是你們要付出的代價。」

✎

罪人索拉博每回走過或開車經過自由廣場，都會反胃想吐。處決那天感受到的恐怖驚慌，讓他好幾個月都惶惶不安，直到現在經過自由廣場還會湧上心頭。碰見羅珊娜的那個晚上，車子經過廣場的時候他閉起眼睛，打算到離開那個地區之後才再睜開。但是一閤上眼睛，在一片暗黑裡，他又看見了她，想起她在凡納克區轉身避開車子前那一瞬間的面容。他叫馬西堤掉頭回去找她。

在他經歷過此生最痛苦時刻的地方，在這個讓他童年告終，信念崩潰的地方，索拉博看見一片燦燦綻現的光芒，他覺得自己宛如第一次睜開眼睛。

她告訴他，她要去找朋友，一個和她年齡相仿的女孩，不久之前才嫁給一個名叫阿敏的人。索拉博說他認識阿敏，阿敏是他父親的朋友。他說阿敏帶他的新婚妻子到歐洲旅行去了。

羅珊娜搖搖頭。

「不可能的。」她說。

索拉博看得出來，她沒有別的地方可去。

「偏偏我很肯定。」他堅持說。

他朝她走近一步，希望不會嚇著她。

「他們已經去了三個月嘍。阿敏的兒子負責照顧生意。沒人知道他和茉希狄什麼時候回來。」

羅珊娜看起來好惶惑，讓他覺得像是自己背叛了她似的。

「請恕我放肆，少爺。」司機馬西堤挺身而出。從小看著索拉博長大的他，覺得自己有責任帶小主人遠離危險。只要看看索拉博從第一眼見到羅珊娜，眼睛就眨也不眨一下的模樣，他就知道這個女孩實在太危險了。

「或許我可以載這位小姐回她家。」

羅珊娜馬上拒絕。

「不。」她直接對馬西堤說。

索拉博知道她又想跑了，他知道自己也一定會像獵捕受驚的小鹿那樣窮追不捨，因為他沒辦

法眼睜睜看著她離開。

「那麼，和我們一起回家吧。」他對她說。「彷彿天外飛來一筆，連馬西堤都一時沒意會過來。「我住的地方離阿敏家不遠。妳先住一個晚上，明天早上就可以去找妳的朋友。」

馬西堤慌了起來。

「可是，少爺……」他哀求。

羅珊娜猶豫不決。

「少爺。」馬西堤又出聲了。

索拉博拉起她的手，帶她上車。

在車裡，羅珊雙手合攏擺在膝上，不肯抬起頭來。馬西堤在後照鏡裡看著她。她身上有些感覺——譬如她皮膚亮得讓他想摸摸看是不是真的，譬如她看起來和周遭環境完全格格不入的那種氣息——讓他不寒而慄。在她身邊，索拉博忘我地沉浸在喜悅裡，彷彿變了一個人。

遠遠的，鐵慕爾的大宅像座紀念碑浮現在信仰大道上。車子穿過庭園的後門，開上鋪鵝卵石的車道，經過繁花盛開的果樹，和沉寂的花床，開抵一片修葺整齊的空地，中央就是主屋，四牆全攀滿茉莉花藤的主屋。從庭園踏上七級大理石臺階，才能到達足足有兩層樓高的兩扇蝕刻玻璃大門。有個僕人，也就是馬西堤的妻子，透過玻璃窗看見車燈，跑出來迎接索拉博。自從主人出

門度假之後，她就省事沒穿上芙洛蓮‧克勞德要她穿的那套可怕的衣服——長袖白襯衫，配黑色長裙加白色圍裙，是每個僕人都得穿的制服。她穿著自己的長袍，蒙著頭，袖子捲到手腕上，讓雙手可以俐落幹活，打著一雙光腳丫。她一看見羅珊娜就停住腳步。

「真主殺了我吧！」她尖叫一聲，立刻用手掩住眼睛。「我相信那是個英國人。」

馬西堤的老婆曾經有個名字，是沒錯，但是已經太久不用，連她自己都想不起來了。她年紀很輕的時候就在村子裡嫁給了馬西堤，跟著他到德黑蘭來為鐵慕爾工作。現在，她是家裡最資深的僕人，也是芙洛蓮‧克勞德最倚重的幫手，她負責管理家裡所有的女傭，除了放蕩的伊菲特之外。馬西堤的老婆堅守道德與倫理的立場，死也不肯監管伊菲特。伊菲特已經在鐵慕爾家幫傭七年了，卻連一支掃帚，一根雞毛撢子都沒拿過。她睡遍了每一個園丁，男僕，以及湊巧經過後門的推銷員，弄得整個屋子烏煙瘴氣，瀰漫墮落敗德的氣息，讓馬西堤的老婆每天都揚言要辭職。

不過，老實說，馬西堤的老婆反對的可不是只有伊菲特的水性楊花。雖然她大半輩子都在鐵慕爾和芙洛蓮‧克勞德家裡幫傭，但是她打心眼裡不信任所有來自外國的人和東西，不信任吸血的猶太人，喝威士忌的美國人，黑皮膚的阿拉伯人和光腳丫的吉普賽人，而她最不信任的則是最殘忍惡劣的人種——那頭為全世界帶來痛苦的藍眼動物，那隻所有穆拉都說是發明詩歌與缺乏信念的野獸，那條睡在每個國王床上，盤踞在每個猶太人枕下的毒蛇——英國人。

馬西堤的老婆不認識半個活生生的英國人，也無法想像穆拉說會偽裝成人形來愚弄虔誠穆斯林的是什麼模樣的人。當然啦，有好多次，英國人到鐵慕爾家裡來作客，參加宴會或談生意，但是每回碰到這樣的情形，馬西堤的老婆就遵奉穆拉的教誨，躲進自己房裡去。任何虔誠的穆斯林只要一看到英國人，穆拉說，就會馬上瞎了眼。任何沒馬上瞎了眼的人，必定不是真正的穆斯林。

不過，她既沒見過英國人，又不肯看他們的圖片，所以馬西堤的老婆除了自己的族人之外，根本就分辨不出其他種族與宗教的人，也因此一輩子都惶惶不安。老闆異教徒鐵慕爾有一半的猶太血統，人生的前二十年都住在西方，他的妻子芙洛蓮‧克勞德據說在德國出生長大，這對馬西堤的老婆來說實在是倒楣到家。每個克盡職守的穆拉都對她說，穆斯林替猶太人工作，在他們的屋頂下行走，吃他們的食物是一種罪孽。有好多年的時間，馬西堤的老婆堅持只吃硬梆梆的水煮蛋，喝加糖的玫瑰水，因為她相信蛋殼可以提供保護，免得食物因為異教徒的碰觸而污染。她每天沐浴禱拜五次，一年朝聖兩次——鐵慕爾和芙洛蓮‧克勞德出的錢——到聖城馬什哈德[9]，跪在胡賽因伊瑪目[10]墓園的大門前面，為自己拿猶太人錢的罪孽祈求寬恕。

她從不費事掩藏或粉飾她對猶太人與外國人的仇視，連對自己的雇主也不例外。這在世界上其他任何地方或許都會顯得非常怪異，但是在這個因為歷史造化而迫使不同民族齊聚一堂的國度，人民說著幾十種不同的語言，每個省份都相信自己是個獨立國家，與敵人共存已經久得變成習慣，再也沒有人會浪費時間去深究了。對馬西堤的老婆來說，最難應付的是每回有陌生人——

遜尼派穆斯林啦，鐵慕爾或芙洛蓮‧克勞德的朋友啦，索拉博的朋友啦──進到屋裡來的時候，

她就會覺得早已沉寂的怒火又燒了起來，但是既沒能力對抗異教徒，只好把氣出在馬西堤身上。

羅珊娜下了車，在馬西堤的老婆面前低頭表示敬意，然後輕聲道好。老婦人後退一步，雙手

仍然掩住眼睛，聽任索拉博帶著羅珊娜踏進屋裡。

一條鋪著黑色大理石的長廊通向有三座水晶吊燈與厚重木家具的宏偉客廳。客廳盡頭有扇法

式門，開向一道簷廊，鍛鐵欄杆上攀滿紫色的紫丁香。

羅珊娜緩緩走進去，一路上什麼東西也不看，似乎對周遭窮奢極侈的華麗一點也不在意，不

吃驚，甚至也不意外。她以前就見過這種房子──她曾經站在像這樣的簷廊上，聞著紫丁花

香──或者應該說是很像這樣的房子。她在雅麗珊卓的回憶裡見過，那是雅麗珊卓與丈夫翩翩起

舞的宮殿，是雅麗珊卓年紀尚輕還沒被魅影情人藏到猶太區之前，閒坐用餐的庭園。

馬西堤的老婆一副世界末日就要來臨的模樣。

❾ Mashhad，伊朗什葉派聖地，位於德黑蘭東方約九百公里。

❿ Imam Hussein，第三代伊瑪目，先知穆罕默德的外孫，於西元六八〇年在卡巴拉城外遇襲身亡，為什葉派教

　徒奉為殉教聖徒。

「真主殺了我吧，因為我罪孽深重啊。」她一而再，再而三地對丈夫說。每回只要她的臉頰像這樣紅了起來，馬西堤就知道自己又要一夜不得安寧了。「這女孩要不是猶太人就是英國人，搞不好還是英國猶太人咧，我連她是怎麼上了你的車都不想知道。」

她一轉身，頭也不回地走向座落在主屋後面的傭人房。她看到蕩婦伊菲特把新鮮的麵糰塞進胸罩裡，舔舔嘴唇，添點潤亮，然後穿上制服，準備在索拉博面前現身。

「快點滾，去招呼索拉博汗❶。」馬西堤的老婆下達指令，她好討厭這個劈開大腿討生活的女人。「他一定想要吃晚飯。他還帶了一個英國人回來過夜。好好盯著，別讓她偷了什麼東西。」

伊菲特笑得花枝亂顫地往外走，馬西堤的老婆忙著轉開頭，免得看見她嘴裡的每一顆牙齒。

伊菲特是鐵慕爾唯一親自雇用的女傭，也是他唯一不准芙洛蓮·克勞德解雇的女傭。他甚至還讓她去上學，但是她在學校裡只學會怎麼用她的裙襬釣男人，接著是化妝，香水和墊高的胸部，再來是避孕藥和墮胎手術，弄到後來伊菲特搞壞了身體，醫生告訴她，以後就算她想懷孕也不可能了。

她一點羞恥心都沒有，有一回穿著學校制服，光著腳丫出門去買麵包，結果一個月後才回來，說和駐紮德黑蘭的一個美國大兵結婚又離婚了。那天美國大兵擋住她的去路，盯著她赤裸裸的腿看，然後她就跟他走了，雖然兩人根本言語不通，但是他們光做愛不說話，直到再也撐不下去才分開。於是伊菲特又回到街上，雖然失蹤了一個月，卻還是光著腳丫。她帶著一束紅玫瑰和一朵歉疚的微笑，回到芙洛蓮·克勞德的門口。

有好幾年的時間，她也一直想追索拉博，成天穿著短裙，打著赤腳，腳趾塗得紅豔豔的，在他面前晃來晃去，芙洛蓮‧克勞德或馬西堤的老婆不在家的時候，她甚至連胸罩都不穿。她會在半夜過後，隨便找個藉口到他房裡去，坐在他床邊，談起她的情人以及她為他們做的事，說她有多喜歡在做愛之前把乳頭浸到蜂蜜裡，她有多喜歡在罩袍底下什麼也不穿的和情人上街去，這樣她從外觀上看起來雖然包得嚴嚴的，但是她和情人都知道在罩袍裡的她是赤裸裸的。她費盡心機，卻還是一無所獲，頂多只換來索拉博包容的微笑。他出於禮貌地聽她說完，然後送她到門口，讓她不得不違背真心期待地相信，這個男生在此時此刻是不會衝動行事的。

直到今日，伊菲特的頭髮還是擁有非比尋常的魅力，她的笑聲還是如同十數個銀鈴清鳴合響，她依舊和不同的男人上床，彷彿青春永遠不老。

✻

在玄關，馬西堤正在哀求索拉博。

「少爺，」他很謹慎地壓低聲音：「你連那女孩的名字都不知道。我們可能一覺醒來就發現她放火把房子給燒了。」

但是索拉博看都沒看馬西堤一眼。一瞧見伊菲特，他就鬆了口氣，好像找著了天生的盟友，

❶ Khan，中亞地區對酋長、顯貴或官吏等的尊稱。

要她帶羅珊娜到房裡去。

「少爺！」馬西堤又說，若說他很怕老婆發火，那麼他更怕的是羅珊娜會帶給他們厄運。

「我絕對不贊成！」

羅珊娜聽見他的話，走近玄關。

「我只待一個晚上。」她說，聲音如此溫婉，讓馬西堤羞愧得手心冒汗。「你要我睡在哪裡都行。我保證，我不會拿任何東西。」

她隨著伊菲特進了一樓的客房。這間房比樓上的房間小一點，但是離索拉博的房間有段安全距離，伊菲特想，而且離傭人房也夠近，足以讓馬西堤的老婆覺得滿意。羅珊娜很快地道晚安，關上房門。然後她和衣躺在床上，側耳聆聽。

過了好幾個小時。羅珊娜還清醒地躺著，重溫這天發生的種種事情，很想知道爸媽和蜜黎安一旦發現她離開猶太區之後，會有什麼感覺，會怎麼想。她棲身的這幢房子裡，有些個什麼某種既陌生卻又熟悉的東西——讓她很不安。等她覺得所有人都入睡之後，就下了床，走了房門。

她踏過長廊，走上樓梯，進到一間間擺設漆彩木櫃的奢華空臥室，鑲嵌鏡子，水龍頭鑲金鍍鉻淌出鑽彩水流的浴室，穿過玻璃門，停在俯瞰庭園的圓形陽臺上。她看見索拉博睡在房門半開

的臥房裡，探頭看看芙洛蓮·克勞德的臥房，接著是鐵慕爾的臥房。羅珊娜覺得自己像是隱了形，輕盈得沒人聽見她的腳步聲，自由得可以敞開雙臂，隨心所欲從任何陽臺迎風飛起。

樓下，廚房有四面大大的白牆，和一大堆櫥櫃，緊鄰的一個小房間裡，擺有一張可坐八人的長方桌。兩個房間之間另有個小隔間——非常窄小，燈光微弱，裡頭只有一張矮凳，一個火盆，以及一支水煙管。

有個男人坐在矮凳上。他穿著深棕色的西裝，一頂棕色扁帽，棕色的皮鞋。白襯衫的領子漿得硬挺，但沒打領帶。他的眼睛是全白的，沒有瞳孔，但是羅珊娜還是覺得他看得見她。

沉浸在既陌生又熟悉的靜默氣息裡，聞著鴉片的香味，感覺到這老人盲眼的凝視，天使羅珊娜頓時醒悟，她已經踏進了驚奇之屋。她明白，她因錯誤而來到此地，卻再也找不到路出去了。

芙洛蓮・克勞德後來會詛咒這一天，說這是她一輩子最倒楣透頂的一天——星期六早上，她和鐵慕爾從戈爾崗回來，發現有個逃家的猶太區女孩鳩占鵲巢，索拉博被那女孩迷昏了頭，眼底和微笑裡盡是她的影子。伊菲特對羅珊娜很不放心，跟在她背後，保持三公尺的距離，發誓說這女孩是個靈魔——棲身在波斯夜色裡的精靈，跟在她背後。

有能力可以幻化為人形。羅珊娜才在這房子裡待了三天——她已經在星期四親自證實茉希狄的確和新婚夫婿到歐洲去了，於是又回來找索拉博，因為她無處可去，也不打算再回猶太區。

芙洛蓮・克勞德惡狠狠地瞥了羅珊娜一眼，知道非趕走這女孩不可。

「真是夠了。」她對馬西堤說，連對羅珊娜說句話都不願意。這時是清晨七點鐘，羅珊娜站在主屋門口外的臺階上。「給她五十塊錢，讓她到市區去搭巴士。我們家又不是旅店。」

她隨手把外套擺在樓下的欄杆，踩著細跟涼鞋上樓回臥房。鞋跟好高，讓她每踩一步都像要跌倒似的。雖然背對著門，但是她可以感覺到羅珊娜一動也不動地站在屋外，她知道羅珊娜是個下賤的東西，也可以嗅到她的不屑一顧讓羅珊娜困窘不安。她進了臥房，關起門，沒料到的是索拉博竟然跟在她背後。

「讓她留下來。」他問。

芙洛蓮・克勞德搖搖頭。

「只要幾天就好。」他堅持：「等到阿敏和他的新妻子回來。羅珊娜是來找茉希狄的。」她說她們以前在猶太區的時候住在一起。」

芙洛蓮‧克勞德聽了更氣：這女孩曾經和毀了阿敏家庭與聲譽的女人住在一起，簡直是罪加一等。而且讓芙洛蓮‧克勞德更惱的是，索拉博竟然直呼那個女生的名字。

「這下子我們更有理由盡快趕她走了。」她說。

這天早上他們摸黑在凌晨三點離開戈爾崗，讓鐵慕爾可以趕回來上班，所以芙洛蓮‧克勞德兩點就起床準備了。這會兒她又累又睏，偏偏從來不違抗爸媽決定的索拉博又對羅珊娜有這種反應，更讓她氣惱。芙洛蓮‧克勞德很想舒舒服服地癱在椅子上，脫下夾得足部出現深深紅印的高跟鞋，把腳抬到腳凳上，歎口氣舒緩一下。她很想拔下頭髮上的夾子，解開加在髮髻裡增添髮量的那把染成金色的馬毛，洗掉塗在睫毛上沉甸甸，讓她的眼睛在這天清晨淚水汪汪的睫毛膏。

但是，除非索拉博離開她的房間，否則她無法放鬆。在二十六年的婚姻裡，她從來不准任何人──她的丈夫，她的兒子，甚至家裡的僕人都不准，只有協助她入浴的馬西堤老婆例外──看見她沒化妝，沒穿高跟鞋的模樣。她衷心相信，婚姻美滿的祕訣在於，妻子只能以最好的一面出現在家人面前，儘管如此一來必須額外耗費許多心力，儘管她兒子已經二十一歲，而且還在她的臥房裡惹得她煩躁不安，也絕對不能稍加鬆懈。

就在這一瞬間，索拉博突然拉高嗓音。

「你不能趕她走！」他自從長大之後頭一次對媽媽大呼小叫：「我不准！」

她站了起來，深吸一口氣。

「這很不得體。」她解釋說：「她這麼年輕，還沒結婚，和我們又非親非故。她爸媽遲早會

來找她，不管她為什麼要離家出走，他們都會怪到我們頭上。再不然，她也會有更多的期待——特別是對你的期待——到時候就更難讓她離開了。」

他對她的推論沒有興趣。

「妳得再重新考慮。」他說：「我是不會讓她離開的。」

接下來的許多年裡，芙洛蓮·克勞德不只一千次地回想這天的情景。當然啦，事後看來，她當時連一分鐘都不該讓羅珊娜多待的。她應該報警或叫國家警衛隊來，應該派馬西堤去買老鼠藥摻在羅珊娜的食物裡，應該告訴馬西堤的老婆說，這女孩是如假包換的英國人，理當綁上刑架活活燒死。如果知道後來會發生什麼事，芙洛蓮·克勞德一定會在院子裡堆起柴薪，親手在羅珊娜腳下點起火。可是，此時此刻，索拉博賴在她房裡，打從出生以來第一次反抗她，要她准那女孩留下來，芙洛蓮·克勞德向來拿兒子沒辦法，又因為腳踝痠痛難耐，所以一時心軟，告訴自己說事情或許沒那麼糟，畢竟索拉博是個需要有女人為伴的男人，他們可以多留羅珊娜幾天，等那搞得他昏頭轉向的需求得到滿足，或等到迄今還沒表態的鐵慕爾替芙洛蓮·克勞德挺身而出。

自此而後，每過一天，芙洛蓮·克勞德對自己的決定就更懊悔一分。

羅珊娜並非索拉博前所未見的驚世美女，她行事並不張揚，也從不對任何人需索任何東西。

但是她身上有種奇特且令人不安的氣息——她和芙洛蓮·克勞德與索拉博認識的其他猶太人看起

來迴然不同的那種模樣，還有她彷彿不受重力牽絆那般輕盈的一舉一動。她以近乎空洞的眼神環顧周遭事物，可以好幾個小時不說一句話或弄出半點聲響，到芙洛蓮‧克勞德幾乎都已記記她的存在時，突然迸出猶如三歲稚童的笑聲——動人的喜悅音籟宛如盛開的粉紅櫻花，從她身上片片飛舞而出——屋裡的人不管正在做什麼，都會停下來，抬起頭，彷彿看見她微笑裡的繽紛色彩。

她就在那裡，嬌小年輕而且出奇自信的她，光著腳站在僕役的院落裡，幫著伊菲特擰乾她們剛洗好的床單，薰衣草漂白水在她粉白的臂彎濺上點點水珠，滑落到她細瘦如孩童的雙腿。再不然她就在廚房裡，小心避開芙洛蓮‧克勞德，找果凍賈可伯說話。大家都知道賈可伯已經看不見也聽不見任何真實的東西了，但是只要和羅珊娜在一起，他就會想辦法正正經經地聊天，甚至還能在正確的時機笑起來。

芙洛蓮‧克勞德最火大的是羅珊娜竟敢到買可伯耽溺幻想的地方去吵他。沒錯，買可伯大半的時間都活在幻覺裡，但是他的癡呆並非一無是處。大家遺忘了他的存在，反而讓他可以盡情觀察周遭的一切——僕人，客人，甚至鐵慕爾——然後，偶爾在很罕有的清醒時刻，再把她從來沒能發現的事一五一十報告給她聽。

芙洛蓮‧克勞德忍了羅珊娜一個星期，才去找鐵慕爾。有天早上，她穿上紅色的羊毛套裝，鑲萊茵石的高跟涼鞋，在馬西堤的老婆還來不及準備早餐之前就到廚房去。羅珊娜坐在餐桌旁，和伊菲特一起喝茶。她已經換掉學校制服，穿上馬西堤的老婆給她的，沒款沒式的舊衣服。芙洛蓮‧克勞德一走進來，羅珊娜就和伊菲特一起站起來，垂眼盯著地面。

「早安。」芙洛蓮・克勞德微微一笑，沒特別針對哪一個人。在小隔間裡，果凍賈可伯在鴉片煙裡沉沉入睡，只偶爾動一下，拍打他臉上和頭上巨大的蒼蠅。芙洛蓮・克勞德走近銅茶壺，倒了一杯熱茶和一杯熱水，在銀托盤上鋪了一條漿燙平整的亞麻刺繡餐巾，然後擺上那兩杯茶水，以及一碟椰棗和一朵粉紅色的玫瑰。她在水槽上方的鏡子裡照了照，仔細端詳自己的妝容、頭髮、和唇線。然後端起托盤，走向鐵慕爾的臥房。

「早安，早安。」她歌唱似的聲音順著樓梯往下傳，讓馬西堤的老婆很不以為然地皺起眉頭。在臥房裡，鐵慕爾坐在書桌旁，看昨天的晚報。她走進來的時候，他抬起眼，露出微笑，然後一語未發地回頭看他的報紙。

她把托盤擺在書桌上，拿起茶杯放在鐵慕爾面前，然後端著她的熱水在他對面坐下來。每回有重要的事情要討論，她總是來上這麼一套。只是，這一次，鐵慕爾似乎沒心情講話。

芙洛蓮・克勞德清清喉嚨。

「索拉博帶回家的那個女孩，」她開口說：「已經十一天了……我們對她一無所知，只聽說她母親把她送那個俄國女人。我想我們應該打發她走。」

鐵慕爾碰也沒碰他的茶。她再次清清喉嚨。

「索拉博想要她留下來，看起來是。」她之所以這麼說，與其說是要鐵慕爾瞭解事態的嚴重，倒不如說是要掩飾自己的驚慌失措。「但是我不知道她要用什麼身分留在我們家，而且我也很擔心未來的問題。」

她頓了一下，啜口熱水，望著鐵慕爾。他的眼睛盯著報紙，但是一動也不動，什麼東西也沒讀進去，只是為了避開她的眼神。

「不管怎麼樣，我想，今天等你和索拉博去上班之後，我就要打發她走。或許等你們一起出門之後，你再對他提起，說這是你和我共同的決定，這樣他就不會找我吵了。」

在這一瞬間，她突然覺得自己根本不該來，根本不該對鐵慕爾提起這個問題。她猛然起身，搓著雙手。

「就這樣吧。」她說，想趕在鐵慕爾有機會開口之前就離開。可是來不及了。

他盯著她看。她覺得他看起來比她熟悉的他來得更黑，更哀傷，更孤獨。

「讓她留下來吧。」他說。芙洛蓮・克勞德聽見自己的人生紛紛碎落。

異教徒鐵慕爾是穆罕默德‧阿里國王⑫的外甥，吉爾蘇丹親王的孫子，也是號稱「王中之王」、「上主之影」、「宇宙之光」的卡佳爾王朝⑬納瑟伊汀國王陛下的曾孫。鐵慕爾的父親，凡夫索羅門原本是個猶太歌手，生就一副令人難以抗拒的好樣貌，和傳奇的迷人魅力，所以在當時的王公貴族圈裡大受歡迎。他母親卡佳爾王朝的塔拉是位穆斯林公主，與猶太人墜入情網，不顧父親的反對結婚。她帶索羅門到德黑蘭的玫瑰宮，一起在鑽石門牆環繞，青玉噴泉流淌，皇家玫瑰園終年繁花怒放的王宮裡生活。他們度過幸福美滿的二十年，做愛，生小孩，在舒適安全的環境裡養大小孩，渾然不知宮牆外戰火四起，革命已然迫近。

異教徒鐵慕爾是父母的么兒。他一九〇七年出生之後，憲法革命⑭推翻了卡佳爾王朝，放逐皇室。鐵慕爾的母親拋下不肯離開伊朗的丈夫，拖著孩子，跟隨被罷黜的國王流亡俄羅斯。他們一直住到俄國發生布爾什維克革命，然後轉往歐洲，最後再到土耳其。他們每隔幾個月就搬一次家，靠著被黜的伯父給他們的那份日益縮水的津貼過活。塔拉把孩子託付給家庭教師穆斯林米爾札‧穆罕默德照管，他逼他們背一大堆資料和數字，害他們腦袋全變得不靈光。年紀比較大的幾個兒子長大後成為戴眼鏡的紳士，受過高等教育，風度翩翩，在法國和英國過著落難貴族的苦日子，大半輩子都在計算他們因為憲法革命與雷札國王政變而損失的財產，年紀比較小的兒子，鐵慕爾和哥哥莫拉德，對母親失去的財富完全沒印象，因此也沒和她一起懷憂喪志。他們一心想要的只是能在一個地方待久一點，待到能產生歸屬感。

一九二七年，卡佳爾王朝的塔拉對孩子們宣布，他們又要搬家了——從他們在巴黎的房子搬到一個遠親聖克勞德叔叔家。那是他們十年來第十一次搬家了。

那年異教徒鐵慕爾二十歲。他想離開母親家，已經想了好久。他想和纏著母親的那股無用的怒火一刀兩斷。他知道她絕對不會放他走，她絕對不會原諒他的不孝。可是，在權衡輕重之後，他還是去見母親。

「我不和妳去聖克勞德家。」他在母親的會客廳裡對她說。

塔拉當時站在她祖父納瑟伊汀國王巨大的畫像底下。很多自以為了不起的歐洲人都認為她是個冒牌貨——號稱具有皇室血統，但在他們看來，她分明只是個吹噓自己身世的落魄移民。她得靠這張肖像向他們證明，她是貨真價實的公主。曾經擁有絕倫美貌的她，看起來比實際年齡老得多。泛黃的皮膚銘刻著流亡歲月的艱苦辛酸，紅唇也因為香菸而黯淡泛黑。她菸抽得越來越兇，

⑫ 穆罕默德·阿里 (Muhammad Ali Shah, 1872-1924)，伊朗卡佳儞王朝一九〇七～〇九年的國王，因解散國會，廢止憲法而被黜，由兒子繼位，流亡俄國，策謀復辟失敗，再次流亡。最後身故於義大利。

⑬ Qajar，從一七九四年到一九二五年為止，統治伊朗的王朝。

⑭ Constitutional Revolution，二十世紀初伊朗爆發憲法革命，在一九〇五年底制定憲法，設立議會，實施君主立憲，但一九〇七年穆罕默德·阿里國王繼位後，在英俄瓜分勢力範圍的野心支持下，廢止憲法，解散國會，另立新王，重新實施君主立憲，穆罕默德·阿里使伊朗國內陷入紛亂動盪，一九〇九年反抗勢力罷黜國王，另立新王，重新實施君主立憲，穆罕默德·阿里流亡俄國。然在英俄勢力介入之下，憲法革命仍於一九一一年宣告失敗，伊朗重回君權時代。

讓她變得越來越瘦，越來越狂躁，法國香菸的味道永遠揮之不散。

「你別無選擇。」她對兒子說：「我們沒有別的地方可去。」

鐵慕爾告訴她說，他要回伊朗去。

「絕對不行！」她摑了他一巴掌。血從他的鼻子裡冒出來。塔拉看不起那個反抗她家族統治的國家，以及那些推翻她伯父王權的人民。而最重要的是，她恨雷札國王，那個聲稱卡佳爾王朝不仁不義，痛斥他們竊取國家財富，卻只是為了接收他們的王位，開始自己動手偷竊的人。

「你是卡佳爾家族的人。你還沒抵達首都，雷札國王就會找個理由把你給殺掉。」這倒是事實，在伊朗近代史上，每個剛取得政權的君王都習於鏟除任何接近他的前朝遺族。

不過，鐵慕爾畢竟也是猶太人的後裔，他父親沒沒無聞地死在德黑蘭。

他對塔拉說，他會改用父親的姓，告訴大家說他是個猶太人，擺脫他母親家族的苦難與渴望，開創自己的人生。

「這是叛教啊。」塔拉怒不可遏：「改變信仰的穆斯林不需要理由就會被判處死刑。」

她攔不住他。

　🙢

回伊朗途中，異教徒鐵慕爾一路不停夢到母親的狂怒。他獨自啟程，耳中迴盪著塔拉惡毒咒罵的聲音，搭火車再換乘船，抵達伊朗時，距他關上他母親躲避命運的最後一座歐洲城市的最後

一幢房子的最後一扇門，已經兩個月又十三天了。他對德黑蘭市集裡那家大客棧的老闆自稱是猶太人的兒子，在海外由穆斯林母親撫養長大。他在外交部找到一份工作，擔任法國、德國和英國外交官的傳譯。靠著薪水，他在德黑蘭的鳳凰大道上買了房子，雇了馬西堤和他老婆當司機與女傭。然後他遇見芙洛蓮・克勞德，或許就像她常自誇的那樣──是她給鐵慕爾帶來了好運。

她是色拉茲⑮來的魯哈拉的女兒。魯哈拉在德黑蘭最小的市集後巷裡有間布行。他在雷札國王執政初期來到德黑蘭，不久之後，就把妻子和小孩從色拉茲接來。他們有六個兒子和一個女兒。這個名叫葛娜茲（意即「美麗花兒」）的女兒認為，她人生的使命就是照顧一家子男人。抵達德黑蘭不久，魯哈拉的妻子吃了一顆酸瓜，隔夜就因為胃痛死了。醫生說死因是闌尾破裂。

和那一輩所有的男人與女人一樣，色拉茲的魯哈拉寧可相信流傳久遠的經驗法則，也不相信這個剛剛出娘胎沒多久，只因為在什麼大學混了五年，就突然以為自己能替上帝發言的毛頭小子所做的可笑診斷。他毫不遲疑地對那人說，他有多痛恨醫生的鐵石心腸，明知婦人無法替自己辯解，竟然還這樣詆譭她——說她身體裡有個破掉的東西。魯哈拉要求道歉，因為這個診斷有損他兒女未來論及婚嫁的身價，醫生馬上就豎白旗投降了。事實是這樣的，雖然色拉茲的魯哈拉沒什麼錢，社會地位也不高，卻是個很受歡迎的人，交遊廣闊，相知滿德黑蘭，他只要在市中心的國王咖啡館吃盤洋蔥清燉小牛肝，配幾杯威士忌，閒聊幾句，就足以成就或摧毀一個年輕人的前途。

母親過世幾個月後，葛娜茲離開學校，照顧一家子男人。她看著兄弟們一個接一個完成學業，結婚，找個政府小職員的工作，被迫收賄維持家計。她打理家務，替魯哈拉管帳，每天給他零用金去和朋友玩雙陸棋。年復一年，她覺得雲英未嫁的自己越來越老，而且——她心知肚明，從來不存妄想——越來越沒吸引力。

倒也不是說她的外貌沒有可觀之處，亮麗的棕髮，深邃分明的五官，細得不可思議的纖腰上聳立著豐滿碩大的胸部。她有雙勻稱的長腿，若非頂著四四方方活像個洗手檯的肥臀，看起來一定更纖巧動人。然而，隨著歲月增長，生活日益艱難，葛娜茲也知道只有靠著「正確」的婚姻，她才有機會改善她的人生，拯救她的兄弟免於貧窮。而彷彿覺得這個任務還不夠艱鉅似的，她竟然還更進一步，愛上了鐵慕爾。

話說回來，她對鐵慕爾的傾心，與其說是愛情，倒不如說是一種由衷的愛慕或崇拜來得貼切。她是在城裡看見他的，戰前，他還在外交部工作的時候。當時擁有汽車的人很少，所以她大老遠就認得出鐵慕爾的福特。或許是因為他異乎常人的俊俏外貌──黝黑的皮膚，配上一雙綠眼睛，讓他散發出威懾逼人的野獸氣息──也或許是他身上如影隨形的傳奇，說他那個演奏塔爾琴[16]的猶太父親，在某個螞蟻與蝗蟲鋪天蓋地肆虐的旱年，以歌聲召喚天降甘霖。或許是因為每回她看見他坐在馬西堤駕駛的車子後座，抽菸讀報紙的時候，總是那麼悲傷，那麼孤獨。就連他的手，她想，看起來都好悲傷。成群的乞丐擠在車旁，他一施捨，甚至還給那些剃光頭蛀壞牙齒的小男生錢，但是不拿他們推銷給他的便宜貨。他從不拒絕任何人。如果他笑也不笑，如果他一句話也不說，完全是因為他太悲傷了，她想，而不是因為他冷酷無情。

⓯ Shiraz，位於伊朗西南部，為伊朗人口第五大的城市。

⓰ Tar，長頸葫蘆形的六弦撥弦樂器。

因此，就像世上每一個昂然踏進早已四崩五裂的人生卻自以為是慈悲天使的蠢女人，葛娜茲下定決心要嫁給鐵慕爾，要讓他幸福快樂。

一九三三年，她二十八歲——比鐵慕爾大兩歲——只上過六年學，對何謂優美，何謂精緻一無所知。她知道鐵慕爾從來沒注意過她，就算她在雨夜光著身子出現在他門口，他也不會注意她。但是葛娜茲是那種必要之時絕不怯於採取激烈手段的人。所以她去找放高利貸的人，拿父親的店鋪抵押借款，交代兄弟們照顧生意，然後買了兩張票——給她自己和魯哈拉——搭船赴德國。他們不會再回來了，她對她的朋友說，而且他們絕不會後悔。

六個月後，魯哈拉回到德黑蘭，穿著加上墊肩的羊毛西裝，喀什米爾長大衣，和一頂讓他看起來百分之百像他想扮演的基督徒百萬富翁形象的帽子。他手裡挽著一個年輕女郎，一頭淺金色的頭髮，兩道精心修整的眉毛，容貌和葛娜茲出奇相似，但她說自己名叫芙洛蓮·克勞德。她只會說一點帶德國口音，不甚流利的法爾西語，說她在法蘭克福住了一輩子，在那裡研習「藝術」。她投入這個角色的程度之深，時間之久，讓她的老朋友們把她歸入瘋子之列，懶得戳破她編排的故事。

芙洛蓮·克勞德在鳳凰大道上租了一幢房子，就在鐵慕爾家往下走一點的地方。下午，她陪父親出門散步好一會兒，垂著薄紗的帽子壓得低低的遮住眼睛，上身一件緊身喀什米爾毛衣繫上腰帶，讓她的胸部像一對平行擺放的碩大甜筒。她也穿高得不可思議的高跟鞋，讓腿看起來更修長，讓屁股看起來沒那麼笨重。她和父親引見的每一個男人握手，喝茴香酒，抽香菸，大方給小

費，嚷著要買部車。過了兩個月，她借來的錢眼看就要用罄了，那些昂貴的衣服也因為不時穿戴看起來略顯陳舊了，於是芙洛蓮・克勞德開始對鐵慕爾採取行動。有天下午，她穿上金色的蕾絲洋裝，金色的高跟涼鞋，披上米白外套，和父親一起到鐵慕爾家去。

「他不在家。」那名女傭當著他們的面想把門關上，還閉起眼睛不看這個她懷疑是英國人的女人，免得被污染。但是芙洛蓮・克勞德把門往裡推，走進屋裡。

「我們等他。」她說起話來活像習慣使喚許多僕人的女孩。「給我們茴香酒和兩杯土耳其咖啡。」

一個半小時之後，鐵慕爾回到家，發現色拉茲的魯哈拉露出開懷微笑，伸出溫暖的手迎接他。

「你的新鄰居。」他自我介紹。他伸手搭在鐵慕爾肩頭，讓他轉身面對坐在椅子裡，背挺得筆直，雙腿腳踝交叉的芙洛蓮・克勞德。她身體微微側向一邊，讓她的雙峰益發雄偉。

「我女兒克勞德。」他說：「從德國來找合適的對象。」

鐵慕爾對他們的冒昧微笑以對，他太有禮貌，也或許是太孤單，所以沒開口要他們離開。他們一起啜飲茴香酒，談論文明歐洲的種種驚奇異事。芙洛蓮・克勞德讚美鐵慕爾對顏色的品味，說傭人，也就是馬西堤的老婆，需要稍加訓練。然後，她站起來，對鐵慕爾伸出手。

「這次拜訪很愉快。」她說：「我保證，我們會再來。」

接下來的兩個月，一個星期有三天下午，原本是出身色拉茲與德黑蘭的猶太人芙洛蓮・克勞

德不請自來地拜訪鐵慕爾，馬西堤的老婆簡直嚇死了，一整個晚上連帶第二天，都不停擦洗芙洛蓮・克勞德和魯哈拉踩過的地板，希望能中和掉他們帶來的污穢。馬西堤最惱的是芙洛蓮・克勞德老是開口要鐵慕爾家裡沒有的稀奇古怪的東西：法國干邑白蘭地，德國巧克力，七天大的鴿子蛋——她肯定是想用她矯揉造作的態度和刺耳的口音試鐵慕爾的耐性，惹得他常常不願接待她。然而，她還是要父親兩度回去找放高利貸的人，借更多錢，拿來買自己的衣服和送給鐵慕爾的禮物。最後，有天下午，她問他會不會跳華爾滋。

「幹麼？」鐵慕爾問。

她露出縱容的微笑。

「只是想遵從習俗啊。」她說。

他一頭霧水。

「什麼習俗？」

「我們的婚禮啊。」她回答說：「我想用華爾滋開舞。」

在那一瞬間——在映照了鐵慕爾所有的寂寞與芙洛蓮・克勞德所有的渴望的那一瞬間——看著她因為怕他嘲笑而面不只明白她所提出的問題，也意會到她所想達成的目的的那一瞬間——在他無血色的微笑，而變成藍色的指尖，他明白了，她愛他，她為了讓他愛她而改造自己，如果他拒絕了她，她就會深歎一口氣，在他面前化為塵土。

「很好，小姐。我們就用華爾滋開舞。」

於是，芙洛蓮·克勞德就這樣嫁給鐵慕爾，和他一起住在鳳凰大道。她就這樣用父親的店鋪還掉所有借款，打發兄弟們去做生意。她就這樣錦衣玉食地供養父親，直到有天早上他在國王咖啡館，手握一杯櫻桃甜酒嚥了氣。她只有一個兒子，索拉博，在一九三六年出生，長得好漂亮，所以芙洛蓮·克勞德常常不願讓他在訪客面前現身，怕惡魔之眼會盯上他。此後，她未再懷孕。

至於原因呢，要麼就像馬西堤老婆一口咬定的，是她太老了，要麼就像馬西堤老婆猜測的，是因為鐵慕爾多半待在他自己的那間臥房裡。

在第二次世界大戰爆發的幾年前，雷札國王開始建造伊朗的第一批現代化工廠。芙洛蓮·克勞德說服鐵慕爾辭掉外交部的工作，去當金屬仲介商，接著又自己做起金屬買賣的生意。就在大戰前夕，有人指點他去買橡膠。「多買一點。而且長期囤積，不要賣。」

在一九四一年盟軍占領期間，就是橡膠讓鐵慕爾和芙洛蓮·克勞德賺進不可思議的財富。美國人需要橡膠去製造軍用車輛的輪胎。他們付出鉅額高價，付得爽快，什麼問題都不問。鐵慕爾拿賺來的錢去投資，從金屬到水泥到基本的糧食物資都做。然後他買下信仰大道的這塊地皮，蓋了這幢全城嫉羨的豪宅。

搬進新家的那天，芙洛蓮·克勞德以為她再也不會有哀傷遺憾。這些年來，她過著無憂無擾的幸福生活，寵愛丈夫與兒子，享受她的龐大財富和崇高社會地位，讓大小災禍都近不了身，她

甚至從沒失望地皺一下眉頭或歎口氣。等索拉博漸漸長大，她把時間全花來選擇聚會與社交活動，雇用陣容日益龐大的僕傭，到歐洲和美國旅行。到後來，她甚至還讓弟弟賈可伯先生搬進家裡來和她與鐵慕爾同住。

賈可伯運氣很背，竟然愛上了鴉片，喜歡與鴉片為伍，遠勝於其他的一切。好幾年的時間，他光抽鴉片，什麼事都不做，靠鐵慕爾幫他付房租和孩子的教育費。有一天，他老婆不想再照顧這個廢物丈夫，就把他送去給芙洛蓮·克勞德。鐵慕爾沒反對，因為他是個慷慨為懷的人，從來不為家裡的日常雜務費心，但是芙洛蓮·克勞德很怕在她社交圈的朋友面前丟臉，所以把賈可伯藏在房門緊閉的客房裡。她對僕人說他有神經方面的疾病。對其他人，她則壓根兒否定他的存在。她就這樣裝得若無其事的樣子，直到有一天，鐵慕爾說賈可伯總有一天會叼著鴉片煙管死去，而且會死得孤伶伶的，因為芙洛蓮·克勞德不讓別人靠近他。

從此，她就把賈可伯移到廚房和傭人餐廳之間的小隔間裡去。馬西堤的老婆叫他「果凍」，因為他老是顫抖個不停，其他僕人則避開他，因為他們相信他身上有惡靈。所以，幾年之後，鐵慕爾的哥哥不聲不響地出現在他們家門口的時候，芙洛蓮·克勞德也就沒有任何立場可以抱怨親戚侵擾他們的隱私。

傳信人莫拉德已經十五年沒見到鐵慕爾了。

「媽媽臨死之前還在詛咒你。」他對鐵慕爾說：「她說她一輩子都不會原諒你離開的事，她到死都不原諒你。她會一輩子盯著你，不讓你安寧，任何對你有重要性的東西，她都要奪走。」

芙洛蓮‧克勞德第一眼看見莫拉德，就不喜歡他。她討厭他帶來的消息。尤有甚之的是，她討厭鐵慕爾把哥哥拉近跟前，拍著他的背，臉上的那抹微笑是她一輩子沒看過他對其他人笑過的模樣。她聽鐵慕爾說過，莫拉德是個花花公子，同時和許多女人交往，一輩子沒做過半天工作。

他理所當然地接受鐵慕爾的邀請，在德黑蘭落腳，和他們一起住了一段時間。

她忍耐莫拉德將近一年的時間，鐵慕爾才替他買了棟房子，給他一份工作，只是他一點也不想做，只靠著鐵慕爾的慷慨解囊和眾多女友的饋贈過活。芙洛蓮‧克勞德甚至幫他找了個妻子，一個出身偏僻省份、未識世事的農夫女兒。這妻子給他生了三對雙胞胎兒子，當然也還是靠鐵慕爾撫養。不過，芙洛蓮‧克勞德很高興莫拉德不再在她面前礙眼，因為別的不提，光是每回看到鐵慕爾和哥哥說話時把他當成世界上唯一可信賴的人那副模樣，就讓她妒火中燒。

她告訴自己——在注意到鐵慕爾深愛莫拉德，而且也明白鐵慕爾從未對她有相同感覺的時候——男人要得到幸福，並不一定非愛老婆不可，美滿婚姻的祕訣在於相互包容，而非熱情，在於尊重而非親暱。她知道鐵慕爾從來沒後悔娶她。她也知道兒子索拉博會娶她替他挑的妻子——完美無瑕，優雅高尚，家世良好，美貌絕倫的女孩，比蘇拉雅王后[17]和她所有的珠寶更加燦爛奪

❼ Queen Sorraya，伊朗末代國王巴勒維的第二任妻子。

目。一個絕對無法與她競逐索拉博的愛的女孩。一個他不會像愛自己，或者像愛他母親那麼愛的女孩。

結果呢，出現的卻是羅珊娜。

天使羅珊娜相信，萬事萬物在被命名之前，都是不真實的；而人呢，除非在可以聽見他們故事的見證人面前被高聲提及，否則也是不存在的。至於其他的一切，她認為，包括痛苦在內，都只是虛妄的想像。

於是，她從那年開始守著祕密——她對那幢大宅詭異的影響力，還有她無論身在何處都環繞著她的光芒，就是那光芒魅惑著索拉博，讓他無法把視線從她身上轉開；就是那光芒驚擾著鐵慕爾，讓他不敢看她一眼。她守著所有的祕密，就算祕密開始發芽滋長，就算祕密開始行走呼吸，用它熟悉的語言對她說話，就算祕密像她自己的影子那樣盯著她不放，她還是緊緊守著祕密。她知道，就是這個祕密讓索拉博對芙洛蓮·克勞德的警告充耳不聞。就是這個祕密，讓鐵慕爾保持緘默，硬起心腸，拒芙洛蓮·克勞德於千里之外。而最重要的，也就是這個祕密，讓羅珊娜沒離開異教徒鐵慕爾的家。

她第一眼見到鐵慕爾就注意到，他不肯看她，他刻意不看她。他和芙洛蓮·克勞德從戈爾崗回來的那個早上，羅珊娜看見他下了車，謝謝馬西堤，然後拾階而上，和索拉博握手。鐵慕爾是頭雄獅，她想——年老飽經風霜，但依舊威儀堂堂。她知道他分明看見她了。儘管她一直站在他面前，但是他卻轉開目光，不肯看她。

那天，在走廊和院子裡，他有好幾次碰巧從她身邊走過。他聽見僕人對她議論紛紛，把她當成剛從西洋來的新奇玩意；他也看見每回有人提到她的時候，芙洛蓮·克勞德就氣得滿臉通紅。他看見索拉博在果凍賈可伯的鴉片煙霧裡盯著她，但是自始至終，鐵慕爾還是不肯看她一眼。

他這樣視若無睹，讓羅珊娜很不自在。沒有人，就連對她那麼不屑一顧的外婆碧碧，也從來沒不肯看她一眼。她很想去找鐵慕爾，站在他面前，傾身靠近他，直到看見自己的影像出現在他的眼睛裡。她想喚他的名字，問他索拉博說鐵慕爾的母親曾經用燒熱的鐵塊烙在僕人腿上，說他祖母曾經把敵人活生生丟到熱油鍋裡，是不是真的。

「這麼說來，他也沒有同情心。」她這麼對索拉博說。這讓她很害怕，但同時又很迷惑。

夜裡，羅珊娜走過整幢大宅，停在鐵慕爾臥房外面。她聽見靜默──就像許久以前，亞述情人還造訪時她在雅麗珊卓家裡聽見的那種靜默。她知道鐵慕爾醒著，戒備著，他的感知能力擴大了，在漆黑之中，他的眼睛鎖住她，如同猛獸鎖定獵物。她驚恐萬分地衝回自己房間，閉上眼睛，想把他的影像從心底趕走。可是她知道，鐵慕爾比任何人更能看透她。他看見她赤足在閃亮亮的黑色大理石地板上踩出的光暈，他感覺到她站在他房門外恐懼發冷的肌膚，他看見她逃走時在灰泥牆面上映出的身影。她知道他聽得見她的身體在床單底下竊竊低語，感覺得到她的眼睛因鮮血直衝腦門而燃燒沸騰。

於是她開始瞭解到再過許多年才會有人稍起疑心的事：鐵慕爾之所以不看她，是因為她早就已經在他眼裡了，早在她還未見到他之前；鐵慕爾不必靠近她，因為他知道她身上有他曾經航行過的海洋的氣息；他不必碰觸她，因為他知道她沒有重量──宛如睡夢，宛如欲望。

於是她明白，他已經看見她的翅膀──那透明的羽毛，只有在夜裡，襯著她一心渴望的藍寶

石夜空，才會現出顏色。也就因為這樣，羅珊娜才會留在信仰大道的這幢大宅──因為自從見到她的第一天起到多年之後，異教徒鐵慕爾都不看她一眼。

她站在僕役的院落裡，面前是一桶園丁剛採下來準備釀酒的紅葡萄。她光著腳，白色的洋裝濺上點點紫紅，手肘以下全浸在正幫伊菲特一起榨壓的葡萄裡。索拉博走近時，她微微一笑，就又低頭看著桶子。伊菲特看得出來，索拉博想和羅珊娜獨處，所以她偏要留下，連珠炮似地說個沒完，明明白白表示她不願讓位。最後，索拉博只得開口請伊菲特離開。

「我父親允許我來問妳。」伊菲特離開之後，他對羅珊娜說。他緊張得雙手發抖，微笑裡隱隱有一絲祈求的意味。

「我在想，妳是不是願意當我的妻子——也就是，嫁給我——和我們一起住在這裡。」羅珊娜嚇了一大跳，連忙把手從壓得半碎的那桶葡萄裡抽出來，在衣服前襟上抹了抹。白色的布料上一條條紫紅的印子。

「我對父親說，我不是個聰明人，」他說：「可是我對妳有很深的感情。我要妳知道，妳有自由決定的權利，可是我希望你答應，也希望有一天，妳會愛我。」

她凝望著他。夏日午後的熱氣從紅磚地面蒸騰而上，停駐在索拉博的額頭，滴落在羅珊娜溼漉漉的雙手上。

她想起鐵慕爾，想起他那天早上從她身邊走過的情形，他的步伐比平常快，彷彿急著要脫離她的掌控似的。走到在門邊的時候，他停了下來，手貼在刻花玻璃鑲板上，在那一剎那，她還以為他要開口對她說些什麼。

他現在也在望著她嗎？他知道她要對索拉博說什麼嗎？他想要她嫁給他兒子，住在他家，睡在索拉博床上嗎？

她對索拉博說，任憑他作主——不管他們要不要結婚——因為她只是個猶太區的逃家女孩，無處可去，也別無選擇。接著，她對他說，她認為他應該知道——她是個帶厄運的孩子，她家歷代的女人都會做出有辱門風的事，她命中註定要離家出走，若非背棄父母就是拋棄丈夫，說不定還兩者兼有，也就因為這樣，她母親曾經想殺掉她，也就因為這樣，她父親才會把她送給一個和鬼魂生活在一起的女人。

索拉博哈哈大笑，告訴她說，什麼命中註定都是騙人的。

羅珊娜起初嚇了一跳——他竟敢如此大言不慚，蔑視宇宙運行的法則。但她看見索拉博的眼睛，那雙盈滿對她愛慕之意的黃眼睛，於是生平第一次，她想她或許找到一條逃離宿命的生路了。她想起她和茉希狄聊過的事——羅珊娜說未來會愛上她的男人，以及她會生的小孩。這時，天使羅珊娜想，她看見那個孩子了，一個生來富裕、不識貧苦、擁有愛、沒有恐懼，生性樂觀、不受命運捉弄的女孩。在這幢遠離猶太區的大宅裡，在不受上帝與大自然威力震懾的人們之中，天使羅珊娜想，她可以生個女兒，她或許可以避開母親的傷悲，給女兒嶄新的命運。

索拉博和父親先敲定了日期，然後才通知芙洛蓮·克勞德。不過呢，就連女傭都比她先知

道。

有好幾天的時間，伊菲特整天垮著一張臉，說她是因為在索拉博面前表現得「太淑女」，才錯失了擁抱幸福人生的機會，還說她下回如果碰見一個夠格的男人，絕對不問他同不同意，就直接把他帶上床。她也談起要為「大事」做件新衣服。她沒提到大事是什麼，但是每回芙洛蓮·克勞德碰見她們在說話的時候，馬西堤的老婆總是惡狠狠地咒罵一聲，咬緊嘴唇，所以芙洛蓮·克勞德知道她們一定有什麼嚴重的事瞞著她。

她走進廚房，叫醒賈可伯。「她們在談什麼事？」她問他。

「民族起義啊。」他腦袋像雷射光般清晰。「美國中央情報局付錢要人民支持國王。他們的坦克車開上街道，誰擋了他們的路就開槍。」

「還有呢？」芙洛蓮·克勞德努力耐住性子追問。可是她的心臟快跳出喉嚨來了。

「上回暴動的時候，妳老公的伯公派出劊子手，用他的匕首弄瞎了全城人的眼睛。所以留在家裡吧。世事難料啊。」

芙洛蓮·克勞德勃然大怒。

「伊菲特說的那件『大事』是什麼？」

「賈可伯對她皺起眉頭，好像她是個笨蛋。

「當然是妳兒子的婚禮啊。伊菲特要給自己做件新衣服。」

芙洛蓮‧克勞德當然想阻止這椿婚事。她浴血奮戰，費盡心思，籌謀對策，詛咒怒罵，威脅要自殺，還在索拉博請她同意婚事那天演出心臟病發的戲碼。她跳到鐵慕爾那輛黑色福特車前面，說她寧可一頭撞死，也不要承受一輩子的漫長煎熬。她甚至把所謂的母性天職發揮到極限，企圖毒死羅珊娜……她拿下自己項鍊上的珍珠，放到做番紅花粉的小臼裡去磨成粉，然後要馬西堤的老婆每天摻一點點在羅珊娜的食物裡。這應該很管用的，因為珍珠粉會在消化系統裡產生有害的沉積物，讓人逐漸產生進食困難的症狀，最後活活餓死。芙洛蓮‧克勞德認識的其他女人，用這個方法無往不利。但是羅珊娜吃掉了一整條珍珠項鍊，卻一點消化問題都沒有，甚至胃口還好得很呢。絕望之餘，芙洛蓮‧克勞德遍訪城裡最頂尖的巫醫和算命師，找德黑蘭的戒嚴司令和首席拉比訴苦，還捐錢給穆斯林的阿布杜—阿吉姆聖龕[18]，祈求聖靈為她伸張正義。

然而，最後，讓芙洛蓮‧克勞德棄械投降的並不是索拉博。當然更不會是羅珊娜：芙洛蓮‧克勞德什麼大風大浪沒見過，豈會栽在這個從猶太區逃家，沒有錢，也沒有親戚可以替她撐腰的十八歲女孩。到頭來——這是最難接受的事實——是鐵慕爾收服了她。

他想要這椿婚事。

芙洛蓮‧克勞德不知道為什麼，也沒想辦法要他解釋。他向來不像芙洛蓮‧克勞德對索拉博

[18] shrine of Shah Abdol-Azzim，紀念西元九世紀殉教的聖徒阿布杜—阿吉姆，為什葉派聖地。

的幸福那麼關心，這是事實。受夠了母親念念不忘家族血統與社會地位所帶來的痛苦，鐵慕爾鄙夷這種階級觀念（否則他幹麼娶芙洛蓮‧克勞德？），嘲笑妻子不斷拓展正確社交關係的努力，這也是事實。可是在過去，他很能理解芙洛蓮‧克勞德必須掌控家務的需求，隨她去搞那些瑣碎費心的小事和堂皇的大計畫，用包容換取平靜，有時候甚至讓她誤以為他的興趣缺缺是某種淡然、消極的愛。

他對羅珊娜的態度似乎也一樣：他一直保持沉默，從不干預，對她的存在視而不見，直到芙洛蓮‧克勞德當面對他施壓，才含含糊糊地支持索拉博。自此而後，芙洛蓮‧克勞德節節敗退，終至有一天，索拉博向鐵慕爾坦承他對羅珊娜的愛。

芙洛蓮‧克勞德唯一想得出來的解釋，唯一說得通的可能性，就是鐵慕爾從來就不愛他兒子，也不在乎他或他們家發生什麼事。

而這件事，芙洛蓮‧克勞德也怪在羅珊娜頭上。

七月十七日。這個日期在芙洛蓮‧克勞德的夢魘中浮現，讓她血脈賁張。

有位醫生每天到家裡來替她打針。原本是想讓她心神安定，卻反倒讓她更生氣，害她嘴裡長了膿泡，一吃東西喝水就灼熱刺痛。馬西堤老婆只好在冷水裡加進鹽和酒精，讓芙洛蓮‧克勞德泡腳，用芥菜藥包貼在她額頭，餵她吃新鮮的荒蒌，喝甜檸檬汁。芙洛蓮‧克勞德待在臥房裡，

除了馬西堤的老婆之外，沒有人可以進來看見她沒化妝，沒梳整頭髮的樣子。馬西堤的老婆對其他人轉述芙洛蓮‧克勞德惡化的健康狀況，她的心碎以及希望幻滅的苦澀滋味。

然而，婚禮的籌備工作還是按照既定計畫進行。芙洛蓮‧克勞德最深沉的恐懼終於成真，隨著羅珊娜的出現，她的存在突然變得可有可無。最後一根稻草是索拉博聯繫上羅珊娜在猶太區的家人，邀請他們全家一起來參加婚禮。

他們浩浩蕩蕩一起抵達，活像一大遮天蔽日的蝗蟲降臨麥田，但破壞力猶有過之——二十七個世居猶太區的猶太人，身上帶著樟腦丸和小荳蔻的氣味，面黃肌瘦，衣衫襤褸，孩子們纏著大人，活像遭逢船難，緊抱腐朽木板不放的水手——芙洛蓮‧克勞德不必見到他們都知道，她想要他們每一個，連小孩都不例外，全都死在猶太區的亂葬坑裡，好永遠無法踏進她家裡一步。

馬西堤的老婆攙著芙洛蓮‧克勞德，走到二樓臥房的窗邊，讓她看見這大隊人馬。總共有五個男人，十個女人，十二個小孩。男的穿著市場小販似的西裝，套在身上活像個負擔——袖子太長，長褲在腳踝旁鼓了一圈，襯衫直扣到最上面一顆釦子，卻沒打領帶。他們的鬍子有兩三天沒刮了，滿口黃板牙，抽菸抽得嘴唇發黑。女的看起來全像要靠衣服掩藏某些恐怖罪行的模樣。她們乾巴巴的，滿臉皺紋，除了塔拉葉之外，都沒化妝。

塔拉葉把衣服拉得老低，領口露出半個胸脯，頭戴寬邊帽——粉紅翠綠夾雜，還綴上乾癟癟的恐怖紙花，像個在街頭釣最後一名恩客的巴黎流鶯。在她身邊的月亮蜜黎安，像個準備帶走屍體的收屍人，而她母親，曾經有「美人兒」封號的母親，一臉羞愧的神色，連罩袍都掩不住。

一把芙洛蓮‧克勞德扶到窗沿，馬西堤的老婆就逃之夭夭，躲進自己房裡，免得被猶太人污染送命。鐵慕爾召集了其他的傭人，要他們在主屋門外的臺階上列隊迎接這家人。

這群娘家賓客走近迎接隊伍的時候有點遲疑躊躇，於是拉赫曼走到前面領軍。他和馬西堤以及園丁握手，對每一個女傭屈身致意。他顯然很自卑，連面對僕人的時候都有點抬不起頭來。

鐵慕爾和索拉博來到門邊，歡迎他們。眾親戚還是茫茫然沒回過神來，好像脖子上扛了石磨似的，對發生在此地的迷離詭異之事顯然難以理解，這一定是搞錯了吧——說什麼羅珊娜要嫁給索拉博，說什麼她要住在這幢豪宅裡。

只有蜜黎安盡可能保持客觀的態度。她用懷疑的眼神打量索拉博和他父親，一副仔細檢查沉船遺骸，尋找人為疏失跡象的模樣。然後她走進屋裡。

「羅珊娜呢？」她問。

羅珊娜從她房裡出來，穿著索拉博買給她的新衣服，羞澀地微笑。每個人都盯著她看。就連那些年紀小得不識世事的孩子，似乎也知道有極其重大的事發生在她身上了。

蜜黎安上前擁抱羅珊娜。接著是秀莎，然後是洛雪兒和蘇珊。塔拉葉一動也不動。拉赫曼只是緊張地搓著手，像個遲遲未還欠債的人。他叫羅珊娜「克哈努」——也就是「小姐」——彷彿她尚未舉行的婚禮已經大大提高她的身分地位，遠遠凌駕她父親之上。

伊菲特帶大家到各自的房間去。她注意到蜜黎安一路走來都有種不滿的神態，眼神帶著疑慮而非讚賞，不屑而非感激。

「這房子裡有鬼魂。」蜜黎安在查爾斯先生的耳邊說。

※

在樓上的臥房裡，芙洛蓮‧克勞德脫掉睡衣，下令準備入浴。她的體溫還是很高，覺得很虛弱，可是她還沒病到不能忍受找髮型師和裁縫師到家裡來的程度。事到如今，既然無法制止婚禮，她決定，這該是結束休養，重新登場，讓這些從猶太區來的野蠻人知道她還是這幢豪宅的女主人的時候了。

婚禮那一夜，天空是鈷藍色的，月亮好大好大，宛如第一次升空俯瞰大地，讓夜色沐浴在柔和清澄的光暈裡。德黑蘭全城，每一條主要街道都點燃成排的火炬，照亮整座城市，從城北一直到南面的猶太區大門，再擴及外圍的沙漠，讓無數男女老少受到燦爛燈火的吸引，長途跋涉來到德黑蘭。在住宅區和主要市集周圍，巡守隊穿著新的制服，嘴裡喊道：「在國王陛下庇蔭下，永保安康！」眼睛低垂看著他們的懷錶──鐵慕爾和芙洛蓮·克勞德送的禮物。

沿著信仰大道，身穿白色制服的接待員鞠躬迎接搭乘敞篷馬車或閃亮轎車行經他們面前的婚禮賓客。大門口，著白色長袍戴面紗的女子懷裡抱著翠綠和土耳其藍的琺瑯小火盆，裝著燒成琥珀色的煤炭。每有賓客經過，女郎們就抓起一把野芸香籽，丟到炭上，燒起濃濃的白煙──純潔與好運的徵兆──吹向貴客。

庭園裡，步道兩旁掛起一盞盞紙燈籠。兩百棵樹，每一棵的樹幹都打上光線，在夜色中幻化成閃閃發光的精靈。每一畦花圃和每一個水池邊，都有園丁特地為今晚而新種的花草，讓茉莉清吐的芳香與山茶綻放的潔白花顏銘刻於德黑蘭居民的記憶深處，永遠和天使羅珊娜的名字，以及她如何成為全伊朗女人豔羨對象的傳奇緊緊相連。

白色絲緞地毯從大門一直延伸到接待區，兩旁有小提琴手列隊演奏莫札特。容貌酷似古波斯畫像的年輕女郎引導蒞臨的賓客進入庭園。她們一走動，掛在腳踝上的金幣就隨著步伐叮噹響，隨即在宅邸正面主露臺上成千賓客的輕聲低語與淺笑聲中隱匿無蹤。

穿著米白色燕尾服的索拉博看起來活脫脫就是個王子的模樣。話說回來，當年英國人如果沒推翻卡佳爾王朝，他本來就該是王子啊。芙洛蓮・克勞德一襲金色塔夫塔綢鑲黃色萊茵石的禮服，頭戴鑽石皇冠，是印度買的鑽石在巴黎鑲嵌打造的。她給賈可伯穿上新西裝──黑色羊毛西裝，配背心，戴錶鍊──把他請出廚房的小隔間，坐在大會客廳的一把安樂椅上。一整個晚上，他叫著每個僕人，拉扯每個客人的外套，吵著要他的水煙管和火盆。

傳信人莫拉德把老婆孩子丟在家裡，單身赴會，勾引每個近在咫尺的有錢女人。連伊菲特都換上白絲禮服，頭髮簪上白色玫瑰花苞與滿天星。她滿場飛舞，說自己是「新娘的近親」，和已婚的老男人喝馬丁尼，馬西堤的老婆不斷對她使眼色警告，她卻只是不以為意地聳聳肩。

「如果妳和英國人上床，就會變成英國人。」馬西堤的老婆準備回房休息之前特地提醒她。

「我還求之不得呢。」伊菲特頂嘴說：「英國人比妳我還棒，不然上帝怎麼會讓他們生成英國人。」

十點鐘，小提琴停止演奏。二十四個閹人歌手唱起傳統的波斯婚禮歌謠。然後，一個不到一百公分高的小男孩，從暗處走了出來，站在直通宅邸的步道盡頭，從口袋掏出一支笛子，開始吹奏，樂音如此輕柔悠揚，一個個音符在空中盤旋，喚醒了每個賓客心中沉睡的欲望夢影。那男孩一面吹奏，一面看著房子頂樓的左邊角落，他看了良久，眼神如此專注，引得其他人也隨著他的目光望去，於是他們也都看見了，在那扇斜角玻璃門後面，突然射出白色的光芒。那道光芒緩緩地從一面牆移到另一面牆，照亮了一個個房間，穿過三樓的時候變得更亮了，

然後走下樓梯，穿過二樓，再到一樓，等到了正門口的時候，整幢屋子全亮了起來——宛如一艘燦爛金船從黑暗的水面升起——敞開雙臂，讓羅珊娜登場。

她的皮膚好白，身上的禮服是義大利修女紡出的蕾絲裁製的，頭紗是一整匹真絲薄紗，垂蓋住她的臉，和她的一整襲禮服。她款款步下綴滿白色玫瑰的走道——她輕盈的步履，她十八歲的笑顏，都如此美麗，那一瞬間看見她的人都敢發誓，她必定是上帝親手完成的傑作。

罪人索拉博在羅珊娜面前鞠躬。他的眼睛像老虎一樣，是黃色的，射出深棕色的光芒。每回一抬眼看她，他的目光就親吻著她。

在垂覆白紗綴滿山茶花的頂蓋之下，周遭有燭光閃爍環繞，天使羅珊娜坐在索拉博身邊，聆聽拉比誦唸婚姻誓言。之後，鐵慕爾送給羅珊娜一份禮物：一條深藍色的藍寶石項鍊，並親手為她戴上。她抬眼看他，低聲道謝。就連這個時候，他也沒看她。

此時此刻望著羅珊娜，月亮蜜黎安還是相信宿命難以違抗。偷人精塔拉葉忿怒嫉妒的淚水流下塗脂抹粉肉嘟嘟的脖子，在她的乳房上方匯聚成一個小小的鹹水坑，就在她每回逮到機會就厚顏無恥地露出來的乳溝上。她一整天都在發脾氣，不理孩子，辱罵老公，一看見羅珊娜那條項鍊，就絕望地歎了一口氣，痛哭失聲，害她弟弟巴赫朗得把她帶離現場，免得丟人現眼。在推拉掙扎中，塔拉葉的鞋跟斷了，所以她只好整個晚上被迫留在指定的席位上，和其他的家人坐在一起，自此而後，她再也無法忍受她的家人，還覺得自己能壓抑得了情感實在是很了不得，然後，就在喝完湯還沒上檸檬雪酪之前的空檔，她又掉下淚來了。

幾個小時之後，太陽升起，信仰大道上這幢豪宅的燈光漸漸隱遁。最後一批客人累得神智不清地開車離去，僕役關上門，拉下帷幕。布尺拉赫曼拉著女兒的手，把她交給鐵慕爾：「我女兒是你的奴隸，」他覆誦新娘父親傳統上該說的話：「請耐心教導她。」

這時，芙洛蓮‧克勞德感覺到自己又發燒了，於是逃回床上，吞下一把安眠藥，和一壺冰冷的黃瓜汁，希望睡一覺醒來能發現這只是惡夢一場。踩著斷鞋跟的塔拉葉，一拐一拐地走向她永遠再也無法與丈夫分享的人生。蜜黎安發誓絕不嫉妒其他女人的好運，要憑一己之力賺夠大錢。洛雪兒則決定要回家嫁給唯一來提親的人──那個頭像甜瓜，凸眼睛，小個子，只要有女人走過身邊就盯得目不轉睛的男人。

回到沐浴在晨光中的臥房，索拉博看著鏡前的羅珊娜。

「妳從哪兒來的？」他問。

羅珊娜沒回答。她看著鏡中的自己。她還聽得見小提琴的樂音，還看得見自己穿過人群。她感覺得到整晚不停向她伸來的手，摸著她的臉，她的背，她的肩膀──所有的人都想認識她，或許還想要沾一點她的好運。她在鏡前轉了三圈，每轉一圈，就禱告一聲：

陽光不滅，

青春永駐，

女兒有雙黃眼睛，一生好命。

好幾年的時間裡，音樂從未停歇。

私人派對與正式酒會，裡海岸邊的旅行，造訪裁縫師與綢緞鋪。美髮師到家裡來，把羅珊娜的頭髮浸在冰冷的啤酒裡，捲成小小的髮卷，垂在臉龐周圍，讓她看起來甚至比實際年齡還小。美容師用小火熬煮紅糖和檸檬汁，熬上足足十小時，然後把溫熱的金色蠟液倒在她皮膚上。她們等蠟冷卻之後，再拿亞麻布搓掉，讓羅珊娜的腿光潔無毛，宛如幼童。修甲師讓她的指甲先浸過肥皂水，然後塗成琥珀色。伊菲特問她知不知道和索拉博上床之後該做什麼，還大方提供她和其他男人交手經驗的心得。索拉博無時無刻不愛羅珊娜。就連芙洛蓮・克勞德都努力和她和平共處，強忍下心頭恨意，接受她的存在，因為稍一不慎，她細心呵護的家庭就將毀於一旦。

鐵慕爾看著她。

他現在還嚇不著她——不像後來那樣，後來他的眼睛成為她的囚徒，後來她終於明白他永遠不會允許她離開他的視線，因為這麼做就表示他放棄了他最後的一線希望。在這段日子裡，他的眼中有著諒解，有著和羅珊娜一同守護祕密的沉默密謀。有時候，鐵慕爾的出現讓她有忍不住想哭的衝動。有時候她醒來的時候以為他就站在她上方，看著她睡覺。有時候她獨自一人，而他在遠處的時候，她一轉身，就感覺到他輕輕呼喚著她的名字。

婚禮兩個月之後，阿敏度完蜜月回來。他花掉了十萬美元，而且在途中失去了他的妻子。他們遊遍歐洲之後，茉希狄想到美國去。到了洛杉磯，她在日落大道上買了一幢房子，左鄰右舍都是電影明星。她說她要永遠留在美國。她太年輕了，不該把生命浪費在阿敏身上，她這麼對他說，她太美麗了，不該當個妻子與母親。她想成為明星，就像那些躺在大使飯店泳池旁邊，頭髮染色，臉戴太陽眼鏡，在下午做愛，靠喝酒才能入睡的女人。

沮喪羞愧的阿敏為了在德黑蘭保住面子，抵死不承認茉希狄離開了他。他對朋友說，她只是暫時留在美國，日落大道上的豪宅只是棟度假屋，他每隔幾個月就會去探望一回。為了證明所言不虛，他不時到洛杉磯去，還拍了照片，他身穿亞麻襯衫白西裝，摟著茉希狄的腰，儷影雙雙倒映在游泳池的湛藍水面。他送她珠寶，想勸她回來，在她身上花了其他人永遠不可能花的大錢，想阻止她和別的男人上床。她再也沒回伊朗來──甚至連一九六六年，阿敏因為潰瘍出血病逝，她也沒回來。後來，羅珊娜寫信給她，希望她至少回來一趟，在貓咪雅麗珊卓的墳上獻朵花。

「獻花幹麼。」茉希狄回信說：「我唯一能做的，就是活得坦蕩蕩的。」

羅珊娜把她的信收在盒子裡，和結婚戒指及索拉博送她的其他禮物擺在一起。她用一枝紅筆圈起茉希狄打在信封上的寄信地址。

後來，孩子在一九六六年出生——一個有雙黃眼睛的女孩，羅珊娜為她取名叫莉莉，這是個將來會拯救上千條人命，讓他們免於喪親之痛的女孩。索拉博以為他們還會有其他子女，結果並沒有。

像我母親一樣，我會孤伶伶地長大。也像羅珊娜一樣，我被自己的祖母瞧不起。芙洛蓮·克勞德把我當成索拉博自暴自棄的最終明證。

異教徒鐵慕爾到我出生的醫院，多年來第一次開口對羅珊娜說話。「女兒長得很像妳。」他說，嘴唇懊悔得直顫抖。

蜜黎安帶她自己的女兒來看羅珊娜。她一歲的女兒嘴唇像紅寶石，眼睛像黑玉石，只要有人對她微笑，就迸出一串串笑聲。

洛雪兒和丈夫一起來。她丈夫是個眼睛不停滴溜溜轉的男人，坐在房裡就拿起煙管抽了起來，還邀索拉博去參加他每週一次的雙陸棋賽。

秀莎和赫拉曼等天黑了，知道不會碰見索拉博和他家人之後才帶著歉疚的眼神來。他們帶來一盤自己做的甜糕，好讓母親能在產後恢復體力。

偷人精塔拉葉捎話來，說她沒辦法來，因為她自己有三個孩子要照顧，而且羅珊娜自己也從來沒去探望過她。

但是在所有人當中，因我的出生而受到最直接影響的是伊菲特。她第一天沒到醫院來，因為芙洛蓮·克勞德交代她做太多無關緊要的瑣碎家務，害她沒時間好好梳頭。第二天，她花了一整

天梳頭、買衣服……才不管是不是傭人呢，她對馬西堤的老婆說，她看起來絕對要比那些倚在病床上自以為是印度皇后，不過就是完成天生使命卻一副達成什麼了不得功勳的女人來得更有魅力。

第三天，她啟程前往醫院，遇見了她夢寐以求的男人。

他呢，是個如假包換的英國人。

他到德黑蘭來擔任水壩建造工程顧問。他在街上攔下伊菲特，問她伊麗莎白女王大道怎麼走。

「是的，閣下。」伊菲特對他說，她只懂得這四個英文字。她好久以前從她那個美國男朋友身上學來的，他每回想和她上床的時候，就要她這樣回答。對美國大兵來說，這只是個無傷大雅的玩笑，可是這卻永遠改變了伊菲特的人生。她對這個英國人露出最迷人的微笑。

「妳會講英文嗎？」那人問。

「是的，閣下。」她把胸部貼得離那人的胸膛更近一些。

「妳能帶我到英國大使館嗎？」

「是的，閣下。」

她看得出來，這英國人快失去耐性了。在羅珊娜技高一籌地從她身邊搶走索拉博之後，伊菲特就發誓，她絕對不會再在追求幸福的途程上浪費一時半刻。所以，這天她勇往直前，挽起這陌生男子的手。他以為她是要帶他去大使館。她叫了計程車，帶他到「新城」去，她姊姊在那裡開了一家專門接待美國和英國士兵的妓院。她要了一個房間，對著他祖胸露乳。這個暴牙蒼白的英

國人有點侷促不安，想要抗拒。最後還是放棄了。

在第一次做愛之後，他想要禮貌地和她談談話——證明他不是個野蠻人——可是伊菲特覺得這種談話根本沒必要，所以接下來的四天他們都在做愛，一起吃烤羊肉串，喝燒酒，抽鴉片煙。

等到伊菲特想起羅珊娜和自己之所以要到醫院的原因時，母親和新生兒已經回家了。伊菲特帶那個英國人去見鐵慕爾。

「老天垂憐啊。」她哀求鐵慕爾：「就算天打雷劈，我還是要求你幫這個忙。我告訴這個人說你是我的父親——和其他女人生的，因為我知道芙洛蓮·克勞德絕對不會幫我圓謊的。至少，我認為我告訴過他，你是我父親了。我姊姊妓院裡有幾個女人說她們會講英文。她們幫我翻譯的。」

鐵慕爾溫厚地笑了起來。伊菲特大受鼓舞，得寸進尺。「我希望你告訴他這是真的，因為他是英國人，你知道，英國人除非身不由己，否則絕對不會想跟普通女傭上床的。」

她以為鐵慕爾會勃然大怒。結果他卻說，無論她要他怎麼說，他都會照她的意思告訴英國人。她大鬆一口氣，拉起鐵慕爾的手，親吻著。

「你的妻子配不上你。」她悠悠地說，字字是肺腑之言。「只有我配得上你。」

接下來幾個月，伊菲特和那個英國人約會，不顧馬西堤老婆嚇她，說她是與魔鬼搞七捻三。她借來羅珊娜最好的衣服，自信滿滿地穿上，儼然是個青春正盛的富家千金。她去上英文課和打字課，練習法爾西語的基本讀寫能

她趁芙洛蓮·克勞德不在的時候帶他回家，假扮起女主人。

力。然後有一天，她宣布要離開伊朗了——到英國的肯特郡，她說，她要在那裡嫁給英國人，生一大堆兒子。

馬西堤的老婆很不恥。「妳會下地獄，被火活活燒死，燒得連灰都找不到。妳生的兒子沒老二，只長角，妳生的女兒沒屁眼，一肚子英國大便解不了。」

幾年之後，在離開伊朗嫁給英國人之後，伊菲特寫了封信給鐵慕爾。信上蓋了英國郵戳，是封用拉丁字母寫的法爾西文信。她說她很幸福，有兩個兒子和一個女兒，她仔細檢查過孩子的身體，他們沒長尾巴，也沒有魔鬼的耳朵。

她的離去是諸多離別之中的第一樁。

結婚十年之後，月亮蜜黎安還是住在猶太區——因為查爾斯先生的母親不肯離開她，生下寶貝王子的這幢房子，而查爾斯先生只要離了母親身邊，住哪裡都不會滿意。

可是蜜黎安善用她過人的天分與活力，奮力在逆境中求生存，甚至還想辦法幫丈夫找了份工作，創造收入：她花錢從塔拉葉丈夫那裡買進便宜的小銀飾，埋進地底下，過一陣子再挖出來，用鎚子敲打一番，弄得像古董的樣子。她把「古董」交給查爾斯先生，他就拿上街去賣給外國觀光客和有錢的主婦，保證那是最近才從哈馬丹⑲古城挖掘出來的。

這個主意是蜜黎安想出來的，但是她不肯自己上街去兜售。「我不能拿這些東西去騙人。」

每回查爾斯先生想叫她去幫忙的時候，她就出言要脅：「你也知道，我只要一看見別人笨笨地掏錢亂花，就忍不住想糾正他們。」

在六〇年代初期，她賺了不少錢，足以把查爾斯先生管得服服貼貼的，而且還有餘力買下哈比博銀鋪的股份。然後，她說服查爾斯和哈比博收掉在市場裡的鋪子，搬到上城，躋身費多西大道兩旁的時尚精品店之中。這次遷店眼光精準，時機恰好，原本應該可以讓相關人等都幸福快樂的，結果卻成了大麻煩的開端，因為在擴店與隨後搬遷的忙亂中，塔拉葉的丈夫顧不了家人，於是有天一覺醒來之後發現，他的小孩沒人管，而他的老婆竟然和他的姪子上了床。

一九六九年，塔拉葉三十六歲，是三個小孩的媽。她一個星期至少和丈夫睡兩次，而且每個星期五晚上，她餵他吃過裹上碎胡椒與小荳蔻的鷹嘴豆肉丸以增強精力之後，更是必定上床做愛。但是他們在床笫之間毫無熱情可言，幾乎還沒開始就已經結束，所以塔拉葉老是覺得很生氣，很不滿，也相信自己是上當了。或許就是因為這樣，所以她才會勾搭上姪兒當情夫。說來也不奇怪，反正她一直都像隻發情的狗。

這個姪兒老是在附近晃來晃去，幫塔拉葉看孩子，讓她可以做家事，或者幫她做點什麼他做得來的事，就連他應該上工的時間也不例外。沒錯，塔拉葉並不像別人以為的那樣遲鈍又沒遠見，但是就連她都沒料到，姪兒會突然從還沒發育的毛頭小子變成威猛的年輕小夥子。然後在巴勒維大道上摘了一把國王近日為美化市容下令栽種的天竺葵，用報紙把花包起來——連同髒兮兮的根一起包起來——在上午十一點鐘，不顧自己死活地敲了塔拉葉的門。

那時，塔拉葉正坐在臥房裡，熱得渾身冒汗，心底想著該怎麼做才能讓丈夫更常和她上床。一想到他，她的大腿之間就一陣火熱，她得摀一會兒風才有辦法起床。

她一聽到敲門聲，就知道是姪兒來了。

一盒糖都已經在盒蓋結晶的陳年糖果。

歲生日的早晨，姪兒沒徵得父親同意就穿上他最好的一套西裝，偷了他母親上澡堂的錢，拿來買一盒糖都已經在盒蓋結晶的陳年糖果。

⑲ Hamadan，伊朗西北部古城，距德黑蘭約四百公里，據信是伊朗最古老的城市之一，城內多古蹟遺址。

她一開門，姪兒就發出撕心裂肺的呼喊──既悽楚又興奮──撲倒在塔拉葉胸前，十三年來的饑渴終於獲得滿足。他手裡的天竺葵掉了下來，糖果撒到塔拉葉腿上，黏上了她光裸的腿，和他父親的皮鞋，可是姪兒一點都沒注意。他只是抽抽噎噎地吻著塔拉葉的胸部，若非塔拉葉拉他進臥房，他很可能想也不想地就當著她三個孩子的面，和她在院子裡做愛。她把他拉進臥房，關上門，用牙齒把他的西裝從背後扯了下來。

正午來了又走，塔拉葉和姪兒還是無影無蹤。塔拉葉的孩子被先前在院子裡目睹的場景，以及媽媽臥房裡傳來的聲響嚇壞了，跑去敲房門，吵著要進去卻沒得到半點回應。下午，他們喊著說肚子餓，可是塔拉葉充耳不聞。等天黑了，他們就到鄰居家，等著父親哈比博在九點鐘回到家。

「我想媽死了。」大兒子對父親說。

他們在床上找到塔拉葉，自己一個人，滿足得不得了。

那個夏天，整整三個月的時間，偷人精塔拉葉讓姪兒到她丈夫的房子裡，和她做愛做到精疲力竭、渾身乏力、頻頻顫抖，像個就要拋棄靈魂的人。他告訴父親說，他在德黑蘭有份工作，他得走很遠的路，如果他做得夠認真，這工作會讓他飛黃騰達。每一天，他穿上父親的西裝，那套在塔拉葉鬱積情慾的擁抱之下沾滿汗水，皺巴巴不成形的西裝。他也擦上從藍眼羅特菲鋪子裡買來的古龍水，錢是塔拉葉從每個星期的家用裡挪出來給他的。古龍水的味道像新鮮的薰衣草，她對他說，滲進他身體的每一吋肌膚，讓她想吃下一大堆東西，想跳進火堆裡，想在猶太區的廣場

裸奔。

古龍水的香味隨著姪兒離開他爸媽那三間分租來的房間，穿過猶太區，一路來到叔叔哈比博家。在那裡，他雙手插在口袋裡，心快從嘴裡跳出來，一直等著那可憐的人離開家，然後急切切地去敲塔拉葉的房門，彷彿要來宣達首都已開戰的消息。他們一起消失在房裡，直到深夜才有人再次看見他們。

週復一週，鄰居看見塔拉葉的孩子沒人看顧，獨自在街上遊蕩，只要有人問起，就說媽媽去索羅門堂哥一起睡在床上」，但就算是最會疑神疑鬼的人也想不出來像塔拉葉亂倫這種駭人至極的場景，所以她就這樣無災無難地繼續搞她的婚外情。

到了七月底，姪兒的母親被滿屋子飄揚的薰衣草香弄得頭暈。她對朋友訴苦說，她兒子工作太賣力了，這些日子以來瘦了好多，也變得健忘暴躁。「就像那些到處亂搞，」她不知道自己離真相有多麼近，這些狐狸精和妓女的男生。」八月初一個安息日傍晚，她順道到小叔家拜訪，姪兒剛走，她聞到兒子古龍水的香味，不但中庭有，連塔拉葉身上都有。第二天，她跟蹤姪兒到哈比博家門口，她看見塔拉葉開門，把年輕人帶進她臥房裡，卻還是無法相信她親眼目睹的事實。她每天跟蹤他，跟了一個星期，但卻不敢當面質問兒子，怕他可能說出的答案。最後，她到哈比博和查爾斯開的新鋪子，哭哭啼啼的，拖他們回家，讓他們親眼看看她說不出口的事。

塔拉葉和查爾斯赤裸裸地坐在她臥房的地板上，伸著手指餵姪兒吃甜糕。她看見自己的好事被識破了，就站起來，拿床單裹在身上，也叫姪兒穿上衣服。她異常冷靜，甚至還很愉快地對哈比博

說，她寧可和姪兒一起受地獄烈火焚身，也不願再和哈比博多生活一天。她說她願意馬上離開，消失在城市裡，永遠不再來看他或他的孩子──只要他不讓她被石頭砸死。

哈比博又氣又驚，一句話都說不出來。孩子們哭哭啼啼的，拉著塔拉葉的裙腳。她連想都沒想就離開了。

在猶太區，拉比宣布哀悼一天。

哈比博把兒子們鎖在家裡，把門窗全漆成黑色，服了一整年的喪。他再次出現時已改名換姓，帶著破碎的家庭到巴勒斯坦，希望那裡沒有人知道他的過往。

月亮蜜黎安追蹤塔拉葉和姪兒到他們藏身的德黑蘭僻遠處，想讓他們恢復理智，卻徒勞無功。一個星期之後，他們到色拉茲去，因為塔拉葉聽說那裡不怎麼在意荒淫敗德。

在他們離開之後，一輩子都在想辦法避免有辱門風醜事的美人兒秀莎拿了三條蠍子尾巴放進一鍋牛鞭茶湯裡煮，然後一口灌掉毒藥，連杯子都還來不及離口，就引發心臟病，當場嚥了氣。

秀莎自殺的前一夜，羅珊娜夢見她的葬禮。

他們走在一條沒有盡頭的遊行隊伍裡——羅珊娜和索拉博，蜜黎安和洛雪兒，還有其他的家人，全都一身黑衣。幾個男人扛著一具裹在壽布裡的屍體。在猶太墓園，他們把屍體放進一座挖開的墳地。有人唱起哀悼經文。男人——只有男人，因為女人不配動手安葬死者——開始把土鏟到屍體上。最後，羅珊娜走到墓邊，看著裡面：屍體，壽布和所有的東西，全爬滿了黑色的蠍子。

她坐了起來，氣喘吁吁地張開眼睛，驚恐得失去知覺，四肢冰冷冒汗。她開了燈，看見索拉博睡在她身邊。她穿過走廊，到我房間，看著我睡覺。她好渴：夢裡的蠍子害她喉嚨中毒。她下樓到廚房喝水。

果凍賈可伯動也不動地坐在他小隔間的凳子上。一如往常，他穿著棕色的西裝，戴棕色帽子。他的眼睛睜得大大的，看不見瞳孔，根本看不出來他是睡是醒。羅珊娜從冰箱裡倒了一杯水，在女傭的餐桌旁坐下。她揉揉眼睛，希望能擦掉夢中殘留的影像。等她抬起頭來，卻看見鐵慕爾。

她站起來，突然驚慌起來，椅子在她背後砰一聲倒地。

「我聽見有聲音。」他說。她心裡湧起一股興奮得意的感覺，好可怕的感覺——是她每回意識到他近在咫尺時就會有的疼痛感覺，那種既甜蜜又恐怖的疼痛。在那一瞬間，她想她該跑開。

然而就在此時，他的目光緊緊抓住了她，她彷彿又回到十八歲，赤足站在他的臥房門口，除了慾

望，身上什麼都沒有。

他們就這樣靜靜站著，在飄滿白色鴉片雲霧的黑夜裡，他們的身影映在賈可伯的眼睛裡，突然明白他們已經走得太遠，永遠不可能回頭了。

羅珊娜頓時領悟，她即將要放棄她來到這個家所追尋的人生——或者應該說是終於要擁抱她真正想要的人生。

她想起即將要跨過的門檻，那是她早在多年前就已跨過了的門檻，就在她第一次看見鐵慕爾，渴望著他的時候，再不然就是在她嫁給索拉博，卻明知自己愛的是他父親的時候。

她心想，如果緊緊貼著鐵慕爾，倚在他身邊，任他的手在胸前上下游走，閉上眼睛，感覺他看著她，就像他許久以來一直想做——也是她希望他做的那樣，會是什麼感覺。

她靠向他。

她的指尖貼在他唇上，輕輕撥開他的嘴。然後她抓起他的手放在她臉頰上，那是他一直渴望觸摸的——看看她是不是真實存在的，看看她的肌膚會不會輕輕一碰就煙消雲滅。有種冰冷流淌的東西——宛如一注葡萄酒——從他掌中傾瀉而出，注入她的身體。她往後一仰，靠在牆上。

第二天早上，果凍賈可伯看見芙洛蓮‧克勞德走進廚房，叫住了她。

「過來。」他揮著顫抖的手說：「昨天晚上妳老公上了那個猶太區來的女孩。」於是，我們每一個人的人生就此開始踏向終點。

果凍賈可伯吐出一團甜甜的白霧，這一口洩露天機的氣息吹散了他姊姊滿屋子的幸福，宛如一陣驚擾大地的微風，喚醒了棲身黑夜的惡靈。

芙洛蓮‧克勞德伸手摑了賈可伯一巴掌──好用力的一掌，打得他跌下凳子，水煙管碎成千萬碎片。她厲聲罵他是個老煙鬼，早死早好。

馬西堤的老婆剛好經過廚房，聽見芙洛蓮‧克勞德的聲音就停下腳步。

「怎麼回事？」她問：「他幹了什麼？」

芙洛蓮‧克勞德沒回答。她任賈可伯躺在地上，渾身顫慄地上樓回到臥房。但她馬上就又下樓來，逼問賈可伯對自己看見的事情是不是真的那麼肯定。

馬西堤的老婆把他從地上扶起來，餵他喝糖水，讓血壓穩定。

「老天垂憐啊，」她對芙洛蓮‧克勞德說：「他一整個早上都在說妳丈夫的齷齪事。」

芙洛蓮‧克勞德從馬西堤老婆手裡接過那杯糖水，開始親手餵賈可伯。他一認出是她，就又開始講起昨夜的事。

「他們鬧了大半個晚上。」他說：「妳一定會以為他們一輩子都在幹那檔事。」

這是事實。芙洛蓮‧克勞德看見賈可伯的眼白裡還留存著那幅景象。她把糖水往他臉上一

潑。

他以為自己是被浪潮打中了，開始拚命划動雙臂。他在安曼灣的灰色海水裡滅頂，身邊只有

芙洛蓮‧克勞德能救他，可是她卻袖手旁觀，冷眼看他垂死掙扎。他大聲呼喊她，一次又一次，

可是她不為所動——她曾經是他最親密的朋友，最忠實的守護神，她把祕密託付給他，像自己兒

子一樣撫養他。此刻她看著他，覺得他是個陌生人——就像鐵慕爾和索拉博，就像她愛過的其他

人一樣——他已和她恩斷義絕，他背叛了她。

她的滿腔怒火化為怨恨。

她去找鐵慕爾，她要用自己這雙手打他，如果狠得下心，她甚至要殺了他。她到他臥房裡

找，到他書房裡找，最後又回到一樓的會客廳。馬西堤老婆一臉狐疑地瞪著她看。

「妳丈夫已經走了。」最後她彷彿賜與莫大恩惠似地說：「他天還沒亮就走了。他叫醒馬西

堤，說他們要離開一段時間。」她停頓了一下，仔細端詳芙洛蓮‧克勞德：「我以為妳知道。」

她看得出來，芙洛蓮‧克勞德是真的嚇呆了，在她漫長曲折的一生中，第一次看到芙洛蓮‧

克勞德不知所措。剛聽到賈可伯提起的時候，馬西堤老婆以為是他瞎掰的——就像他口中那群在

午休時間奔竄過廚房的白色蒙古馬，或者是他指天誓地說全身赤條條躺在他腳邊的奧圖曼國王後

宮嬪妃，還說因為他不肯碰她們，所以那些女人只好彼此交歡。

可是現在，看著面前的芙洛蓮‧克勞德，馬西堤的老婆不太敢確定鐵慕爾和羅珊娜的事到底

是不是賈可伯捏造的。

「如果真有這種事，穆斯林早就羞愧得不敢見人了。」她�’起嘴唇，一副不屑的樣子。「可是你們這種人哪，不敬上帝，也不敬先知，所以妳老公和妳媳婦之間搞不好還真有一腿呢。妳最好先去找那個女孩子，問她是不是真的。」

她抓起芙洛蓮‧克勞德的手肘，推她走向樓梯。在二樓，索拉博還沒醒。羅珊娜卻不見人影。

「去樓上找找看吧。」馬西堤的老婆提議。

羅珊娜站在三樓宴會廳的露臺上。身體倚著露臺欄杆，雙手抓緊鐵桿。聽見芙洛蓮‧克勞德的聲音，她悚然一驚，彷彿從深沉的睡夢中驚醒，倏地轉身。她好蒼白，白得近乎透明──像尊完全由玻璃塑成的雕像，只是眼裡垂下兩行清淚。她嘴唇掀動，但是喉嚨裡發不出聲音。她又試了一遍，還是沒用。所以她對芙洛蓮‧克勞德伸出手，要她靠向前來。芙洛蓮‧克勞德沒理她。

馬西堤的老婆走向前去，把耳朵貼在羅珊娜唇邊。她嫌惡得臉泛紫紅。

「她說什麼？」羅珊娜說完之後，芙洛蓮‧克勞德問。

「原諒我。」馬西堤老婆重複她的話。「可是，已經來不及了。」

羅珊娜沒等芙洛蓮‧克勞德告訴索拉博。她自己叫醒他，穿著仍然飄著鐵慕爾氣味的睡衣，把她所做的事告訴他。

她告訴他，這事早就註定要發生，甚至早在她看見鐵慕爾，或者應該說是鐵慕爾看見她的那一刻就已經開始發生了。她說，她根本就不該到他們家來，她既然一心渴望著鐵慕爾，根本就不該嫁給索拉博，她既然知道自己會毀了所有的人，根本就不該留下來。她現在知道，她母親說的沒錯：羅珊娜是活生生的厄運，無論走到哪裡都會帶來恥辱。

索拉博靜靜聽著。

他們聽得見芙洛蓮・克勞德在她房裡啜泣。

他們聞得到馬西堤老婆在爐子裡燒的野芸香籽——好趕走羅珊娜帶進家裡的邪魔惡靈。

在清晨的晝光裡，索拉博看著羅珊娜，靜靜聆聽她所說的每一字每一句。

羅珊娜告訴他，她要離開，她知道他會要她走，她想要走。她說她什麼都不帶走——連女兒都不帶——因為她知道女人沒有權利奪走男人的子女。她想遠走高飛，她說，比起想要自己的孩子，想要被寬恕的念頭更強烈。

她趴在索拉博手上哭泣。她的淚沉甸甸的，像鉛一樣，他以為自己的骨頭就要被壓碎了。

等她說完之後，索拉博站起來，開始著衣。他沒洗臉，沒刮鬍子。才剛燙好的西裝，一套上身碰到他的皮膚就變得皺垮垮的，等他穿好衣服，看起來就像幾天沒換洗似的。她以為他要去上班。可是他又躺回床上，面仰天，眼睛睜開，雙手交疊在肚子上。

他們在臥房裡待了一整天，羅珊娜背靠著床腳，窩在地板上，索拉博躺在床上，醒著，一語未發。

芙洛蓮・克勞德等著鐵慕爾回來。但是鐵慕爾沒回來，也沒打電話。

傳信人莫拉德順路來看弟弟，知道自己誤闖愁雲慘霧裡，又走了。

夜色緩緩降臨。早上幫我換衣服的那個女傭餵我吃晚飯，睡覺前帶我去找羅珊娜。三歲的我伸手攬住羅珊娜的脖子，親吻她。然後，我走向索拉博，問他可不可以帶我回房間。他抱起我，帶我出去。羅珊娜望著他。他好年輕，她想。而且好哀傷。他愛他的女兒。

他回到房裡之後，終於對她開口。

「妳不能走。」他說。

第二天早上，我在嘈雜的噪音裡醒來，有木頭咿咿呀呀，金屬匡啷匡啷碰撞，釘子刮著磚塊，從牆裡拔出來的聲音。房間裡還很暗。我光著腳跑去找羅珊娜。

「是馬西堤的兒子。」她把我抱到床上。她的床單好冷，彷彿她一整夜都沒躺在上面。「他要把家裡所有的門都拆下來。」

我們靜靜躺著，聽著噪音。羅珊娜對我微笑。

「別怕。」她說，但是我從她眼睛旁邊的皺紋裡看見她自己的恐懼。「和妳無關。全都是因為我。」

我們下床，走到樓梯頂端。芙洛蓮‧克勞德等著我們。

「是我兒子下的指令。」她立即出手攻擊羅珊娜。她的臉白得像粉筆，鬆垮垮的，一雙眼睛又腫又紅。「他想出這個辦法，才能日日夜夜每時每刻盯住妳。」

羅珊娜垂下眼睛，想把我抱回她房間。

「等一下。」芙洛蓮‧克勞德攔住我們。我緊緊貼住媽媽，芙洛蓮‧克勞德靠向前來。

「我丈夫娶了我之後，還和很多女人睡覺，」她說：「我不是不知道。我不在乎，因為他知道那些女人都只是妓女，他自己都這麼說。所以發生這種事我不怪他。我怪妳。而我的兒子也怪妳。」

我感覺得到羅珊娜驚恐萬分。芙洛蓮‧克勞德步步進逼。

「妳或許以為我兒子准妳留下來，是因為他還要妳。」她哼了一聲。

「妳或許以為他決定留妳，是因為這女孩需要母親。可是我瞭解我兒子，我告訴妳，妳之所以留在這裡，是因為他想報復。

「他一定會報復。

「而且我會幫他。」

一整天，羅珊娜和我都待在她臥房裡。到了傍晚，馬西堤老婆來叫我去吃晚飯。我拉拉羅珊娜的手，想拉她和我一起到樓下，讓她成為我和芙洛蓮·克勞德之間的緩衝，但是羅珊娜不肯。我自己下樓。芙洛蓮·克勞德和我坐在餐桌旁。吃飯的時候，她連看都沒看我一眼。

我盡量耐住性子靜靜坐著。吃甜點的時候，我站起來，問是不是可以先退席。芙洛蓮·克勞德抬眼看我，這一整個晚上第一次正眼看我。年幼的我驚駭不已，愣在那裡，籠罩在冰冷的目光裡。這個素來恨我的女人，目光冷酷似寒冰。

「搞清楚。」她說。

「妳是妳媽的孩子，不是我兒子的孩子。要不了多久，妳媽就要離開這個家，而妳，妳也必須走。」

我衝出餐廳，跑向通廊。

「媽媽！」我大叫，跑上樓梯，奔向羅珊娜安穩的懷抱。

「媽媽！」

我狂奔上樓梯，穿過通廊，衝向她的房間。突然，我停下腳步，轉身，看著我的背後。

通廊在我眼前延展開來，宛如一匹淺亮發光的絲綢——光滑，平坦，誘人。門一拆掉，所有的房間都彼此相通，聲息相聞，沒有祕密，我的視野無遮無掩，宛如置身夢境。

「我在這裡。」羅珊娜喚我。

她坐在梳妝檯前，身上的睡衣是淡得近乎褪色的粉紅色，大波浪卷髮鬆鬆地垂繞在臉旁。她的皮膚閃閃發光。我看著她，一如往常，心想，她真是完美無瑕。

她張開雙臂，像捧著花一樣擁我入懷。她身上有雨的味道。

「現在我連睡覺的時候都可以看見妳了。」她在我耳邊輕聲說。

月亮蜜黎安到鐵慕爾家裡捎來秀莎的死訊。

「我想盡各種辦法要聯絡妳。」她在入口的蝕刻玻璃門邊對羅珊娜說：「我打了電話，人也來了，可是妳婆婆叫傭人不要放我進門。那個女人，馬西堤的老婆，她可樂得從命呢。」

她等著羅珊娜露出意外的表情，或解釋這是怎麼回事，但是羅珊娜只是輕輕點頭，閃開目光。

她明白羅珊娜不打算請她進屋裡去，她知道羅珊娜是怕芙洛蓮·克勞德會撞見，不准她們見面。於是她四下張望了一下，在滿園古樹與花圃的庭園裡，深吸一口氣，才開口說明來意。

「媽媽煮了幾條蠍子尾巴」，然後把毒藥給喝了。」她直截了當地說。

「事情發生得很快。」她繼續說：「因為沒有半個人聽到她的叫聲。可是毒藥一定害她身體灼傷穿孔。她的血從屁股流出來。蘇珊發現她的時候，她口吐白沫，還在垂死掙扎。」

羅珊娜膝蓋發軟。蜜黎安抓住她的手臂，扶她坐在屋外的臺階上。生活的艱辛與重擔讓蜜黎安變得強悍，剛毅，最看不慣軟弱無能。但是對羅珊娜，她向來比對其他人更加寬厚。她讓羅珊娜喘過氣來。

「上個星期的今天，我們葬了她。」她溫柔地說，把手放到羅珊娜頭上，輕撫著她的頭髮。

「這樣也好，妳知道的。她很累，想要休息了。我想塔拉葉的瘋狂行為只是最後的一根稻草。」

就在這時，芙洛蓮·克勞德走到屋外，看見了蜜黎安。她氣得臉色發白。

「別到我家來兜售妳那些不值錢的銀貨。」她咬牙切齒地對蜜黎安說：「滾開，把妳那個遲

鈍骯髒的小孩帶走！」

蜜黎安的女兒莎拉不敢再玩。她躲在媽媽背後，不敢看芙洛蓮‧克勞德的臉，扯著蜜黎安，好像吵著要離開了。羅珊娜沒抬起眼，沒看她們。

月亮蜜黎安緩緩地調整頭上的絲巾，把打在下巴的結重新繫好。她瞪著芙洛蓮‧克勞德，然後看看羅珊娜，最後目光又回到芙洛蓮‧克勞德身上。

然後她的目光越過芙洛蓮‧克勞德，望向通廊，注意到所有的門都拆掉了。

「這裡有些不對勁。」她實事求是地說：「你們就要惹出事情來了，我看得出來，很不好的事。」

蜜黎安的直言無諱讓芙洛蓮‧克勞德嚇了一跳。

「不管是什麼事，」她繼續說：「都要小心了。這房子裡有沉睡很久的鬼魂。只要一個錯誤的舉動，他們就會醒來，讓你們到死都不得安寧。」

事情就是這樣發生的。月亮蜜黎安提起信仰大道這幢大宅裡的竊盜鬼，於是，就讓竊盜鬼還了魂。

起初，他們偷些無關緊要的東西：一把剪刀啦，一條床單啦，一鍋菜。索拉博書桌上的文件不見了，芙洛蓮‧克勞德想不起來她最後把老花眼鏡擺在哪裡了。女傭為了遺失的洗滌衣物相互

指責，馬西堤罵老婆把襪子丟了，可是她卻信誓旦旦說她老早就補好了。

有一天，羅珊娜洗手的時候脫下結婚戒指，等她想再戴上時，卻發現戒指找不見了。她很確定自己把戒指擺在水槽邊，在浴室裡到處找，找過地毯底下，找過藥櫃裡，還找過她身上那套衣服的所有縫邊皺褶。她拿打毛衣的棒針穿進排水管，放進馬桶，把整個浴室全都翻遍了，最後，卻還是兩手空空。

芙洛蓮‧克勞德注意到戒指不見了。她當著索拉博和馬西堤老婆的面說道，會丟掉結婚戒指的女人，是典型的道德標準低落。鐵慕爾遠行未歸，索拉博在辦公室待得越來越晚，所以芙洛蓮‧克勞德成為無人可以抗衡的一家之主。她宣稱羅珊娜完全不可信任，因為她故意弄丟戒指，好勾引以為她還未婚的男人，所以不讓她出軌的唯一方法就是時時刻刻盯牢她。

「妳要出門得先得到我的許可，還要有人陪同才行。」她警告羅珊娜。

羅珊娜默默接受懲罰。索拉博已經好幾個星期沒和她說話了。他看起來不像芙洛蓮‧克勞德說的那樣生氣或懷恨，大部分時間都很哀傷的樣子，偶爾羅珊娜想找他說話，他也只是禮貌性地說上幾句，然後就沉默不語。

她又去找他。

「你母親不想要我留在這裡。」有天晚上，他睜眼躺在床上的時候，她對他說：「我知道你再也受不了和我一起生活，連我都受不了我自己。讓我走吧。」

他閉上眼睛，知道她看著他，知道她如果膽量夠大，就會伸手摸他，讓她留在他靈魂上的傷

疤得以癒合。他想到自己的孤獨——他的孤獨浩瀚，灰黯，亙久不滅，因為他知道她不要他了。

「我知道我不能帶走莉莉。」羅珊娜繼續說，像個小小孩似地苦苦哀求：「你不會放棄她，

我也不想帶她走——我不能帶她走，像我這麼不幸的人，會害她的人生沾染上我的厄運。我只求

你放我自由。」

他想起第一次遇見她的那個晚上，她在街上奔跑，身邊一圈透明的光暈，在黑夜中留下一條

光影。

「如果你不放我走，我就會逃走。」她說：「我不會事先警告，不會給你或莉莉留下隻字片

語。」

他張開眼睛，突然怒火攻心，對著她大發雷霆。

「那就走啊！」他放聲大吼：「看看我把妳抓回來之前你能跑多遠。走啊，看妳能在街上待

多久！」

她頭一次看見他這麼生氣。

「在世界的這個角落，女人家如果沒有丈夫的書面許可，是不能出城去的。我會報警，讓妳

被逮捕。我會要我父親通知國家警衛隊，把妳抓回來。」

他轉身背對她，下了床，走到窗邊。一會兒之後，他回頭望，看見她還坐在那裡——嬌小，

無助，困在絕境裡。他替她覺得難過。

「如果我讓妳走，」他說，放緩了語調，但怒氣未消。「妳會茫然迷失。妳必須一輩子逃

亡，妳會孑然一身。有一天，莉莉會問我妳到哪裡去了，會問我為什麼要讓妳走，而我將無言以

對，沒有辦法解釋我所做的事。」

他看得出來，她不相信他。他也不確定他相不相信自己。

過了四個星期，鐵慕爾回來了。他沉默嚴肅，看起來比以前老得多。他沒請索拉博或芙洛

蓮·克勞德原諒，也沒解釋他去了哪裡，或為什麼離開。他想盡辦法避開羅珊娜。面對芙洛蓮·

克勞德的憎恨，他為自己的軟弱而羞愧——沒錯，就是軟弱，就是因為放不下身段，他才會讓自

己接納明明一心渴望攬進懷裡肌膚相親的女人成為自己的兒媳——於是他把自己封閉起來，任羅

珊娜去受芙洛蓮·克勞德復仇的凌虐。接下來幾年，他有過許多愛人，不時展開漫長而且沒有必

要的旅行，只有絕對必要的情況之下才開口對兒子說話。但是夜裡，每天夜裡，他躺在沒有門的

臥房裡，傾聽羅珊娜呼吸的聲音。

他的手滑下她的胸口，從她乳房之間，到她的腹部，他的手指在她的肌膚上留下蒼白冰冷的

痕跡。

鐵慕爾回來幾天之後，芙洛蓮‧克勞德掉了一副鑲鑽的土耳其玉耳環。事情發生的那天髮型師剛好到家裡來。芙洛蓮‧克勞德認識這個髮型師已經十幾年了，但是她毫不遲疑地推論出最明顯不過的結論。

「那個女人是賊。」她在社交圈裡大肆張揚，說了一遍又一遍，說她是怎麼拿下耳環，擺在面前的桌子上，然後，突然之間，就再也沒人見到那副耳環了，她想盡辦法詆毀髮型師的名聲，讓她失去所有的好顧客。髮型師要求見她，洗刷自己的罪名，但是芙洛蓮‧克勞德不屑地拒絕了。

就在芙洛蓮‧克勞德開除髮型師之後，她馬上又丟了兩雙涼鞋，僕人之間也為了個人物品吵得不可開交，因為每個人都怪其他人偷了自己的東西。鐵慕爾不再每天早上找他的袖扣；索拉博不再帶文件回家來看。接著，羅珊娜也坦承，她的藍寶石項鍊不見了。

「是那個新女傭！」芙洛蓮‧克勞德說：「我一直覺得她心術不正。」

新女傭十六歲，是每週來三次幫忙洗衣服的那個洗衣婦的遠親。芙洛蓮‧克勞德叫她來的時候，她趴在芙洛蓮‧克勞德鞋邊哭泣，哀求饒她一命，活像小命就要不保似的。她發誓說她絕對沒偷任何東西。如果她家裡知道她被安上小偷的罪名，她說，他們會在村子裡把她給活活打死。

「告訴我，妳把東西藏在哪裡。」芙洛蓮‧克勞德冷冰冰地回答：「我就讓妳安全離開。」

那女孩沒從實招來。所以芙洛蓮‧克勞德要馬西堤在僕人院落裡燒起一堆火，把女孩手腳都綁住，威脅要在火堆上燒死她，除非她坦白。她一直到火燒傷了女孩的腳才罷休，當然啦，她沒

打算真的燒死那個女傭。她把女孩送回家去，附帶一張清單，一五一十地列出家裡丟掉的所有東西。

她不是天生就這麼殘酷的。她之所以變成這樣，是從她最珍重的東西被羅珊娜奪走之後才開始的。

年輕女僕的離去原本應該讓所有的麻煩告一段落，只是三樓宴會廳茶几下那條一點八公尺長的波斯地毯突然消失無蹤，還有一套二十九件的瓷器組——芙洛蓮‧克勞德送給羅珊娜和索拉博的結婚禮物——不聲不響地從上鎖的櫃子裡被拿走了。

「是那個廚子！」芙洛蓮‧克勞德斷定，一句話也不多說地開除了那個人。

「是那個洗衣婦！」馬西堤大叫，於是她很快也滾蛋了。

鐵慕爾會客廳裡那座有四百年歷史的彩繪玻璃吊燈算在園丁頭上。負責燙衣的婦人發現自己是偷走索拉博那些皮面精裝書的罪魁禍首。日復一日，從白天到黑夜，羅珊娜和芙洛蓮‧克勞德都在到處找她們丟掉的東西。

到那年歲末，芙洛蓮‧克勞德已經開除了家裡所有的傭人，除了馬西堤——他沒有嫌疑——和他老婆之外。每回被問到另一件價值連城的古董到哪裡去的時候，馬西堤老婆總是暗暗氣得七竅生煙。芙洛蓮‧克勞德深信這二人全是罪有應得，就算開除他們之後證明和竊盜鬼之間的戰爭

仍然沒占上風，也絕不改變心意。新僕人頂多只待個幾天，過一段時間之後，芙洛蓮‧克勞德決定不再雇人──她才不在乎家裡變得又髒又亂呢──等她先找出罪魁禍首再說吧。

然後她把矛頭轉到自家人身上。

她已經告誡過羅珊娜，她娘家的親戚不准再到家裡來，因為他們顯然是小偷。現在，她告訴索拉博，不准再邀請任何人到家裡來。她打電話給相識二十年的朋友，也就是戰爭部長夫人，問她上回來訪的時候是不是誤拿了一只名仕錶（Baume and Mercier）。那些沒被直接套上罪名的人也聽說了芙洛蓮‧克勞德瘋狂的疑心病，還有她那幢髒兮兮的豪宅裡空蕩蕩的櫥櫃與光禿禿的地板，因為什麼東西都留不了幾個星期就消失無蹤了。他們聽說羅珊娜永遠都在找不見了的東西，也聽說我，她的孩子，再也不敢獨處，因為──芙洛蓮‧克勞德警告過我許多次──偷走其他許多東西的人很可能會在我最料想不到的時候抓走我。

大家都聽說了這些故事，於是躲得遠遠的。他們相信，厄運已經降臨了。

羅珊娜去找鐵慕爾。幽禁的壓力與索拉博哀傷的重量沉重得讓她難以負荷，所以她去找他，說她想離開。那是星期五下午，鐵慕爾坐在書房裡抽菸，看報紙。和往常一樣盛裝打扮的芙洛蓮·克勞德坐在他書桌對面，看見羅珊娜走進來，就連她都掩不住吃驚的神色。

羅珊娜比以前更瘦，更蒼白，讓眼睛顯得更大。她長大了，芙洛蓮·克勞德發現，變得更漂亮，也更具威脅。

「我來請求你成全。」她直接對鐵慕爾說。

鐵慕爾看著羅珊娜的時候，芙洛蓮·克勞德觀察著他。他的眼神頓時凝結，端起茶杯的手微微顫動。

「我想離開這個家。」羅珊娜看著他說：「我告訴過索拉博，我什麼都不要，只要我的自由。我要你同意放我走。」

芙洛蓮·克勞德忘了如何呼吸。她瞪著丈夫，暗暗祈求他，要求他，哀求他說出他第一天就該說的話──羅珊娜可以走，她必須走，鐵慕爾會讓她走，讓芙洛蓮·克勞德可以重拾過往的生活。

他放下眼鏡，站了起來。他從來沒怕過任何人，也從來不畏戰。可是他不敢看著羅珊娜。

「妳是我兒子的妻子。」他說：「就算我想，我也不能把妳從他身邊奪走。」

那天晚上，許多年來第一次，天使羅珊娜再次夢見她可以飛。她醒來，查看自己的床：她的床單乾乾淨淨的，枕頭還是乾的。但是整張床，還有黑色的大理石地板，全鋪滿了長長的淡藍色羽毛。

莫拉德對鐵慕爾說，他們應該採取激烈手段來防範盜賊。

「你想怎麼做就去做吧。」鐵慕爾漠不關心地對他說：「你什麼也阻止不了的。」他所以莫拉德去找索拉博，一起拜訪鐵慕爾的朋友，那位負責德黑蘭安全的將軍。他加派額外的人手保護大宅，還在信仰大道上布了六個崗哨。他們在庭園的圍牆上拉起倒勾鐵絲網，把鐵門換成厚重的實心金屬門。然後買了四條守衛犬。他們要馬西堤在白天用鐵鍊套住狗，晚上才放出來，餵牠們吃生的牛犢肝，用鞭子打得牠們暴躁狂怒。

馬西堤把牠們養在溫室裡，讓高溫惹得牠們更生氣。夜裡，牠們繞著房子到處跑，追著每個影子，攻擊每個人，除了餵牠們的馬西堤之外。一段時間之後，因為偷竊鬼沒被嚇退，所以他白天也放狗出來──確保沒有人能偷溜進院子來。牠們整天狂吠，想跳過隔開僕人院落和庭園的圍牆，攻擊洗衣服的芙洛蓮‧克勞德和羅珊娜。這幾條狗沒保護大宅免於偷竊鬼肆虐，反倒成了看守大宅的獄卒──就像芙洛蓮‧克勞德拆掉的門，她開除的僕人，以及巡邏這條街的士兵一樣。

日復一日，羅珊娜覺得自己越困越深。

我五歲生日那個晚上，羅珊娜告訴我，等沒人看見她的時候她就要遠走高飛，無論在大地或海洋都再也找不到她的半點蹤跡。我們躺在二樓的臥房裡。有時候，索拉博在書房待得很晚，她就會帶我到她床上，過了半夜還和我聊個沒完。「他們會來找我。」她說：「一千個男人，提著一千盞燈籠，就算他們翻遍每一吋土地，找遍每一條河流，也永遠找不到我。」

無助的我靜靜聆聽，努力壓抑想哭的感覺。我知道她之所以對我傾訴，是因為我是她唯一的朋友，我是這個家裡唯一無條件愛她的人。我從來不懂她為何想要離開。

「異教徒鐵慕爾會找上御林軍的每一位將軍，妳父親會召來軍隊裡的所有士兵。」她說：「他們會攀上高山，爬下谷地，但是我已經遠走高飛了，沒有人能找得到，而且這一次——這一次，我不會回頭。」

她一定知道她這是在傷害我。她雙手捧住我的頭，親吻我的眼睛。我吸進她頭髮裡的海洋氣息，摒住呼吸，不敢哭出來。

「對妳來說會很痛苦。」她說：「我知道。我很小的時候也失去了母親。可是妳必須活下來，因為妳留在這裡，和妳父親在一起，才有未來。我不能奪走妳的未來。」

就像我一樣，而且我知道妳辦得到。妳必須活下來，

在夜裡的夢中，我赤足走在沙漠，手裡提著燈籠，周圍有上千個孩子——是我自己的影子——喚著天使羅珊娜的名字。

芙洛蓮・克勞德召開家庭會議。她叫來鐵慕爾和索拉博，羅珊娜和馬西堤，甚至還有莫拉德和果凍賈可伯。她不會再像幾年前那樣向丈夫屈服。

「他們都認為我們家的失竊事件是內賊做的。」

「我和好多個保全方面的專家談過。」她說：「他們都認為我們家的失竊事件是內賊做的。」

她一面說一面在房裡踱來踱去，雙手叉在纖細依舊的腰上，看起來很鎮靜，掌控全局，比房裡的其他人都更有權有勢。鐵慕爾的不忠讓她心照不宣地擁有操控大局的權利。

「有個住在這裡的人給我們招來厄運。」她沒提到羅珊娜的名字，因為每個人都知道她說的是誰。

果凍賈可伯的手不停舉起放下，好像要喚醒他自己的身體。

「和厄運無關。」他說：「是那兩個到家裡來的男人，把東西都拿走了。」

沒人理會他的話。

羅珊娜知道芙洛蓮・克勞德罵的就是她。她坐在索拉博身邊，靜靜看著芙洛蓮・克勞德，此時的她一心相信自己有擁有腐蝕一切的影響力──像光暈一般環繞她身邊的厄運，會傳染給每個她碰觸的人。

「我想，知道敵人在哪裡是很重要的。」芙洛蓮・克勞德繼續說：「我們必須保護自己，不受敵人和敵人後代的攻擊。」

索拉博抬起頭。原本一直心不在焉的鐵慕爾也突然轉頭看芙洛蓮・克勞德。

「這幢房子著魔了。」她繼續說：「我們應該搬家——我指的是真正的家人——讓其他人留下來。」

莫拉德揚起眉毛，一臉諷刺的神情，很想知道芙洛蓮‧克勞德會囂張到什麼地步。

「誰才算真正的家人？」

「鐵慕爾、索拉博、賈可伯先生和我。」

「連賈可伯都嚇呆了。

「那你要拿羅珊娜和莉莉怎麼辦呢？」莫拉德問。索拉博起身離開。他自己一個人走出去，沒對母親或妻子說半句話。鐵慕爾也回到書桌旁，坐在堆積如山的文件後面，開始看了起來。

「不必搬家。」賈可伯努力想讓別人聽見他說的話：「你們要做的只是別再讓那兩個男人把東西搬光光。我每次看見他們就大聲喊，可是沒有用。我聽得見自己講的話，可是最近我的聲音好像都傳不出去。」

又高又瘦，永遠都是小白臉的傳信人莫拉德，穿著一身量身訂製的黑西裝跨過客廳，完全無視於芙洛蓮‧克勞德的存在，開口對他弟弟說。

「是該管管你老婆的時候了。」他說，一手撫著剛刮過的皮膚。「她當著你的面抓狂，你卻一點都沒注意。」

芙洛蓮‧克勞德撲向莫拉德，打了他一個耳光。

「你自己照照鏡子吧！」她對著大伯破口大罵：「你靠我丈夫施捨，過了二十年。你根本就

是條流浪狗，要不是他接濟你，你早就餓死在貧民窟裡了。」

就因為這樣，莫拉德才會心生此念——在接近人生終點的此刻，除了他自己之外，每個人都很清楚，他什麼都不是，只是個受過教育的執袴子弟——他決定要向芙洛蓮・克勞德證明自己的生意長才，不再仰賴鐵慕爾的金錢資助。

那天他做的第一件事是回家，告訴老婆兒子，以後別再到鐵慕爾辦公室去領每個月的津貼。

然後他到銀行，查儲蓄帳戶裡的存款餘額。

「三萬里奧[20]。」認識他的那位經理很熱心地微笑說：「但是，當然啦，你向來可以用你弟弟的信用額度。」

莫拉德搖搖頭。在一九七一年，三萬里奧夠讓他請幾個朋友在夜總會吃頓晚餐，不過當然不包括酒錢啦。若要當投資的資本，這筆錢連零頭小費都不夠。

他把錢全領出來，邀銀行經理一起去吃晚飯。他們喝伏特加，吃魚子醬，紅酒燉雞，還有澆上巧克力醬與發泡奶油的香草冰淇淋夾心泡芙。吃甜點的時候，莫拉德要經理貸款給他——不靠鐵慕爾的戶頭，他特別強調，而是看在他們新友誼的份上。經理喝下一杯波爾多紅酒，握握手就

[20] Rial，伊朗貨幣。

同意給莫拉德沒有上限的信用額度，心中暗暗認定鐵慕爾會像以往一樣當保人。

他告訴莫拉德，他知道有個很棒的投資，能讓他馬上發大財。有個和王室真正有血緣關係的空軍將領在北部擁有一塊四萬公畝已開墾的上好農地。他是和國王的兄弟合夥買的，可是國王陛下不贊成這樁交易。所以將軍被命令賣掉土地──得趕在國王還沒失去耐心之前賣掉。他急著想脫手，所以願意吞下巨額虧損，這也就表示買家會大有賺頭。

他們又喝了一杯紅酒。經理的信任讓莫拉德很感動。

「就憑你的家世，你的見識，你的正直，還有誰比你更適合成為陛下兄弟的合夥人呢？」經理鼓勵莫拉德。

一億里奧──約三十萬美金多一點──莫拉德就能踏上致富之路。

他回家告訴兒子，他要自食其力讓他們大富大貴。他捎了信給鐵慕爾，說他已經和高官權貴搭上關係，不再需要弟弟的接濟，兄弟之間沒什麼好計較的。鐵慕爾打電話給銀行老闆。莫拉德靠著鐵慕爾信用借來的錢所買的那塊地，的確是一等一的地產──就因為太好了，所以執掌所謂巴勒維基金會的國王姊姊已經宣布，基於國家安全的理由要沒收充公。所以那位將軍才會這麼急著找買家──他要趕在國王姊姊把地產奪走之前，至少拿回他自己的錢。

鐵慕爾找莫拉德來。他志得意滿，神采飛揚，穿著掛帳新買的行頭，漫不經心地對鐵慕爾解釋說，他現在是王室的合夥人了。鐵慕爾哈哈大笑。他打開抽屜，寫了張取款條給莫拉德。

「這是你這個月的錢。」他很和氣說：「那筆土地交易是個騙局。」

他沒生莫拉德的氣。但他也沒想到這個消息對哥哥的打擊會如此之重。他從沒想到過這會要了莫拉德的命。

※

就因為這樣──月亮蜜黎安非常肯定：傳信人莫拉德是因傷心而死的，雖然他看過的眾多醫生後來有一連串什麼用處都沒有的診斷。悲痛脹滿他的全身──他都可以摸到皮膚底下脹得硬梆梆的──悲痛毒害了他的細胞。悲痛威力無窮，會讓人血糖飆高，會讓人在睡夢中昏迷，完全不知道發生了什麼事。悲痛會攻擊神經細胞，讓受害者不良於行，靠輪椅度日。在西方，醫生和科學家給悲痛釀成的病症取了名字：癌症。糖尿病。多重硬化症。他們聲稱沒人知道這些病是怎麼來的，也不知道該怎麼治療。但是在東方，自太古之初，在有醫生出現之前，就有人因悲痛而死，從來也沒有人覺得有什麼疑惑不解。法爾西語裡頭甚至還有個名字：Degh──字面上的意思是：「因傷心而生病致死」。這就是莫拉德的遭遇──醫生和所有的科學家都束手無策。

※

那天，莫拉德坐在鐵慕爾的書房裡──西沉的太陽照在窗戶上亮閃閃的──將近一個小時，半句話都沒說。然後他開口要杯水，喝掉之後發現自己胃痛得厲害。他回了家，好多天的時間，什麼東西都沒吃，只喝冰水和自家做的原味優格。但是，他胃窩裡的灼痛還是沒消失。

他老婆說，他應該去看醫生。莫拉德當著她的面摔上門，仰臥在床上，聽著國營電臺播送歌頌國王的宣傳節目。幾天之後，她在他的馬桶裡看到血，罵他一定是和哪個有錢女人睡覺，被傳染了不治之症。莫拉德大發雷霆。為了懲罰老婆，他又去看那個有錢女人。

打從四十年前生理發育以來，莫拉德的身體第一次不聽他的慾望指揮。

這回他去看了醫生。他告訴那人說他最近瘦了十五公斤，就算待在溫暖的房間裡，也老是發冷、顫抖。醫生發現莫拉德在發燒，於是做了檢查。他的診斷是，發抖是因為莫拉德拚命壓抑的疼痛造成的。而疼痛是因為長在他胃部的腫瘤，而且很可能是惡性的腫瘤引起的。

莫拉德去找弟弟幫忙。

異教徒鐵慕爾把醫生叫到辦公室來，反覆質問，好像當他是個被逮到犯下重罪的卑賤罪犯。他帶莫拉德去看第二個醫生，接著又看了第三個。他要求親自看檢驗報告，付錢請其他醫生來個別報告。

「親愛的先生啊，」有個戴眼鏡的放射線技師吹聲口哨說：「根據腫瘤的大小來看，我建議你明天就開刀，否則你就得接受你哥哥快死了的事實。」

鐵慕爾氣得臉色發青，用力往放射線技師的桌上一拍，對他宣戰。

「去你的，什麼快死了。」他說：「我要帶他到美國去。」

經倫敦飛紐約的班機預定在一九七一年六月十八日上午七點起飛。鐵慕爾和索拉博要陪莫拉德一起去。這是他們用盡一切辦法所能安排到的最快啟程時間。他們得賄賂好幾個官員，才能跳過通常不可免的漫長等候，迅速拿到護照和簽證。

到了這時，莫拉德又瘦了好幾磅，他老婆天天到鐵慕爾家裡，哭訴說如果不快點採取行動，她就要變成寡婦了。鐵慕爾看著他哥哥顫抖歎息，歎息顫抖。

他對莫拉德保證，美國醫生會治好他的腫瘤，他們很可能不必開刀，因為只有那些在醫學上毫無丁點長進的東方蠻醫，才會把外科手術當成是最後的手段。毫無疑問的，他們會開給莫拉德一些藥丸，指示他吃合宜的飲食，或許還會判斷出根本沒有腫瘤要治。

芙洛蓮‧克勞德很後悔自己對莫拉德做的事，請了穆拉到家裡來，宰了一頭羊獻祭。她把幾滴羊血放進一個小瓶子，交給莫拉德。

「戴在脖子上吧，從美國回來再取下。」她教他，而這輩子都對怪力亂神嗤之以鼻的莫拉德也乖乖聽從。

他們在凌晨三點出發去機場。我和羅珊娜起床送行。

莫拉德的老婆靠在他肩頭哭，淚水沾得他的外套又溼又黏。

芙洛蓮‧克勞德把他拉近胸前，頭碰著頭，掉下真正的眼淚。

羅珊娜站在樓梯頂端對他揮手。她穿著淡藍色的長睡衣，頭髮披散肩頭。她看起來像根蠟燭，我想。如果她再往前靠個一吋，就會翻過去，跌下欄杆，落到門口的黑色大理石地板上，捧

得粉碎。

他們離開之後，羅珊娜拉著我的手，帶我回到我的房間。芙洛蓮‧克勞德在通廊上碰到我們。她有點妝容不整。向來一絲不苟的彩妝在眼睛周圍有些糊掉了。她抓住羅珊娜的肩膀。

「就只剩下妳和我了，」她咬牙切齒地說：「滾吧。」

日子一天天過去，整個夏天家裡沒半個訪客。克勞德鎖起門，放狗出來，叫羅珊娜和我不准出去——哪怕一天也不行，一個小時都不准。她整天都在弄頭髮，修指甲，煮東西，照顧果凍賈可伯。羅珊娜和我打掃房子，一起坐在廚房裡，躺在她露臺的床上讀童話故事，一起在她臥房裡吃飯。我很怕芙洛蓮‧克勞德，擔心羅珊娜會實現她之前說的話，逃離這個家，留下我一個人——也擔心竊盜鬼會把我從她身邊抓走。我緊緊跟著羅珊娜在家裡到處轉，一刻都不放鬆。我傾聽她的腳步聲，學會睡得淺淺的，只要聽不見羅珊娜在我身邊呼吸的聲音就醒來。我常常整夜沒睡，在羅珊娜床邊看著她，提防著芙洛蓮‧克勞德和竊盜鬼。

我想告訴她——我的母親，一心一意只想離開的母親——我多麼希望她改變心意，和我一起留下來。我想說，羅珊娜是我唯一的朋友，有她在身邊——就算是在這幢滿是恐懼的房子，就算是在這個暑熱蒸騰、危機四伏的夏日——是我最接近擁有安全感的時刻。

「如果妳要走，就帶我一起走吧。」我想這麼說。可是我怕羅珊娜會拒絕，我怕她再一次告訴我，她要怎麼逃走，怎麼消失，讓所有的人都找不到她。

我從來沒開口。

唯一還到家裡來的外人是海綿女芭西耶。她長得很矮，寬度和高度差不多。她的腿胖得像兩

條晃盪的肥油，打著光腳，因為找不到能塞進她那雙肥腳的鞋子。所以她的腳底板有很厚，黑得像皮革一樣。她的手有厚厚一層繭，根本連握拳頭都握不起來。

海綿女芭西耶窮得買不起手推車或驢子來載她的貨。她把雜貨——清潔劑、肥皂、清潔粉——裝在兩個很大很大的袋子裡，扛在肩上走。她每個星期六早上到我們家來，在太陽還沒變得熾熱之前，而且不賣掉一些東西絕不離開。芙洛蓮·克勞德到處找小偷，罵人忘恩負義，也沒嚇倒她。馬西堤威脅要報警，她充耳不聞。就連狗都沒辦法趕她走。

「站ㄋㄨ─ㄋㄨ─住ㄇㄟ─ㄇㄟ─ㄇㄟ！」她厲聲喝住那幾條狗，聲音之響，讓她腳下的紅磚人行道都現出微微的裂痕。惡狗在她面前只呻吟幾聲就退下。她拖著身體跨過庭園，走上門口的三層臺階。

「看看妳喔，」那年夏天，我應門的時候，她說：「這麼好命，簡直讓我想吐。我比妳還小的時候，不到四歲吧，我媽就把我從村子裡帶出來，拿個背囊讓我扛著。她給我胡桃，讓我論斤賣。如果賣不掉，我們就沒東西吃。其他和我同年齡的小孩都在當乞丐。我媽也當乞丐。可是沒有人會免費賣給我任何東西，因為我長得太醜了。」

她把同樣的故事說給羅珊娜聽，還對芙洛蓮·克勞德說，她才不管我們這天需不需要任何東西呢，我們必須跟她買東西，是因為我們有錢，花得起閒錢。

「要是你們不買，」她坦白地警告芙洛蓮·克勞德：「我就永遠留在這裡不走。再不然我就詛咒妳，帶走妳媳婦還沒來得及摧毀的所有運氣。」

芭西耶說著說著歎口氣，放下肩上的袋子，倒在地上。

袋裡如泉湧出五彩斑斕的豔麗色彩——好幾十個鮮豔的綠色、橘色和紅色海綿，一瓶瓶靛藍色的漂白水，一塊塊粉紅肥皂，一盒盒香噴噴的洗潔粉，從她的袋子裡跳出來，宛如從恐怖野獸嘴裡吐出來的珠寶，散落我腳邊的地面——穿透蝕刻玻璃門的光線，在這些東西上映出一方方長長的白色光影，把我這個充滿恐懼與憂傷的世界變得奇幻多彩。

「看看這些東西，」芭西耶面對她創造出來的這堆東西，露出像神一樣的微笑。「挑妳想要的吧。」

我跪在地上，伸手讓整個手肘沒入這堆東西裡，希望能永遠留住這繽紛色彩。

沒有半點聲響，只有一隻冰冷的手撫觸，輕快的動作把我拉過床單，讓我坐了起來。有人幫我套上鞋子，披上外套。我聞到海洋的味道，睜開眼睛。羅珊娜在黑暗裡對我微笑。

「噓！」她輕聲說，幾乎是唇語。「別說話。」

她抱我下床，走到窗邊。她光著腳，鞋子擺在外套口袋裡。她的腳步好輕，聽起來像雨滴打在石材地板上。她在窗邊停了下來，望著院子。

「我們要爬下梯子。」她說，她的嘴唇抵著我的頭髮。「妳要緊緊抓住我，別放手。等我們到了下面，我會拉妳的手，一起跑。」

她揹起我，讓我雙臂抱著她。五歲的我已經差不多重得揹不動了，可是羅珊娜動作輕巧，好像渾然不覺我的重量。

她攀上窗臺的時候，我把頭埋進她的肩頸之間，不敢往下看。

我們家房子的外牆是黃色磚塊與白色石塊砌成的。羅珊娜打算爬下兩層樓——從我的房間到院子——爬的是專門用來修理房子與清煙囪用的現成梯子。

「狗怎麼辦？」我問。

「狗全死了。」羅珊娜如釋重負地歎了口氣。「海綿女把牠們給毒死了。」

那是十一月初。傳信人莫拉德和鐵慕爾與索拉博一起在美國。我已經開始上幼稚園了，但是羅珊娜還被拘禁在家裡，在芙洛蓮‧克勞德的監視之下，不准擁有任何自由。

「芙洛蓮·克勞德睡熟了。」她對我說：「我們會趕在她醒過來之前回來。」

夜晚的空氣涼沁沁的，但是也亮閃閃的，很驚人。羅珊娜吸了一口空氣，想壓抑自己的興奮，等她吐出氣來的時候，就像個無憂無慮的孩子。

我老是想像我們家外面的世界，天黑之後就會像我的房間一樣寂靜無聲。現在，我站在人行道上，抓著羅珊娜的手，第一次看見黑夜在我面前綻放千萬朵光的花朵：穿上班服的男人走過我們身邊，一面抽菸一面聊天。每個街角都有裹著毯子的乞丐出聲呼喊，看羅珊娜不給錢就高聲咒罵。滿臉瘡疤、光著腳丫的孩子扯著我外套的袖子，拿著一盒盒口香糖，一包包紅色萬寶路香菸，一疊疊樂透彩票，猛往我面前塞。

音樂從過往車輛敞開的車窗裡流洩出來，宛如流水淌過我身上。一個裹著報紙保暖的老人用皮帶牽著一隻猴子，尋找能讓他的動物表演的地點。那隻猴子穿件緞面背心，鑲亮片的短褲，頭戴皮草帽子。每回老人一喊牠，猴子就轉過頭，不屑地看著牠的主人。

有個賣花的小販，懷裡捧著一把園圃裡栽植的玫瑰，一不小心撞上了那個老人。她懷裡的玫瑰散落一地，飄落的花瓣灑滿人行道。

「看！」羅珊娜拉拉我的手。

有個女人跨過街。一襲白色長袍在風中飄揚，露出一雙修長美腿。她沒穿襪子──只套了雙

長度過膝的紅色漆皮長靴。她的現身讓街上的駕駛們亂了章法。車輛急煞停車，在結凍的馬路上滑行，一面閃避她一面狂按喇叭。那女人揚頭一甩，長袍滑下肩頭，發出一聲清亮悅耳的笑聲，迴盪整條街道，讓其他的聲響相形失色。這就是長靴帕麗，羅珊娜告訴我，德黑蘭最出名的妓女，以她那雙只穿長靴的修長美腿而著稱。

有輛計程車停在帕麗面前僅只一吋之處。車裡塞滿乘客——這輛小小的橘色汽車裡坐了七個人——司機下了車，堅持要他們離開。乘客紛紛抗議，要求搭到他們的目的地。但是司機不為所動。

「帕麗小姐要搭車。」他對乘客說，尊稱帕麗為小姐。他們周圍的交通變得混亂而狂躁。大家下車對著計程車司機狂吼，叫他把車移到路邊，讓大家可以過。長靴帕麗就只是披著垂到肩頭的長袍站著，一頭黑髮閃亮柔軟，光溜溜的腿一點都不冷的樣子，笑了起來。即使隔了一段距離，我還是聞得到她的香水味，燻得她年輕的手指黃黃的香菸，還有她每回張口一笑就從嘴裡冒出來的乾冷白霧。

我們走到下一條街。羅珊娜想叫計程車，卻招不到：車全客滿了，載著許多人到同一條路線上的不同地點。最後，羅珊娜選擇叫一輛違法做計程車生意的私家車。

「如果有人問起，」她警告我：「絕對別說出我們的名字。城裡的每個人都認識妳爺爺。他們很可能會告訴芙洛蓮・克勞德說他們看見我們了。」

一直到這時，我才發現自己還穿著睡衣，披著及膝的大衣。

我們沿著一條寬闊擁擠的街道往北開，車裡坐滿陌生人，我只得垂下眼睛，看著地面，心臟興奮得快跳出胸口。車子終於停下來之後，羅珊娜拉著我走上滿是音樂和人潮的人行道。紅色、藍色、橘色的燈光在我眼前閃爍。

「這個遊樂園一年到頭都營業。」羅珊娜告訴我：「每天晚上都開，我常常想著要帶妳來，結果都是自己來。」

售票亭的那個人瞎了一隻眼，沒有瞳孔，全是白的。

「應該要有男人陪你們上街的。」他把票遞給羅珊娜的時候說。

我們排隊等摩天輪。我們一坐上位子，羅珊娜就捏捏我的手，微微笑。我看著地面離我們越來越遠，人變得越來越小，音樂漸漸遠去，然後再繞回來，又升起，再回來。羅珊娜伸手托住我的下巴，讓我仰起頭。

「往上看！」她說。天空宛如流水淌過我全身。

「我有一次飛了起來。」羅珊娜說：「我六歲，還和媽媽住在一起的時候。有天晚上，我長出翅膀，飛了起來。」

她看著我目瞪口呆的表情。

「我不知道是怎麼回事。」她聳聳肩：「說不定我只是作夢。說不定我就是和平常人不一樣。」

「但是從那個時候起，我就再也受不了雙腳站在地面上的感覺了。」

傳信人莫拉德躺在擔架上，胃旁邊吊著一個塑膠袋子，從美國回來了。鐵慕爾走在他背後，眼神狂暴，手提著裝滿止痛藥的箱子。美國，他對芙洛蓮·克勞德說，是笨蛋去的地方。

醫生說莫拉德還剩二到六個月的生命。但他回到家不到三十天就死了。

芙洛蓮·克勞德很怕在家裡舉行守靈，因為每天這麼多人進進出出，小偷又有機會來偷她的東西了。

「可是已經沒有東西可偷了。」鐵慕爾毫不留情地說，環顧著空盪盪的客廳，以及消失的畫框在牆上留下的塵跡。

在七日喪期㉑的那個星期，我待在家裡沒上學，全身黑衣，看著來來往往弔唁的人。鐵慕爾的朋友帶著妻子一起來，被空盪盪的大宅嚇壞了，彼此交頭接耳說芙洛蓮·克勞德的說法是真的，她媳婦的確帶來了厄運。莫拉德的眾多愛人或獨自一人或陪著丈夫一起來，個個都是身穿緊身洋裝，腿裏黑色絲襪的美麗女子，妝化得太濃，珠寶也都戴得太多。她們和每個人握手，然後坐下來，儀態優雅地擰著面紙哭，小心翼翼不弄糊睫毛膏，一面四下張望，尋找可能的新愛人。

她們對鐵慕爾和索拉博微笑，提供同情慰問——任何時間，不分晝夜——以及她們的電話號碼，她們溫暖的擁抱。

洛雪兒來過兩次。穿著皮草大衣的她一坐下，腳幾乎踏不到地，冷眼看著她丈夫想辦法讓莫拉德遺下的那些女人留下深刻印象。每隔幾分鐘，她就到浴室裡去補妝，抽根摩爾香菸。

蘇珊來過一次，對羅珊娜談起她的未婚夫——鞋子髒兮兮、外套皺巴巴，自稱是個建築師的男子。他對她謊稱年齡，少報了好幾歲。他能扯的謊全扯了，她知道自己如果嫁了他，總有一天會在最緊要的關頭傷心失望。她問羅珊娜，嫁給一個愛她的有錢人是什麼滋味。

「我不知道。」羅珊娜平靜地說。她沒注意到我在看她。她不知道我聽見了蘇珊的問題，再一次從我母親的反應裡感覺到背叛的錐心刺痛。「我過的彷彿是其他人的人生。」

🎵

一整個星期，羅珊娜坐在鐵慕爾正對面。他從沒看她一眼。她知道索拉博和芙洛蓮·克勞德都盯著她。然而，靠鐵慕爾如此之近——知道他本能地感覺到她的存在，知道他的身體，他的每一條神經都和她同步共鳴——知道這一切，讓她渴求得幾近絕望。

一次又一次，她看見自己朝他走去，就在這間坐滿盯著他們看的男女老少，這間窗戶垂下黑色帘幔，沒有鏡子，每張桌子都擺滿喪儀白蘭花的房間裡。她看見自己走向鐵慕爾，走向救贖的最後一段旅程，站在他面前，深深凝望著他。她彎下腰，緩緩的，讓她的臉碰觸他的臉頰。她的唇輕啄著他的肌膚，他下巴的輪廓，他的嘴。

「再一次吧。」她在他耳邊低語，她知道會有什麼後果，也不怕會帶給其他人什麼痛苦。他

㉑ Shiva，猶太人第一階段的守喪期，家人過世七日之內，喪家在自宅接受親友弔唁，並在家中一同祈禱。

的目光穿透了她。她拉起他的手，讓他解開她的衣服。她的肌膚赤裸，冰冷，饑渴。他輕撫著她的胸，她的腹，她的大腿內側。她歎了一口氣，張開腿。她坐在他膝上，面對著他，把腿纏在他腰上。

在房間裡，大家哭泣，交談，為死者禱告。羅珊娜從沒離開她的座位。

月亮蜜黎安在守喪的最後一天來了。

她依舊是個美麗的女人，但早已習於牙尖嘴利的學校老師形象，老是一副認真嚴肅、天不怕地不怕的模樣。她永遠只穿黑色衣服，不化妝，也不做頭髮。她比羅珊娜認識的其他女人都勤奮兩倍——養兒育女，管理丈夫的生意，打理婆家和娘家的大小諸事，更重要的是，努力迎戰接踵而至的人生挑戰。

她給羅珊娜一個玻璃瓶。綠色的，纖長的脖子，圓圓的底。

「媽媽的淚瓶。」她淡淡地說：「只要失去了她生命中某個重要的人，她就對著瓶子掉眼淚——她姊姊離家出走啦，她把妳送給貓咪啦，塔拉葉勾搭上姪兒啦。她收集自己的淚水，等瓶子滿了，就喝掉，好證明她心中的哀痛。」

羅珊娜接過瓶子，茫然盯著。蜜黎安看著她。

「這是媽媽唯一留給我們的東西。」她說：「我想這樣很公平，因為妳那麼小就被她送走，

在她所有的孩子裡，妳最應該得到她遺留的東西。」

羅珊娜抓住瓶子，抓得好用力，好像快把玻璃捏碎了。

「每回我看到妳，妳都變得更瘦。」蜜黎安對羅珊娜說：「我知道妳的生活有點不對勁。」

她等著羅珊娜的回答，但是羅珊娜還是盯著瓶子，沒抬起頭來。蜜黎安自己下了結論。

「查爾斯和我終於搬出猶太區了。」她說：「我們得先等他媽媽過世，因為她不肯住在其他地方。現在我們住在波斯珀里斯大道一○八號。」

她往前靠，輕聲說出最後幾句話。

「如果妳能想辦法逃開那個女魔頭，」——她朝芙洛蓮·克勞德的方向點了個頭——「就來找我，告訴我出了什麼事。」

羅珊娜打開淚瓶。裡面只有秀莎淚水的鹽結晶，覆蓋在玻璃上。她想著，蜜黎安的做法還真諷刺——帶來媽媽的淚水給她，讓她繼承了悲傷與羞辱。有那麼一會兒，羅珊娜覺得應該毀掉這個瓶子。但是她把蓋子重新關好，收進她的房間裡。

*

那天晚上，她夢見藍寶石大象。

那些大象是深藍色的，渾身發光，身形比真的大象還大，晶瑩剔透得像玻璃一樣。牠們站在她床邊，用清澄如水晶的眼睛凝望她。牠們燦爛的色彩讓她目眩神迷，竟沒有馬上發現牠們是活

的，會動的。她伸手觸摸其中一隻，但只是輕輕一碰，那頭大象就粉碎成千千萬萬片。她又摸另一隻，再一隻，每一次，大象都爆裂成亮閃閃的藍色玻璃碎片。牠們肢體分崩碎裂，跌落在大理石地板上的聲響震耳欲聾，讓她再也聽不見其他聲音。她醒過來。

罪人索拉博俯望著她。

「妳作夢了。」他摸著她的頭髮說：「別怕。」

她一直等到他又睡著了才下床。她看見地上有根白色的羽毛，就悄悄地用腳推到牆角。遲早，她想，索拉博會注意到這些羽毛，會問她羽毛打哪兒來，會知道她的祕密。

她走到浴室盡頭的水槽，洗了臉。她想起夢中的大象，想起鐵慕爾在她婚禮那天晚上送給她的藍寶石項鍊。她記起他把寶石戴在她脖子上時，手輕觸著她肌膚的感覺。她感覺到串串水滴，冰涼涼打在皮膚上，淌下脖子，流進她赤裸的胸膛。

她在鏡裡瞥見自己：三十三歲。困在她人生的盡頭。

她知道鐵慕爾醒著。他在鏡裡看著她，等待著她，渴望著她。她傾身向前，靠近自己的鏡影，讓她的呼吸在鏡面上留下一個霧濛濛的影子。她在霧裡吻他。

「帶我走。」她對他說：「讓我出賣我的靈魂。」

她走到窗邊，望著院子。她一定得離開這幢大宅，在再次向鐵慕爾屈服之前，她一定得離開。

她來到我的房間，看著我睡。她吻了我的額頭，翻過我的手，吻我的掌心。

「好好睡。」她說。

我聽到她的聲音，但沒張開眼睛。我已經好多年都是半睡半醒，永遠留意我媽媽的一舉一動，永遠觀察著她。我愛她的親暱，我愛她目光的重量——甚至也愛她行止之間的哀傷。那天晚上，她離開房間的時候，我下了床，跟蹤她。

通廊好暗，可是我看得見羅珊娜那襲宛如明亮光影的白色睡衣。不知道我跟我弟在背後的她爬上樓梯頂端，傾聽鐵慕爾的動靜。有那麼一會兒，她以為她會叫喚他，以為她會張開緊閉如此之久的嘴巴，高聲呼喊他的名字，把一屋子的人全叫醒，砸碎這片死寂——這緊緊禁錮著我們，壓得人喘不過氣來，蝕骨囓心的死寂，這壓抑所有的本能與慾望換來平靜的死寂。她已經覺得她自己的聲音——尖銳、響亮、曾經勇於提出要求的聲音。她會喚醒鐵石心腸拒人於千里之外的鐵慕爾，喚醒眼盲心瘋的貓咪雅麗珊卓，喚醒目空一切快活自在的電影明星茉希狄。她也要喚醒鐵秀莎——只留了眼淚給她的母親——要她收回她的淚水。她要喚醒他的父親，哭喊說在恍如隔世的那個晚上，在小雞夫人善恩家屋頂的那個晚上，他應該要在場的呀。他應該在那裡，站在羅珊娜和她母親之間，不讓羅珊娜跌落，救回自己的女兒。

但是羅珊娜沒高聲呼喊，她牙齒緊緊咬著舌頭，滿口鮮血，滴到睡衣的前襟。雖然她的眼睛在一片漆黑之中曾停駐在我身上，但她沒看見我。她爬上樓梯。

我們家的整個三樓是一大間宴會廳，有許多相通的門，是鐵慕爾和芙洛蓮・克勞德在冬天招

待賓客的地方。以前布置著義大利家具和法國真絲繡帷的此處，變得空盪盪的，滿室塵埃，所有的東西都被偷了，只剩下芙洛蓮‧克勞德和鐵慕爾去度蜜月時在德國買的巨大吊燈。房間靠外的牆面是一整排落地的蝕刻玻璃門，通往寬闊的露臺，鍛鐵欄杆上攀著有白有粉紅的茉莉花。就在這裡，透過玻璃門，羅珊娜在婚禮那天晚上第一次在賓客面前現身。

現在，她穿過宴會廳，踏上露臺。在她背後，一陣微風輕輕拂動吊燈上的水晶垂飾，揚起細碎的煙塵，水晶叮噹響，宛如風鈴。我聽在耳裡，打個哆嗦。

羅珊娜爬上欄杆。

「媽媽，」我有點遲疑地喊她，衝進宴會廳。我怕她會氣我跟蹤她。但是我馬上就知道，她根本沒聽見我的聲音。

她站在欄杆上，光著腳，身穿白睡衣。她沒往下看，反而仰望夜空。

「媽媽！」我大叫：「媽媽！」

突然之間，我知道她要做什麼了。

她轉頭，往後看。她的眼睛停在我身上，但是沒看見我。我在她眼裡是隱形的——是眾多鬼魂中的一個，一個她聽不見的聲音。

她張開雙臂，迎向夜色。

我的哭聲響徹全家。

索拉博衝上樓來，看見我攀在欄杆上，放聲尖叫，叫得好用力，害他擔心我脖子和額頭的血管會爆裂。他抓住我，但是我瘋狂地死命掙扎。他把哭叫不休的我抱起來，帶到水槽邊。他潑到我臉上的冷水只讓我驚嚇得更厲害。我一直喊著羅珊娜的名字，驚魂難定。芙洛蓮・克勞德上樓來，後面跟著鐵慕爾，接著是馬西堤。

「餵她一點鴉片吧。」馬西堤建議。

他們把我帶到廚房，抓著我，讓果凍買可伯朝我嘴裡噴鴉片煙。我掙扎了一會兒，慢慢覺得渾身乏力。我的肌肉放鬆，頭朝後仰，哭喊到一半就突然安靜下來了。

索拉博以為我是因為鴉片而心臟病發，嚇得驚慌失措。

「別管她。」芙洛蓮・克勞德把他從我身邊拉開：「她只是昏過去了。」

他們站在我身邊，完全不知道我看見了什麼，也沒發現羅珊娜不見了。我急促驚慌的喘息逐漸變得平緩放鬆。有那麼一會兒，家裡唯一的聲音就是我的呼吸和買可伯抽水煙的聲音。芙洛蓮・克勞德注意到買可伯一定又降低了，就泡了糖水，用湯匙餵他，讓他恢復體力。她知道買可伯的血壓一定又降低了，就在她準備從他身邊走開的時候，他從帽子底下抬眼看她。

「我看見那個女孩了。」他說：「妳兒子的老婆。她有雙白色的翅膀，從廚房的窗戶外面飛過去。」

他們搜索房宅、女傭宿舍和庭園。索拉博和馬西堤坐上車，開遍方圓十公里內的大街小巷。到了早上，鐵慕爾打電話給一個朋友，德黑蘭的警察局長，告訴他羅珊娜的長相。「一個年輕的女人，」他說：「身材像小孩，卻有一雙很老成的眼睛。」

警察局長要鐵慕爾放心，他一定會找到羅珊娜。他保證，沒有人能永遠躲得了皇家軍警的，更別說是穿著睡衣，光著腳，沒錢也沒證件的女人。

「她今天晚上吃晚飯的時間就會回家了。」他保證，然後掛掉電話。

我們等著。鐵慕爾打了更多電話。索拉博從中午到晚上找遍全城。他們問我問題：我看見什麼了？羅珊娜是什麼時候離開的？她跳出窗戶之前有沒有對我說什麼？

我很想幫他們──即使這樣做等於背叛羅珊娜，等於是違反她的意願。我很想告訴他們，羅珊娜是怎麼告訴我說她可以飛，是怎麼從好幾個月之前就警告我說她終將離開。我想描述我以為自己親眼目睹的情景：羅珊娜像小鳥一樣展翅飛翔，

從我們家飛走，沒掉到地上。

他們會相信我嗎？

疑惑讓我哽咽難言。

鐵慕爾和索拉博在城裡挨家挨戶找。他們到蜜黎安家，循著她給的每一個線索去找。他們也

找了洛雪兒家和蘇珊家，甚至還到布尺拉赫曼在猶太區的家裡去。警察把羅珊娜的家人找來盤問，在他們身邊安插眼線，只要她一聯絡就打報告。他們搜查德黑蘭的巴士和火車站，在城裡的每個十字路口攔下計程車，闖進共產黨間諜和毒販的巢穴。他們查對指紋與足印，突襲檢查紅燈區，收買皮條客，巡查市集裡惡名昭彰的暗巷和密室。每一天，他們對搜索行動都更加狂熱，警告更多人藏匿羅珊娜避開皇家警隊搜查的後果。他們一無所獲。

她的失蹤事件謠言四起。她的照片登上晚報和女性週刊。有人說是巫法讓她消失的，就像鐵慕爾家裡消失的其他物品一樣。有人說是外國情人趁夜誘拐了她，月亮蜜黎安每個隔幾天就來探問我的情況。她的問題惹得我哭起來。如果可以，我真的很想幫忙，可是我的傷痛實在太深太重，我的恐懼讓我無法動彈，我無法開口。

蜜黎安從不放棄。

「不管怎麼樣，」她說：「我們都會找到她的。我知道，因為我瞭解妳媽媽。我把妳媽媽帶大，我知道她不會永遠拋下她自己的孩子的。」

一聽到羅珊娜的名字，我的皮膚就長出水泡——一粒粒小小的悲痛在夜裡冒了出來，好癢好癢，直到黎明破曉。

流亡

一九七一年

張開眼睛之後，羅珊娜發現自己站在卡拉佳河裡，水深及腰，四周黑漆漆的。她渾身冰冷，離鐵慕爾家好幾公里遠，奮力抗拒隨時可能把她輕若無物的身體沖走的強勁水流。她尋找河岸，但是眼裡盡是黑夜的幻影。什麼也看不見的她開始跨步前行，知道只要踏錯一步，就可能跌進深洞裡，再也脫不了身。可是羅珊娜不怕，她心裡如釋重負的感覺如此強烈，如此自由奔放，讓她覺得自己無所不能。

她看見幾塊岩石，接著是灌木叢，然後是崎嶇不平的河岸。爬上岸邊之後，她才想到自己沒穿鞋，腳都刮傷流血了。遠遠的，她看見橫亙在德黑蘭與北方及裡海稻田之間的艾爾布茲山脈藍色的山峰。她想起貓咪雅麗珊卓常說的故事，說她是怎麼逃離俄國的：有天晚上穿著高跟鞋戴著珍珠項鍊出走，走啊走啊，一次也沒回頭，一直走到德黑蘭。

「我看過裡海白虎。」雅麗珊卓炫耀說：「那是世界上最了不得的動物，非常稀罕，皇后願意付出任何代價，只求有人能捉到一隻，送到她面前。我搭的是一艘人工打造的船，吃活生生又在棍子上烤熟的魚。我睡在翡翠綠的叢林裡，睡在稻田裡，搭上俄國走私船。我之所以熬得過去，是因為我不怕流亡。」

羅珊娜也不再怕流亡。她隻身一人，幾近全裸，快要凍死，不知身在何處，但是這都無所謂。她再也見不到鐵慕爾，索拉博會想盡辦法追緝她，她在黑夜裡拋下自己嚎啕大哭的女兒，也全都無所謂。她拯救了自己，她不打算再回頭。

她坐在河堤上，等待黎明，才能找到路或決定自己的方向。過了一會兒，在她的耳朵習慣了

河流的聲音之後，她想辦法辨識出遠處零星幾部卡車引擎轟隆隆上坡的聲音。天一破曉，她隱隱約約看見一條朦朧的泥巴路，從河邊蜿蜒而去，通向一片光禿禿的平原，沒有栽植作物，也沒有任何生命的跡象。

她順著路走。一輛卡車經過，司機放慢車速，但沒停下來。一個小時之後，一輛藍色的小巴士，載著一車纏棕色頭巾留絡腮鬍的年輕神學士，開上山坡。透過骯髒破損的車窗，那些男人盯著羅珊娜看。她看見他們嘴唇掀動，彷彿好奇她是什麼人或什麼東西，她看見他們的目光緊緊追隨她，在巴士捲起的煙塵裡。

她一直走。農家小孩騎在騾背上，走過她身邊。流浪狗在路旁對她吠叫，但是不敢靠近。現在太陽升得很高了，不過天空還是霧濛濛的。踩著淌血的光腳，身著透明的白睡衣，羅珊娜看起來宛如睡意迷濛的旅人或垂死邊緣的人虛構出來的影像。她在路中央坐下。下一輛經過的車會帶她走。

下一輛車是苔蘚綠的伊朗國產車，擋風玻璃已經破了，用電線膠布貼著一塊塑膠片蓋起來。駕駛傾身越過方向盤，從塑膠板後面瞄著她。他不相信自己的眼睛，側身向右，搖下前座的車窗，看個清楚。羅珊娜望著他──黑眼睛，窄鼻梁，一天沒刮的鬍子。冷風灌進車裡，讓他打個哆嗦。他像個怕被發現行蹤的人，小心翼翼地打開車門，走了下來。他穿著一件厚重的外套，戴手套，一頂滑雪帽，脖子上裹著圍巾，圍住了嘴巴和下巴。他瞪著她看，但沒靠近。羅珊娜朝他走去。她的腳在沙地上留下一道血痕。

「你可以帶我到你要去的地方。」她走近之後對他說。她的嘴唇泛白，雙手發藍。她的睡衣在冷風中溼透結凍，直挺得像張紙。「別怕。」這輛車前座的門卡住了。她從車後繞過來，打開駕駛座的門，爬上他的座位，然後再到鄰座。

那人看得目瞪口呆。

「沒關係的，」她說：「你要我下車，我隨時可以下車。」

他們開往加茲溫㉒。這人一根接一根地抽著萬寶路。他很年輕，不到二十歲，而且很顯然搞不清楚羅珊娜到底是怎麼回事。他從眼角打量著她，可是沒和她說話，甚至沒問最基本的問題。如果他們交談，她也會提出問題，那些他不想回答的問題。

他車子後座有兩罐瓦斯，一籃食物，兩條毯子，以及水。他在加茲溫城外停下車，吃著籃裡的東西當午餐：煙燻白魚，醃大蒜，烤薄餅。羅珊娜望著他。他問她餓不餓。

「就只是口渴。」她說，沒對他微笑。他們的目光緊緊鎖在一起良久。然後他低頭看著自己的手，繼續吃。

開過加茲溫兩小時之後，他們停在一間茶館外面。茶館是間髒兮兮的小棚屋，矗立在沒鋪路面的小路邊，靠著兩盞煤氣燈照明，一座攜帶式的暖爐取暖。那人留羅珊娜在車上，逕自下了車。回來的時候帶著一大杯紅茶，三塊方糖，一盤泡在油漬裡的炒蛋。

「吃吧。」他平靜地說：「今天晚上會很漫長。」

他們再次上路之後，漫起濃霧，除了車頭燈之外，路的前方什麼也看不見。那人伸手到後座，給了羅珊娜一條毯子。

她想，他也在逃亡，他覺得害怕，很擔心被發現，有個女人，或許是他母親，幫他準備了燻魚和大蒜當午餐，知道自己再也見不到他了。

「妳打算走多遠？」午夜將近時他問。

「能走多遠就走多遠。」她回答。

他低聲笑了起來。

「不可能太遠的，從妳這身衣服來看。」

「我從我丈夫家逃走。」她說，觀察他的反應：「我拋下我女兒。她才五歲。我永遠見不到她了。」

他繼續盯著道路。雙手抓緊方向盤。唇間一根香菸燃燒。

◈

他原本是德黑蘭最古老的那所大學的學生，出身中產階級，擁有小小的遠景，和更小的野心。他原本該到學校研習工程的。可是他卻結識了一群決心顛覆國王獨裁統治的左翼學生和教

㉒ Qazvin，位於德黑蘭西北約一百六十五公里，曾為波斯帝國首都。

授。他參加了幾場會議，發了一些宣傳單。結果他的一個朋友，最熱心的共黨分子，卻是個內奸。他提供名單給皇家祕密警察。這年輕人的名字也在其中。兩天之內，他有十二個朋友被捕。

他們被酷刑拷打，用電針刺進下巴，注射吐實血清，從直升機上丟進鹹水湖，沉進湖底，屍首再也浮不出來。這個年輕人在被捕之前逃走。

「我要去土耳其。」他只對羅珊娜這麼說，沒再多透露什麼。「我會載妳到邊界。」

他們從加茲溫到贊詹㉓，然後經米亞納㉔再到塔布里茲㉕。他們開進沒鋪路也沒照明的山路，只在非常偏僻的茶館停歇，讓他不至於碰上武裝警察。他整夜不停地開，在中午時分才駛離馬路，睡上幾個小時。他的朋友告訴他，如果他有必要逃離祖國，在靠近土耳其和伊朗邊境的凡城

㉖有幢安全房宅，他可以到那裡避難。

裹著毯子的羅珊娜從沒和他一起進到茶館去。她很能理解，他留她在身邊是違背了他自己的理性判斷，他知道她有可能是間諜，或者警察，再不然，她也可能在他讓她下車之後出賣他。可是他也是隻身一人，很害怕，有她在身邊讓他稍稍寬心。

有一回，他把座椅往後推，準備睡覺的時候，她趴過去，伸手摸他的嘴。他震了一下，彷彿被電到了，抓住她的手，用力之猛，讓她以為他想扭斷她的手腕。這時他明白她沒有傷害他的意思，她的手指冰冷，於是就放手了。

她扳開他的嘴唇，輕輕地，摸著他的下唇內側。然後她褪下睡衣，赤裸裸地爬到他身上。她背對方向盤坐著，膝蓋緊靠他臀部兩

好白，他想，如果他伸手摸她，就會玷污了她的肌膚。她

側。她傾身吻他，眼睛一刻也沒閉上。

她和他做愛，在亮晃晃的晝光裡，在大剌剌停放在路邊的汽車裡，在這個被控通姦的女人會被石頭活活砸死或丟進深井滅頂朽爛的國度裡，在大剌剌停放在路邊的汽車裡，一次又一次，在每一個停車點，每一座村莊裡，沒問他的名字，也沒提自己的名字。她和他做愛，一次又一次，在每一個停車點，每

「我再也不會覺得羞愧了。」她有一回對他說。那時他正警告她說，路上經過的人可能會看見他們赤條條地交歡。「我放棄了我全部的人生，放棄了我的女兒，所以我不會再覺得羞愧了。」

在馬蘭德㉗，他給一個農婦錢，換來衣服和一雙手工縫製的帆布拖鞋，交給羅珊娜。在喀霍伊㉘，他數了數身上所有的錢，交一半給她，夠她一個人過上三天，甚至五天。

他們在夜裡跨過國界，渾然不覺自己已經踏進土耳其了。那裡沒有警衛，沒有圍籬，沒有隔開兩國的界線。沒有人查核護照或身分證件。景觀依舊一模一樣。在高速公路上奔馳的卡車還是掛著伊朗車牌。但是天亮時，他們看見土耳其軍隊坐在標有徽章的車上，還有一面褪了色的告示

㉓ Zanjan，位於德黑蘭西北方兩百九十八公里，以生產無子葡萄著稱。
㉔ Mianeh，位於德黑蘭西北四百三十九公里。
㉕ Tabriz，伊朗第四大城，為西北最大城。
㉖ Van，位於土耳其東部凡湖（Lake Van）之城市。
㉗ Marand，伊朗西北近土耳其邊境之大城。
㉘ Khvoy，位於伊朗西北邊境，有「伊朗向日葵之城」稱譽。

板，宣布他們已經進入凡城轄區了。他停下車子，說她該走了。

「我要去找的那些人，」他歉疚地說：「不會理解妳為什麼和我在一起，他們會把我們兩個都趕走的。」

她下了車，就像那天上車一樣輕而易舉。

她在古老的邊境城市裡。一個群山環繞，景色荒涼，漫天塵埃，暴戾凶險的地方。山是蜜糖色，光禿禿的，有著險峻的黑色陡坡──像矛似的──為這座城更添幾分嚴酷殘暴的氣息。一塊形狀像船的巨大岩石，聳立在遠處的平原上。凡城之岩是塊裸露地表的狹長石灰岩，據信就是聖經裡的諾亞方舟，也是凡城新舊城區之間的天然疆界。

新城很現代化，但是單調貧瘠。居民大多是庫德族，塞滿車流與行人的狹窄街道旁有著各色商鋪與民宅。滿臉風霜、指尖彎曲的老人，是昔日戰爭與血腥叛變的倖存者，肩上扛著粗糙的土耳其地毯，挨家挨戶敲門，希望做成買賣。年輕一些的人，看起來怒氣沖沖，煞氣逼人，倚站在牆邊和路燈下，一根接一根抽著美國和俄國香菸，籌謀新的戰役。凡城是土耳其最古老的城市之一。曾經是古代烏拉爾圖王國㉙首都的此地，是諸多部落與民族的發源地，經歷過許多大型戰役與無休無止的大屠殺。這裡的人殘暴，冷酷，不懷希望──他們在傷痛與挫折的記憶中成長，不停被外國陰謀與強權出賣。

但是這裡沒有女人。在街道上，商店裡，門口，車上，羅珊娜沒看見半個女人。凡城有種兵臨城下被圍攻的氣氛，所有的婦女小孩好像全藏起來躲避敵人似的。

一車子男人攔下她。他們是武警，沒薪水，沒訓練，無時無刻不在尋找另闢財源的方法。羅

珊娜來到凡城還不到兩個小時。從她的服裝，從她到處走來走去渾然不覺一個女人隻身走在路上只會惹禍上身的模樣，他們就看得出來她是個外國人。他們用土耳其語問她要證件。

她用法爾西語回答說她沒有。他們押她上車，帶她到哨站——只有一個房間的水泥建築，裡面盡是一臉凶惡的警察，留著黑色小鬍子，配備太多武器。他們大多能用法爾西語溝通。他們對羅珊娜的來歷，或她到凡城來的目的沒有興趣，只想知道她身上有多少錢。他們把錢全拿走，讓她坐上吉普車，說他們要送她到一間「逃家人住的旅館」。

他們朝巨岩的方向開去，過了那頭，就是舊城了。

舊城是個塵土與瓦礫的巨大墳場，只有零星幾座破舊的宣禮塔，喚起長達數世紀的戰爭與血腥的回憶：在這裡，薩爾崗二世⑳把敵軍全員斬首，然後把砍下的頭疊在城門口。也是在這裡，第一次世界大戰期間，土耳其人屠殺了三百萬的亞美尼亞人。

但是出了舊城，就有一座湖。

這座湖橫亙在荒涼的平原上——土耳其藍廣袤平靜的地平線，襯著白雪覆頂的棕色山脈，一彎熔岩沙灘擁抱內海，那美，令人稱奇，那遺世獨立更讓人讚歎。那水，鹹性高得不容飲用，不容灌溉，也幾乎不容生命存在，因此一條魚都沒有。湖岸光禿禿的，岩石崎嶇，不容靠近。

這不是羅珊娜常在夢裡見到的大海，那座她從猶太區飛去又飛返的海洋。那海是綠色的——古翡翠的顏色——周圍有濃密叢林，生命繁茂。聞起來有雨，有黎明初曉的味道。海豹優游上岸。鳥兒群集沙灘。

她已經失去了那片海洋。現在，她人在這裡，在這座奪走百萬無辜性命與許多帝國的湖邊，這些留黑色小鬍子，雙手骯髒的人要載她到孤伶伶矗立在地平線上最遠處的房子。

那是一幢深色木材搭建的房子——孤伶伶一棟搖搖欲墜的建築，周圍什麼都沒有，只有岩石。房子沒有外牆大門，沒有引領進到入口的門徑。羅珊娜以前常聽人提起邊境城市的土耳其妓院，是廉價且來者不拒的地方，既雇用十一歲的處女，也接納五十歲的祖母。現在，即使門關著，她還是能聞到腐朽的木料，乾燥的牛糞，冰冷的精液，新鮮的汗水，和瘀青的四肢在沒洗的床單上磨蹭的味道。有個女人來應門。她約莫三十幾歲，有頭烏亮的黑髮，擦著黑色的眼影，一看見警察就微笑，露出兩排完美整齊的金牙。

「給妳帶東西來了。」其中一個男人說：「她才剛來到這裡。什麼都別說。」

那女人惡狠狠地瞥了羅珊娜一眼，挪了一下身體，讓她能擠進門來。

「在玄關等著。」她說。

羅珊娜，一輩子都怕會成為她母親口中「聲名狼藉女人」的羅珊娜，終於踏進了妓院。

<hr/>

❸0 SargonII，西元前八世紀的亞述國王，原為亞述帝國將軍，後篡位稱帝，戰功彪炳，以第一個在兩河流域建立多民族中央集權帝國的薩爾崗國王為名。

「放棄她吧。」有天清晨芙洛蓮‧克勞德警告鐵慕爾和他兒子說。羅珊娜逃家已經是兩個月以前的事了。

「她已經走了這麼久了。就算她還活著，在這個複雜又大得像地獄的國家裡，你們永遠找不到她了。放棄她吧，好好認清事實，她拋棄你們啦。」

芙洛蓮‧克勞德站在鐵慕爾臥房的門口。一整夜，她從自己位在走廊對面的臥房望著他，空蕩無門的房門口框住他的身影，她看見他站在窗邊，凝視天空。那一刻，她很替鐵慕爾難過。自從他和羅珊娜背叛她，自從那天她在廚房裡聽賈可伯吐露祕密以來，第一次，芙洛蓮‧克勞德感覺到丈夫所受的痛苦，想要安撫他。

但是一到早上，索拉博來到父親房間，低聲說沒有消息，祕密警察打電話來讓他知道——因為有個地位顯赫的將軍替鐵慕爾請他們幫忙——他們四處探查偵訊，卻還是打聽不到羅珊娜的下落。芙洛蓮‧克勞德看見索拉博和鐵慕爾交頭接耳，好像把這當成一樁攸關生死的大事，她嚇壞了。他們已經變成盟友了，她頓然領悟，原本因為個性歧異，後來又因為同時愛上羅珊娜而形同陌路的父子，已經發展出一種邪惡的緊密關係，他們已經團結一致，因為他們需要找到那個女人，那個摧毀了他們，摧毀了芙洛蓮‧克勞德的女人。

所以她走近他們，帶著她的恨意，說出事實。

「現在她的屍體很可能早就腐爛了。」她說，索拉博勃然大怒她也不在乎。「再不然，她就是睡在某個人的床上，靠他吃飯，就像她以前靠你們吃飯一樣。已經鬧夠了。告訴莉莉，她媽媽

獨自在臥房裡，我坐在馬西堤已經擺好早餐的小桌旁，一字一句聽得清清楚楚。

「發生了什麼事。告訴其他所有的人，別再找了，我們繼續過日子吧。」

那天下午放學回家之後，我發現家裡天下大亂。

院子裡有好幾個帶電鋸的男人，忙著砍樹。在持續不斷的嘈雜機械聲中，他們高聲叫喚彼此，疾步後退，看著樹木倒下，造成小小的地震。在強烈得足以把靈魂燒成灰燼的怒火和失望引爆之下，異教徒鐵慕爾下令毀掉庭園。

好幾天的時間，樹木紛紛倒下。警察到家裡來，威脅要對鐵慕爾的妨礙安寧開出罰單，然後帶著賄賂離開。內政部的人來警告鐵慕爾，如果不停止砍樹，後果不堪設想。因為德黑蘭市區有嚴重的煙霧問題，他們說，所以國王陛下宣布砍樹是重罪。鐵慕爾在公司裡替他們安插工作之後，他們也離開了。

樹倒下的時候，馬西堤不禁落淚。這些都是樹齡悠久的老樹，比房子的年紀老得多。每有一棵樹倒下，房裡就有一扇窗戶應聲粉碎，大理石地板上也隨即裂開一整條的裂縫。

馬西堤那個打從芙洛蓮・克勞德指控她偷竊之後就不肯踏進屋裡一步的老婆，一直站在大門口，警告說，土崩地裂會吵醒早已沉睡地底的死人。

在樓上的臥房裡，芙洛蓮・克勞德穿著紅色的天鵝絨睡衣，和她最好的一雙高跟涼鞋，享受

著堅忍不屈終至勝利的滋味，她終於戰勝了那個在夜裡突然出現，最後又像個小偷似的在夜裡消失無蹤的女孩。

鐵慕爾沒看芙洛蓮‧克勞德，也沒看任何人。他站在正門外面的平臺上，就在他第一次看見羅珊娜的地方──就在那天，他看見她，以為她不是真實的，以為她會很年輕就香消玉殞，再不然就會永生不死，像天使一樣。

在學校裡，老師盯著我看，彼此交頭接耳議論我媽媽的事。每回我走過工友身邊，他總要低聲唸句護身咒語，還叫老師們也該這麼做──才能躲過我肯定會不停散播的厄運。其他孩子把他們媽媽在家說的話轉述給我聽──說羅珊娜沒逃走，說她被丈夫和婆家的人關了起來，關在陰暗的地窖或某扇厚重的大門後，哭喊求救，活活餓死。

就連學校的校長也同樣好奇。她把我叫進辦公室，一副攸關校務的樣子，問我為什麼鐵慕爾要毀掉庭園。

「因為有小偷。」我自己掰了個說法。我端端正正坐著，雙手擺在膝上，腳踏不到地。我覺得自己空洞洞的，就像我說的話一樣，只靠著一息尚存，才不至於支離崩解。

「爺爺覺得只有這樣做，小偷才不會在白天躲進院子，晚上趁我們睡著之後溜進屋裡。」

校長背著手，繞著辦公室走來走去。六十幾歲的她魅力不減──她是位前朝親王的遠親──而且緊抱著這份昔日榮光不放。她對鐵慕爾的大小諸事格外有興趣。

「妳祖父怎麼說妳那位逃家的母親？」她那張撲著厚厚的粉與胭脂的臉微微笑。

我擺在膝上的手顫抖著。

「他沒談起她的事。」

我強忍著不掉淚，強忍著不把臉埋進手裡哭起來。

「可是我媽媽會回來。」我說。

校長跨著像塘鵝的大步，在屋裡走來走去。一手帶大她的法國家教老師教她歐洲女人所該有的優美儀態。她相信淑女走路應該像舞者——腿直伸向前，腳尖先著地，然後才是腳跟。

「她一定會的。」她的話一點說服力都沒有。「大部分母親都會。」

女家教也教她要坦率直言。

「可是我聽說，妳知道的，妳母親死了。」她昂首繞著辦公室。

「我聽說她自己跳出窗戶，妳父親把她埋在院子裡。所以他們才會把院子全鋪上水泥，免得屍體被發現。」

月亮蜜黎安又到家裡來，這回有洛雪兒和她那個抽雪茄的矮老公陪同，要求見我。

自從羅珊娜逃走，已經過了四個月了。我們和蜜黎安和芙洛蓮‧克勞德再也沒有人提起她的名字。

「你們這些人或許已經放棄了。」蜜黎安和芙洛蓮‧克勞德槓上了：「可是我絕對不放棄。沒有人會像水滴一樣從地表消失的。要不是妳殺了她，就是她逃走了。如果她死了，我也要看到屍體。如果她逃走，我一定會找到她，把她帶回來。」

我獨自在媽媽的房間裡，站在她的梳妝臺前，一身藍配白的學校制服。我每天傍晚，每個週末都在耗這個房間裡。我站在她的鏡子前，每天下午一放學也馬上衝到這裡。我每天傍晚，就在我發現馬西堤兒子拆掉屋裡所有的門的那天傍晚，她站著，轉身對我說這樣我就隨時看得到她的那個位置。現在，我在房裡找她，卻只看見我自己的鏡影──蒼白的臉，驚恐的眼，瘦伶伶的腿，白色長襪直拉到膝蓋。我茫然，害怕，又無力。我早就知道羅珊娜有一天會離開，但是，儘管我很想，卻阻止不了她。我喊她的時候，她聽不見，她轉頭往後望的時候，甚至沒看見我。

在我最愛的人眼中，我竟然隱而無形。

「妳愛怎麼做就做吧。」芙洛蓮‧克勞德在樓下玄關對蜜黎安吼回去：「埋了她，找到她，或者用她的名字給妳孫女取名字。隨妳便，我才不在乎呢，只要別讓我再看見她或你們就好了。」

芙洛蓮‧克勞德講話的時候，蜜黎安步步進逼，拚命往屋裡擠。

「我要和莉莉談談。」她對洛雪兒和她丈夫說。

我不知道我是該奔向她，還是躲著她。但是，她突然出現了，在我媽媽的鏡子裡，她的身影疊上我自己的影像：臉上一副細框眼鏡，沒化妝，戴著男錶。

她把手放在我肩上，把我轉了過來。

「沒事了。」她輕聲說，一聽見她的聲音，知道她是唯一還在尋找羅珊娜的人，讓我哭了起來。

她原本應該要擁我入懷的，但是自己從沒接受過親暱撫慰的她，不知道該怎麼表達情感。於是，她拍拍我的背，撥開垂在我臉上那絡和羅珊娜同樣顏色的頭髮。

「果凍賈可伯發誓說他看見妳媽媽了。」她說：「如果她來找他，那麼也一定會來找妳。」

我搖搖頭。淚水讓我說不出話來。我又失敗了。羅珊娜沒回來找我。

蜜黎安放開我的肩膀，調整了一下她的頭巾。她看著梳妝臺上羅珊娜的化妝品，四下張望，彷彿要從這些個人物品中尋找妹妹存在的蹤跡：這是她的床，她的衣服，她的室內拖鞋擺得整整齊齊的，放在椅子旁邊。還有蜜黎安交給她的那個淚瓶。

「不管怎麼樣，」她深吸一口氣，強迫自己堅強起來。「我要妳時時注意。留心她的蹤跡，無論妳在哪裡，不管其他人怎麼說，妳都要知道，羅珊娜會回來的。就靠妳和我去找她了。」

蜜黎安來看過我之後，有好幾年的時間，我夜裡躺在床上都醒著，凝神等待聽見媽媽在黑夜裡敲門的聲響。我會在人群裡尋覓，在街上跟蹤陌生女子，只因為她們和羅珊娜有幾分相似，不論相似之處如何稀微。我會在鋪了水泥的院子和街道上搜尋，想像我媽媽的身體困在水泥底下，活生生地腐爛。在學校裡，我突然大汗淋漓，一陣驚恐，確信當我不在家的時候，羅珊娜回到家裡找我，確信她在呼喚我的名字，確信她會在我還沒回家之前就再度離去。在家裡，我坐在廚房，挨著果凍賈可伯，還是堅稱在他窗外看見羅珊娜的賈可伯，等待著她回來。我在每面鏡子，每片玻璃前駐足，轉身，暗自期盼看見羅珊娜回頭看我。她從來就沒有，當然。我早就告訴我，她不會再回來，就像她早就告訴我她會逃走一樣。她無影無蹤，她永遠都無影無蹤，然而我還是尋尋覓覓，一個房子接著一個房子，一年接著一年，尋找一扇可以打開的窗戶，尋找一個我的希望遠比現實更堅實可靠的夜晚，讓我回到媽媽身邊。

在東星之家裡，男人帶刀上床，隨時準備在爭鬥中相互砍殺，或宰了不肯乖乖聽命的妓女。來的人有薪水低得可憐的士兵，長途貨車司機，這輩子頭一回進城的農夫，走私伊朗大麻和美國威士忌的走私客，以及長期叛亂未果深受其苦的庫德族人。許多嫖客患有淋病或梅毒。還有許多人在這裡播下種，生出在妓院長大，而且

在未滿十二歲之前──無論男生或女生──就被納入花名冊接客的孩子。

妓院老闆是個亞塞拜然族的土耳其人，在土耳其和伊朗與俄羅斯邊境經營了十二家像這樣的妓院。他一個月來一次，找他委以管理重任的女人收取獲利。負責這家妓院的是那個滿口金牙的女人，她自己也是個妓女，對旗下的女人比任何老鴇都苛刻。她下令鞭打不願和恩客上床的男孩女孩，永遠讓妓女們處在饑餓狀態，好讓她們知道自己的極限，服從她的命令，她甚至任由男人們割傷不討他們歡心的人，然後還要求受害者自己清洗血跡。

她把規矩告訴羅珊娜。

「只要我願意收留妳一天，妳就得在這裡工作。」她說。她的口氣又輕蔑又冷淡，活像嘴裡含著金屬。

「如果妳想逃，或者不聽客人的話，我就會要我的男孩割花妳的臉。如果妳病了，我就讓妳死。」

和方圓百里之內的其他妓院比起來，她的情況沒比較好，也沒比較差。環顧周圍，羅珊娜知道這是她從自己的惡夢，從秀莎告誡她逃家女孩會有什後果會怎麼生活怎麼死的故事裡，看過聽

過的妓院。她想起以前聽過的故事，說那個離家出走的阿姨，因為梅毒而瞎了眼，還有另一個想躲開愛人卻被他丟進湖裡淹死。羅珊娜沒有理由相信自己的命運會有所不同。

然而，在她明白自己將過著什麼樣的生活的第一天，讓她深受震撼的並不是她心中的恐懼，而是她的領悟。她明白，自己竟然這麼快也這麼輕易地落實了外婆的預言；她明白，自己會多麼自由自在，因為除了傷害自己之外，她的行為是再也不會傷害任何人了。

她被分配到一間有床和替換床單的小包廂。她要隨時聽經理的命令接客。其餘的時間，她得幫其他女人煮飯洗衣，做家務。她的第一個客人是從凡城來的年輕人，辦事只花了不到一分鐘，接著就親吻她的手，說他愛她。第二個恩客把她打得從床上滾下來。自此而後，她不再計數了。

她會逃走的，她知道。她只需要等待時機。

稅吏小諾利這三十年來每年造訪鐵慕爾家兩次：在春天的第一天──波斯新年，傳統上要送禮的日子──和聖誕節。他會提醒鐵慕爾，所有的「文明社會」在這天都會慷慨行事。一九七二年，他來了第三次，在七月，也就是暑熱逼得瘋子跑上街頭，每天都有幾十個人屍沉大海的時節。他老婆打算離開他，他知道，因為她等他買幢公寓給她等了二十年，她已經厭了。小諾利需要一點紅利，一筆額外的現金，來當買公寓的頭期款，否則他的婚姻鐵定完蛋了。他翻查他的「客戶」名單，挑上鐵慕爾──不只因為他很有錢，也因為近來羅珊娜的失蹤傳得沸沸揚揚，他料定鐵慕爾情緒低落，不會想吵架。

小諾利很矮，禿禿的頭活像個甜瓜。他右腿比左腿短，往內彎，所以走起路來一跛一跛的。跛腳跛了一輩子的他，對身體的殘缺引以為恥，因此也不肯承認是他自己的問題。直到三年前，他都還歸咎於長年坐辦公桌，缺乏足夠運動造成的血液循環不良。然後呢，他有回冒險穿過鐵慕爾家庭園的時候，被芙洛蓮・克勞德的狗咬了，啃掉他右大腿的一塊肉，於是就給了他新的故事可講。

「我是因為執行公務才跛腳的。」他對他所謂的客戶如是說：「在鐵慕爾汗閣下的宅邸裡。」

那真是幢富麗堂皇的豪宅，雖然厄運當頭哪。我可不想看著那房子因為遲付稅款，被國王陛下的政府沒收充公喔。」

在政府預算並不是以收到的稅額來決定，而是以國王和皇親國戚享用國家財富之後還剩多少為基礎的國家，在政府雇員完全靠賄賂維持生計的地方，稅吏小諾利和數千個像他這樣的官員到

處收的不是稅金，而是賄款。

這天正中午，他腋下夾著一只綠色公事包，不請自來。他的西裝皺巴巴的，腿上有一大塊油漬，因為他抹了羊油幫助血液循環。經過這麼些年的定期造訪之後，他已經不等人邀請或歡迎，逕自穿過通廊，直闖鐵慕爾的會客廳。在竊盜鬼未肆虐之前，他總是叫伊菲特給他端上加冰的醋蜜雪酪。現在他就只能口乾舌燥地坐下，希望芙洛蓮·克勞德至少會給他一杯水。

她沒有。

小諾利歎口氣，打開他的綠色公事包。他拿出一疊帳冊，一本小筆記簿，各個政府機關的備忘錄，還有他紀錄有關鐵慕爾諸事的手寫筆記。他沒辦法偷偷躲過芙洛蓮·克勞德新買的那兩隻狗，只好努力視而不見，不理會牠們透過窗戶狂吠，試圖攻擊他，整個身體抵在玻璃上，爪子刮得嘎嘎嘎響。他低聲咒罵牠們，心裡重溫著這三年念念不忘的故事版本，他是怎麼被狗攻擊才讓腿有殘疾的。牠們讓他膽戰心寒，汗水溼透了外套。

過了一小時。小諾利走到門口，大聲喊，但是沒人回答。他走到迴廊，看見我坐在樓梯頂端，腳伸出欄杆，晃啊晃的，低頭俯望著他。

「去找妳爺爺來。」他說，可是我一動也不動。鐵慕爾在他房裡，躺著休息沒睡，我知道最好別為小諾利去吵他。

到了三點鐘，小諾利還穿著外套，面對一疊帳冊坐著。因為狗的關係，窗戶關了起來，太陽炙烤玻璃，房裡開始熱得像火爐。他氣呼呼地從公事包裡抽出一本雜誌，開始翻看一張張胸部碩

大屁股刺青，對著他抵唇吮指的裸女圖片。這是一本過期的《好色客》，是他每個月從一個訂閱的客戶那裡接收來的。看著看著，他臉色越來越蒼白，表情越來越羞赧，嘴角掛著半抹微笑，沉浸在無比的喜悅之中，完全沒聽見鐵慕爾走近的聲音，等他發覺，已經太遲了。

「你早來了六個月。」鐵慕爾聳立在他面前。

小諾利急急忙忙收起雜誌，想站起來握手，然後想到這麼做一點好處都沒有，所以又坐下來。他把椅子拉近桌邊，掩飾自己的勃起，抱怨芙洛蓮・克勞德的待客之道。

「我已經來了三個小時了，沒人端杯水給我。」

鐵慕爾一點反應都沒有。小諾利搖搖頭，高聲說有錢人是世界上最沒有同情心的人，所以厄運當頭也是罪有應得。接著他把筆記本翻到做記號的那一頁，開始詳看。他細數鐵慕爾欠了多少該付的稅款，加上利息和逃稅的罰款，還提醒鐵慕爾，如果想對他的估算提出異議，必須負擔多少打官司與請會計師的費用。說來悲哀，他說，在富藏石油和其他天然資源的國家裡，我們竟然還得繳稅，可是法律就是法律，而諾利也不過是個政府雇員，領死薪水，沒有額外紅利，有四個小孩要養……

「你要多少錢？」鐵慕爾不讓他往下講。

小諾利一副去買鑽石卻拿到一袋爛番茄的模樣。

「對不起，先生。」他的微笑帶有幾分譴責的意味。「我們今天談的不是我的需要。」

這招在過去屢試不爽。就像一支練習了上千次的舞蹈，只不過這回，鐵慕爾不照舞步跳。他

伸手到外套口袋裡，掏出一疊鈔票。

「拿去吧。」他把鈔票往小諾利面前的桌上一丟。「十二月再回來！」

那顆甜瓜頭漲得通紅，活像甜菜。小諾利看著錢，數也沒數，開始把文件收進公事包裡。他看得出來，鐵慕爾心情很壞。可是，他的婚姻眼看著就要因為他渴望得要死卻買不起的二十八坪公寓而瓦解了，所以他才不要被這個連自己住的宮殿都保不住的闊佬剝奪他的外快。

他關上公事包。

「我需要五十萬里奧。」他直說：「明天以前準備好。」

就在這時，鐵慕爾決定要付清他的稅。

　　　　　✻

他叫了四個會計師到他位在費多西大道的辦公室。四個全是在美國受教育的年輕人，急著想在伊朗企業界打響名號。他告訴他們，他已經三十年沒繳過稅，他們微笑說他們了解。等他說他已經受夠那個帶綠色公事包和色情雜誌的猥瑣小官威脅，想付清所有的稅時，他們全搖搖頭，摸著下巴，彷彿在說鐵慕爾瘋了。

他帶他們到他辦公大樓的地下室——塵埃密布，通風不良的小房間，沒有窗戶，堆積二十年的文件雜亂無章。

「全在這裡。」他說。會計師簡直像看見自己的墳墓一般。「把這些紀錄整理出來，弄個可

以應付政府查核的數字。」

有個會計師鼓起勇氣回答。

「您瞭解的，閣下，付清稅款並不保證可以讓您免受那些人的索賄。」他身上的白色亞麻褲和白色皮鞋已經被地下室的灰塵弄髒了。「您該知道，這個體系不是靠誠信來運作的。」

鐵慕爾沒回答。這位會計師受了鼓舞，乘勝追擊。

「況且，」他說：「沒有人樂於看您自動自發付清這些年來的稅款。問題會接踵而來：稅務員為什麼從來沒逮到你？既然願意自動付這麼大筆的錢，那你到底有多有錢？國王陛下對不按這個體制運作的人都有疑心。您只會惹來麻煩。」

鐵慕爾的回答讓他不寒而慄。

「麻煩，」他說：「恰恰是我需要的。」

罪人索拉博告訴我，我必須離開。

那是一九七二年五月，羅珊娜失蹤五個月之後。我正在二樓餐廳的露臺和索拉博與
芙洛蓮‧克勞德一起吃晚餐。在我們下面的院子裡，馬西堤洗著水泥地，對著這座
他曾經悉心照料的心愛庭園掉眼淚。沒樹也沒綠意，冬天裡覆滿冰雪的院子，到了
夏天就變成滿是熱氣煙塵的大火爐。每天晚上，馬西堤都要拿水管沖洗水泥地，水花圍著他四周
飛濺，弄得他好像隱身在水幕之後不見身影。事後，他會拿繩子把水管綁好，放下褲管，一面咒
罵羅珊娜第一次搭他的車回這屋裡來的那個夜晚。

索拉博吃著他母親準備的烤茄子佐番茄大蒜沙拉。芙洛蓮‧克勞德擺了三份餐具——因為鐵
慕爾再也不回來吃晚餐了——她坐在索拉博正對面的那張高背椅裡，更顯得身形矮小。索拉博努
力想打破沉寂，問起學校的事，我只用簡短平靜的語句回答，很少抬眼迎接父親的目光。芙洛
蓮‧克勞德靜靜看著。這幾個月來我長高了，她注意到。我有父親的黃眼睛，他嚴肅的容貌，甚
至他說話的神態。

這是芙洛蓮‧克勞德討厭我的另一個理由：不管她怎麼費盡心思，都無法假裝我不是索拉博
的骨肉。

所以她要我離開這個家——離開這個國家，讓她眼不見為淨。反正羅珊娜也走了，芙洛蓮‧
克勞德想，她可以重拾人生。

她告訴索拉博，我需要適當的教養，為我的利益著想，我最好離開這幢我媽媽失蹤的房子，

到一所朋友與老師不會議論羅珊娜的學校去。她告訴他，是他虧欠我的，他該給我一個新的開

始，送我走，他可以讓我不再重蹈羅珊娜的覆轍。

「送她到美國去吧。」她堅持：「那裡好新，好大，這裡的人永遠不會再纏著她。趁她年紀

還小，容易適應的時候，送她去吧。」

這並不難說服他。在一個大學教育仍然是理想多於現實的國家裡，有錢的父母常把孩子送到

國外讀書。大部分孩子都在十三、四歲被送出國──到歐洲的寄宿學校學習語文和「文明世界」

的儀節，在那裡接受大學教育比在家鄉容易。但是芙洛蓮‧克勞德不想等我年紀大些，同時也覺

得歐洲離亞洲太近。這就是她之所以選擇美國──害死莫拉德的地方──選擇這一年的原因。

「送她到美國唸一年級。」她勸索拉博：「讓她的英文讀寫比法爾西語流利。這對她來說會

比較輕鬆，對你也會比較輕鬆。」

三月，索拉博打電話給替莫拉德開刀的醫生。在那人的協助之下，他替我在加州帕薩迪納的

一所天主教寄宿學校註冊。索拉博沒去過帕薩迪納，也不打算在送我去之前先探訪一下。他只知

道那是個小城，很安靜，而且離伊朗很遠。他一直等到五月才告訴我。

「我決定送妳到國外讀寄宿學校。」他那天晚上無預警地說。

芙洛蓮‧克勞德撤掉沙拉，端上配番紅花與馬鈴薯的烤雞。就連她也被索拉博突如其來的消

息嚇了一大跳。

「我已經幫妳註冊了，在九月入學。所以妳要在八月底的時候出國。」

我瞪著索拉博，叉子舉在半空中，目光停滯。

「妳的學校是天主教修女管理的。」他繼續說，避開我凝望的眼神。汗珠涔涔冒出，在他額頭，在他唇上。「我選擇那所學校，因為那裡很保守，像我們一樣，而且他們的價值標準和我們大同小異。我告訴她們說妳是天主教徒──否則她們不會收妳的──可是妳沒受過宗教教育。她們答應從頭開始教妳。」

我早該知道的，我心想。我至少該有點疑心，猜到會發生什麼事。畢竟，芙洛蓮‧克勞德從來就沒掩飾想送我走的念頭。但是一次又一次，特別是在羅珊娜離開之後，我耳朵裡聽著她說的話，心想索拉博絕對不會同意。

「我想，在這個學期結束之前，妳或許想先和學校裡的小朋友道別。」他在我凝望的灼熱眼光裡勉強吐出話來：「我知道現在看起來似乎很難受。可是我想，這樣對妳最好。離開這個家，妳會成長得比較快樂。」

這時我哭了起來，求他改變心意。索拉博對我伸出手。他或許擁我入懷。他或許和我一起落淚──我不知道。我心裡唯一的念頭是，羅珊娜有一天會回來，在夜色裡消失無蹤的她，也會在相同的夜色裡回來，如果我去了美國，她就不知道該到哪裡去找我了。

羅珊娜在東星之家待了八個月。她和成百上千個男人上床，吃剩菜剩飯，喝摻著未蒸餾酒精的葡萄燒酒。她在冰冷鹹澀的湖裡洗澡，皮膚上留下點點的結晶鹽，在屋裡其他女人也用的那桶髒水裡洗衣服。她染上瘧疾和傷寒，但之所以能活命，是因為管妓院的那個女人知道羅珊娜很受恩客歡迎。她變得又瘦又黃又髒，皮膚因為發燒和男人的汗水而乾燥，牙齒因為營養不良而動搖，臉上的皺紋則是因為她費盡心力──不停不停地耗盡心力──不去想她自己所拋棄的一切。

她必須逃離這個妓院，她知道，可是要做到，她需要有錢，以及一個肯幫她的男人。沒有這兩個條件，一逃到大湖與巨岩之間的廣袤平原，她不出幾分鐘就會被盯上，紀律敗壞的土耳其警察會逮她回來，當著其他女人的面殘酷宰殺，讓大家從她身上學到教訓。

每個星期，她的第一個恩客，那個年輕男子會帶著攢下的錢，來和羅珊娜共度幾分鐘。她是他唯一願意同床共枕的妓女，因為她對他不錯，而且他相信自己愛她。雖說她幾乎沒和他說過話，而且她似乎也很嫌惡他的身體，每回他傾吐心中永恆的愛戀時，她總是把頭轉開，可是他願意等待，他告訴她，只要她不排斥他，終有一天，或許她會對他滋生某種情感。

七月，羅珊娜又染上瘧疾，昏迷了兩個星期。燒退之後，她知道除非離開這裡，否則她必死無疑。下一次那男孩來的時候，她開口對他說話。

「我想和你一起逃走。」她掰了謊言：「幫我逃走。我就會永遠是你一個人的。」

他的眼裡亮起喜悅的光芒，但隨即心生恐懼。

「可是他們會逮到我們。」他說：「他們會殺了妳，割下我的睪丸，放在我手上。他們就是這麼對付幫助妳們逃走的人的。」

下一回他來的時候，她又開口要他幫忙，說他一定得幫她，因為他如果不肯，她就會死，而且還保證，如果她被逮了，也絕對不說是誰幫她的。一個星期又一個星期，她慢慢哄得他的恐懼一點一滴的消失，在他心裡填起一時時錯誤的希望。到最後，他偷了父親的錢，買了兩張到安卡拉的巴士車票，還替羅珊娜買了衣服，替自己買了雙新鞋。八月的一個清晨，他開著父親的車，來到湖邊等她。

她五點鐘就起床。老鴇才剛睡下，其他女人都還在自己房間裡。羅珊娜緩緩溜出門，在約定的地點找到那個男孩。

他們開到巴士車站，丟下轎車。那男孩推想，開著轎車太容易被逮到了。只要他父母通報汽車失竊，車牌馬上就會讓他們的行蹤曝光。

他們告訴巴士司機說他們是夫妻，要到安卡拉去探訪親人。從凡城到艾爾朱倫❸，男孩一路握著羅珊娜的手，親暱地對她微笑。到了艾爾朱倫之後，巴士在一間茶館前停了下來，讓乘客可以吃點東西，伸伸腿。男孩到廁所去小便。回來的時候，羅珊娜已經不見了。

她帶走了錢，巴士車票和衣服。她沒法走太遠去躲起來──只沿著馬路往下走，躲在上一個

<hr />

❸ Erzurum，土耳其東部城市，地勢高於海平面千餘公尺。

冬天山崩塌落的大岩塊後面。可是男孩怕如果他去找她，就會因為幫妓女逃亡而被抓。所以他留在茶館裡等。

巴士留下他開走了，下一班要三天後才來，可是他沒離開。他很確定，只要羅珊娜可以，一定會回來的，所以很擔心她是在他離開的那段短短時間裡被警察抓走了。到最後，茶館老闆看他可憐，才告訴他說他是被耍了。

他搭巴士回凡城，告訴司機說他回家懇求父親寬恕之後會付清車資。

羅珊娜從藏身的地方走了十個小時，到另一間茶館。再次搭上巴士，她告訴每個人說她是個沒有小孩的寡婦，正要到伊斯坦堡去投靠公婆。

艾爾朱倫很冷，很荒涼，沒什麼人煙。搭車往特拉布松㉜的途中，羅珊娜凝望窗外，看著這處杳無樹影的平原和光禿禿的嶙峋山脈──地表因溫差劇烈而崩裂，路上空蕩蕩的，因為大家都怕盜匪叛軍會攔下轎車與巴士洗劫一空，甚至謀財害命。

黑海濱的特拉布松是個現代化的城市，擠滿車輛與行人，還有搖搖欲墜的房舍與廉價的商鋪。那裡有個港口，還有一座很大的俄國市場。一個拎許多袋子的老婦人在那裡上車，她告訴羅珊娜，這座城裡多的是低級妓院和俄國妓女。她一根接一根地抽著土耳其香菸。她說特拉布松以前是一支古老女民族亞遜人的領地。她問羅珊娜要到哪裡去。

「到伊斯坦堡。」羅珊說完就轉頭看窗外。

「那好遠喔。」老婦人咳了一聲，重新調整好座位上的袋子。

羅珊娜沒再回答。貓咪雅麗珊卓曾經告訴過她，伊斯坦堡是位在兩個海洋之間的城市，是亞洲最遠的地方，是通往歐洲的橋梁。

從特拉布松到伊斯坦堡大半的路程中，黑海沿岸都環繞著濃密多蔭的山巒與星羅棋布的務農小鎮。沿著藍寶石似的碧藍海洋，有菸草田，櫻桃園，還有白色的沙灘。吉瑞杉栽植榛果，薩姆杉❸有海港，而西諾普❸那個小城呢，是當年英法軍隊聯手對抗俄國的克里米亞戰爭爆發地。空蕩蕩的道路綿長延伸，瀝青塊的烏黑襯著海洋的蔚藍。然後，在許多天之後，就到了伊斯坦堡。

城市外緣是貧民窟和廉價住宅區，棲身的都是到城裡來找工作的農人。趁夜在海邊搭建起來的臨時住屋，靠的是一條古老法律的保障：凡是屋頂在夜間搭建起來的房子，都受到法律保護。遲早，政府的推土機就會開這些房舍很髒亂，住了太多人，疾病肆虐，永遠都在毀滅邊緣徘徊。遲早，政府的推土機就會開

❸ Trabzon，土耳其東北瀕臨黑海之城市，為古絲路途經之地，東西文化宗教匯聚。

❸ Samsun，土耳其黑海濱的重要港口。

❸ Sinop，土耳其最北端黑海濱城市。

進來——遲早都會來的——鏟平這些城鎮，挪出空間給拔高而起的新建築。到那時，農人們就得在瓦礫堆中翻找，盡力搶救他們僅有的物品，沿著海濱再往外搬個幾哩，然後在夜裡搭起新的棚屋。

伊斯坦堡座落在亞洲面對歐洲的端點上。兩個大陸之間隔著一汪土耳其藍的水域，那是博斯普魯斯海峽，連結黑海往馬爾馬拉海，再到地中海的窄窄海峽。沿著水岸兩側，伊斯坦堡擁擠的街道，摩登的高樓大廈和壅塞的交通在亞歐兩陸蔓延數里之遠。狹小的鵝卵石巷道裡擠滿公寓和房宅。露天市集，古老博物館，宮殿，以及早已傾覆的王朝歷代君主所建的高塔，隨處可見。

羅珊娜在新城的巴士總站下了車。她站在人行道上，人群，噪音，她所不懂的語言，一張張看來如此充滿異國風情的臉孔與神態——更似歐洲人而非亞洲人——在在讓她惶然不安。她不敢找任何人求助。用僅餘的一點錢，她向街頭小販買了水果，坐在人行道上吃。離開凡城已經八天了，而離開德黑蘭竟已近九個月。

過了一會兒，她注意到水果販商在攤子上盯著她看，她明白，他搞不好會叫警察來趕她走。所以她站起來，漫無目的，開始向海的方向走去。她已經走得太遠了，她對自己說。就像偷了母親的錢，丟下母親遺體不管的貓咪雅麗珊卓，她已然明白，此時此刻，唯一的求生之道就是繼續往前走。

我離開的前一夜，索拉博送我一支手鐲，細細的金鐲子，一面刻著羅珊娜的名字，一面刻著羅珊娜的名字。他告訴我，他和我很快就會見面。我知道他騙我。

他送我上床，然後到書房去看書。一個小時之後，我起床，到隔壁那間空房間，羅珊娜的臥房。

我躺在羅珊娜的床單上，頭枕著她的枕頭，暗自祈禱她會在索拉博把我送走之前回來拯救我。

四點鐘，索拉博來叫我的時候，我還醒著，還在等著。

我用冷水洗洗臉，潑溼頭髮，往後梳。我穿上新衣，新襪新鞋。索拉博提著我的行李下樓。

我最後一次進到羅珊娜的更衣室。

她坐在梳妝臺前，微笑著對我敞開雙臂。那是屋裡拆掉所有的門那天，是羅珊娜摟著我，說這樣我們就能永遠看見彼此的那天。我把臉靠在她肩頭，聞著她的髮香。我摸著她蒼白的肌膚，她淡粉紅洋裝的衣料。羅珊娜笑了起來。

在她背後的桌上，散落著一些化妝品和人造珠寶，幾條半空的口紅，還有碎成粉末又收進盒裡的藍色綠色眼影。化粧品旁邊有一只手提袋，白色皮面，圓形的竹手把。梳妝臺旁邊，橡木衣櫃像個懶散的女人張嘴打哈欠，門微微前後晃動，鍊條吱嘎響。羅珊娜的衣服經過竊盜鬼這些年來的肆虐，全褪了色，不成樣子，掛在衣架上，宛如等待靈魂的軀殼。有時在夏天漫長的午睡時間，每個人都睜眼躺著，咒罵暑熱的時候，我會穿上這些衣服，在家裡走來走去，假裝是我媽媽。

我搜尋著可以帶到美國去的紀念品。到處看啊看的，我猛然醒悟，我早就該收起羅珊娜所有的個人物品，早就該把所有的東西鎖起來，免得有人在我離開之後踏進她的回憶裡。我看見羅珊娜收起茉希狄地址的那個盒子，馬上拿出信封，塞進洋裝口袋裡。然後我看見蜜黎安給她的那個淚瓶，記起蜜黎安說秀莎是怎麼喝下她自己的淚水的。我想帶走這個瓶子，但是不知道索拉博會不會反對，不知道羅珊娜是不是會回來找這個瓶子，找不著的時候是不是會生氣。索拉博在樓下叫我。我急忙衝出去。

※

在樓梯底下，站著肩頭裹大披肩的芙洛蓮‧克勞德。

「要乖。」她淡淡地說，連裝個微笑都懶。

鐵慕爾從他的會客廳出來，背有點駝。他手擺在我的頭上，唸了一句經文禱告。

「去吧，」他第一次親了我。「願上帝帶妳遠離我們的生活。」

馬西堤打開蝕刻玻璃門，讓沁涼的夜風灌了進來。沉寂片刻之後，被綁起來讓我們安全通過的狗兒又開始吠了起來。索拉博拉起我的手，催我走。

他陪我一起坐在汽車後座，一手攬著我，迴避著我的目光，彷彿知道自己罪不可赦。

車子滑過黑暗的街道。我傾聽輪胎輾過瀝青路面的聲音，馬西堤鞋子踩下離合器和油門踏板的聲音，還有索拉博在我身邊呼吸的聲音。我們往北開的時候，天漸漸亮了，緩緩露出艾爾布茲

山（Elburz）的輪廓。我搖下窗戶，抬頭仰望。我在世界上的其他地方，再也見不到德黑蘭清晨的色彩。

我們抵達機場的時候是六點鐘。有個留長指甲的女人檢查我的護照。索拉博臉色慘白，手好冰冷。我們等著。有個聲音開始呼叫登機。

索拉博陪我走過海關，跨過跑道，登上飛機。他把我交給空中小姐，指出我的座位，替我要來枕頭和毯子。然後，他抱著我。他抱著我，抱了好久。我知道他要永遠把我送走了。

等我抬起頭來，他已經走開了。幾分鐘之後，他出現在我座位旁的窗框裡，站在跑道邊的欄杆後面。我不確定他是不是能看見飛機上的我，但是他在那個地方站了快一個小時，直到飛機起飛。飛機開始滑行的時候，他對著我的方向茫然揮手。我使勁盯著他，把他的影像刻在我的記憶裡。我努力相信他愛我，相信沒有他在身邊我也可以應付得來，相信我不會永遠失去他，就像我不會永遠失去羅珊娜一樣。

然後，我把臉貼在窗上，在他剛剛站著的地方，一路哭到美國。

選擇與機會的國度

一九七二年

聖抹大拉瑪麗亞女子學院的安娜蘿絲修女穿著她的修女袍和制式的黑色鞋子，站在洛杉磯國際機場，盯著剛下飛機的旅客看。她的臉色因為憂心而泛白，嘴唇緊咬，彷彿強忍住不哭。她被派來接我下機，帶我到學校去，可是她看起來一副茫然不知所措，迫切需要幫助的樣子。她沒注意到拉著我的手的那位空中小姐。

「妳一定是來接莉莉的。」空中小姐拍拍她的臂膀說。

安娜蘿絲修女突然倒抽一口氣，嚇得退後一步。她的眼睛四下張望了一晌，彷彿搜尋距離最近的緊急出口，然後才又轉回到面前的這個女人身上。

「這是莉莉。」空中小姐說。從一登機，爸爸就把我託付給她，告訴她說到了洛杉磯會有位修女來接我。「我相信妳是來等她的。」

起初修女有幾分懷疑。但等她凝神看我，血色就漸漸回到她的唇上。她開口的時候，我以為她就要鞠躬彎腰了——身穿黑色修女袍的木偶在冗長無聊的表演之後出來謝幕。

「總算來了。」她輕聲說：「我還以為我把她給搞丟了。」

「喔，沒錯。」安娜蘿絲修女又恍神了。「當然啦，行李。」

她轉身就走，但我留在原地，抓著空中小姐的手，不肯離開。

我搭了二十二小時的飛機——緊張得沒吃沒喝，甚至不敢起身上洗手間，怕回頭找不著座位。飛機先停了倫敦，再停紐約。其他旅客都下了飛機，在航廈裡到處逛。但我一直留在原地，

右手插在外套口袋裡，抓著我最後一分鐘從羅珊娜房間裡拿來的信封。每回有人找我說話，我都張開嘴巴想回答，但卻半句話都說不出來。最後，空中小姐坐下來，把我擁進懷裡。

「別怕。」她抱著我說。這時我感覺到一股好強烈的怒氣，開始對著地板嘔吐。

是恐懼——冰冷，慘白，無法克服的恐懼，在飛行途中癱瘓了我，讓我變得又聾又啞。這是我認識了一輩子的恐懼，打從我出生的那一刻就從羅珊娜身上繼承而來的恐懼。這種恐懼無所不在，在她擁抱我卻總是想鬆手離開的雙手裡，在她看著我卻總是映照出世界其他角落的眼睛裡，我察覺到恐懼的存在。我在她的床上認識了這種恐懼——在我踏進她的房間，卻只在床單上找到她肌膚遺留的記憶痕跡的那些個夜晚。有一回，在他們還沒拆掉門之前，我站在羅珊娜房間的陽臺上，望著院子裡的她：她沿著橫跨僕傭院落的曬衣繩走著。一排潔白的床單晾在一絲風都沒有的豔陽下。羅珊娜嬌嫩脆弱的身影在兩條床單之間出現，消失，出現又消失。每回她的身影一消失，恐懼就讓我窒息。

那位空中小姐身上有粉餅與香香的唇膏味。

「不要緊的。」她想在機場裡安撫我。她有明顯的英國口音，和我在幼稚園學的英文一樣，但我還是聽不太懂她說的話。「這位女士會帶妳到學校，好好照顧妳的。」

我把她的手抓得更緊。我張口告訴她，我不想留在這裡，不想和這個穿得一身黑的女人走。

安娜蘿絲修女抓起我的肘彎，把我拖走。

※

我們併肩站在行李提領區。行李隨著轉盤上的輸送帶轉到我們面前，然後又轉開，最後又回來。我們看著同樣的行李箱轉了三圈，安娜蘿絲修女才知道我根本搞不清楚我們在這裡幹麼。

「拿起妳的行李啊。」她講話的速度好快，是美國口音。

我看看她，看看轉盤，什麼也沒做。我忘了我的行李箱長什麼樣子了。

「哪個是妳的？」她問我，我還是沒回答。

她歎口氣，把重心從一隻腳挪到另一隻腳，自言自語說她到底該怎麼辦啊。然後她拿起我的票根，查看行李標籤。

「沒人告訴我說她是個啞巴呀。」她低聲說。接下來，該怎麼找到路離開機場，回到安娜蘿絲修女停放車子的地方，又是個大問題了。

※

我們走過一個又一個停車場，穿過了一條又一條的馬路，從地面層爬到頂樓，然後又爬下來，循著她踏過的每一步路回頭走，查看每一輛車子。安娜蘿絲修女把我的行李箱擺在一輛金屬推車上，她推著車往前走，根本沒回頭看我是不是跟上了。她勇往直前，每回都很有把握，就是

這一個停車場，就是這一層樓，她的車就是停在這裡。找了一個小時和三個停車場之後，她急得快瘋了，準備要報警說她的車丟了。突然之間，她如釋重負地大叫一聲，拔腿就跑。就在那裡，剛才惹得她痛苦不堪，現在又讓她欣喜若狂的東西：一輛傷痕累累的黃色休旅車，尾燈破了，破破爛爛的座位上貼滿電線膠布。

「我就知道車子在這裡。」她驚呼。

我們駛出機場，開上高速公路。獨自坐在後座，我一動也不動，筋疲力盡和恐懼讓我無法動彈，但手還是緊抓著口袋裡的那個信封。我覺得很慶幸的是，安娜蘿絲修女沒和我說話，她似乎忘了我的存在。她從後照鏡裡瞥了我一眼，覺得她好像有義務打破沉默。

「我聽說妳母親過世了。」

高速公路灰撲撲的，很漫長，而且幾乎什麼東西都沒有。我們開在慢車道，每到一個出口，安娜蘿絲修女就仔細查看，懷疑那是她該轉出去的地方，還不時盯著一張手寫的方向指引。她把那張指引貼在儀表板上，但在真要派上用場的此時此刻，好像也沒能讓她寬心多少。我們終於轉下高速公路之後，開進一條寬闊的大道，兩旁偶有龐大的倉庫和空蕩蕩的停車場，接著轉進住宅區，一幢幢平房，有著破損的紗門。身穿汗衫的男人坐在堆滿雜物的門廊，迎著午後的暑熱打牌。一臉髒兮兮的小小孩在裂損的人行道上騎腳踏車。我們停在一幢米白色的平房建築前，門口

有尊雕像，是個滿臉愁容的婦人在祈禱。我下了車，看見前門的一小塊銅牌上刻著校名。

「我帶妳到妳的房間去。」安娜蘿絲修女從休旅車後面提出我的行李說。

一條窄窄的穿堂通到一個接待廳，裡頭有張小桌子和一部轉盤電話。我的右手邊是一間辦公室，後來才我知道那是修道院長專屬的辦公室。我的左手邊是一條狹窄的迴廊，通往教室。我們穿過院子，進了一幢更小的建築：學校買下鄰舍，改裝成供寄宿生住的宿舍。我看見一間餐廳，三間各有兩張床的臥房，以及兩間浴室。這些房間都沒有人住，暗沉沉的。我的床位在俯瞰院子的窗邊，隔著院子再過去，是一方小小的墓園。

「妳可以開始整理行李。」安娜蘿絲修女指著我的衣櫃說：「妳錯過午餐了。六點吃晚餐。」

牆上的鐘素著一張白臉瞪我，可是我還不會看時間。安娜蘿絲修女準備離開，卻又遲疑一晌，轉過身來。

「妳聽得懂英文嗎？」她問。

我點點頭，可是她看起來半信半疑。

「這表示聽得懂嗎？」

我又點頭。

「很好。」她說：「學校要再兩個星期才開學。這裡只有妳和我，還有院長。妳父親提早送妳來，好讓妳適應，而且我也可以趁其他女生還沒來之前，多少教妳一點東西。」

我坐在床沿。她的身影消逝在迴廊的暗處，彷彿從來不曾存在過。

空蕩蕩的學校一片靜寂，日子一天天流逝，我什麼事都沒得做，只能等待。我待在房間裡，沉浸在恐懼與失眠的迷霧中，夜裡無法安眠，整天心緒不寧。每回我想閉上眼睛，恐懼就撐開我的眼皮。

安娜蘿絲修女給我一大疊圖畫書，書裡有很大的大寫英文字母，她叫我要每天唸。我把書擺在桌上，碰也沒碰。她每天早上帶我到聖堂，叫我要跟著她禱告。我看著她的嘴唇掀動，卻無法開口。在餐廳裡，她和我隔著餐桌對坐，要我吃東西。我把食物放進嘴裡，卻沒辦法嚼。日復一日，從早到晚，我都祈禱爸爸會打電話來。

他在第七天打來了。

「帶我回家。」我對著院長辦公室外面的那部電話聽筒哭道。

另一端的索拉博默不作聲。安娜蘿絲修女望著我。

「讓我回家。」

「妳不需要回家。」我父親回答說：「妳六歲──已經是個小姐了──妳必須靠自己站穩腳步。」

「讓我回家。」

我父親回答說：

我沒怪我父親。當時沒有。還沒有。

我反而努力想相信他，努力想克服恐懼與失眠，克服讓我皮膚冰冷、讓我的胃吐出吃進嘴裡

的所有東西的驚慌。我努力想要聽話，想要不添麻煩，想要有耐心。他打電話來的時候，我告訴他我來美國之後做了什麼，描述我房裡窗簾的顏色，餐廳的油漆味，我學會的祈禱經文，還有安娜蘿絲修女教我寫的英文字母。我一五一十地告訴他，以為這樣能讓他明白──明白我的需要，明白我拚死渴望回到他身邊──然後，遲早有一天他會讓我回家，因為在當時，在那麼多年的時間裡，他仍然愛著我。

雖然索拉博一如往昔那般遙不可及，那般抑鬱消沉，但他是我唯一的希望。我當時還沒也還沒有能力──怪罪他。

一直到後來，我才開始叫他「罪人」。

✿

聖抹大拉瑪麗亞學院有四十八個女學生。除了我，還有三個一年級生。但是住校生只有兩個，另一個是四年級生──她爸媽是墨西哥裔的美國人，不時往返美國和墨西哥，只有假日才帶女兒回家。她皮膚黝黑，很安靜，總是不停寫信。她床頭掛著日曆，不時在上面畫框框，數日子。

其他的學生都是美國人，每天早上來上學，課堂一結束就回家。早上，他們跳下爸媽的車，

「還有六十四天，我就要回家了。六十三。六十二。」

我們幾乎不交談。

衝進學校找朋友。下午，她們聚在前面的草坪上，商量著等會兒要在誰家碰面。我望著她們——

在聖堂裡，在教室裡，在午餐時間。她們高聲交談，揹著背包，每回在路上擦身而過，她們因為

我聽不懂也無法參與的笑話而開懷大笑的時候，那滿滿的自信逼得我不得不退開，盯著牆壁看。

她們看見我的時候，總是眼珠滴溜溜轉，扮鬼臉，聳聳肩，彷彿是說我很古怪。她們對我說話的時

候，總是提高聲音，把嘴巴貼近我的臉，當我是個聾子。

「她是個孤兒。」她們對彼此說，就在我凝神傾聽的時候。

羅珊娜走過橫跨黃金角（Golden Horn）連結伊斯坦堡新舊城區的古老浮橋時，是夜裡。黃金角是個出海口，三面環水、第四面是建於西元第五世紀的狄奧多西城牆[35]的環抱之處，也就是伊斯坦堡了。

座落在七座山丘起伏的半島上，伊斯坦堡有長達一千五百年的時間，一直都是偉大帝國的中樞。在還叫康士坦丁堡的時期，這裡被譽為拜占庭帝國的珠寶，足足有一千年的時間都是全世界最重要的城市。統治長達五百年，版圖從黑海擴及巴爾幹半島，再到阿拉伯與阿爾及利亞的鄂圖曼帝國，歷代蘇丹也都以此地為政治中心。這裡有托普卡匹皇宮[36]，有救世主教堂[37]，有圓頂層疊的藍色清真寺[38]，以及聚集四千家商鋪的拱頂室內商場。現在，這裡擠滿居民與觀光客，擁有各色各樣的餐廳與路邊小吃攤，陽光普照的寬闊街道俯瞰蔚藍海洋，陰暗的後街小巷裡滿是曬衣繩和天線，街角巷尾堆滿雜物垃圾。更遠一些是商業區和觀光區——許許多多的清真寺、博物館和露天市場與餐館。城市外緣則是貧民區。

但是海洋隨處可見。

所以羅珊娜在此落腳。她已經來到亞洲的盡頭，無法再走遠了。她也已經來到水域環繞的地方，儘管這海水不像她老是夢見的裡海那般甜美碧藍，但是環繞黃金角三面的海洋提供了一望無際的海平面，沒有回憶，也沒有極限。

她在托普卡匹車站對面的餐館找到刷洗油膩地板的工作，搬進馬爾馬拉海岸邊庫姆喀皮區一

條鵝卵石巷弄裡住滿太多人的樓房。庫姆喀皮是伊斯坦堡的亞美尼亞猶太區，緊鄰海鮮批發市場，幾乎所有的亞美尼亞人都住在這裡。從位於三樓的房間，羅珊娜日日夜夜都聞得到魚腥味，聽得見亞美尼亞婦人和酒醉的丈夫吵架罵小孩的聲音，還有海鮮餐廳客人吃炸花枝圈，喝「獅奶調酒」的聲音。這棟樓的管線早就朽壞了，羅珊娜房裡唯一的照明是一顆電燈泡，但是開關也壞了，所以她得靠手轉緊轉鬆來控制。走廊飄著尿騷味。房東每週一來收完房租之後就閃得不見人影。

羅珊娜在這棟樓裡住了一個星期，然後一個月，然後一年。她搭巴士往返餐館，只要有人問起，就說她是個從伊朗來的寡婦，沒親人也沒朋友。她從其他服務生和洗碗工的交談之中，學會不甚正確的土耳其語──那些打工的也都是近日才剛搬到伊斯坦堡的農民──還從進餐館來吃飯

⑮ Theodosian Walls，拜占庭帝國君王狄奧多西二世（408～450）修築用以防衛當時名為康士坦丁堡之伊斯坦堡的城牆，長達七公里。

⑯ Topkapi Palace，鄂圖曼帝國於一四五一～一八五三年的皇宮，由穆罕默德二世（Mehmet II）所建。

⑰ Church of the Saint Savior in Chora，現改為卡里耶博物館（Kariye Museum），以拜占庭帝國時期的溼壁畫與馬賽克作品著稱。

⑱ Blue Mosque，原名Sultanahmet Camii Mosque，以貼滿Iznik所產的藍彩貼瓷，色彩迷離而聞名，完工於一六一七年，為伊斯坦堡最大的圓頂建築，三十多層圓頂層層升高，朝直徑四十一公尺的中央圓頂聚攏，十分壯觀。

的觀光客身上，學會一點點英文、法文和德文。可是她從來沒交朋友，甚至也從來不去認識同一棟樓裡的鄰居。偶爾，她獨自一人的時候，會感覺到皮膚開始變硬，變冷，像魚鱗一樣，於是就帶個男人回家，在她那張彈簧鬆垮得露了出來的小床上做愛。她帶回家的男人或許是餐館裡的服務生，或許是在魚市場工作得無聊的亞美尼亞少年，或許是個吃著面前那盤烤牛肉片，恰巧抬起頭來看見羅珊娜在烤爐旁邊刷洗地板的觀光客。如果他們給錢，她就收下，在那部兼有暖氣功能的手提火爐上煮咖啡給他們喝。

「說個故事給我聽吧。」她會這麼說，然後閉起眼睛，在漫長的夜晚或短暫的白晝時光裡，側耳傾聽。

過了一年，天使羅珊娜還是住在魚市場對面的那個房間。慢慢的，她失去了逃跑的渴望，再也沒夢見過飛翔。她不說法爾西語，不看新聞，有意避開伊朗觀光客或可能在對話中提及那個國家的人。她不再提心吊膽提防竊盜鬼，甚至也不再提防芙洛蓮·克勞德。鐵慕爾的眼睛仍然在她床上望著她，隔著安全無虞的遙遠距離，她可以整夜赤裸裸地躺在他的目光下，一無所懼。只是偶爾，塞在擁擠街頭的車潮裡，走避闖進樓房搜索罪犯與妓女的警察，或只是站在街角抽菸的時候，羅珊娜會駭然醒悟，她是這麼無拘無束，這麼沒沒無聞，她總有一天會死在這個城市——自由自在，當然，但也孤苦無依。

我的室友伊麗亞娜找院長抱怨我的行徑。我整夜不睡，她說。我太常坐在那裡盯著書看，卻半天沒翻頁。我咬指甲咬得手指流血，拿鉛筆尖戳掌心戳得破皮。我頭痛得好厲害，忍不住呻吟；我抓著剪刀，手裡拿到什麼都剪──我的書，我的制服，甚至我的床單。我拿藍色墨水筆畫得雙手雙臂到處都是。

院長叫我到她的辦公室，告誡了一番。兩個星期之後，伊麗亞娜又投訴了，於是院長打電話給我爸爸。

「給她一點時間吧。」他對她說：「她需要幾個月來適應。」

她第二次警告我，還要我保證一定會改過。

「妳到底怎麼回事啊？」從院長辦公室出來之後，伊麗亞娜問我：「他們怎麼會送妳到這裡來？」

「我不知道。」我說，暗暗祈禱她別再追問。

「喔，那他們為什麼不來看妳？」

我聳聳肩，加快腳步。她追上來。

「住在比佛利山莊的那個人是誰？」

我繼續走。她知道我想躲開她，所以更窮追不捨。

「妳知道的，妳日日夜夜都擺在外套口袋裡的那個信封上的地址。」

我放慢腳步，然後停了下來。

「從開學以後，我就看見你老是抓著一張紙。我看不懂上面那些古怪的文字，可是寄信的是個住在比佛利山莊的女人。」

我心跳加速。我記起信封左上角用紅筆圈起來的字，我媽媽認為重要得必須作記號保存的那幾個字。我從口袋裡掏出信封交給伊麗亞娜看。

那皺巴巴髒兮兮的一團紙讓她皺起眉頭。然後她把信封拉平，看著寄信地址。

「這裡寫著：加州比佛利山莊，日落大道一二八二號。」

我感覺到一道門敞開，光照了進來。

信給比佛利山莊的那個女人。

「妳自己寫啊。」她看都沒看我一眼地說。

「我不知道怎麼寫。」

「我才不想理妳呢。」她關掉電燈，回答說。「我又不是妳的老師或妳的媽咪。」

我很怕她，不敢挑戰她的決定，只能靜靜躺在黑暗裡。等到覺得她睡著之後，我就起床，打開電燈。她罵了幾句，但沒起床關燈。

我坐在桌邊，從筆記裡撕下一張紙。那時快到感恩節了。我已經上了兩個月的學，卻還只會

那天晚上稍晚的時候，伊麗亞娜坐在床上給她的日曆數格子的時候，我問她能不能幫我寫封

寫我的名字和幾個簡單的字。呆坐了好久好久之後，我拿起筆，在紙上寫下我唯一會寫的幾個

字：

拜託

莉莉

羅珊娜

好好睡覺了。」

伊麗亞娜趴在床頭，嘲笑我寫的信。然後，她爬起來，從她的床頭櫃裡拿出一個信封。

「拿去。」她在信封兩面都寫上地址，說：「說不定那個女人會來帶妳走，那我晚上就可以

電影明星茉希狄已經在洛杉磯住了十六年——從她和阿敏度蜜月的最後一站來到此地，然後打發阿敏離開之後，就一直定居在此。她和阿敏先到歐洲——到巴黎，倫敦和法蘭克福，到雅典，馬德里和蒙地卡羅。他給她買了一箱又一箱的衣服，搭飛機遊輪頭等艙，坐包廂賞歌劇。起初茉希狄覺得很不自在，想盡辦法要靠儀態和穿衣風格來裝出自信的樣子，很怕豪華飯店和餐廳裡的其他女人一眼就看穿她是個出身遙遠國度的猶太區，註定一輩子無法出人頭地的可憐女孩。她花了大把時間在做頭髮，化妝，虛張聲勢地踏進飯店大廳，但是不到五分鐘，就一副受傷小貓的模樣，那讓阿敏愛到難以自拔的模樣。她看見其他女人打量她，醒悟到自己看起來很不對勁。

但是她很快就學到要領了，況且還有阿敏幫她。他帶她到皇家御用的珠寶店，讓她盡情試戴想要的首飾。她會坐下來，脫掉外套，露出她的頸線，她光彩奪目的肌膚。她拿下帽子，讓一頭秀髮披洩雙肩，對著那些伺候她，看她得目不轉睛的年輕人似有若無地微笑。阿敏看見那些年輕人高興得顫抖，聽見他們把寶石掛在她頸間，觸摸到茉希狄肌膚時嫉羨的歎息。

他喜歡她買起東西來不管價錢有多貴或東西有沒有用都毫不在乎的模樣，他喜歡她花起他的錢來宛如金錢根本不存在——連阿敏這個人也彷彿不存在似的。大肆採購之後，她把阿敏拋在後頭，踏出店外，不管他送的禮物多大或多小，從來不謝謝他。男人們駐足再三回頭看她，女人們盯著她好奇她是誰，彷彿她是個名人，彷彿她們都該知道她的名字。

在飯店房間裡，他會脫掉衣服，躺在床上等她。她讓他等著，讓他因慾火難耐而發抖，而喊

她。這時她和衣與他做愛，這樣才能讓他永遠饑渴，永遠無法完全滿足。

他始終知道他倆的關係遲早要結束。正因為如此——每回她與他做愛時，阿敏都想盡辦法要再次掙脫無力回天的那種感覺——正因為如此，才讓茉希狄顯得格外珍貴。他是個男人，被判死刑的男人，每天都努力想要躲開斷頭臺的男人。

事情在紐約結束了。

她拖著他走過一家又一家餐館和俱樂部，以及擠滿酥胸半裸的年輕女子與趾高氣昂的年輕男子的雪茄館。他們住在華爾道夫飯店，在哈瑞溫斯頓珠寶店購物。但她不肯讓他碰她。

阿敏厭倦了旅行，也討厭每天兒子打電話來警告他說，他再不回去，家裡的生意就要垮了。他感覺到與日俱增的驚慌讓他的判斷力變得遲鈍了，卻又找不到辦法定下心來。過去三十年來，他每年都到歐洲旅行，在那裡，他是個見多識廣的老男人，有權有勢，大家都記得他做成的買賣與征服的女人。他坐在巴黎的麗池酒店，細數他所認識的企業家和政治人物給茉希狄聽。她側耳傾聽，眼神嘲弄著他，每到故事講完，她就舉杯敬他，因為他們都知道他已經過了風華正茂的全盛時期，再也找不回往日榮光了。

但是在紐約，阿敏既不認識什麼人，也沒有什麼人認得他，他優雅的法文和標準的德文在這裡派不上用場，其他人用美式英文對他講話的時候他也完全無法招架。他的言行舉止老派過時，

他的紳士風範惹人訕笑。

她告訴他說他們要到好萊塢去。

這原本就是她的計畫──打從她還是住在貓咪雅麗珊卓家的小女孩，從藍眼羅特菲鋪子裡買來雜誌，看著上面那些電影明星照片時，她就有這個計畫了。茉希狄始終知道自己有朝一日會到好萊塢。

他們到的時候是春天，在大使飯店租了一間套房。她買了一件白色泳裝，一副黑色太陽眼鏡，以及一根長煙管，整天躺在游泳池邊，喝馬丁尼，拿湯匙吃魚子醬，對身邊的阿敏視而不見。身穿米白亞麻西裝，戴大型太陽眼鏡，穿白鞋，配金袖扣的他，看起來像個被罷黜的獨裁領袖，失去了軍隊，也失去了他的男子氣概。他喝著檸檬蘇打水，把報紙從頭版看到最後一版，覺得他的皮膚快在太陽底下曬焦了，他的腳也因為蘇打水裡的鹽分而腫了起來。

那裡有經紀人，有池畔的午餐，還有阿敏沒受邀的深夜晚餐。經紀人負責安排其他會面，電影試鏡，以及和電影人的約會。茉希狄在一部蹩腳電影裡軋了一角，和一個不知名的演員演了兩分鐘的對手戲。回到飯店之後，她告訴阿敏說他非離開不可。

他像個早就知道自己遲早要被開除的老僕人，默默接受這個消息。他打包行李，替她在銀行開戶，以便每個月匯一筆錢給她。這全是她的，他對她說。他唯一的要求是她別和他離婚。

他付了大使飯店六個月的房租，留給她一筆夠買日落大道房宅的鉅款，為茉希狄預付了大使飯店六個月的房租，留給她一筆夠被開除的老僕人，

在銀幕上，茉希狄看起來冷酷潑辣──完全不像她本人那樣風情萬種，也不太像是導演所想要的那種面貌。她試過其他角色，和其他經紀人與製片上床，可是到頭來還是枉然。曾經如此輕易開啟的那扇大門也很快就當著她的面關了起來。茉希狄生平頭一遭嘗到失敗的滋味。

她變得更生氣，也更下定決心要贏得勝利。

「去他的電影。」她斷下決心。她費盡心機才離開伊朗，重新打造自己的人生。就算不能憑藉美貌征服好萊塢，她也還可以擁有足夠的產業來扭轉乾坤。

靠著阿敏的錢，她買下好萊塢和日落大道的大片地產──威爾夏大道中段一整個街區的商鋪和公寓建築，破敗的房宅，以及東區焚燬的戲院。她把店鋪租給任何來洽租的人，讓一個個人口眾多的非法移民家庭住進老鼠蟑螂橫行的公寓，因為他們不敢去投訴住屋違反衛生與安全的法令。年復一年，茉希狄把錢投資在害顧客食物中毒生病的餐館，以及五塊錢就可以玩一次的廉價妓女棲身的樓房。她從來不同情睡在她那些涼颼颼公寓裡的孩童，派手下的經理去對付那些遲付租金的房客時，她的眼睛連眨都不眨一下。她這輩子一直都忿忿不平，就算把自己的怒氣轉嫁到脆弱與無助的人身上又怎樣。

等阿敏過世，財產全被子女瓜分之時，茉希狄早已靠著婚姻的庇蔭賺了大錢，不再需要電影來造就她了。

打從信一寫完，儘管還沒交給安娜蘿絲修女請她代寄，儘管還沒看見她郵差來把我的信收走，我就已經在等待茉希狄打電話來了。我從來沒想過，她寫信給羅珊娜之後或許搬了家，她或許看不懂我寫的信，她或許不想回覆我。我甚至也一直沒搞清楚，我根本就沒給她學校的電話。我一直等，等到過了感恩節，過了接下來的幾個星期，過了我孤伶伶和安娜蘿絲修女與院長留在學校的平安夜和聖誕節。我等著，等到過了寒假的第一個星期。然後，她才來找我。

星期二早上，我聽到有輛車停在學校門口，接著聽見有個女人對安娜蘿絲修女說話。當時我坐在自己的房間裡，用紅筆在掌心畫線。每回我拿筆在自己身上畫的時候，安娜蘿絲修女就會處罰我：罰我不能吃晚飯，取消我看電視的時間。可是我還是不停地畫，越來越用力地把筆戳進皮膚裡，想盡辦法要弄出個形狀，弄出個真真實實有血有肉的輪廓，讓大家能看見我，讓學校的女生，教室裡的老師，我遠隔重洋的父親，還有羅珊娜，都能看見我的存在。

「我才搞不懂什麼違反規定咧。」

前廳的那個女人穿著硬底皮鞋走來走去，高聲對修女說話。我把筆收進制服口袋裡，走到門邊。

「妳必須得到她父親的許可。」安娜蘿絲修女的聲音低了一截。

「我愛做什麼事就做，才不需要有人批准咧。」

我突然一陣驚慌，轉身跑回床上，盤腿坐在床沿，雙手交疊擱在肚子上。

那女人把安娜蘿絲修女甩在背後，逕自推開門走進了來，高跟鞋在地板上扣扣響著，一路朝我的房間走來。

「這個地方真像他媽的地牢啊。」她大聲說，安娜蘿絲修女嚇得倒抽一口氣。

那女人推開我的房門，看看裡面，幾乎什麼都沒看見，但在最後一分鐘，看見坐在半暗處的我。

「妳在這裡啊。」她大叫一聲，走了進來。

她很高，很瘦，而且比我見過的其他女人都漂亮。她戴著黑色的帽子，一襲緊緊裹在身上的緊身黑色洋裝，露出一雙完美的腿，肩上圍了一條紅色的喀什米爾披肩，腳踏蛇皮高跟鞋，大老遠就聞得到她的香水味。她的皮膚是水蜜桃色的，雙唇紅豔，眼睛是明亮的深綠色，一開口，字字句句就從她唇間滾了出來，在空中跳躍，宛如紅的黃的橙的糖果。

「你不能進來這裡。」安娜蘿絲修女追進來，氣喘吁吁地站在她身邊。和茉希狄一比，她矮了一大截。「我們有規定的。」

她在茉希狄的綠色眼神之下融化，身體不安地扭動，搓著雙手抹掉汗水。茉希狄連理都沒理她。

她緩緩走近我，小心翼翼──宛如獵豹接近獵物，想辦法不嚇著牠。她越過我的頭頂，越過我的床，打開窗戶上的百葉簾。一條條的陽光落在她頭上，照亮她的眼睛。她傍著我坐在床上。

「老天哪。」她歎口氣說：「她終究還是生了個女兒啊。」

安娜蘿絲修女杵在床邊不走，好像這樣就可以把我從魔鬼手中拯救出來。「妳沒在許可的訪客名單上。」她鼓起勇氣說。

茉希狄懶得抬眼看她。

「只有獲得許可的訪客才能來看她。」她堅持。

茉希狄還是不理她。

「誰都不行。」安娜蘿絲修女反覆說：「包括妳在內。」

茉希狄揚起眉毛，上下打量著修女。

「名單拿來。我把我的名字寫上去。」

「妳不能這麼做。只有她父親才可以。」

「那就打電話給她父親啊。」茉希狄轉開視線，把安娜蘿絲修女甩落世界的邊緣。修女啪噠啪噠走開，腳步沉沉地踏在拼花木地板上，準備要去打電話給索拉博。

「離開的時候把門關上。」茉希狄喊道。

她對我說，她要帶我走，到她位在城市另一端的家裡去，等過完寒假，學校開學的時候再送我回來。她講的是英文，帶著柔和帶韻律的口音，聲音宛如清流從她嘴裡流淌出來，聽在我耳裡輕柔婉約，映在我心裡甜蜜可人。

我收拾了牙刷和換洗衣物——羅珊娜買給我的最後一件衣服。這件胸前滾著細褶的藍白格紋

洋裝在我離開伊朗的時候已經太小了，但我還是帶來，用來證明羅珊娜確實曾經存在。茉希狄看見那件洋裝，噘起嘴唇。

「我們得給妳買點像樣的衣服。」她說：「買雙鞋。」

安娜蘿絲修女回來了。

「我找不到她父親。」她得意地宣布，但是一看見我的袋子就驚呼一聲。「妳在幹麼？」

電影明星茉希狄拉起我的手，像刀刃般迅即穿過房間。

「帶她走啊。」她回答說：「妳星期天會再見到她。」

有輛加長型的禮車等在學校門口。銀灰車身，配上深色車窗，開車的是個皮膚黝黑，有雙拉丁眼睛，英俊得驚人的年輕小夥子。我們走近的時候，他下了車，打開後座車門。他拎起我的袋子，扶我上車，然後牽著茉希狄的手，看著她跟在我後面滑進車裡。他的目光一刻都沒離開她身上。

在車裡，她面對司機的後照鏡坐著，身體靠在椅背上，拿下披肩，露出洋裝前襟挖低的領口，從頸線到前胸一覽無遺。她摘下帽子，讓秀髮在臉龐四周披散成金色的波浪，點起菸，翹起腿，呼出一口煙霧。他在鏡裡看著她。她隨他看。

安娜蘿絲修女敲著車窗，威脅要報警。車子開動了。

「妳媽媽怎麼了？」我們開上高速公路之後，茉希狄問我。

我搖搖頭。「我不知道。她走了。說不定死了。」

茉希狄很意外，不知道該拿我的傷痛怎麼辦才好。她打開車裡的一扇門，拿出一只杯子和一個水晶瓶。然後倒了一點咖啡色的液體到杯子裡，加點冰，慢慢喝了一大口。

「別想不開。」她說：「人生就是這樣啊。」

我們在高速公路上奔馳，然後轉下日落大道的出口。

「看看窗外。」她對我說，酒讓她變得更溫柔。「這就是我的城。」

這時，我看見了我在帕薩迪納幾個月來從沒見過的美國──這個美國有綠樹夾道的長街和翠蔭掩映的人行道，有富麗堂皇的豪宅和看起神氣傳奇的男男女女。我們沿著日落大道往下開，茉希狄一指給我看，那裡是露西·鮑爾以前住的房子，那是她和寇克·道格拉斯共進午餐的飯店，還有那條街啊，是她有一回瞥見瑪麗蓮·夢露坐在某個金髮男子車上的地方。開到日落大道和一條名為山麓街的路口時，我們放慢車速，通過一道低矮的鍛鐵大門，轉進一條寬闊的車道，最後停在一幢兩層樓房的正門口。樓房外觀是光滑的黃色石牆，四周花圍環繞。

「我們到了。」茉希狄宣布。

門口是條鋪大理石的寬闊走道，起居室地板鋪上淺藍的地毯，屋裡有迴旋樓梯，平臺鋼琴。司機把我的行李擺在樓下。有個穿和地毯同樣顏色制服的女人帶我到樓上的房間。房間裡全是絲

綢紗緞，淺藍鵝黃配蜜桃色，床頭櫃上堆著雜誌，鑲蕾絲的枕頭散落床上。茉希狄要我沖個澡，換衣服。我梳洗完之後，她又進到我房裡。

「快中午了。」她說：「我要去睡個午覺。」

她睡了一整個下午。起初我留在房裡，傾聽一屋的靜寂，望著窗外廣闊的後院，那裡有座黑色池底的游泳池，草地上排放許多躺椅。女傭問我想不想到樓下看電視。

「妳一定餓了。」她猜，帶我到冰箱前面。

冰箱最上一層有一瓶番茄汁，一袋蘋果和一條奶油。其他層全塞滿葡萄酒和伏特加。

「夫人不喜歡在家吃飯。」女傭解釋說。她給我一顆蘋果，然後從櫃子裡抽出一包餅乾。

「我也不帶吃的東西來，因為我不住在這裡。」她說：「我猜，夫人會派我出去給妳買點東西。」

五點鐘的時候，女傭走了。七點鐘，茉希狄再次從房裡出來，重新化了妝，換上晚裝。她看到我的時候似乎很意外。

「我得出去。」她說：「我安排節目了。可是我不知道妳年紀有這麼小。妳能自己一個人待在家嗎？」

「當然可以。」我想辦法裝出很有信心的樣子。我不想一個人留下來，可是又不敢毀了她的計畫。她皺起眉頭端詳我一晌，然後聳聳肩，放棄了。

「我想妳也不得不。」她下了結論：「只是別接電話，也別開門。看看電視，然後去睡覺。」

我會把所有的門窗都關好。」

她走向吧臺，給自己倒了杯飲料，在起居室壁爐架上的鏡子裡顧盼一番，然後走回來，最後一次端詳我。

「妳以前也曾經一個人在家嗎？」

我不能讓她失望，我要讓她喜歡我，我不能成為她想擺脫的負擔，這很重要。

「當然啦。」我又扯了個謊。

那天深夜，我清醒地躺在絲緞床單和散落的枕頭上，聽見禮車停在車道上，前門隨即開啟。

茉希狄踏進屋裡，關上門，但是沒上鎖，爬上樓梯，走進和我隔著走道的那間臥房裡。我看見她在床頭櫃檯燈柔和的光線裡寬衣。她的動作好慢好慢，精心計算。她在等待。

這時，前門猛然推開，我看見那個年輕小夥子——那個有雙黑眼睛，目光流轉不休的司機——穿過屋子，進到臥房。茉希狄擁他入懷，毀了他的人生。

在家裡，索拉博再也不和他父親講話。他們上班的時候交談。鐵慕爾的那間辦公室宛如氣派的接待大廳，有古董椅，鑲金的桌子，深色的波斯地毯和天鵝絨繡帷。身穿黑白制服的僕役把飲料倒進水晶杯，用銀托盤端給他們。有個祕書負責給每次會議作筆記。她是鐵慕爾花錢請的，但卻是國王陛下的祕密警察安插在這裡的眼線，

所以筆記總是一式二份：一份給鐵慕爾，一份給她在警察總部的主子。

那天祕書離開之後，鐵慕爾和索拉博坐在一起討論事情。他們談起他們的工廠，他們的工人，以及國王動輒引進新法律我行我素的習慣——為了解決一個問題而製造兩個新問題。他們談起還待在費多西大道地下室的會計師。埋沒在深及腰部的文件裡，他們老得太快，卻做得太慢。

珊娜失蹤的這些年來，在他們把我送走卻還一起住在家裡之後，鐵慕爾、芙洛蓮・克勞德和索拉博就再也不談起從前發生過的事。他們彷彿什麼事都沒有的過日子：芙洛蓮・克勞德照料房子和賈可伯先生，索拉博不是去公司上班就是在家裡看書，鐵慕爾則是永遠不在。或許，索拉博想是沉默讓他們還能住在一起——沉默甚至還撫慰了他們，讓他們從彼此的存在裡得到安慰。或許他們沒什麼想說的，因為他們太瞭解彼此的痛苦了。到頭來，唯一重要的是忍耐自己的失落。

「打發他們走吧。」索拉博建議父親，卻徒勞無功。「你自己教過我的，別挑戰制度。」

這是索拉博唯一一次提起以前的事，提到的是鐵慕爾帶他到自由廣場去看絞刑那一天。在羅異教徒鐵慕爾知道他打算付稅是惹火上身。他知道，國王的爪牙盯著他，打從他在四十六年前回到德黑蘭的時候就盯上他了。國王的眼線到處都是——在小學和醫院裡，在軍隊和餐館裡。

他的密探整天坐計程車，就只為了探聽其他乘客在談什麼，把刺探別人家務事當成內政工作的唯一目標。他們追查鐵慕爾的一舉一動，他的卡佳爾王朝祖先與白手起家的財富，他自稱是德國人的妻子和猶太人的父親，以及消失得無影無蹤的媳婦——連個葬禮都沒有——還有那棟鬼魂出沒卻沒人逮得著的豪宅。他們已經追查過鐵慕爾在伊朗的生活點滴，他們絕對不會輕輕放過他繳稅的事，然而，然而……

然而，鐵慕爾倦了。他已經六十六歲，老得知道自己罪該萬死了。他拋下沉淪在痛苦之中的母親，他背叛妻子，欺騙兒子，導致羅珊娜下落不明。而今，面對別無選擇的未來，他倦了也受夠了，他不想再被迫賄賂那個提綠色公事包的齷齪小矮子，不想再害怕那些戴鑽石尾戒、擁著瘦巴巴的情婦、腦滿腸肥的胖將軍，不想再在國王面前鞠躬哈腰，在那些給國王陛下打小報告的街頭密探面前閉起嘴巴。就是因為這樣，所以鐵慕爾不肯打發會計師離開，即使他明知道稅的問題會毀了他的一生也在所不惜。

我從茉希狄家回到學校三天之後，院長收到一封信，蓋著德黑蘭的郵戳，看來是我父親寄的。信裡，他同意學校在週末與假期把我交給電影明星茉希狄照顧。而安娜蘿絲修女為了處罰我，一整個星期不准我吃晚飯看電視。信寄來之後，院長很懷疑地再三檢查，然後從抽屜裡拿出我的檔案，比對來信和我申請入學表格上的簽名。她馬上就發現，兩個字跡並不相同。

「太丟臉了。」她對安娜蘿絲修女說：「把那個小孩帶來。」

她問我那封信的事——她一口咬定是那個圍紅色披肩、在拼花地板上到處留下鞋跟印的惡魔幹的。我據實以告：我對這封信一無所知。我從沒對父親提過茉希狄的事。

院長撥了他在伊朗的電話號碼。

她對索拉博說，她收到一封應該是他寄來的信，她打電話來是為了確認信裡的授權。是關於一個名叫茉希狄的女人，她不請自來地出現在學校，堅稱她有探視權。院長沒提到我在寒假的時候和茉希狄住了五天。

她握緊話筒貼在耳上，得意地盯著我看，讓索拉博好好消化她剛剛提供的情報。接著，她下巴一垮。

他沒寫也沒在那封信上簽名，他說。他從來沒和茉希狄聯絡。不過，如果我願意，學校可以讓我和她一起度週末和假日。

院長大驚失色。

「在這國家裡，我們絕對不會把自己的孩子託付給騙子和壞人。」她說。她對著索拉博說，但眼睛卻瞪著我看。

他說的下一句話讓她死心了。她緩緩放下電話，折起信，收進我的檔案裡。她往椅子上一坐，手指敲著辦公桌。

「真是個奇怪的人。」她輕聲說。

整整兩年，費多西大道地下室一點消息都沒有。一九七五年，那幾個人終於從地窖裡現身了。他們變胖了，肌肉鬆垮，臉色蒼白，在晝光裡瞇起眼睛。帶頭的那個，也就是第一天穿著白色亞麻褲的那個，把厚達一千頁的手寫資料擺在鐵慕爾桌上，然後退後兩步，凝神注意。

鐵慕爾翻開第一頁，盯著那些數字。會計師以為他會很生氣，他會用力把桌子，駁斥他們計算的結果。他們想，沒有任何心智正常的人會甘心把這麼一大筆錢自動自發交給政府。

那天晚上，鐵慕爾留在辦公室看報告。索拉博走進來，說他應該毀掉這份報告，然後買通會計師，讓他們不去向國王的手下密告他們的發現。芙洛蓮·克勞德打電話給他，求他大發慈悲，就算不為自己，也要為她和索拉博著想。第二天早上，鐵慕爾獨自走路到銀行，去找那個賣地而害死莫拉德的經理。

經理一聽到鐵慕爾的名字，就衝出辦公室。他臉上堆滿微笑，但講話的速度超快，嚇得掌心直冒汗。他給鐵慕爾端上茶與椰棗，問他是不是比較喜歡可口可樂，堅持要他嘗一點英國苦味巧克力。

他對鐵慕爾保證，一定會竭力服務，永遠忠心，提供比平常更多的優惠。鐵慕爾拿起筆，在一張紙上寫下了數字。

「我要開一張銀行本票。」他說：「開給稅務局。」

經理嚇呆了。

「我不瞭解。」他囁嚅說，很肯定自己一定是聽漏了某個環節。

「你不必瞭解。」鐵慕爾哈哈大笑：「照做就是了。」

在學校裡，我很努力嘗試，卻一事無成。我的分數很低，進步很有限。我唸了書，但不專心，我說了話，卻沒溝通。老師放棄了我，其他女生挑我毛病挑膩了，慢慢遺忘了我的存在。而茉希狄也常一整個夏天忘記打電話或來接我。我留在宿舍裡，獨自和修女待在一起，彷彿沒有形體，彷彿不存在。

自從羅珊娜離開之後的這些年來，我就已經變成這樣了，這是我讓自己能活下來，繼續過下去的方法：我變得隱形無蹤，在我自己或其他人眼裡都是如此。我消失在恐懼與擔憂的雲霧裡──那是從我飛往美國途中就一直環繞在我身邊的雲霧。不，或許更早，早在羅珊娜離開那夜，早在我叫她而她回頭，朝我望來，卻完全沒看見我那一刻就已開始了。

於是我拿筆在皮膚上畫起圖案，畫滿我手掌和手臂內側。天亮之後，我在淋浴間洗掉這些畫，但幾乎身體一乾就又開始畫起來，整夜不睡，在肚子、大腿和腳掌到處畫──只要可以用衣服遮住，不讓修女看到的地方全畫滿了。我畫繁複的圓形線條，弧形，圈圈，長長窄窄的橋，從手掌上方延伸到手臂上，跨過胸膛，向下延伸到另一邊的手掌──用日日夜夜的哀傷與無止境的渴望編織而成的迷離圖案，讓修女討厭，讓其他女生避之唯恐不及，彷彿我身上帶著某種致命疾病的基因，但諷刺的是，這卻贏得了茉希狄的歡心。

「妳是個偉大的藝術家。」每回看見我衣衫半露，亮出前一夜畫畫的成果，她就會說：「妳應該畫在紙上的，否則就光著身子走臺步，讓我可以帶妳到藝廊去展示。」

她真的把我展示給她的朋友看──我去住她家，而她決定帶我一起出去吃飯的那些個夜晚。

我們到察森餐廳喝餐前飲料，到佩利諾吃主餐，到馬球沙龍吃餐後點心。無論走到哪裡，茉希狄都有自己的包廂，有她自己喜愛的侍者和酒保，有一群忠實的愛慕者，群集在她的包廂，爭相博取她的青睞。

「我姪女，從國外來的。」她對那些叫我「甜心」的男人，以及大部分連正眼都不瞧我一眼的女人介紹說：「其實是從帕薩迪納來的。可是那也和外國沒兩樣。」

我會在桌邊一坐好幾個小時，吃我的東西，喝果汁。茉希狄每隔個半小時重新給自己叫杯酒的時候，就會替我叫杯果汁。有其他人在身邊，有音樂、笑聲和不絕於耳的談話聲，我安心地睡著了。通常都是在我們去的第二家餐廳，然後茉希狄就會叫她的司機送我回家。我在床上輾轉反側，和心中的恐懼搏鬥，直到最後又拿起筆，開始在皮膚上畫了起來。

茉希狄到快天亮才回家──有時走得穩，有時跟跟蹌蹌，但永遠都有男人陪在身邊。她會和他做愛，在客廳或她的臥房裡，在廚房，在游泳池邊的躺椅上。然後，她會拋下那個男人，獨自坐在她不會彈的平臺鋼琴旁，用食指敲著琴鍵，輕聲哼唱，喝酒喝到睡著。我從房間出來，在樓梯平臺上望著她：她的頭枕著鋼琴，頭髮披散在琴鍵上，只有我知道她之所以睡在這裡，是因為她就像我一樣，害怕孤獨。

鐵慕爾把銀行本票交給稅務局之後，經過了兩天，就有個自稱是「國王陛下忠心僕人」的男子來找他。他有個大大的下巴，厚而多肉的嘴唇，可是牙齒卻細小而稀疏，像個小嬰兒。

「拿你的外套，到外面來。」那個男人透過小嬰兒似的牙齒對鐵慕爾說：「門口有輛車在等你。上車去，別問問題。」

鐵慕爾很努力不讓雙手顫抖。他從辦公桌後面站起來，拉緊領帶結，穿上外套。他從靠街的窗子往外望，然後轉頭看看門口，希望能看到某個熟悉的面孔走進來。他花了好長的時間找鑰匙，塞了兩疊鈔票到口袋裡。看到他和那男子一起離開，他的祕書明知道他要到哪裡去，卻還諷刺似地問他要不要回來吃午飯。

鐵慕爾走下一層樓，到索拉博的辦公室，把鑰匙交給他。他寫下兩個電話號碼——他在空軍的好朋友，萬一有需要的時候可以代他求情。索拉博陪他一起走到街上。時間是下午兩點，他們走出大樓，看見停在入口對面那輛櫻桃紅的富豪轎車。鐵慕爾心驚膽寒，突然希望能回到他一個鐘頭之前還覺得難以忍受的生活。然而，他想，他這輩子的所作所為必定都是為了迎接這一刻的來臨。

司機載他到波斯珀里斯大道，位於劇院旁邊一幢沒有標誌的建築。裡頭有間辦公室，擺了一張龐大的桌子，一把椅子，沒有電話。一座吊扇心不甘情不願地嗡嗡響，卻連一絲涼風都搧不動。門上沒有手把。窗戶被漆死了。

一個穿粉綠西裝和鱷魚皮鞋的男人問鐵慕爾問題。他想知道工廠的事，想知道鐵慕爾的德國妻子，以及莫拉德買下現在已屬於國王姊姊那塊地的錢。他沒提到鐵慕爾付給稅務局的那張支票，沒提出任何指控，也沒給任何解釋。穿鱷魚皮鞋的男子甚至沒記筆記。

他們把鐵慕爾留在那幢建築裡兩天，然後把他轉送到另一幢建築裡。他問他什麼時候可以回家。

「還要好一陣子。」他們回答。

他問罪名是什麼。

「煽動叛亂。」

然後他們就把他送進監獄。

在牢裡，他挨打，接受審訊，但是除了煽動罪之外，沒被指控其他罪名。國家控制的電臺宣布他被捕的消息，說他犯了行賄與非法囤積民生物資的罪。經過政府新聞檢查的報紙在頭版刊登了他的照片，推斷他在大戰期間和納粹德國可能互通聲息。他的工廠關門，他的財產充公。

連房子都要被接管，搬空所有值錢的東西，封了起來。這幢房子可以改裝成供遊客參觀的博物館，再不然就當成孤兒院，讓皇后可以戴上精緻的粉紅帽子，穿上香奈兒的粉紅套裝，一年來造訪一次，和感激涕零的孩童拍拍照。這些孩子不像謠傳的那樣——「您自己看哪，皇后陛下。」——沒被綁在床柱上，也沒因為營養不良而受苦。若非有鬼魂纏擾，這房子鐵定被查封沒收了。

國王雖然曾經昭告天下，說現代伊朗沒有鬼怪，但卻也很不願碰觸這個把鐵慕爾逼到絕境的不祥之地。他放過這幢房子，允許索拉博和芙洛蓮‧克勞德與果凍賈可伯以及馬西堤繼續住在那裡。

接下來三年，索拉博都在想辦法救父親出獄。他寫信，作出承諾，賄賂高階官員，上門找低階的官僚。他打了鐵慕爾給他的那兩個電話，接著又打給其他人──鐵慕爾的每一個老朋友，每一個生意夥伴。無論到哪裡，他面對的都是一堵恐懼的灰牆──「我會是下一個嗎？」──還有一句抱歉，彷彿是替鐵慕爾說的，他們也會被當成是「同情者」的。

「同情什麼？」每回索拉博碰了老朋友的釘子之後，芙洛蓮‧克勞德就會苦笑說：「你父親這輩子同情過什麼啦？」

因為沒有錢，也因為知道國王的祕密警察時時刻刻監視這幢房子，所以她幾乎足不出戶。她獨自在屋裡踱來踱去，穿著高跟涼鞋，披著一頭直髮，腳踝好細好細，連她自己都懷疑還能撐得住她的體重多久。她替索拉博和賈可伯作晚飯，打掃房子，注意到自從羅珊娜逃走之後，竊盜鬼再也沒出現過了。每天下午，在日落之前，她就到廚房去，問賈可伯看見什麼了。

「沒看見什麼。」他帶著童稚的純真回答說：「只在窗子裡看見羅珊娜，她有藍色的翅膀，看著我。」

芙洛蓮‧克勞德開始對買可伯的眼睛嗤之以鼻。

她怪他所看見的東西，怪他這麼輕鬆自在地對她提起，渾然不覺帶給她的痛苦有多深。她恨他看見羅珊娜，連她死了都還看得見。她恨他說他看見索拉博夜裡在院子踱步，長長的影子映在水泥地上，抬眼仰望天空，彷彿祈求羅珊娜回來。而讓她最怨恨的是，在羅珊娜還沒失蹤之前，他看見她帶回家來的那些人——她花錢雇來洗劫她的人，那些竊盜鬼根本就不是鬼，而是訓練有素的小偷，是她用自己的鑰匙放他們進來，還每個星期請他們再來的小偷。

從買可伯那裡聽說羅珊娜和鐵慕爾的事之後不久，她就雇了這些人。熾烈眩目的驚慌讓她變得盲目，但是芙洛蓮‧克勞德明白，她必須為自己的未來預作籌謀。她這麼輕易就失去兒子，接著失去丈夫，她也會很輕易地失去她人生僅存的部分，羅珊娜還未染指的部分——錢是她的，雖然也是鐵慕爾的，可是鐵慕爾表現得滿不在乎的樣子。她需要保障，她想，萬一鐵慕爾不要她，不管是因為羅珊娜而和她離婚，或者就只是棄她而去。在這個任何男人都可以片面終止婚姻，而且也沒有義務和下堂妻分財產或付贍養費的國家，在鐵慕爾可以輕輕鬆鬆帶走她終此一生所攢積起來的財富的時刻，芙洛蓮‧克勞德下定決心，她最重要的任務就是保障自己的安全。

她雇了兩個從高加索來的俄國人，付錢要他們去偷她和羅珊娜的珠寶，帶到蘇聯的黑市賣掉，扣掉他們的工資之後再交給她。他們得把事情弄得像是內賊幹的，這樣才不至於要報警。那兩個人都在白天來，從僕人入口直穿過廚房，在芙洛蓮‧克勞德的安排之下，那裡從不會

有人在，除了賈可伯之外。他看見他們，以為他們是上流階級的紳士，因為他們穿著昂貴衣飾，手戴金錶。

實在太簡單了，她愛上了這整個騙局：那兩個人登堂入室，弄亂幾樣東西。接著，他們拿走羅珊娜的結婚戒指，芙洛蓮·克勞德的耳環，鐵慕爾的袖扣。他們等了一陣子，才又回來拿走那條藍寶石項鍊。之後，他們離開，去賣掉贓貨。芙洛蓮·克勞德數著錢，拿不定主意該藏在哪裡，最後塞在一個信封裡，用膠帶貼在她的衣櫃背面。她感覺到未曾有過的權力滋味：用她所散播的恐懼去控制每一個人的生活──指控與譴責，讓人乖乖聽話，畢恭畢敬，更重要的是，再一次掌控她的家庭。

她讓那兩個人拿走畫作，古董和地毯。她把錢擺在自己的房間裡，在那座不准任何人接近的衣櫃裡。她沒數那兩個人帶給她的錢。錢的數目再也不重要了。她碰上了比錢更大也更有權力的東西，她停不下來，即使她明知道該是收手的時候了。

正因為如此，就算夜闌人靜時捫心自問，芙洛蓮·克勞德也一點都不在乎看見鐵慕爾坐牢被刑求。比起他深植在她心裡的怨恨，比起給她的食物下毒，讓她的夜晚成為煉獄的怒火，比起與她苦苦纏鬥，把她從一個照料所有兄弟生活起居的年輕女孩變成一心一意想毀滅所有人的老婦人的內心惡魔，鐵慕爾在牢裡的遭遇根本就微不足道。芙洛蓮·克勞德之所以變得尖酸、刻薄、殘

酷，全是他的錯，就算他這時飽受痛苦折磨，也不過是償還他欠她的債罷了。

一九七八年，鐵慕爾從國王陛下的牢裡被釋放了，就在伊斯蘭革命爆發前那延燒數月的騷亂期間。他在牢裡被打斷肋骨，刺穿肺部，後遺症讓他痛苦不堪。他死在家裡，就在俯瞰院子的那間會客廳裡，在那幢他以希望起造的豪宅裡──那幢座落在信仰大道的宅邸裡。

整個六年級，我都很擔心畢業的事。聖瑪莉只是一所小學。六年級畢業之後，還住在宿舍裡的人都會去唸街底那所公立學校。

從我來到此地之後的六年裡，學校裡有過其他幾個住校生——天主教家庭的女生來住幾個月，有時候也待上一整年。只有我從頭到尾都沒離開。

三月，我寫信給父親，問他對我小學畢業之後有什麼計畫。

「妳要繼續住在聖瑪莉，」他回信說：「去上公立學校。我已經作好安排了。」

四月，我寄給他學年結束慶祝活動的邀請函。他回信說他無法參加。

五月，我打電話給他，求他帶我回家。

「別再問了。」他變得很不耐煩。「妳的學校就是妳的家。美國是妳的國家。妳在那裡待了這麼久的時間，應該已經接受這個事實了。」

我自己一個人參加畢業典禮。六月底，茉希狄派人來接我。

我到了她家的時候，工人正在屋前草皮坪上布置獨立紀念日的裝飾。有鑲亮片的旗幟，真人大小的山姆叔叔雕像，頭戴紅白藍三色帽的比基尼女郎人形手挽手列隊跳舞。她們的腿抬得半天高，露出紅黑相間的襪帶，在夜裡閃閃發光。

電影明星茉希狄家每逢重要節日的節慶裝飾，在比佛利山莊是很有名的。觀光客大老遠從城裡開車來看她在萬聖節裝置的無頭新娘和飛天女巫，以及聖誕節期間，她雇來男女工人在手臂上掛裝飾品假扮的聖誕樹。日落大道上每隔幾個街口就可以看到拉美裔青少年在兜售明星家的地

圖，他們總會指著她家，要觀光客絕對不要錯過。夜裡，頭戴金色假髮的女侍，跳下停在貝克斯菲爾的小卡車，蹬著高跟鞋爬過她家圍牆，搔首弄姿和赤裸的小精靈合照。身上刺青穿皮衣的年輕小夥子從日落大道夜店區㊴的搖滾俱樂部急馳而來，和復活節的巨大塑膠兔做愛。比佛利山莊市長還曾當私下說，比起自己的老婆，他還寧可和茉希狄共度生日呢。

那天我下了車，提著袋子進屋。那個曾經上了茉希狄的床，後來又被茉希狄給甩了的拉丁司機，早就已經被開除了。有好幾年的時間，他還一直回來，在她門口苦苦哀求──哭求再擁抱她一次，再吻她一次──但是她當著他的面甩上門，就像她對付在他之前與之後的許多男人一樣。

女傭在門口迎接我。「夫人在睡覺。」她說：「我端杯果汁給你。」

我拿起果汁，走到游泳池邊。天氣很熱。我靜悄悄地不吵醒茉希狄，換好泳裝，滑進冰涼的水裡。

我潛進水面下，雙手碰觸池底。池水的冰涼，我的無重量，還有身體穿水而過時的無聲無息，在在讓我興奮欣喜。我張開眼睛，游到泳池的盡頭，然後再折回來，連氣都沒換一口。

飛翔一定就像這樣，我想。

我感覺到身體輕盈如無物，無拘無束。雖然氧氣就快耗盡，我感覺到胸口疼痛，但還是不想從深處浮出水面。

死了一定就像這樣。

在水面下再游一圈，我暈了過去。

女傭和衣跳下水，把我拉了出來。

「妳會要了妳自己的命。」

我的鼻孔嗆出水來的時候，她吼道。

❸ Strip，從好萊塢大道到比佛利山莊的日落大道區域，是洛杉磯知名的夜店區，有許多搖滾樂餐廳、酒吧、俱樂部。

月亮蜜黎安來參加鐵慕爾的葬禮。她的出現把一切都給毀了。

她沒受邀，當然，因為沒有人把這件事當成祕密，所以她也知道，她是芙洛蓮·克勞德在守喪期間最不想見到的人。一如往常，她穿著深棕色的外套配深藍裙子，懦弱沒用的丈夫離她背後三步，打量那些有可能幫他出清假古董存貨的悼客。而她竟然膽敢走近芙洛蓮·克勞德，想握手致意。

芙洛蓮·克勞德陡然轉開目光，房裡所有的眼睛全盯著她們。蜜黎安泰然自若地拍拍芙洛蓮·克勞德的肩膀，宛如寵愛兒孫的祖父包容孩童的幼稚舉動，然後依序和索拉博、馬西堤、莫拉德的妻兒以及芙洛蓮·克勞德的兄弟與他們的妻子握手。就算知道所有的人都在看她，她也完全一副不動聲色的樣子。就算她明白他們心裡在想什麼，她也完全沒表現出來。

畢竟，無論月亮蜜黎安喜歡或不喜歡，她都已經被公認是史上命運最多舛的女人，上帝以前從沒給過任何人這麼殘酷的命運。

她母親或許喝下毒藥，了斷自己的生命。她妹妹或許和姪兒私奔，玷辱家門。最小的妹妹蘇珊或許嫁了唯一上門提親的人──她明知會辜負她的男人──卻發現他早就娶了他深愛多年的穆斯林女人。洛雪兒的丈夫或許不遠千里到香港找訓練有素的妓女，到泰國買處女。但是，這世界上所有的事情，甚至包括芙洛蓮·克勞德與鐵慕爾的悲劇，和發生在蜜黎安身上的事情相比，簡直是小巫見大巫。

塔拉葉逃離伊朗之後不久，蜜黎安就決定要自己開創事業。好幾年來，她賣假古董給不起疑心的觀光客，每一分錢的支出都謹慎計畫，把賺來的錢全裝進酒罐，埋在床底的地下。這時她數了數錢，對查爾斯先生說，他們應該投資一幢公寓建築。

蜜黎安開始四處搜尋最有價值的投資標的時，她的孩子都還很小。她沒有車子，也不相信該花錢坐計程車。德黑蘭的巴士太擁擠，從不照時刻表行駛，而且每到十字路口就故障。所以她步行踏遍全市的每一吋土地，從城南的夕露斯大道到城北的雪米朗丘。她找每個房地產仲介談過，查閱書籍，走訪街坊。她會在求售的公寓前面一坐好幾個小時，只為了觀察進出的是什麼樣的人。

最後，恰如她本性的，選擇了一幢並未求售的建築。

那是一幢窄長的三層樓公寓，位在波斯珀里斯大道，就在她的老朋友高尚西魯斯帶他那位教師女友去看美國電影的劇院對街。那條街隨時都人潮洶湧，擠滿攤販，滿是噪音與汽車廢氣，正因為住在此地的人如此之多，所以蜜黎安相信那幢公寓永遠不缺房客。當時她正在看一本美國書：《如何不靠工作賺到你的第一個一百萬》。查爾斯先生老是說美國人賺的錢是以百萬計的──而蜜黎安打算遵奉書裡的指示：

「如果你有錢，就在最好的地段以最低的價錢買下最好的房產。如果你沒有錢，就在最好的地段以最低的價錢買下最差的房產。」

蜜黎安看上的那幢公寓夾在兩幢比較高的建築中間，面對大街，所以沒有自然採光。建地形狀像個扁扁的長方形，非常之窄，所以每層樓只有一戶公寓。窗上裝著黑色的鐵窗，走廊壅塞，房間密不透風，打從那天起就沒有一絲空氣透得進來。

從入口進來，有道狹窄的樓梯通往上面兩層樓。樓梯底端，有把木頭圓凳，擺了這幢樓房裡唯一的一部電話。蜜黎安開始暗暗查訪住戶之後發現，這部所有住戶共用的電話是引起無數口角與偷聽的主角，也導致至少一椿婚姻的破裂。樓梯右手邊的一樓公寓，下陷大約三十公分，所以有一半是在地面之下，從面街的客廳望出去，只看得見行人的腳和汽車的輪胎。客廳後面是廚房、浴室，和兩間擺放鐵架床與學生書架的臥房。後面有個封閉的天井，用來當成全棟樓的儲藏空間，裡頭的東西包羅萬象，從只剩一條腿的木椅到底部破洞側邊長草的陶瓷浴缸，什麼都有。後院是一方陽光照不進來的乾燥土地，三面圍起磚牆，有個空空的圓形水池，一點五公尺深，九十公分寬。

整體來說，這個房產缺點多多，所以蜜黎安認為是她可以負擔得起的。她纏著屋主不放，直到他答應賣給她。然後，她又磨著他殺價，直到他願意免費轉讓給她，只求恢復生活安寧。她帶全家搬進一樓的公寓。她很滿意，也很得意，對她自己和自己的成就感到很高興──猶太區的貧窮房客終於搖身變成房東了。

她花了幾個星期刷洗牆壁和天花板，放老鼠藥，消毒每個角落，重新整理廚房，打掃院子。然後她清掉水池買二手家具擺進客廳，把天井裡的雜物堆疊整齊，但是什麼東西都捨不得丟掉。然後她清掉水池

裡的垃圾，但沒放水，反而填進施了肥的土壤。她在池裡種了向日葵，在院子裡鋪上草皮，給磚牆漆上鮮黃色，惹來鄰居的抗議，但這的確——或者如她所說的，是向日葵的作用——讓房子有了更多光線。完工之後，她告訴查爾斯先生，她準備要找他們的下一筆投資目標。

對於投資成功，查爾斯先生也覺得備受鼓舞，投注所有的精力去擴大他的客戶群。雖然目不識丁，也不諳人情世故，但他天生記性過人，不只能熟記帳目，還靠著聽美國與英國客人交談就學會英文。他很崇拜英國人，可是卻很愛美國人，因為，他說，他們比較「貴氣」——不見得是慷慨，他對蜜黎安解釋（事實上，只要自己的小孩年過十八，有些美國人就不願資助他們了）卻生來就很富裕，甚至連努力嘗試都不必，就渾身是錢。每天早上他站在鋪子前面，希望在美國人還沒踏進其他商鋪之前就先看見他們。他把他們從人群裡拉出來，抓著他們的手臂，帶他們到他的鋪子裡，端上茶水和開心果，說「別擔心，如果你想喝威士忌，我也有」。他帶他們參觀鋪子，每件古董都個別擺在不同的展示櫃裡。他從來不對美國人用力推銷。他想要的不是做成他們的買賣，而是和他們交上朋友。查爾斯先生這輩子最愛做的，就是帶美國人回家。

一個月總有個一兩次，他想辦法迫使幾個沒有戒心的客人接受晚餐的邀請，或撩起他們的好奇心，答應過來喝杯酒。每碰到這樣的夜晚，查爾斯先生就會比平常早衝進門口，用他一口不道地的英文混雜著半路學來的美國俚語，為他寒愴的居家環境頻頻道歉。他從來不覺得自己的家庭有什麼見不得人的，但有美國人在場的時候就不同了。他的房子似乎太小，他的妻子似乎太老，也太愛和男人談些不干婦道人家的事。他的女兒不夠嫻靜，逮到機會就笑，嗓音也不知節制，活

像爐上水壺的笛聲。他的兒子——最糟糕的就是他的兒子——看起來一副不可能比他父親有出息的樣子。

為了緩和自己的難堪，也為了誘使客人開口暢談，查爾斯先生會先走近客廳牆角的一個小木櫃，拿出他藏在裡面的威士忌，以及他不顧蜜黎安激烈反對買來的四個水晶杯。蜜黎安說：「用普通的杯子也能喝酒啊，況且普通杯子沒這麼貴，也沒這麼容易破。」他一心認為美國人沒有不愛威士忌的，所以倒上一大杯，叫個人——他的孩子，蜜黎安，或者某個聽到他喊叫，也願意從命的房客——拿冰塊來。他喝酒暢談，有「貴客」到家裡來讓他興奮不已，覺得有美國人為伴，讓他的人生境界大幅提升。喝到第五或第七杯左右，他就會身子往前一傾，深深望進美國人眼睛裡，發誓說他很愛他們。「為了你，」他說：「不是因為你可能向我買東西。而是因為你這個人。」

接著他把點心擺在茶几上：炸茄子和大蒜，去皮小黃瓜和生洋蔥與番茄，烤開心果。

就在查爾斯先生滿懷愛心與敬意衝進家門的某個夜晚，有個美國人讓他興起在水池裡放水而不種向日葵的念頭。他們從八點鐘就開始喝酒。到了十一點左右，查爾斯先生決定帶客人參觀他的公寓，帶他走過二、三樓，叫醒忿怒的房客，要他們半裸的老婆躲起來，好讓半醉的美國人可以興沖沖地參觀他們的臥室和廚房。接著他帶客人穿過蜜黎安和孩子的房間，浴室，天井，最後來到有鮮黃磚牆的後院。穿一身綠色狩獵外套配紅色格紋褲的美國人正在想怎麼用最不失禮的方

式擺脫查爾斯先生的熱情款待。他說他喜歡牆壁的顏色。

「不算太好啦。」查爾斯先生驕傲地接受讚美：「不過我可是費盡了心力才能讓我們住到這裡的。」

那美國人又啜了一口威士忌，用他隔天早上就不會記得的東西兄弟情誼說，德黑蘭的夏天熱得難以忍受，家裡有個泳池應該很棒——「比起這個，」也就是：「種滿向日葵的大盆子。」

查爾斯先生好像頓時醒悟。

「所以我說英國人最聰明嘛！」

他叫來蜜黎安，要她給水池重新注水。

「我才不要。」她氣得不得了，不只氣丈夫的天真，也氣那個美國人的欠缺遠見。「我得整天盯著孩子，免得他們掉進池裡淹死。」

在其他的事情上，查爾斯先生會在蜜黎安的堅持下讓步——就算不是因為她上過十二年的學，還有她唸過的那些英文書。但是，家裡有座真正泳池的想法，是他認為生活的每個層面都比他們更為優越的人所提出來的，他說什麼都無法就這樣善罷甘休。他和蜜黎安吵了好幾個星期，重申他身為一家之主的權利，還要拿兒子的肯定來背書，說夏天最快樂的事莫過於在冰涼的水裡游泳。他女兒知道爸媽絕對不會准她穿泳裝或在鄰居面前弄溼身體，所以置身事外，埋頭準備期末考試。到了六月，她的成績出爐，查爾斯先生決定，他不要再爭吵，要採取行動了。

有天早上，他帶了兩個工人到院子裡，把向日葵連根拔起，粉刷泳池。第二天，他扭開水管

注水。

那真是個神奇的時刻——水乾淨清澄地流淌出來，房客從熱得像火爐的公寓裡跑出來，把手臂和腳泡進沁涼的水裡——就連蜜黎安也沒反對。

她的女兒，等著適當時機要提出要求，看見蜜黎安微笑，於是就走向前去。因為這學期拿了全班第一名，她說，她可不可以邀兩個朋友過來喝下午茶呢？

「幹麼呢？」蜜黎安問，女兒的輕舉妄動幾乎冒犯了她。「妳整天和一群女生坐在一起幹麼？」

女兒解釋說，她只是想和朋友聚幾個小時，長到十七歲，這是她第一次邀朋友到家裡來，什麼都不做，只和朋友聚聚，真的很棒。

「那，好吧。」蜜黎安聳聳肩。和表面上看來相反的是，她一直偷偷希望給兒女快樂的生活。

「可是約瑟夫沒上學，我又有事要做。所以我不在的時候，妳得要看著他。」

星期四下午，莎拉的朋友穿著迷你裙和高跟鞋來了。蜜黎安在家待了一個小時，觀察每個客人的個性和舉止，品頭論足說她們的裙子太短，化那麼濃的粧和每天早晨上的髮捲會讓她們看不見自己健康的未來。她三點鐘離家。七點鐘，她回到家的時候，女孩們都走了，女兒在自己的床上看雜誌。蜜黎安到院子裡找兒子。他臉朝下浮在泳池裡，身體已經發脹了。

月亮蜜黎安清清楚楚記得接下來發生的事，宛如旁觀者般清楚客觀。她馬上就知道她兒子已經救不活了。她也知道，從她背後死寂的重量，她知道莎拉隨著她進到院子，猛然想起自己負有照顧弟弟的責任。她知道莎拉雙眼凸出地瞪著泳池，驚恐靜默地嘴巴大張。然後，突然之間，莎拉發出野獸般的嘶喊。她奔向池邊，跳進水裡，喊著弟弟的名字，好像要把他叫得起死回生。她的叫聲驚動了房客，他們紛紛跑到窗邊，看見蜜黎安所看見的景象，於是騷動四起，只有蜜黎安還是冷冷地站著不動，凝神想搞清楚兒子死去的意義。

房客把約瑟夫從水裡拖出來，讓他躺在草地上。莎拉不願放棄，趴在他身上，不停叫喊，直到蜜黎安上前拉開她。她奔進蜜黎安懷裡。

「別叫了。」蜜黎安摑了她一巴掌。「都是妳的錯。妳殺了他。」

※

那個夏天，兒子溺死之後的二十九天裡，月亮蜜黎安沒和莎拉說半句話。她任憑女兒鎖在房間裡，穿得一身黑，躺在床上哭到暈厥。在客廳裡，蜜黎安和查爾斯先生與其他家人一起守喪。而蜜黎安則要每個人放心，說她會沒事的。

有幾次，洛雪兒和蘇珊想談莎拉的事。她們對蜜黎安說，莎拉痛苦得不得了，她很自責，除

劑。

莎拉苦苦哀求蜜黎安救她，最後死在醫院裡。

守喪的第三十天，洛雪兒到房間去看莎拉，發現她蜷縮在地板上，口冒白沫，吐出尼羅漂白

「這不是寬不寬恕的問題。」蜜黎安回答說：「她應該知道她要負責任。」

非取得蜜黎安的寬恕，否則她不會放過自己的。

月亮蜜黎安又守了三十天的喪，然後換掉衣領磨破的黑色衫裙，說她自己已經走出哀慟了。

她打包兒女的遺物，連玩具也不例外，堆在天井的角落裡，關起他們的房間，放乾泳池的水，再

次種上向日葵。接著，她繼續尋覓地產，好像沒受過任何傷害一樣。她的意見像往常一樣鏗鏘有

力，她的步履像往常一樣堅定不屈，但是在黑色頭巾與寬邊眼鏡底下，她的皮膚在一年之間老了

二十歲，她的臉上再也找不到一絲曾經存在的美貌痕跡。

「祢還沒擊倒我。」每年贖罪日她到聖殿裡去的時候，就對著上帝喃喃訴說。她假裝是在禱

告，讓朋友不知道她受的傷有多重。查爾斯先生宣稱他傷心得無法工作，她毫無怨言地扛起工

作。她兒子的老同學後來成了醫生與律師，她去找他們提供意見，而且堅持付費，但卻從來沒採

納他們的建議。在她心裡，她的兒女一直還停留在死去的那個年紀。莎拉還是十七歲，留著一頭

烏黑烏黑的頭髮，動不動就發笑。約瑟夫才十歲，缺了牙，滿院子跑來跑去。蜜黎安覺得自己一

伸手就摸得到，就在眼前，她每一日每一刻都看見他們，都摸得到有血有肉的他們。

雨夜裡，月亮蜜黎安坐在床上，驚恐地想到她的兒女已經遠去，埋在泥濘的墳地裡，而一心想給他們幸福生活的她，卻安坐在遮風蔽雨的屋頂下。

芙洛蓮·克勞德聞到火的味道，早在火還沒放起之前，甚至早在第一星火花還沒燃起之前，就已經聞到了。她聞到血腥和火的味道，看見德黑蘭灰色的天際線上亮起橘紅的烈燄火光。早在第一群暴民首度肆虐德黑蘭街頭的幾個月之前，芙洛蓮·克勞德就已看見全城陷入火海。

這是一九七八年夏天，每一天，全城各地的電力都會在奇怪的時間切斷供應。完全無預警，而且持續的時間長短不等。一瞬間，所有的電燈全部熄滅，空調系統嗡嗡地停止運轉，冰箱溫度升高。「無敵金鋼」❹突然消失了，綿延長達數里的交通阻塞似乎無止境。駕駛把車子丟在路上，靠著煤油燈籠照明走路回家吃晚飯，幾個小時之後回來，發現街道還是動彈不得。他們暴跳如雷，怒不可遏，但是，怒氣慢慢也就消了，因為他們深切感受到末日迫近，感受到城市因挫折而分崩離析，經濟疲軟不振，而政府完全失控。

芙洛蓮·克勞德聽見謠傳說外省有罷工事件，還說國王的政敵已經聯手，各方勢力將合力推翻王朝。大部分人都希望另一個在他們看來最有善心的人取代國王的獨裁統治。他們說，國王承諾人民要恢復「偉大的文明」，累積無窮的財富，還有一個（套句他自己的話說）比瑞典更民主的政治體制。然而，他卻靠嚴刑峻法治國，逮捕每個批評他的人，穿著軍服佩戴他頒給自己的十數個勳章上電視，告訴人民說他比上帝還偉大，比美國總統還有權力，對國家的存亡比麵包和水還更重要。

整個六月，芙洛蓮·克勞德都聞到人肉燒焦的味道。她穿著透明的夏衫在屋裡走來走去，索

拉博和馬西堤對她的衣不蔽體覺得很難為情，她卻毫不在意，伸手摸索著她的眼睛老早之前就已經看不見的東西。她不相信任何人，連果凍買可伯也不信了。她話說得越來越少，每天花好幾個小時在廚房的水槽，往身上潑水，但水一碰到她的皮膚就全蒸發了。她思索著馬西堤從街頭帶回來的消息：傳信人莫拉德的大女兒改信伊斯蘭教，嫁給比她大三十歲的丈夫。他老婆從莫拉德的一個情婦那裡借來三千元，用這筆錢把兒子都送到以色列去了，他的小兒子馬汀在那裡被狙擊手轟斷了腿。芙洛蓮・克勞德那些有錢的老婆和小孩到以前的生意夥伴，以及索拉博的同僚，全都像老鼠一樣逃離自己的國家。

到了八月，暑熱更加逼人。街道的瀝青像軟橡膠般融化，黏在行人鞋子上。成群的螞蟻組成三十公分見方的陣容，在芙洛蓮・克勞德家的外牆上上下下爬行，侵入她的房間。蜥蜴闖進相對比較涼爽的露臺，被暑熱逼得狂躁不安的芙洛蓮・克勞德在堆積如山的塵土中追趕牠們，用菜刀把牠們剁成兩半，卻只看到牠們掙扎了幾下，又開始跑起來。

德黑蘭城南，軍隊開著推土機鏟平用錫板和硬紙板搭建的簡陋房舍，挖在地下的茅坑，以及搭在垃圾堆頂端的帳篷，這些全是從其他省份來尋找好日子的人棲身的地方。

國王和祕密警察控制的晚報登出一封辱罵柯梅尼[41]的信。為了報復這封公開信，德黑蘭附近的貢姆（Qom）城爆發動亂。國王的部隊開火。槍戰開打的消息傳遍伊朗各地的城市，引發新一

[40] The Six Million Dollar Man，一九七〇年代美國熱門的科幻電視影集。

波的暴動，造成更多殘殺死傷。抗議的群眾——反對國王的獨裁統治，皇親國戚的腐敗，以及伊朗不循伊斯蘭教法的風氣——放火燒燬銀行和餐廳，政府大樓和私家車輛，以及猶太人擁有的商家。

位於波斯灣的阿巴丹市❷，氣溫高得驚人，有天下午，一整個家族，四百個人，坐在電影院裡，火突然燒了起來。入口被鎖住了，消防隊來得太慢，所有的人都燒死了。

國王指控政敵在阿巴丹劇院縱火。而對手也反過來指控國王。真相永遠無法釐清，但是燒焦屍體的氣味——腐臭鼓脹的肌膚——乘風北颺，沿途在每座城市播下怒火。全國各地，所有的電影院都付諸一炬。

唸完六年級之後，我不再打電話給父親，不再寫信給他，除了一年有幾次不得不通知他我在學校的進展，以及問他對我未來的計畫。我放棄了有朝一日返家的希望，也不再相信我能再見到羅珊娜。

「他是給妳恩惠哪，知道嗎？」那年夏天我畢業之後，茉希狄對我說：「我得又哄又騙，靠著和一打男人上床，才能離開猶太區，到美國來。妳父親就這樣把自由雙手奉上，讓妳想當什麼人就當什麼人。如果妳夠聰明，就該感謝他，別老想著再見他一面啦。」

那個夏天我待在茉希狄家裡。大部分時間她都不在，和不同的男人到不同的地方去旅行。我和女傭待在家裡。我們在游泳池邊下棋，一起游泳。下午，她睡午覺的時候，我就出去散步。

在那段時間，我常碰見伊朗人。他們都是為躲避後來一路演變成革命的暴動，逃到美國來的。他們總是一群群走在一起，男的在八月的豔陽下還是穿著西裝，彷彿要向自己也向別人證明他們不是流亡的難民，證明他們人生中還有重要的大事要做，他們的工作和辦公室還虛位以待。

---

④ Ayatollah Khomeini，一九○二～一九八九年，伊朗什葉派領袖，一九六○年代流亡十餘年後，於一九七九年領導伊朗革命推翻巴勒維國王，開啟伊朗極端教義派主政時代，掌權期間曾發生挾持美國大使館人質事件與兩伊戰爭。

④ Abadan，伊朗西部城市，距伊拉克邊界不遠，除因劇院火災事件引發全國暴動外，後亦因伊拉克發動奇襲引爆兩伊戰爭而幾近滅城。

他們走在妻子前面，手挽在背後，低頭和朋友交談，談論伊朗的最新消息——銀行關門了，公司被燒得乾乾淨淨，還有里奧的匯率。

在他們後面，女人們穿著高跟鞋和窄裙，看起來疲累蒼白，談著她們拋下的家園：「才剛裝潢好」、「才剛買的」、「才剛剛蓋好」。她們坐在日落大道那幢飯店對面的公園長椅上，不知道該拿她們一年沒上學的孩子怎麼辦才好，擔心她們的青春期子女如果在洛杉磯待得太久，會變得「叛逆酗酒」，而且她們女兒竟然說，不管有沒有革命，她們都寧可永遠待在美國，更讓媽媽們憂心不已。

每回看見伊朗人，我就跟蹤他們。

我走在他們後面，坐在他們旁邊的公園長椅上，或者在對街觀察他們。我歪著頭豎起耳朵，但是盡管靠得很近，他們從來沒懷疑我在盯他們。偶爾，他們會用口音很重，而且文法亂七八糟的英文開口對我說話。他們問路，想知道我幾歲，唸哪所學校。我很想用法爾西語回答，但又怕他們聽不懂，怕這六年來我只和父親在電話上講過的法爾西語，已經忘得差不多了，怕他們會笑我。我也很想告訴他們說我是伊朗人，問他們是不是認識我父親，問他們是不是聽過羅珊娜的消息。

但我沒有，我只是望著他們——這群在陌生土地上的過客，等待回家的流亡之人。他們失落，害思鄉病，所以緊緊聚在一起，想辦法把遠離家鄉的每一天重塑成我永遠無法理解的歸屬感與社群意識。我才是真正流亡的人，那些日子裡，我在公園裡想——我才是永遠找不到終點的過

但在其他場合，看著我這些同胞，不只緊抱著家庭與社群意識不放，而且也背負著希望破滅與期望落空的過往——在這些時候，我會想起茉希狄對我說的話，覺得她或許是對的——索拉博把我送走，或許是給了我一個大恩惠。沒錯，他是奪走了我的希望和我的家庭，但他也帶走了我念念不忘貪婪鬼魂的恐懼，帶走我擔心窗邊那群瘋狗的焦慮，以及懷疑羅珊娜是不是被埋在我們院子的水泥地下的哀痛。他從我身上帶走了困擾我母親一生的悲哀，以及我如果留在伊朗就絕對無法逃脫的命運宰制。

或許這就是他們賜給我的——羅珊娜離開了我，索拉博把我送走——他們讓我遠渡重洋，就這樣，賜給我嶄新的命運。

客。

神的恩賜霍達達德是馬西堤的孫子，十七歲的他輟學成為柯梅尼麾下全職的傳道人。他留起大鬍子，騎著電動腳踏車跑遍全城，到一座又一座清真寺去傳道，發送載有伊瑪目箴言的錄音帶和傳單。在阿巴丹電影院大火事件之後，他禁止馬西堤再替芙洛蓮‧克勞德與索拉博工作：柯梅尼從伊拉克捎來信息，說所有發生在伊朗王朝之下的殺戮行為——士兵對著示威群眾開火，間諜在電影院縱火——全都是猶太人搞的鬼。柯梅尼知道得一清二楚，就像他知道真主在夢中對他開示那般確信不移。他知道，因為穆斯林根本不可能屠殺穆斯林：真信徒的子彈殺不了另一個真信徒。槍或許會射出子彈，但是在真信上帝的人手中，子彈是無法用來殺死另一個弟兄的。

因此，殺害暴動者的士兵絕對不是，也絕對不可能是穆斯林。他們是早就移民以色列的伊朗猶太人，是國王找回來殺害伊瑪目信眾的人。

神的恩賜霍達達德對馬西堤說，所有的猶太人都是不信真主的敵人，都罪該萬死。

因為焦屍的臭味和自身癌症的治療而心神耗弱的國王，轉而與盟友為敵，開始槍決他的大臣和情報頭子。有天晚上，他現身電視，看起來憔悴沮喪，請求人民「寬恕」。芙洛蓮‧克勞德驚恐地看著他。她和索拉博坐在一樓的會客廳，也就是幾年前鐵慕爾最後一次接待稅吏小諾利的那張桌子旁。知道自己隨時可能成為暴民宣洩怒氣的對象，他們鎖好所有的門，熄掉所有的燈，盡

可能讓這幢房子不引起注意。

「錯誤已經鑄成。」國王在電視上說，芙洛蓮・克勞德知道他已經輸掉戰爭了。她的目光從電視轉到索拉博身上。他坐得直挺挺的，偌大的房間裡光禿禿的，電視螢幕的光線在他身旁映出一圈藍色的光影。他看起來蒼白悲傷，他的頭髮未老先衰地變成灰色，他眼珠的黃色比她以往所見更淺淡。他看著國王，但她知道他的心早就飄遠了，飄到他失去羅珊娜之後──不是在她飛走離開他身邊的時候，而是在她和他父親上床，還親口告訴索拉博之後──就已悄然棲身的那個驚詫與哀愁的地域裡。

芙洛蓮・克勞德拍拍索拉博的手，彷彿要叫醒他。「結束了。」她說。

他沒回答。

　　　　۶

九月，一場地震摧毀了塔巴薩城，留下一萬五千具屍體等待國王安葬。同一個月，他宣布德黑蘭戒嚴。

宵禁的第一個晚上，街頭一片死寂。敞著窗躺在床上，芙洛蓮・克勞德只聽得見軍用吉普車和士兵巡邏街頭的聲音。平常載著示威者在城區裡來來去去的摩托車與電動腳踏車的轟隆聲全不見了，軍隊和反抗軍之間的零星槍火也沒了。然而，一整夜，她還是感覺到有種隱隱迫近的動靜，某種氤氳滲透，近乎毀天滅地悲劇的感覺。

三點鐘，她起床，經過索拉博的房間。他醒著，坐在書桌旁，看著報紙。她下樓查看門上的鎖。

她看見果凍賈可伯臉朝下趴在火盆上，嘴巴和鼻孔都塞滿了冷卻的灰燼，四肢已經乾巴巴，不動了。

第二天，她出門替賈可伯買了一套新西裝。這套訂製的深藍色西裝，有寬版翻領，外套兩側各有六顆釦子。她和馬西堤扒掉賈可伯身上那套穿了二十年的棕色西裝，換上新衣。等他們弄好之後，賈可伯看起來比結婚那天還稱頭。然後，他們把他抬到汽車後座，載到墓園，他的外表讓墓工嘖嘖稱奇，堅持要先證明他已經死了，直到脫掉衣服之後，看見他骨頭斷裂，皮膚泛黃才罷休。他們幫他洗淨身體，塞進棉花，裹在屍布裡，盡快下葬──果凍賈可伯的一生本該就此畫下句點，結果卻沒有。

因為埋了他回家之後，芙洛蓮‧克勞德無法狠心丟掉賈可伯那套棕色的舊西裝，所以她拿衣架吊起來，掛在賈可伯慣常坐的那個廚房小隔間裡。她也把帽子掛在那個掛勾上。

或許是因為這套西裝，這套因為太舊所以永遠保持著老主人身體形狀的舊西裝，也或許因為太眼熟，所以在廚房看見衣服的人絕對不會再加思索地去查看賈可伯是不是還躲在裡面。再不然就是因為洗刷賈可伯屍體的墓工不知道該把他的瘋狂心靈一起裹起來。不管是哪一種情況，反正賈可伯腦海裡的意象並未隨他入土。它們跟著芙洛蓮‧克勞德和索拉博回家，不卑不亢地登堂入室，對彼此也對芙洛蓮‧克勞德講話，說著故事。

於是，正中午，烈日照著院子的水泥地時，芙洛蓮・克勞德一轉身，看見丈夫舐掉羅珊娜睫毛上的淚水。索拉博在廚房裡轉來轉去盯著羅珊娜，年輕迷路穿著學校制服的羅珊娜，聽著女傭伊菲特的豐富情史而羞澀微笑。大白天裡，穿細條紋西裝的男人扛著地毯和畫作出去；海綿女悄悄提出和他來一腿的條件，「多少次都可以」，交換抽他一管鴉片煙。但他總是拒絕。

夜裡，抬頭仰望信仰大道上這幢大宅的人會看見一個纖瘦的身影，穿著發光的白袍，展開翅膀高飛遠颺。

十月，伊朗國營石油公司工人罷工，造成汽油短缺。十一月，樓高十一層的國家瓦斯大樓火災。然後，銀行歇業，市場與政府辦公室也接連關閉。國王下令散發宣傳摺頁，警告人民說各城市水溝裡流淌的紅水並不是真正的血水，而是革命分子傾倒的紅色染料，用來造成守法公民的驚慌。

在穆斯林的阿舒拉節[43]來臨之前的那段期間，街頭的緊張氣氛濃得化不開，連芙洛蓮・克勞德臥房的窗上都濛上一層薄膜。她起身望向窗外：瓦斯工人的罷工不只讓工廠停工，也導致暖氣

[43] Day of Ashura，伊斯蘭曆的一月十日，用以紀念穆罕默德之外孫侯賽因・伊本・阿里（Husayn ibn Ali,626~680）在卡巴拉殉道。

與烹飪用油的短缺，甚至石油也幾乎完全告罄。大家在街上推著車子走，徹夜在加油站大排長龍，為了一加侖汽油就放話要拚個你死我活。

騎摩托車的男子挨家挨戶宣傳，說幾條街之外有槍戰爆發，徵召志願軍去站在臨時的路障後面——一輛翻覆的汽車，或一堆石塊——和軍隊作戰。因為缺乏繃帶和急救用品，他們洗劫蜜黎安家，搶走所有的床單和毛巾，剪成條狀，拿去給傷患用。

到了阿舒拉節那天，德黑蘭有兩百萬人上街遊行。他們帶著柯梅尼的照片默默走著，沒有人懷疑他們終將推翻國王。

月亮蜜黎安在一九七八年末的那幾個月裡，忙著想辦法把財產變現。她幾個月前關掉了古董店──因為已經快一年沒有客人上門，也因為這條街上其他的店東都遵循他們伊瑪目的命令關門罷工去了。不聽從命令的人很快就會被烙上反真主與反伊斯蘭的罪名。他們的鋪子會被放火燒掉，房子會被洗劫一空。現在，她想給鋪子和公寓找買主。她知道這很困難，因為有錢可買的人若非早就把現金轉到國外，否則就是資產被銀行給凍結了。但是月亮蜜黎安堅忍不拔，絕不放棄，而且生平第一次，願意大虧一筆錢只求賣掉。

「我知道我在幹什麼。」她在深夜對查爾斯先生這麼說，雖然他從來就充耳不聞。「這個國家就要爆發大戰了，留在這裡的人全會被活活燒死。」

所以她滿城奔波──隻身一個女人，穿著男人的外套和鞋子，原本可以帶給她美好人生卻從未如願的美貌已無跡可循，每天破曉迎著橙紅的天光出門，鎮日徒步走過槍火四起的街頭，穿過莽動殘暴的群眾，踏過焚燬車輛的焦黑殘骸，進到只剩空殼的建築裡。走過追獵政府官員、祕密情報員和有錢猶太人，把他們拉上街頭，徒手打到斃命的嗜血暴民身邊。

「說：『國王該死！』」他們命令受害者這麼說：「說：『美國該死！』」

月亮蜜黎安凝神專注在自己的目標上，繼續往前走。

她拜訪了她認識的每一個人，連索拉博都不放過。她坐在他們家裡，告訴他們說為什麼向她買比較划算。她利用他們的貪婪，告訴他們說這是一生僅有一次的大好機會，說她願意賠這麼多錢賣掉，只因為她必須離開這個國家。

「可是你們，」她對她的朋友說：「你們打算留下來，堅持到底。事到如今，國王隨時會覺醒，會對著那幾千個示威民眾開火，把他們嚇得逃回家去。到那時，我的財產就會恢復原本的價值。你們就可以賺到高得驚人的利潤，而我呢，就是那個傻瓜。」

在一九七八年秋天，她接二連三地賣掉了所有的資產，連她和查爾斯先生還住在裡面的那間地下室公寓都脫手了。有天夜裡她很晚才回家，告訴他說，他們有三個月的時間可以搬家。

「搬去哪裡？」他問，完全搞不清楚狀況，好像從沒聽她提起要賣掉公寓的計畫似的。他的眼神茫然得像個瞎子，連臉都沒正對著蜜黎安。打從失去子女之後，這些年來，查爾斯先生變得溫馴，心不在焉，整天照料他的小鳥和花草，態度比他以前對自己的妻子兒女還溫柔。

「我們得離開。」她對他說。

「妳說離開是什麼意思？」他非常天真地問。「我們怎麼離開？」

查爾斯先生和蜜黎安一樣，這輩子從沒出過遠門，甚至從沒踏出德黑蘭的城界之外。

「有點太大。」她說：「不過呢，多穿幾雙襪子就剛好了。」

她看見查爾斯先生盯著她，於是歡口氣，手插進口袋，掏出一個小包裹。那是一張不透水的油紙，對折再對折，再用橡皮圈套住。蜜黎安把紙包擺在床上，打開來。

「看！」她說，突然興奮起來。紙上有五顆鑽石，每顆都有八克拉大。鑽石在陰暗的房間裡

蜜黎安坐在她剛賣掉的床上，脫掉鞋子。因為走了太多路，她的腳浮腫起水泡。她伸手到床底下拉出一雙查爾斯先生備用的鞋子——尖頭男鞋——套在她厚厚的黑襪上。

閃閃發亮——蜜黎安的一生，她的希望與成就，她無盡的犧牲，她無窮的悲傷——在烈燄焚燒的城市，躲在隱密房間裡以半價出售，然後又被當成一顆光彩奪目的堅硬石頭買進。

「我用我賣掉所有東西的錢買了鑽石。我覺得這比較容易藏起來，因為我們必須偷偷帶過邊界。可是不管我們到了哪裡，鑽石都賣得掉。」

查爾斯先生又聽不懂了。他的嘴唇發白，臉上冒出汗來。

「妳打算穿過哪個邊界啊？」

看見他驚慌失措，蜜黎安替他覺得難過。她越過床，把手擱在他的手肘上。他顫抖著抽身退開。

「這裡的情勢會越來越糟。」她平靜地解釋。她知道他為什麼抽身退開——連問都不必問，因為他怪罪她害女兒自殺。就像她怪罪他害兒子溺死一樣。她知道他甚至有點恨她，換成其他時候，他或許會離開她。換成是其他時候，她常想，她或許會拿起菜刀，割開他的喉嚨，用他的血注滿淹死她兒子的泳池。但是，時至今日，他們都老了，也被悲劇折磨得夠了，他們只剩下彼此了。

「國王很快就會逃亡國外，那時就會換穆拉主政了。」她解釋說：「這裡很可能會血流成河。他們會彼此殘殺，可是他們殺得最多的會是猶太人。所以我們非走不可。」

這輩子第一次，查爾斯先生體悟到，除了自己生長的這個城市之外，他對這個世界全無概念。

「我們要到哪裡去呢？」他問：「我們對其他地方一無所知。」

德黑蘭之外的世界——美國，英國，那些被籠統稱之為 Farang（西方）迷離神奇的地方，那些他一心嚮往卻從來沒真的想過去的地方，那些他向來喜歡卻從未想過要與之共同生活的人們——這整個世界突然像個隱密的黑洞跳到面前來瞪著他。

「洛雪兒已經去美國了。」蜜黎安說，努力鼓起勇氣：「我弟弟巴赫朗也在那裡，在同一個城市。蘇珊的丈夫這個星期也要送她和孩子們走。他們都打包好了，每天坐在機場裡。他們甚至睡在那裡，只等有路可逃，有飛往任何地方的飛機可搭。他告訴她說，他會到洛杉磯和他們會合，可是我知道他騙人。」

她知道自己離題了。

「所以，」她凝望著丈夫的眼睛：「我想他們都做得到，我們也一定沒問題。」

查爾斯先生搖搖頭，彷彿確信蜜黎安真的瘋了，然後轉頭繼續逗他的金絲雀。蜜黎安很高興他對這個話題失去了興趣，端上麵包和酸奶酪當晚餐，然後坐下來，拆掉查爾斯先生那雙尖頭鞋的鞋底。她要把鑽石黏在鞋子裡——一隻腳藏兩顆，另一腳藏三顆——然後再拿鞋匠用的粗針把鞋底縫好。這不太容易，因為她的手已有早期風溼症的症狀，可是她那天晚上還是坐下來動手。

蜜黎安知道這場奮戰才剛開始。

一整個十二月，她都在德黑蘭護照局外面排隊。護照局關了，當然——因為罷工而關閉——就算開門，就算其他政府機關也都開門，像蜜黎安這樣的人要取得護照的機會等於零：就像他們這個世代大部分的人一樣，她和查爾斯先生都沒有出生證明。他們沒有身分證明文件，沒有駕駛執照，唯一能證明他們存在的的方法是召朋友和親戚來作證。然而，蜜黎安還是每天去排隊，和好幾千個人站在那裡，直到每天傍晚卡車駛過街道執行戒嚴令的時候才回家。一九七九年一月的第一天，她去找索拉博。

芙洛蓮・克勞德來應門，但是不肯開門，怕有暴徒等在門外。

「只有我一個人。」蜜黎安想讓她放心：「我甚至沒有便宜的銀貨要推銷。」

但是芙洛蓮・克勞德不時擔心會遭暴民攻擊——怕現在全成了敵人的老僕人會在光天化日之下闖進來殺她，也怕其他惡棍會丟汽油彈把她活活燒死。她在大門入口加了至少五道鎖，給門上的蝕刻玻璃釘上厚厚的原木條，只准馬西堤進出。

「滾開！」她隔著門對蜜黎安吼道：「妳會引來注意的！」

「那就開門啊，否則我就站在這裡，喊說有血案發生，喊到有人聽見為止。」

她看見索拉博坐在他父親的會客廳裡。他的頭髮全變灰了，雙手又瘦又白。他看起來就像是果凍賈可伯不時談起的鬼魂——英俊，溫雅，透明。蜜黎安走進來的時候，他起身，和她握手。

她坐下，調整了一下頭上的絲巾。

「你知道國王要離開了。」她直接切入正題說。

他點點頭，說他完全可以料想得到。

「一旦他離開，新的政權會追殺像你這樣的人。」她說。

索拉博的名字已經出現在幾份由穆拉所掌控的報紙上了。他名列「俗世敗類」和「反革命」的名單上。

「奪走你所有的東西還算是最好的情況，」蜜黎安說：「但是更有可能的是，他們會殺了你。」

他又微微一笑，點點頭。她一碰上他的眼神，就心頭一驚。

「你應該考慮離開的。」她建議：「帶你母親走。」

「妳呢，」他問：「妳也要走嗎？」

她翹起腿，把皮包擺在膝上。他想起她以前有多麼美麗，想起在他和羅珊娜舉行婚禮之前的那個清晨她是什麼模樣，那天她和丈夫與許多親戚一起來到這裡，看見這個滿是奢華、財富與芙洛蓮·克勞德野心的地方，看著這一切，說這裡被詛咒了。

難道她早在那時就知道羅珊娜會離他而去？

「我希望能幫自己和查爾斯先生申請到護照。」她說：「可是永遠沒辦法了。機場關了，巴士也因為沒汽油停駛了。所以我想往東走，到巴基斯坦去。我在護照局外面排隊的時候認識了一

些人，他們都說如果我可以租到一輛車，雇個嚮導帶我們到那裡去，查爾斯和我就可以安然跨過邊界。一旦我們到了那裡，我就會想辦法弄到證件，再到另一個國家去。」

索拉博既然覺得有趣，又覺得很困惑。

「妳為什麼要這樣做？」他問：「妳這麼怕穆拉拉嗎？妳願意放棄妳在這裡的所有生活，跑到沙漠去？」

她挑起眉毛，仔細端詳他。這些年來，儘管不想，也從來沒意會到，她和索拉博卻早已成了朋友。

「不只是害怕。」她說：「我年紀大了。我明白，這是我唯一出去看看這個世界的機會。」

「妳要到哪裡去？」他問，但已經知道答案了。

「到美國去。我妹妹洛雪兒有綠卡好幾年了，每年夏天都和她女兒到美國去。她覺得她丈夫對她很好——送她到那裡去旅行採購。其實他送她到美國，只是為了打發她離開，好讓他可以和女朋友鬼混。」

她看見索拉博笑起來，覺得很受鼓舞。

「反正呢，她這次已經走了，帶著她所有的地毯和古董走了。他們甚至買了一幢房子，因為她丈夫很怕這裡會發生什麼事，他知道她或許永遠不能再回來了。他們或許可以替查爾斯和我安排取得簽證，如果我們能弄到護照的話。所以我才會來這裡，因為我可能再也見不到你了。」

她向前靠近他一些。

「我知道——我聽說——莉莉在美國和茉希狄住在一起。我想要你把她的地址給我。」

她摒息以待。他完全沒反應。

「她是我外甥女。況且，為了找到羅珊娜，我得先知道莉莉的下落。」

索拉博瞇起眼睛，彷彿想凝聚焦點，然後難以置信地搖頭。她的信心不是裝出來的，他想。

她早就決定要相信，決定要有信心。

「妳真的相信她還會回來。」他說。

「我心裡有數。」蜜黎安歎口氣，但還是在椅子裡坐得挺直。

「都已經八年了。」索拉博說。

「就算過一百年我都不在乎。」她反駁說。這時她沉默了。她覺得自己在索拉博眼中看見了疑惑。她再度開口的時候，語氣疲憊，平淡淡的，沒了平常的自信。

「你能承受的傷痛是有限度的。」她說，剎那間她的聲音全吼了出來。她住口，喘過氣來，挖出身上最後一點勇氣來繼續前進。

避免投降的唯一一個方法，索拉博想，就是勇往直前。

「我失去了羅珊娜兩次——第一次是她去和貓咪一起住，第二次是她逃離這個家的時候。我失去我的母親，我的一對子女。我甚至失去了查爾斯，他人在，心卻早就不在了。或許我需要相信羅珊娜還活著。」

那天，有那麼一瞬間，月亮蜜黎安差點兒就撼動了索拉博的決心。

然而，他站起來，對著她伸出手來。

「祝妳好運。」他說。

他的手暖暖的。她握住，不知道自己是不是該再逼近一步，不知道他有沒有可能改變心意。

接著，她放棄了。

「隨你吧。」她的語氣又變得堅定了：「可是我要你知道：你和莉莉斷絕關係是大錯特錯。她讓你想起羅珊娜，你受不了，所以你把她送走，把她鎖起來，假裝是為了她好。可是，我還是會找到她的。就像我會找到羅珊娜一樣。等我找到了，我會告訴她們說你很愛她們，說你唯一的罪孽就是缺乏信念。」

$\mathcal{J}$

國王在一月十六日離開。同一天，一場地震襲擊伊朗東部，活埋了成千上萬條的人命。

馬西堤的孫子出現在電視上，說猶太人是「閃族主義者」，罪該萬死。傳信人莫拉

德的老管家，滿嘴金牙都是鐵慕爾出錢幫他鑲的那個，每天都到索拉博早已關閉數

月之久的辦公室去遞送死亡威脅。海綿女芭西耶半夜來按門鈴，等索拉博一開門，

就對他喊著淫穢的字眼。

芙洛蓮・克勞德努力想勸服索拉博，說他們該趁還來得及的時候逃走，可是他對她的懇求充

耳不聞。所以她勉強壓下恐懼，在門上裝了更多的鎖，徹夜反覆查看，數著她的珠寶和鈔票，藏

到更難被發現的地方。恐懼給她的喉嚨打上解不開的結，然後一路要命地穿過她的胃到她的腸，

在腸壁上蓄積化膿，再變成黃色惡臭的膽汁湧回嘴裡，讓她無法進食。她的聲音走調嘶啞，身邊

永遠有一團抹不掉的臭氣雲霧環繞。

國王離開之後，他最後一任的總理巴克提亞㊹試著想恢復秩序，但幾乎馬上就放棄了。他聽

說柯梅尼已經從巴黎啟程回伊朗。雖然機場已經關閉，但柯梅尼還是搭機回來，唯一能阻止他的

方法是在空中擊落他的飛機。一月三十日午夜，巴克提亞開放德黑蘭機場。二十四小時之後，柯

梅尼的飛機在首都降落。

索拉博用英文寫信給我：

「我無法打電話給妳，因為線路斷了。」他說。

我看見他——我好多年前所認識的父親，那個年輕憂鬱溫雅，早晨親吻我，晚上吃飯時坐著看我的人。我看見他坐在書桌旁，俯身寫這封信給我，那雙蒼白優雅的手，幾乎完全沒碰到紙。

新政府徵收了我們的房子，充當「保障弱勢組織」。芙洛蓮．克勞德和我只各分配到一個房間。有五家人搬進來和我們一起住。

我沒辦法寄錢給妳，因為我們的銀行帳戶被凍結了。在我和新政府把問題處理好之前，或許妳的朋友茉希狄願意替妳支付學費和其他的費用？

這又是她特異獨行的個性裡令人費解的一個謎團，茉希狄——從不施捨金錢給窮人，也從來不同情她那些住在蟑螂橫行公寓裡的房客子女的刻薄房東——願意資助我，一點都不求回報，她一直資助我，甚至從來沒當面對我提起這回事。

㊹ Shapur Bakhtiar（1915～1999），伊朗巴勒維王朝的最後一任總理，革命後流亡法國巴黎遭暗殺身亡。

月亮蜜黎安在一九八一年三月抵達洛杉磯，就在她和查爾斯先生躲在租來的富豪轎車裡駛過邊界到巴基斯坦的兩年之後。他們付了十萬托曼[45]給司機，偷渡他們逃出國去。一離開伊朗之後，他們又付了一筆錢，免得他去告密，把他們出賣給巴基斯坦當局。他載著他們開了三天半的車，到阿富汗邊境帕夏瓦的難民營。難民營是聯合國難民總署設來安置與蘇聯占領軍交戰的阿富汗難民的。煙塵瀰漫，擁擠過度，每天都有新難民湧入的難民營，正是蜜黎安與查爾斯先生躲避巴基斯坦當局查緝的安全處所。

「只要告訴他們說你們是阿富汗人就好了。」司機在距難民營三公里之處讓他們下車時說：「反正他們說的也是法爾西語，只是有點不同罷了。而且他們和我們長得很像，沒有人分得出來的。」

蜜黎安和查爾斯先生在難民營裡待了七個月，睡在帳篷裡，吃著查爾斯先生和我租個地方。」她給洛雪兒下指令：「在這段時間，我會去找出關鍵人物，收買他們，施加壓力，好買幾本護照。」

比較適合稚齡幼兒與無牙老人吃的食物。一逮到機會，蜜黎安就打電話到洛杉磯給洛雪兒，要她幫他們到美國去。

「查查弄到簽證的手續，幫查爾斯先生和我租個地方。」她給洛雪兒下指令：

她立刻採取行動，找聯合國難民總署的工作人員問問題，游說，卻只拿到更多稀粥，和一副男用太陽眼鏡，以取代她在逃離伊朗途中遺失的那一副。於是她另覓他途，在營區的其他難民中尋尋覓覓，最後找到方式接觸一個男人，他認識一個女人，而那個女人又和某個販賣偷來的伊朗

護照的男人有親戚關係。在叛軍突襲SAVAK❹總部期間出土的這批護照，原屬於被國王祕密警察逮捕的政治犯所有。護照被走私到伊朗境外，用高得驚人的價錢在鄰近國家的黑市出售。他們搭車到伊斯坦堡，再搭機飛到法蘭克福。在那裡，他們住進沒有淋浴間，蟑螂滿屋爬的廉價旅館。查爾斯先生怕得不敢離開房門一步。蜜黎安每天都打電話給洛雪兒。

月亮蜜黎安用她最好的一顆鑽石換來安排離開帕夏瓦的機會。

「給我簽證。」她命令⋯「查爾斯不停威脅說要去大使館自首，回伊朗去。」

法蘭克福的美國大使館拒絕給他們政治庇護。他們飛到布魯塞爾，再次申請。

「我們只帶著幾件換洗衣服逃出來。」每天，大使館一開門，蜜黎安就對櫃臺職員說。她是每天造訪大使館的好幾百個人之中的一個。大家的故事都一樣，大家的需求也都很明顯。然而，她是蜜黎安還是有辦法誘發某種讓辦事員無法忽視的驚慌與急迫感。是她直截了當的態度，或許吧，還是她奇怪的服裝。是她說話時盯著他看的神態，是她似乎不必真的開口就能讓他明白，比起在這個冷清寂靜的城市之中人潮洶湧的大使館裡區區一個低階職員，她所曾擊敗的敵人要偉大得多，所曾克服的障礙也艱險得多了。

「我丈夫身上那件襯衫已經穿了十個月了。如果你不肯幫我們，他就會因為沮喪而死。」

---

❹ Toman，伊朗貨幣單位，一托曼等於十里奧。

❹ 國家情報與安全組織，為一九五七至一九七九年間的伊朗情報單位。

她踏遍全市的廉價旅館，找和她相同處境的伊朗人。她打電話給德黑蘭的朋友，寫信給任何可能會不怕麻煩回信給她的人，問起她離開之後的伊朗近況。

他們告訴她，伊斯蘭政府進行的處決行動，規模之大，連國王與他父親都望塵莫及。他們逮捕了塔拉葉和她的情人，那個姪兒，把這兩個逍遙了十二年的罪人各判了四十年重刑，丟進大牢。他每天都寫情書給她。有個獄卒發現了這些信，舉發了他。在歷時九十分鐘的審判之後，他被處死刑。

就在查爾斯先生快發瘋的時候，大使館發了簽證。

在洛杉磯，洛雪兒到機場來接蜜黎安與查爾斯先生。她看著他們走下環球航空噴射機──蜜黎安還是穿著她當初逃離伊朗穿的那件棕色外套與尖頭鞋，查爾斯先生拖著腳走在她背後，把所有的家當都裝在一只棕色與綠色格紋的手提行李袋裡，準備用生命捍衛他所有的一切。洛雪兒看見他們的時候，感覺到的不是興奮，而是難為情。

她身穿香奈兒套裝，腳蹬蛇皮高跟鞋，雙唇畫著咖啡色唇線，塗成琥珀色，睫毛因為早上太早塗上太多層睫毛膏而沉甸甸地往下垂。她迎向蜜黎安，心中希望這天早上沒有認識的人在機場。然後她催著蜜黎安與查爾斯先生到停車場，把他們塞進她那輛敞篷賓士轎車的唯一一個乘客座位裡。

他們開到西塢威爾夏大道旁邊一幢高樓的出租公寓。洛雪兒告訴蜜黎安，很多伊朗人「暫時」住在這裡，等待革命平息，伊朗王朝再次復辟。

「那他們可得等很長一段時間嘍。」蜜黎安淡淡地說。

大樓很擁擠，疏於管理，瀰漫著異國料理的氣味，每一層樓都有推車裝貨卸貨的噪音。但是蜜黎安搬進公寓，一點幻想都沒有地接受她的流亡生活。她打定主意要挨家挨戶拜訪所有的鄰居──連美國人都不例外，她說，畢竟，她要征服的是他們的國家。第一個星期，她替查爾斯先生買了新的鳥兒，還把家裡的陽臺改造成小小的花房，讓他可以種花蒔草。然後她答應讓洛雪兒帶她參觀一下洛杉磯。

穿著男裝外套，袖子捲到手肘上的月亮蜜黎安走遍比佛利山莊的大街小巷。過去洛雪兒在羅迪爾街曾經花了大把的銀子，想讓店員留下深刻印象，對她表現出相當程度的尊敬，但她帶姊姊來到這裡卻是大錯特錯。蜜黎安伸手摸著衣服，一副挑選活羊的模樣，詢問價錢，卻只是為了告訴店員說所有的東西都賣得太貴了。她在每家店都要求見店長，警告他們──但他們卻面無表情，一副冥頑不靈的樣子──警告他們別觸怒全能上主，一旦袍低頭看見這條「短得像羊老二的街」，一定會發現他們在這個世界上所行之不義：開價要一整個家庭的收入總額，換一件並非真絲，甚至也非手工縫製的襯衫，而且每回乾洗還得花上十八美元──十八美元，用三千伊朗里奧換一美

❹⑦ Rodeo Drive，為知名的精品街。

元的匯率來算，這筆錢夠五口之家在德黑蘭市中心付一個月的房租呢。

姊姊對古奇（Gucci）和菲拉格慕（Ferragamo）神聖殿堂的口出惡言讓洛雪兒深感羞愧，她相信自己此後走在羅迪爾街的每個角落裡都只會得到嘲弄的微笑，只好催著蜜黎安離開這條街，想給她買個蛋捲冰淇淋，卻又換來她的長篇大論，指責櫃臺後面那個抽大麻菸的青少年真是暴殄天物——明明冰淇淋只有一個口味也行，卻偏偏要搞出三十種花樣來。

洛雪兒帶身材像梯子、臉上架著艾維斯·寇斯特羅（Elvis Costello）式大眼鏡的蜜黎安到西塢大道去，那裡的伊朗雜貨店和餐館正要開門營業，但是蜜黎安不肯踏進店裡一步，因為價錢比匹寇大道和費爾法克斯同樣的店貴太多了。

蜜黎安安頓好了之後，每天下午在海洋大道上散步兩個小時，只為了碰見新來的伊朗移民，向來深信人類最大的罪惡就是浪費食物的她，買剩菜給朋友：擺了三天的蒔蘿荒薹飯，洋蔥大蒜番紅花煎羊腿，紅醋栗小茴香燜康郡雞。她把菜餚裝在大鍋子裡，用漂成白色的薄棉布包起來，打個結，遠遠看起來就像個襁褓中的嬰兒，或是裹著絲巾的胖女人的頭。

蜜黎安的習慣讓洛雪兒覺得備受羞辱，而蘇珊則抱怨她看什麼都不順眼，可是，認識蜜黎安的人都不得不承認，她看人和刺探祕密的天分無人能及。她擁有雷達也似的直覺，無與倫比的記憶力，從來不理什麼隱私啊敏感性的東西，因此，她對住在加州土地上的每個猶太人的身世知之甚詳，連他們祖先的來龍去脈都打聽得一清二楚。

然而，無論是逃離了伊朗或掌控了加州，都不能帶給蜜黎安任何一絲真正的滿足，除非她能達成離開伊朗之前為自己設下的目標：在美國找到我。距離我父親送我離家，精心安排不讓我母親娘家的人找到我，已經有九年之久了。

最後，當然，她做到了。

那天早上，在茉希狄家對面的公共電話打電話給我的時候，月亮蜜黎安告訴我，她是「妳親愛的蜜黎安阿姨，帶大妳媽媽的阿姨。妳很可能不記得我了，可是我知道妳所有的事情，包括妳從來沒想過會是真的事。」

那是一九八一年的八月。我已經連續在茉希狄家度過三個夏天了。我是在六月初來的。沒過多久，她就又臨時起意去加勒比海度達一百七十坪的豪宅去。

前一個冬季，他才帶她到他座落在阿爾卑斯山廣達一百七十坪的豪宅去。

「走到窗戶旁邊，往外看。」蜜黎安不給我喘息的機會，一口氣往下說。

我的心咚一下沉到底。我從床上跳起來，抱著電話走到窗邊。她在那裡，在日落大道與山麓街口的電話亭裡——在清晨靜寂空蕩的街頭，一個頎長的黑色身影，一面說話一面對我揮手。

「妳並不知道，」蜜黎安繼續說：「可是我在全加州到處奔走，想找到妳。」

她直盯著我的窗戶，彷彿看得見我站在這裡努力想搞清楚她是不是我的想像力虛構出來的東西。

「我們不得不逃出伊朗，查爾斯先生和我。查爾斯先生是我的丈夫。他出身猶太區，當然啦，就像我和妳媽媽一樣。但是他母親自以為生了個摩西呢，所以給他取了個王子的名字⋯⋯查爾斯，也不管她自己會不會唸。

「反正啊，沒用哪。他連自己的名字都不會寫，更別說要治國了。」

她歎口氣，這是她不想在茉希狄門外的此刻再揭開的舊傷口。

「革命期間，我去看過妳父親，向他要妳的地址和電話號碼。他不肯給我。妳也知道他是什麼樣的人。我幾個月之前來到洛杉磯。我知道妳應該是讀中學的年紀。所以我一家一家學校找，找遍了全州的每一所公立和私立學校，問他們是不是有叫妳這個名字的學生。我沒想到要先找茉希狄，但是一想到之後，就找到妳了。掛掉電話，打開門吧。我馬上就過來。」

我手裡還抓著話筒，看著那個女人掛掉電話，然後從袖子裡掏出手帕，彎腰擦鞋子。她提了兩只綠色籃子——第三世界婦女提去買菜的那種籃子——連看都不看路上車輛地闖過街來。我一直看著她穿過院子，走上門階。這時我轉身，滿臉通紅，心想，如果她進屋裡來，我該怎麼辦呢。

我打開門之後的第一個念頭是，蜜黎安好老喔——比羅珊娜老得多——月亮蜜黎安的意思是

「像月亮一樣美麗」，但是在她身上完全找不到這個美麗名字的蛛絲馬跡。然後我想起來，我曾經見過她，她到家裡過幾次，不是捎來壞消息，就是來參加守喪。我問起的時候，羅珊娜回答說

沒錯，蜜黎安是她家姊妹裡最漂亮的一個。她比猶太區的其他女孩都來得漂亮，只有綠色眼睛的電影明星茉希狄堪可匹敵，不過這不算，因為茉希狄是俄國貴族與亞述魅影的私生女。

站在我面前的這個女人比常人來得高，也來得瘦，腿長得像穿裙子踩高蹺，脖子瘦得一點肉都沒有，一開口講話就看得見喉結上下滑動。她穿了尖頭的男鞋，深藍的裙子，和棕色的人造纖

維襯衫。襯衫外面，套著一件灰色的男裝羊毛外套——是西裝外套，她幾分鐘之後自己說，是查爾斯先生以前的衣服。一條黑色的人造纖維絲巾在領下打了雙結。絲巾底下的頭髮染上了可麗柔的橄欖色染劑，但髮根全白了。臉上架了一副黑色寬邊厚鏡片的眼鏡——是禮物，她後來自己說，是巴基斯坦的聯合國難民總署的救援人員送的。

「莉莉小姐！」她走進來的時候喊著，親吻我的雙頰。她聞起來有肥皂和舊衣服的味道。她退後一步，仔細端詳我的臉，然後打量我的身材。

「妳幾歲？」她問：「十四？十五？」

她失望地搖搖頭。

「妳太瘦了。妳一定是那種拚命想節食的女生。」節食兩個字聽起來像句侮辱。

迷惑得不知道該怎麼自我介紹的我說，我的體重差不多接近建議的標準體重。這句話聽起來實在很蠢，但是蜜黎安竟然沒覺得奇怪。

「會這麼建議的人，自己一定得了厭食症。」她回答說：「難怪妳臉色這麼差。」

她提起放在地上的籃子，往茉希狄的廚房走去。那裡面的爐子根本難得一用。

「這女人一定是瘋了，丟下妳一個人和女傭在家。」

彷彿知道有人提起她似的，管家突然出現在廚房裡，大驚失色地瞪著蜜黎安看。

「妳是什麼人？」她問。

「是她的阿姨。」蜜黎安懶得看女傭一眼。「妳管好你自己的事就好了。」

她把籃子擱在水槽旁邊的流理臺上，脫下外套，整整齊齊地掛在椅背上，開始把奇奇怪怪的食物放進冰箱裡。

我站在敞開的門邊，一手還握著門把，不敢置信地看著一瓶瓶玫瑰露、櫻桃與楜梓糖漿，一袋袋乾蒔蘿與磨碎的番紅花，一盒盒芝麻糖和椰棗，一把把蘿蔔、菠菜和葡萄葉擺在冰箱裡。蜜黎安拿出兩隻新鮮的雞——「價錢實在太貴了，」她說：「可是我只買用猶太儀式宰殺的雞。」——還有一個帆布袋裝的白米。「香米❹。」她指著米袋前面的大象標誌給我看。「印度來的。波斯的米要好得多，當然，可是現在買不到了，就算在伊朗也一樣。」

她戴著眼鏡的眼睛瞥了我一眼，一面揮著拿刀的手。

「妳可以進來了。」她說，朝早餐桌的方向點個頭，她要我坐在那裡。「我知道妳是個勇敢的孩子，夜裡敢一個人待在這裡。可別說我把妳給嚇壞了。」

她打開櫥櫃，拉開抽屜，重新擺放碗盤，學會怎麼用爐子。她找到一個碗，裝進冷水，泡進一整包我從小時候離開伊朗之後就再也沒見過的蔬菜，然後拿一把餐刀開始磨利這裡唯一的一把菜刀。一直到感覺我準備打電話求救的時候，她才開口對我挑明說。

「我要在這裡待一整天。」她說：「我知道茉希狄不想要我這麼做，妳父親也不想。可是妳

是我的外甥女，我想要多瞭解妳一點。所以，既然我人在這裡，而妳看起來又一副好多年沒好好

吃一頓的樣子，我想我得幫妳弄頓飯。」

幾個小時之後，我們坐下來吃飯，桌上有兩道燉菜，一盤米飯配甜櫻桃與番紅花雞。我把湯

匙舉到唇邊時，蜜黎安瞄了我顫抖的手一眼，又開始發動攻擊。

「我知道茉希狄一直在資助妳。」

她實事求是地說，但是揚起一邊眉毛，顯然不太高興。

「我和她認識很久了。而且我知道她從年輕到現在都沒怎麼變。」

她的眉毛就像我的湯匙一樣，還是沒放下。

「如果我是妳父親，絕對不會讓妳和她一起住，更不會讓她養妳。」

她垂下眉毛，在椅子裡挪動了一下。趁她暫停開火的這個瞬間，我吞下飯菜，把湯匙放回盤

子上。

「反正啊，」她放緩語氣說：「現在我來了，我們可以更常碰面，我會讓妳知道像我們和妳

媽媽這樣的人過的是什麼樣的生活。」

我又塞了一湯匙的飯進嘴裡，嚼也沒嚼地吞了下去，目光一直沒離開面前的盤子。提到母

親，讓我心跳加速。飯菜的滋味，茄子和酸葡萄乾的氣味，勾起了我不願回想的那個地方，那個

時間的記憶。

「我還在找她，妳知道。總有一天，我會找到她，帶她回來。」

我記起羅珊娜的手給細長的日本茄子削皮，記起和她一起走到院子的葡萄藤，摘下裹著一層灰的酸葡萄，吃掉的比擺進籃裡的還多。我記起她那張浮現在飯鍋上的臉，她盯著我吃飯的那雙眼睛。她愛我，我想，我對她來說很重要。

蜜黎安往前傾，在我的飯上多加了些燉菜。

「所以我必須先找到妳，妳知道。因為我知道，遲早羅珊娜都會回來找妳的。」

聽見蜜黎安這麼信心滿滿，讓我嚇了一大跳，彷彿她這說的不是什麼來自遙遠異國老婦人的奇思異想，而是一個人盡皆知的事實。

「妳覺得我母親還活著？」我問。

我在她的眼鏡上看見我自己的倒影——兩個一模一樣的纖小面孔，既忿忿不平又消沉沮喪，在這個暫時消失在她自己眼鏡後面的女人面前，突然意會到自己的無能為力。

「她當然還活著。」蜜黎安想也不想地說：「她才四十三歲。她怎麼會沒活著？」

我感覺到滿腔怒火，感覺到飯菜讓我胸口中毒，一股灼熱就要從我的嘴巴裡竄出來了。

「因為她沒活著。」我說。

我沒打算說出口的這句話突然衝口而出。我彷彿在聽著其他人說話，說著我自己不知道的事。

「我知道她沒活著。每個人都知道她沒活著。」

蜜黎安搖搖頭，堅決自信地搖頭。我明白我恨她。

「沒有人比我更清楚。」她說。

剎那間，我忘了修女教我的所有規矩和禮貌，忘了我自己一個人生活時學會的自我保護方法，我破口大罵蜜黎安，希望能徹底摧毀她。

「妳是個滿腦子蠢念頭的蠢女人。」我大吼，把湯匙丟回盤子裡，看著紅色的醬汁濺到蜜黎安身上。醬汁弄髒了她的鏡片。「妳根本什麼都不知道，就連妳在伊朗來看我的時候，也什麼都不知道。」

蜜黎安一動也不動，她雙手緊抓著桌角，目光異乎尋常地冷靜。

「我媽媽死了。」我說，又嚇了我自己一跳。我想住口，想躲回我住了十年的那個沉默恐懼的小空間裡。可是蜜黎安在眼前，我控制不了自己。

「她自殺了。」我放聲尖叫：「我看著她自殺的。她死了。」

女傭聽見我的叫聲，衝進廚房。我站在蜜黎安面前，對自己說的話驚駭不已。

「走，妳走，趁茉希狄還沒發現我讓妳進來之前，帶著妳的臭食物快滾吧。」

我離開飯桌，渾身顫抖地靠在流理臺上保持平衡。我暗自祈禱蜜黎安會站起來，安安靜靜地離開，就像她突如其來地進來一樣。我暗自祈禱，我會忘記自己曾經見過她，我會忘掉她說過的話。更重要的是，我暗自祈禱她不會找到羅珊娜。

但月亮蜜黎安舉刀刺得更深。

「如果她死了，」她用面紙揩著眼鏡，看都沒看我一眼地問：「如果妳媽媽像條狗一樣被埋了起來，妳會比較容易理解她為什麼沒回來嗎？」

那天離開的時候，蜜黎安已經把孩提時期讓我徹夜難眠的那種焦慮，重新植入我的心裡。她清理餐桌，洗好碗碟，不准女傭穿門踏進廚房，因為這裡突然變成了蜜黎安的王國。她很細心地給冰箱裡的食物貼上標籤，寫下步驟，交代她留在爐子上的那幾鍋菜要怎麼加熱。

「妳應該過來見見家人。」她說了兩次，顯然選擇不理會我的發飆，知道我已經逃不出她的掌心了。「洛雪兒在這裡，蘇珊也是——還有她的孩子，不過老公不在。」

我垮下臉，轉頭不看她，明白表示我對她那些妹妹的事情和生活不感興趣。她明明看見我的反應，卻還是繼續說。

「我要辦個聚會，邀妳過來。」她彷彿沒聽見我說的話：「妳表姊約瑟芬只比你大幾歲。一到美國，洛雪兒就急著把她嫁掉。她已經有兩個小孩了。還有妳的姨婆——妳媽媽的阿姨。親愛的光姨雇人殺她老公，後來被聯邦調查局逮到了。」

我嚇呆了。我見過她——這個花錢雇用園丁暗殺丈夫的老婦人。我在夜間新聞上聽過這樁意外，但不知道她是我的姨婆。

「妳該走了。」我對蜜黎安說。我知道自己很無禮，我刻意要無禮。「茉希狄不喜歡我讓奇怪的人來家裡。」

蜜黎安提起她的塑膠籃，微微一笑。

「妳覺得我看起來很奇怪。」她說，又是實事求是的口吻。「妳最好習慣吧。」

第二天她又回來，第三天也是。她從西塢搭公車到聖塔摩尼卡大道，然後轉車到峽谷街，再轉車到日落大道。她會開車，她說，但是來到洛杉磯之後，一次車都沒開過，她知道車子的保險費一年得花上一千五百美元──一美元從兌三千伊朗里奧，升值到五千，最後高達八千。向來有生意頭腦的她和旗下司機多半是伊朗人的計程車公司老闆談妥條件：她一星期搭他們的車四次，無論車程遠近，一趟收十塊錢。她把計程車留著到遠地，或者是上市場提大包小包的時候用。

「妳應該和我一起搭公車。」她總是堅持說：「看看大家是怎麼過日子的，總是件好事。」

我滿心疑慮，也很怕她會破壞我小心翼翼在自己周圍建立起來的平靜，所以她來的時候，我總是躲在房間裡，叫女傭打發她走。女傭屢戰屢敗。蜜黎安推開她，直闖到我門口，站在外面對我說話，好像是我的老朋友，然後下樓作飯，待到我棄械投降，出來見她。

「嘗點這個。」她會推一口食物到我嘴邊。「這會消掉妳的黑眼圈，讓妳長點肉。」

她談起我父親，說他把自己鎖在信仰大道的家裡，整天看書看到眼睛瞎。她說芙洛蓮・克勞

德完全瘋了，說鐵慕爾是個好人，一個很罕見也很誠實的人，他被自己的自尊給害死了。

「他愛妳。」她說：「他愛妳，因為妳是他兒子的女兒——但更重要的是，妳是妳媽媽的女兒。」

垂著頭，皮膚因忿怒而燃燒的我低聲咒罵蜜黎安，牢牢抓住她的每字每句不放。

八月，茉希狄結束她的島嶼假期回來，發現蜜黎安在她的廚房裡。

那是個週日下午。蜜黎安把雞胸肉串在烤肉叉上烤。她用番紅花、檸檬汁、橄欖油、乾紅椒、洋蔥和大蒜碎末醃漬雞肉。因為茉希狄覺得燒烤的行為非常野蠻，家裡並沒有烤爐，所以蜜黎安在爐子上架個小烤架。無論我有多討厭她來，但是只要她在，屋裡就有股讓人安心的人氣。

四點鐘，我從烤雞肉串裡抬起頭，看見茉希狄站在門口。

她曬黑了，修長的身材穿了一身白，手臂纖長，頭髮棗成鬆鬆的馬尾。她瞪著蜜黎安，彷彿看見了天災的現場。

「這是什麼人？」她問。

我絞盡腦汁要擠出個答案，卻想不出該說什麼。蜜黎安氣定神閒，一眼看著茉希狄，一眼盯著她的雞，翻轉烤架上的兩個烤叉，然後用法爾西語開口說：

「在這個國家，妳留小孩一個人在家，而且沒好好給他們吃飯的話，是會被抓去關的。」

茉希狄臉色發白，微微顫抖，目光從蜜黎安轉到我身上，然後再回到蜜黎安身上。

有那麼一會兒，她看起來全無招架之力——孤伶伶的女人面對一個年老卻出其不意的敵人。

但她馬上恢復鎮定，站得更挺，瞇起眼睛，用凌厲的眼神盯著蜜黎安。

緩緩的，蜜黎安用她掛在茉希狄爐子把手上的廚巾擦手。然後走到茉希狄面前，伸出手。

「早就猜到我們會再見面。只是沒想到是在這裡。」

茉希狄沒握她的手。蜜黎安聳聳肩，又回到爐子前面，給茶壺添滿冷水。

「我每隔幾天就來弄東西給這孩子吃。她一副營養不良的樣子，而且還精神不濟。」

「妳要做什麼？」茉希狄問。

「沒想找妳要什麼。」蜜黎安打開爐子，放上水壺燒開水。她從一個紅色的金屬盒裡舀出兩湯匙紅茶茶葉，放進一個比較小的茶壺裡。等水滾熱了，她就沖進茶葉裡，浸了五或十分鐘，才倒出茶水來。

「我從來沒想找妳要什麼，我是為了這孩子才來的。」她直直盯著茉希狄：「為了找到我妹妹。妳的朋友。」

我看得出來，她很高興能打敗茉希狄，她很高興自己占了上風，搞得茉希狄不知所措，讓她覺得自己力大無窮。但是強悍如茉希狄，怎麼可能讓蜜黎安得意太久。

「隨便妳。」她轉頭就走：「別再回來了！」

當然啦，蜜黎安還是又回來了——因為她是個按自己主意行事的人，因為她特別喜歡頂撞激怒茉希狄。她找到聖瑪莉的校址，開學之後，就每個週末到宿舍來。她和安娜蘿絲修女與院長交上朋友，帶各式各樣她認為適合天主教徒口味的特色料理來。她還答應替全校煮午餐，和修女們分享東方社會教導女生聽話、用功、不和男生鬼混的祕訣。「別讓她們在鏡子前面浪費時間。」她建議，修女們因為找到來自東方的靈魂伴侶而雀躍不已。她說起她在盟軍學校教書的日子給她們聽，坐實了她們對我身上沒有半盎斯天主教血統的猜測，印證了我父親確實是個奇怪的人——

「不過呢，他有一半的皇族血統，也有一半的猶太血統，再加上他母親是個假的德國人。你們還能有什麼期待呢？」

她告訴修女說索拉博和我說的都不是事實，羅珊娜並沒有死。「她離開了，但是當然沒死。」後來蜜黎安請院長准許她帶我外出度週末的時候，答案當然是可以的。

「太棒了！」蜜黎安真的很樂：「我要辦個家族團聚，把她重新介紹給大家認識。」

她邀了兩個妹妹，還有洛雪兒的女兒約瑟芬和她的丈夫。他當然沒來，可是只要覺得自己被排斥在外，他就一定會很生氣。她也打電話給查爾斯先生的三個姨婆和亞胡伯舅公。然後，她在週日上午搭計程車到帕薩迪納來接我，準時去和大家見面。

我明知道最好別去，卻還是去了，一半是因為蜜黎安的強迫，一半是因為我也想看看這些和羅珊娜有血緣關係的親戚。蜜黎安的公寓很小，但是光線充足，洋溢著鳥鳴和一大早就在廚房火爐上烹煮的菜餚熱氣。查爾斯先生在門口迎接我們。

「噓。」他手指抵著嘴唇警告說：「你們會嚇著小鳥的。」

客廳裡擺著古怪不成套的家具。餐桌是在帕薩迪納的玫瑰缽跳蚤市場裡向一對臺灣夫婦買來的。波斯文的雜誌和報紙堆得屋裡到處都是。還有一疊蜜黎安常看的《國家地理雜誌》與《科學人雜誌》。

「我喜歡拿經驗來和科學抗衡。」她看見我翻著那些雜誌時解釋說：「每次都是經驗得勝。」她留我在客廳，逕自去查看飯菜。我坐下來，胃緊張灼熱，雙手冰冷汗溼，看著查爾斯先生在陽臺上對小鳥說話。他對著小鳥說悄悄話，警告牠們馬上又會有大批人馬湧進。我突然感覺到，這個房間裡有某個東西讓我格外不安。這時，門鈴響起。

最先抵達的是親愛的光姨，她一九七七年來美國探望兒子兩個月，最後卻永遠留了下來。她

和不肯與她交談的丈夫一起來，還有她的兒子。她這個兒子不肯和父母親說話，但還是替他們付帳單，當他們的司機、廚子和護士。和身體相形之下實在太細的手臂，牢牢抓著媳婦在市中心買來的香奈兒皮包不放。她媳婦說這皮包「很可能」是真貨——店裡賣一千美元的東西，是她在街角向那個左臉頰有龍紋刺青名叫穆斯塔法的傢伙用三十三塊五毛買到手的。

「這樣啊，那一定會被偷。」親愛的光姨嘲笑媳婦胡亂花錢裝大方。可是私底下，一想到皮包可能是真的，她就很興奮，而讓她最樂的是，她這輩子第一次擁有她認為其他女人會嫉妒的奢侈品。

或許是因為同情她小小的虛榮心，也或許是覺得拆穿親愛的光姨很不智，所以她身邊沒有半個人自找麻煩告訴她媳婦在唬弄她，別的不提，光是皮包上的那個G——是G喔，不是C——就已經露餡了。

兩年前，高齡七十一歲的親愛的光姨雇用她的墨西哥園丁去暗殺老公。她付給園丁三百美元的現金，和一袋她老公的舊衣服。園丁說他沒有槍，親愛的光姨就親自搭巴士到市中心，到處問來問去，找到一個槍販，給園丁買了一把獵槍。園丁在他位於艾爾蒙特那幢小房子的車庫裡忙著鋸短槍管的時候，他老婆走了進來，問他在幹什麼。

「這個老太太付我三百美金，叫我幹掉她老公，然後弄得像闖空門。」他一面忙一面解釋：

「他們結婚三十三年了，她說，可是她還是很恨他。」

園丁這個正懷著第三個孩子，永遠缺錢的老婆覺得親愛的光姨是在占她老公便宜——只花三百塊錢就要幹掉一個人——告訴他說，至少要開價七百美元才幹。

「沒這個行情啊。」園丁每週定期一次來幹活的時候，親愛的光姨對他說：「就算我付得起，他也不值這個價啊。」

園丁告訴老婆說他無論如何都要動手。「我答應過她了。」他說。所以他老婆就去報警。

於是呢，一輩子都沒沒無聞的親愛的光姨就這樣成了《洛杉磯時報》都會版的頭條新聞人物。在家裡被捕並控了罪之後，她看見自己照片上了電視和報紙，同意接受專訪，光是在南加州，至少就有十一家波斯文媒體訪問過她。她在牢裡待了兩個晚上，然後她兒子以她年老體衰，對社會並無真正威脅為由，想辦法把她保釋出來。丈夫對她的背叛當然很惱火——「我就是沒辦法教會這個女人好好安分守己。」他揍了她一頓。還能有什麼別的辦法教女人懂規矩呢？有兩個星期的時間，他整天痛罵她，說要在洛杉磯郡的劊子手把她送上電椅之前親手宰了她。他打電話給每個認識的人，說她是個蕩婦，說她一定是和園丁上了床，才說動他犯此罪行。然後他打電話給兒子，要兒子帶她回家來，因為髒盤子已經堆積如山，而且他不會弄乾衣機上的轉盤。

和大家的預期恰恰相反的是，這件事反而讓親愛的光姨與丈夫的關係大為改善。他們的鄰居說，自從她被捕之後，他們吵架的次數少了。親愛的光姨一開口就咒罵老公，卻也很認真善盡妻子的責任。而她老公雖然每天都威脅要離婚，卻從來沒採取行動，因為他心知肚明，在他自己和越來越深重的老年孤寂之間，只剩下她一個人了。

此刻，他們併肩坐在客廳的沙發上，親愛的光姨雙臂抱胸，但還是把皮包緊緊抓在肚子上。她老公手裡捻著一串在伊朗買的瑪瑙念珠。在他們面前的茶几上，有一只彩繪細小藍色花朵的綠色玻璃瓶。

我以前看過這個瓶子——或者是像這樣的瓶子。我知道，因為這瓶子讓我很不安，因為我沒辦法看著它，一瞥見它就讓我想哭。我費力苦思，就是想不起來為什麼。

緊接著親愛的光姨之後來的是洛雪兒和約瑟芬，還有約瑟芬襁褓中的兒子，以及瓜地馬拉女傭和菲律賓奶媽。以貓咪雅麗珊卓客廳命名的約瑟芬，才剛經歷長達五年的「壞心情」詛咒，因為她丈夫不停「製造」女兒。終於生下寶貝兒子之後，她渾身充滿驕傲，就連面對悲慘的境遇都無法不志得意滿。

「妳看，」洛雪兒展示所有的禮物，開懷微笑的約瑟芬站在旁邊。「我們所有的東西都挑粉藍色——娃娃車、尿布、幫傭的制服。現在啊，年輕的媽媽對這種小細節可注意的嘍。」

下一個進來的是巴赫朗，他自從來到美國，發現夢中修長的金髮女郎全在此地之後，就改名為布萊恩。他在洛杉磯附近擁有許多家自動倉儲設施——這個生意不但讓布萊恩賺進可觀的財富，也讓他有大把的自由時間可以玩高爾夫球。這天陪他來的不是他的妻子，而是過去十年來身兼情婦與祕書的女人。

跟在他後面進來的是因為走私古董出境，在柯梅尼的大牢裡待了兩年的親愛的力姨，以及她姊姊親愛的傲姨。有錢得不得了的她是全家人鄙夷、嫉妒與嘲弄的對象。可是蜜黎安還是邀她來，畢竟她也是有血緣關係的親戚。

他們一個接一個地塞滿了蜜黎安家狹小的客廳，然後發現了我。

「她在這裡！」蜜黎安介紹我，他們全像目睹奇蹟似地歡口氣。

這和過去的生活為我所提供的經驗完全不同──這些人看著我，彷彿是什麼奇異物，每個人都伸出溫暖的手，用力擁抱，吻我雙頰，讓我看見他們垂淚。他們給我東西吃，親吻我，彷彿在說我最重要。

「我記得妳爸媽的婚禮。」布萊恩對我說了兩遍：「那天晚上妳媽媽渾身發光。整個世界變成新的顏色。」

十一點鐘，蜜黎安端上了她自創的早午餐：炸日本茄子配大蒜與番茄；硬硬的水煮蛋加羊乳酪與烤餅；去皮的醃黃瓜拌生蔥與新鮮的胡桃與青椒；烤白鮭加檸檬與乾紅椒；菠菜炒萵苣、芫荽、洋蔥和蛋。

親愛的光姨的丈夫不屑地看著滿桌菜餚。「沒有飯？」他問：「什麼樣的女人會不煮飯啊？」

親愛的傲姨向來相信親戚都想毒死她，好繼承她的遺產──總值約有九千萬美元。她除了香蕉之外什麼都不肯吃，而且香蕉皮也要她自己親手剝。

蜜黎安看著大夥兒吃喝。她煮的美式咖啡好淡，他們還以為是茶，而她的茶更淡（太多咖啡

因會讓你減壽十年，害你心悸），嘗起來簡直像熱開水。

到了一點鐘，大家都不吃了——只有親愛的傲姨對香蕉情有獨鍾，繼續吃她的第九根。洛雪兒抽掉她的第一包藍色登喜路，蘇珊被差遣去收拾餐桌和洗碗。在餐廳裡，親愛的光姨抓緊皮包坐著，還是不和老公說話，打量其他兩個老婦人和剛剛才到的人——蘇珊信佛教的十八歲女兒，她從不錯過任何一次家族聚會，好把握機會勸其他人和她一起加入本地的分會。

「妳應該來和我們一起體驗一下的。」她這會兒對我說：「妳或許會發現，妳找到妳真正的『家』了。」

我花了一個早上的時間思索，我和這些人有多麼不同，就像我媽媽一樣，和家人在一起的時候我也還是覺得不自在。我看見蜜黎安從廚房端出一個大托盤，上面是拌了芫荽與紅醋栗的白米飯。我們才剛吃完午飯，她就已經忙著準備晚餐了。

她把托盤擺在餐桌上，用手指舀出一點米飯到洋蔥皮上，然後捏成漂亮的糰子，準備等一下拿來炸。

我張嘴問我心中唯一一想到的問題。

「我媽媽到底發生了什麼事？」

那是個影響極其深遠的一刻，就連親愛的光姨那位年邁而精神不濟的老公一直到死都忘不

掉。就每個人的記憶所及，這是蜜黎安第一次卸下心防，完全無法招架。

她盯著我看了一晌，茫然出神，完全忘了她手上的洋蔥皮，讓白米飯又掉回盤子上。然後，她的手垂到膝上，在圍裙上抹著。

「我來弄點茶。」她說著就離開了餐桌。

我還是坐著。其他人的眼神都迴避我。

我等著。

摭過似乎無止境的時間。然後，蘇珊開口。

「她與眾不同。我只記得這樣。」

洛雪兒又抽了一根藍色登喜路，皺起眉頭，用眼神暗示蘇珊別說了。約瑟芬說她要去看看寶，走出餐廳。親愛的傲姨又伸手拿了一根香蕉。

「她為什麼離開我父親？」我打破沙鍋問到底。

這一次，洛雪兒在蘇珊還沒開口之前就挺身而出。

「我們不知道。」她說：「沒有人知道。小孩不該問這種問題的。」

很快的，她打開皮包，拿出一顆小藥丸，一顆她稱之為「我的贊安諾（Xanax）」的抗焦慮藥。

「狗屁不通！」蘇珊粗魯地說，但是馬上因為背後那聲很響的噪音而噤口了。這個聲音也讓查爾斯先生的鳥兒狂躁不安，拍著翅膀在封閉的陽臺上來回奔動，互相碰撞，因而更加害怕。

廚房裡，蜜黎安砰一聲把水壺擺到爐子上，藉此告誡大家別再多話。

「我泡了茶。」她挺直背脊走回餐廳裡說。她開始把茶倒進一個個窄長的玻璃茶杯裡。杯子擺在她從費爾法克斯九毛九廉價商店買來的便宜竹托盤上。她把茶端到餐桌，還有一個她退退了一整天，卻還是飄著冷凍味兒的南瓜派。這個派是布萊恩的情婦在去年感恩節送給她的，那時他老婆到俄亥俄州和父母親過節，所以他帶情婦來參加家族餐會。蜜黎安一收到派就塞進冷凍庫裡——因為她已經有太多甜點了，她對這個情婦說，而且拿蔬菜做甜點的點子實在也太驚世駭俗了。現在，過了將近一年之後，她硬是把這個派放進布萊恩的盤子裡，同時嚴正警告。

「這很像冰淇淋蛋糕。」她對他說：「吃完吧，否則又要在冰箱裡擺上一年。」

後來蜜黎安又邀我到她家好多次，每個星期五打電話給我，要我去幫她布置安息日，叫計程車來接我，堅持要我陪她去參加婚禮和成年禮，以及她向來不錯過的割禮與嬰兒洗禮。她也要我的其他表兄弟姊妹來找我，強迫約瑟芬邀我去參加她每個小孩的生日派對。有兩次，她甚至還勸動了布萊恩開他的法拉利來看我。有一次是帶女朋友來，另一次則帶了妻子。

「妳不能一輩子把自己鎖在教會女校裡，然後以為自己踏出校門的時候就會變成正常人。」每回我拒絕邀約的時候她就說：「妳得要出來，交際一下，認識妳的家人，就算妳受不了我們。」

到頭來，妳知道，我們是妳所有的一切。」

通常我都會屈服。我從這個人的家到那個人的家，穿上茉希狄買給我卻穿得很不舒服的衣服，靜靜坐著，希望能讓我的阿姨們看得順眼，但心裡也知道絕對不可能。她們在我身邊走動，吃喝，談天說地，就是不提起羅珊娜，迴避我問的問題，每回我想把話題轉到她身上就驚慌失措。她們問起我的學校，修女的健康，以及茉希狄最近的男友。我簡短回答，希望她們能忘了我在場。然後我繼續坐在那裡好幾個小時，聆聽我僅僅拜訪幾次就已經耳熟能詳的故事：不美滿的婚姻和失敗的戀情，錯失的機會和溜走的機運，虛擲的青春與誤入歧途的丈夫——千百年的痛苦層層堆疊，只要我的兩個或更多個阿姨聚在一起聊天，就要重新挖出來舊事重提。

最後，我告訴蜜黎安，我不想再去參加她的聚會了。

她以為我是哀慟過度，因為被雙親拋棄，丟給天主教修女照顧，所以她保證會加倍努力，讓

我重新融入家人的生活之中。那是我高三那年的十二月。因為修女的鼓勵和茉希狄的支持，我申請了加州和東岸的大學。我的成績沒好到可以進頂尖學校，可是我知道自己終究可以到什麼地方落腳，在某個宿舍裡，重新過著我如此不屑一顧，卻還是因為熟悉而緊抓不放的孤寂生活。

「這和哀慟一點關係都沒有。」我試著解釋我的決定給蜜黎安聽：「我才十七歲。我年紀太輕，不該和妳以及妳的姊妹成天坐在一起。我想過自己的生活。」

那是星期六的早晨，她沒去猶太會堂而來看我，然後花了半個小時長篇大論，說我該多吃多睡，因為十七歲的我活像索馬利亞饑荒的難民。「沒有男人會喜歡只有骨頭不長肉的女人，我才不管雜誌是怎麼說的咧。」

她的話喚起了我心中始終揮之不去的恐懼：我已承受了太多的孤獨，寂寞將會纏著我終此一生，沒有男生會喜歡我，他們眼裡根本看不見我的存在——就像女生那樣——我在他人面前隱而無形，微不足道，過去在我父母眼中如此，未來在眾人眼中亦復如此。我已經有段時間不再拿筆在自己身上畫了，但是那天見到蜜黎安，聽到她的警告之後，我又有拿筆的衝動。然而，我無法忍受在她面前示弱。

「我才不在乎有沒有男人喜歡我呢。」

她環顧我的房間，看著光禿禿的牆面，硬木地板，以及對我來說早就太小的單人床。

「這個地方太暗了。」她說。

這時我覺得她看起來憔悴疲憊，嚴重缺乏休息，彷彿知道她如果一停歇下來，就再也動彈不

得了。我瞭解這種感覺。從德黑蘭來到這裡之後，我過了好幾個月這樣的生活，筋疲力竭，卻無法入睡，驚恐萬分，卻無法開口。我當時就過著這樣的生活，自此而後也一直這樣過著。

只是，我一直陷在自己的孤寂之中，一動也不動的時候，蜜黎安卻想辦法往前走。

就在這時，她有了新的計畫。

她拎起包包，說她要去苗圃買向日葵種子。

「我不沮喪。」我抗議：「我只是不想再見到妳了。」

「你需要的是一點自然光來治好妳的沮喪。」

院長不敢置信地笑起來。

「妳要做的就只是撒下種子。」她信心滿滿地解釋：「就撒在太陽升起的地方，等向日葵抽芽開花，就會把陽光從東方引進房間裡來。那會帶給妳很多樂趣，也會帶來好運。」

兩小時之後，我聽見她在院子裡和院長講話。

「向日葵會面向陽光。」她一點也不掩飾高人一等的感覺說：「向日葵不會自己發光，也不會反射任何東西。」

蜜黎安把包包放在草地上，開始拿出她剛買的園藝工具和種子。

「你們這些西方人最大的麻煩就是缺乏信念。」她對修女說教：「在東方，我們之所以通曉

世事，是因為我們的歷史悠久，有過豐富的經驗。你們這些人卻只是在科學雜誌上讀過什麼叫人生。」

蜜黎安常用集合名詞「我們」給她的論點添加力道。

「而且我們為了這些經驗付出了很多代價。我們付出了青春，付出了我們的大半輩子。」

蜜黎安的每一個信念或懷疑，都有許多男男女女的屍首或痛苦傳奇作為佐證。

此刻，她盯著院長，諒她也不敢反駁。

「在東方，情況完全不同，特別是妳身為女人的時候。」她用小鏟子挖土說：「我們只有一次機會——婚姻，就學，工作。如果我們搞砸了，就永遠沒有第二次機會。」

她掏出一小把種子，撒到草地上。她的力道讓院長凜然一驚，本能地退後一步，彷彿這樣才安全。

「就像這個，」她的頭朝剛才鏟鬆的土點了一下：「一次機會。」

兩個月之後，我醒來的時候發現房裡滿是光線。我坐在床上，沐浴在流淌的金色暖光裡。金色的光線灑滿房間，讓房間變得完全不同。光線如此濃稠，如此唾手可及，彷彿一握掌就能抓得住。站起來的時候，我覺得自己彷彿可以飄起來。我打開窗戶。在學校前面，蜜黎安的向日葵燦爛盛開，吸引了如此刺眼的陽光，我得瞇起眼睛才看得清楚。

我犯了大錯，竟然打電話給蜜黎安，說她是對的。

「我一直都是對的。」她說：「妳和那幾個修女現在該知道了吧。

「我還有別的事要告訴妳，現在妳已經高中快畢業，就要上大學了：光會給妳帶來喜訊。妳等著瞧吧。那會帶妳遠離妳已經過了太久的空虛生活，照亮妳的道路，把你媽媽帶回到你的身邊。」

喜訊並沒有來。不過蜜黎安那天說的話或許不假，說光會帶羅珊娜回來。

果凍賈可伯最小的兒子馬汀在父親離家不返，搬進芙洛蓮‧克勞德位於信仰大道豪宅的廚房時，還是個小嬰兒。他那時骨瘦如柴，有雙大大的黑眼睛，頭髮又密又亮，他媽媽不時得幫他剃光，免得遭邪惡之眼嫉妒。一個月一次，她會帶馬汀和其他的孩子來看賈可伯。

星期四下午，學校放學之後，媽媽先帶他們到公共澡堂搓洗乾淨才過來。無分冬夏，她都讓他們穿芙洛蓮‧克勞德送的厚重羊毛衣。她用毛衣來遮住孩子們襯衫上的破洞，才不管氣溫高達三十二度，也不管孩子們因為公共澡堂的熱氣和毛衣的保暖而渾身大汗。況且，她說，如果芙洛蓮‧克勞德沒看見他們穿上毛衣，或許會怪他們不知感恩，以後再也不送他們禮物了。

「心裡想著冬天吧。」每回馬汀哭著抱怨好熱的時候，她就在他耳邊說：「你在上學的路上，冷得要死，而且沒有毛衣可穿。」

她讓孩子按年齡排成一列，搭巴士到鐵慕爾家，一路不停咒罵她的鴉片鬼老公和他邪惡的有錢姊姊。

在家裡還沒鬧竊盜鬼的時候，芙洛蓮‧克勞德指示僕人帶賈可伯的家人從後面進屋——也就是穿過僕人的院落。她甚至當著孩子的面對他老婆解釋說，這樣就不必穿過花園小徑，惹得其他「有教養的」客人和訪賓難堪。她總是半皺眉頭，要笑不笑，用她假裝了好多年，已經變成第二天性的口音迎接他們。她要僕人端水給他們——不加冰塊，她說，因為冰冷的東西會讓孩子喉嚨痛。事實呢，她是要讓他們覺得不舒服，不受歡迎，快快離開。

他們圍著僕人的餐桌坐下，禮貌地喝著水，瞪著小隔間裡的父親。他抽著煙管，朝他們的方向噴出煙來。有時候他認得孩子們，有時候他問僕人說這些客人是誰，為什麼瞪著他看。有一回，他們正要離開的時候，他指著馬汀，對他打從心裡相信是陌生人的老婆說：「妳這孩子生得真俊哪，夫人。我要對妳和他父親致敬。」

他們家沒受邀參加索拉博和羅珊娜的婚禮，當然啦，因為芙洛蓮‧克勞德把他們排除在賓客名單之外。等鐵慕爾發現漏了他們而補正時，離婚禮只有三天了，賈可伯的妻子為了自尊，不願接受遲來的邀請。這個侮辱讓她很受傷，所以她不再每個月造訪信仰大道，寧可放棄鐵慕爾每回都會給她的錢。她對孩子說，與其仰賴芙洛蓮‧克勞德的憐憫過活，還不如貧窮而有尊嚴地活著。過了幾年，在竊盜鬼接管這幢豪宅之後，芙洛蓮‧克勞德就把賈可伯的家人永遠拒之於門外了。

因此，馬汀只見過羅珊娜幾次，是在她嫁給索拉博之前，以客人的身分住在大宅裡的時候。她當年那麼羞澀，那麼低調，讓馬汀難以想像她最後怎麼會嫁給索拉博。他還記得他當時想，她年紀好輕，其實還像個孩子，而且她那雙眼睛好奇怪喔。可是她的笑聲，悅耳輕盈的笑聲，讓每個人，甚至包括小孩，都目眩神迷。每回羅珊娜在屋裡一笑，馬汀記得，他母親就會掉下淚來。

後來，他聽說羅珊娜消失了──「從窗戶跳出去，逃離芙洛蓮‧克勞德殘暴的魔掌，」是他母親的解釋，「就連你那個頭殼壞掉的老爸都說看見她張開白色的翅膀飛走了。」馬汀一點都不

懷疑，只要想想羅珊娜那雙奇特的眼睛，他一點都不懷疑她真的能飛。

一九七○年代初期，賈可伯的妻子帶著兒女搬到以色列，和伊朗完全斷絕音信。他們住在臺拉維夫，靠政府補貼的房宅、食物和教育過活。女孩們服過兵役，到合作農場去展開新生活。男孩們各自成家立業。馬汀失去一條腿，搬回去與母親同住。

他唸完工程學校，娶了一個摩洛哥女孩，帶著妻子和母親離開臺拉維夫，搬到濱海的納田亞。他不再說法爾西語，不再懷疑他父親發生了什麼事，甚至不再感覺到芙洛蓮‧克勞德不肯給他們冰吃的那個夏天午後，皮膚上的羊毛刺癢。一九八四年二月，他帶妻子和女兒到伊斯坦堡度假。

他們住在博斯普魯海濱租來的房子，造訪海灘、博物館和清真寺。有天下午，參觀過托普卡匹皇宮之後，他望著人群，看見一個正在等公車的女人。

她蒼白嬌小，滿臉皺紋，皮膚髒兮兮的，瘦骨嶙峋的臉上一點肉都沒有。眼神交會的時候，她對他微微一笑，那是在雨天午後擁擠人潮中陌生人彼此的微笑，因為知道他們再也不可能有機會見面。然後她不假思索地轉開視線，臉上的微笑漸漸褪去。

馬汀瞪著她看。

她穿著白色的棉布洋裝，陳舊的平底鞋，沒穿襪子。長及腰際的頭髮紮成馬尾。把塑膠包包緊抱在胸前的那雙手，龜裂脫皮，黑黝黝的。她不停換腳撐住重心，彷彿要減輕腳上的疼痛，還不時探出身子到馬路上看車子來了沒。可是她一次也沒看手錶，或查看時刻表。巴士向來準時，

馬汀猜，再不然就是沒人在等她。他轉身回家去。

那天晚上，他這麼多年來第一次夢見果凍賈可伯：坐在廚房小隔間裡，抽著煙管，告訴老婆說，海綿女想和他上床，交換一點鴉片。

第二天，他們又回到托普卡匹，因為馬汀的妻子想參觀有四百個房間的後宮，也就是奧圖曼坦堡的奴隸市場被買進皇宮為奴，被迫改信回教。這些後宮佳麗大多是高加索的基督徒，透過伊斯蘇丹的妻妾和兒女以及去勢的奴隸所住的地方。她們鎮日勾心鬥角，爭相博取蘇丹的青睞，生出繼承人，籌劃暗殺其他嬪妃和她們兒女的陰謀。廢除兄弟殘殺爭奪王位的制度之後，土耳其蘇丹重新採行傳位給在世長子的制度。為了保護王儲，蘇丹把他們禁錮在後宮裡。王儲在「鍍金牢籠」裡度過大半的歲月，和其他人完全沒有接觸。就算能在遺世獨立的孤寂中活了下來，繼承王位，他們差不多也都因為拘禁隔離的生活而喪失心智，無法治理國家了。

馬汀又看見那個女人。

她和另外兩個女人站在一家髒兮兮的餐館前，腰上繫著圍裙，抽著一根都快燒到菸屁股的菸。她站的位置，讓他只能看見她的側影，以及她穿的鞋子——她女兒學校裡都管那種鞋叫鞍形鞋——配上洗得灰灰的白襪。於是馬汀帶著妻子女兒過街，到那家餐館去。他妻子抱怨說她不相信女兒的腸胃應付得了這種地方的食物，可是馬汀聽不進去。他在離那女人幾步之處停下腳步。

這一次，他們眼神交會的時候，她悚然一驚。

她半轉開頭，避開朋友的臉，吐出肺裡的最後一口煙，看見他在盯著她。她的眼睛疲憊緊

張，有太多皺紋，但是眼神卻廣袤流轉，宛如海洋。那汪洋般的眼神環繞著他，在那一剎間，他彷彿孤獨一人，在騷動不安的街頭，沉浸在輕盈水中，永遠不想浮出來。

一輛巴士緊急煞車，離他不到十公分的距離。他的妻子高聲尖叫。司機對著馬汀口出穢言，然後重重踩下油門，噴得他一身黑色廢氣。馬汀再抬起頭來的時候，那女人已經走了。

他還是一直夢見父親。

他打電話回納田亞給母親，問她知不知道天使羅珊娜的下落。

「她當然是死啦。」他母親回答說。她已經八十幾歲了，可是心智還像往常一樣清明。「我想她是自殺了。她姊姊月亮蜜黎安住在洛杉磯。」

一整個星期的時間，馬汀都避開托普卡匹。然後，有一天下午，他把妻女留在海邊，自己一個人回去。

羅珊娜看見他拐著那條塑膠義腿走進餐館，找張桌子坐下。她忙著掃地，收髒碗盤，擦桌子。等廚子喊她的時候，她就把做好的菜端上桌。她動作迅速，避開馬汀的桌子，很羞澀地躲開他。過了一會兒之後，她去找廚子，用土耳其語說了幾句話。等馬汀再抬頭望的時候，她經解下圍裙，衝向巴士車站了。

「對不起，」他在她背後用英語喊道。她沒回答。

他跟著她出去。她穿過街，到等候巴士的隊伍裡去。她一轉身看見他在她背後。

「對不起。」他又試了一次。

她連看都不看他一眼。

他試著用希伯來語，然後法爾西語。

羅珊娜還是一動也不動，眼睛死命盯著前方，但他看見她的手開始顫抖。馬汀明白，她又要跑掉了，所以他不再喊她。排隊的其他人都瞪著他看。

她從前門跳上巴士，他則從後面上車。他們搭到庫姆喀皮。她跳下巴士，跑進一棟樓房裡。

馬汀回家，告訴妻子說他看見了一個已死的女人。

離高中畢業典禮還有四個月的時候，蜜黎安打電話給我。

「星期五晚上過來，和我們一起過週末。」她開門見山地說：「我替妳準備好客房了。」

她剛從威爾夏大道的公寓搬到西塢退伍軍人大道的一幢獨棟房子。她不想搬離公寓，但是查爾斯先生的小鳥擾亂了整棟公寓的安寧。牠們不時從前門溜出去，飛過窄長的走廊，衝進敞開的電梯，嚇壞剛從美容院頂著一頭薰衣草紫頭髮回來的老太太。再不然就從陽臺飛出去，給別人家的窗戶堆滿鳥糞。公寓經理下達驅逐令，給蜜黎安九十天的寬限期。

她買的房子是六○年代末期蓋的西班牙式平房。灰泥牆壁漆成鮮黃色，屋頂是橘色的，信箱則做成一隻巨大非洲鸚鵡的樣子。門口有個窄窄的環形車道，停車位則被蜜黎安改成一塊小草坪。屋裡有三間臥房：一間蜜黎安的，一間查爾斯先生和他的鳥兒的，第三間則是她所謂的客房。屋後有個地上鋪著老舊黃磚的院子，一棵杏樹占滿所有的空間，樹高近九公尺，枝蔭垂蓋屋頂。

我告訴蜜黎安，我得唸書，沒辦法去。

「帶妳的書過來這裡唸。」她的語氣像以往一樣嚴屬：「這很重要。」

「學校也很重要啊。」我用最嚴肅的語氣說。

「別唬我了。」蜜黎安幾乎是用吼的，然後停下來喘口氣。她的口氣裡有我從來沒聽過的急迫感，那種孤注一擲的感覺讓我心頭一驚。「畢業前四個月有誰在唸書啊。妳都已經有大學可唸

了。」

我已經申請到舊金山州立大學。我從沒到過舊金山，在那裡也不認識半個人。我之所以上大學，是因為高中畢業之後就不能再住在聖瑪莉了，而且我也不能再繼續打擾茉希狄。

「我沒唬妳。」我告訴蜜黎安。我對自己的冷靜很自豪，也很高興她又給我一個可以故作桀驁不馴的機會。「我很忙，我不想去。」

一個小時之後，一輛計程車停在學校外面。

我覺得她臉色慘白，而且很不安。她沒帶吃的東西來，也沒提著她從城裡各地折扣商店買來，堅持要我穿的滿袋衣服。她直接衝進院長辦公室，關上門。半個小時之後，她們兩人一起出現的時候，我就知道自己麻煩大了。

院長命令我到會客室，然後留我自己和蜜黎安在一起。我坐在她對面的一張舊扶手椅裡，靠著椅背，雙手重重往扶手上一擺，兩腿膝蓋張得開開的。我知道蜜黎安最討厭美國青少年這種吊兒郎當的態度。

「那麼，」我挑釁說。但是我的胃已經因為她將要說出口的話而陣陣翻攪了。「有什麼新鮮事啊？」

她從她那副艾維斯‧寇斯特羅眼鏡後面仔細打量我。有史以來第一次，她不急著開口，甚至不急著證明她在宇宙的所有真理上都擁有與生俱來的權利。

我等著，想維持臉上那抹譏諷的微笑，抱著渺茫的希望期待她會站起來離開，期待她什麼都

裡。

不說，把她的新消息——這個消息必定酸澀痛苦，而且足以毀天滅地——把消息留在她自己心

我原本預期她會狠狠地大發雷霆，然而，她卻狠狠地嚇了我一大跳。

「我找到妳母親了。」

我聽見她說的話，卻一點感覺都沒有。我一動也不動，心靜無波，這麼冷靜，讓我覺得自己

可能再也動彈不得了。但接著，突如其來的反胃，讓我不得不坐直身子。

「果凍賈可伯的兒子打電話給我。他說他在土耳其看見她了。」

我四下張望，找尋出口，明白我的腿沒辦法撐著我走到門邊，於是挨近椅子旁邊的垃圾桶，

怕自己真的吐了出來。我滿臉冷汗。

「他在街上看見她，跟蹤她回家。他找到她住的地方，可是他去找她的時候，她不肯和他講

話。他說她很可憐。」

我從來沒像此刻這麼希望蜜黎安消失。

「我們得到那裡去。」她說：「妳得和我一起到土耳其去，親眼去看看他說的是不是事實。」

我嚥下湧到喉嚨的膽汁。

「滾吧。」

接下來幾個星期，蜜黎安發揮她天生的充沛活力，開始著手準備去找羅珊娜。她替自己和我申請護照，然後也替羅珊娜安排必要的文件。她打電話給移民律師，告訴他說他有四個星期的時間替一個沒有文件、沒有護照、沒有出生證明的女人弄到美國簽證。她說羅珊娜沒辦法在申請書上簽名或蓋指印，而且也不知道有這趟美國行，甚至還不見得想到美國來。律師建議蜜黎安去看心理醫師，再不然就去找魔術師。

於是羅珊娜挖出自己死去女兒的出生證明，花錢找人更改出生日期——推前了近三十年，好吻合羅珊娜的年齡。她飛到舊金山的伊朗領事館，編了個故事說她女兒不良於行，讓他們用莎拉的名字發了一本護照。她拿著護照和一大疊偽造的信件到洛杉磯的移民局辦公室，信誓旦旦說她女兒必須到美國來就醫。不到四個星期，她就拿到美國移民當局發的三十天效期的簽證。「我要買兩張到伊斯坦堡的機票——妳和我各一張——還有一張到洛杉磯的單程票給羅珊娜。我們得馬上啟程。」

「我弄好了。」她回到我的學校，把護照推到我面前。她驕傲得意，興奮得喘不過氣來。「我要去就去吧。」我聳聳肩：「但可別以為妳可以帶我到任何地方去。」

蜜黎安皺起眉頭，非常嚴肅地搖搖頭。

「我受夠妳這種白癡的粗魯態度了。」她警告說：「我告訴過妳，這是很嚴肅的事。現在妳該相信我了。」

「我是相信她啊。我一向都相信她的啊。

於是我告訴她，用我最平靜的語氣，用我使勁擠得胃出血的字句告訴她，我不能和她一起去，因為我不能——我沒辦法——承受得了羅珊娜還活著的事實。因為十二年來，我每天失去羅珊娜上千遍，我無法忍受再一次失去或找到她。

「如果她當年要我，她就會留下來。」我說：「她當時不要我，就連我站在她背後，叫她名字的時候都看不見我。即使我現在和妳一起去找她，她也不會要我。」

打從我認識蜜黎安以來第一次，她擁我入懷，哭了起來。

天使羅珊娜正努力刮掉她的土耳其咖啡壺裡的硬水殘渣時，聽見了兩聲敲門的聲音。那時才剛黃昏，還有一個小時，她就要到街底那家魚鮮餐館上班。她是最近才開始到那裡工作的。她辭掉了托普卡匹車站那家工作了十一年之久的餐館工作。是因為那個男人，那個有條義腿，滿頭黑髮濃密閃亮得讓人忍不住想摸一下，好讓皮膚沾上光澤的男人嚇壞了她。她始終不知道他是什麼人，或者他要幹什麼，但是自從他跟蹤她，和她講法爾西語，一副認識她的樣子那天起，羅珊娜就不敢再回到餐館去。現在她替亞美尼亞人工作，殺魚烤魚給觀光客吃。那些觀光客在《米其林指南》上讀到庫姆喀皮，覺得心嚮往之，一旦到亞美尼亞猶太區旅遊，發現那裡也只不過是另一個衰敗的城區時，就停下來吃點本地料當成額外收穫。換工作很不容易，儘管羅珊娜在托普卡匹待了那麼多年以來，也沒對那個地方或店東有什麼真正的歸屬感。或許是習慣使然吧，或許是因為她每回遲到或犯錯，新老闆就吼著說要炒她魷魚。再不然就是因為她年紀大了，在煤炭烤爐邊一站十四小時的期間，總是不由自主地渴望躺下來好好睡一覺。

她又聽到一聲敲門，但沒起身。好幾天以來，風呼呼吹個不停，把街上的垃圾吹得像有生命似的飛了起來，吹得雕像東搖西晃，吹得她夜不成眠顫抖不已，吹得乞丐全躲進硬紙板屋裡。羅珊娜用鈍刀的刀尖繼續刮著沉澱在壺底的黑色殘渣。一會兒之後，她放下刀子，把手浸在一碗用手提瓦斯暖爐加熱過的水裡。她的手經常受傷──悶悶的風溼痛在皮膚底下抽疼得讓她想呻吟。水的熱氣舒緩了她的疼痛，但只是暫時的。這招是從貓咪雅麗珊卓那裡學來的，在猶太區的那段

日子裡，老太太在演奏之前想放鬆雙手就泡熱水。

有人用手掌猛力拍門。羅珊娜跳起來，水濺到地上。她馬上用裙子擦乾手，找抹布擦地板。

她得走下三層樓才能拿水，現在水潑倒了，讓她很生氣。

「別敲了！」她對門外吼道，還是忙著找抹布。唯一到過她家門口的是收租人和替亞美尼亞教會募款的基督教婦人。

「別再敲了！」

她把門拉開一條小縫，沒看見人，於是再拉得開一點。外面有兩個女人。一個很高穿著男裝大衣，頭上裹著絲巾。另一個女人比較矮，穿高跟鞋和長及腳踝的貂皮大衣。羅珊娜恨她們。

「我沒有錢。」她用土耳其語對她們說：「我也不信上帝。」

她當著她們的面把門推上。就要關上時，一隻手擋住了。

「一分鐘。」那個比較高的女人用法爾西語說。

羅珊娜僵住了。

那女人把門推開，一吋一吋地把羅珊娜往後推，等推到足夠的空間時，她便擠了進來，踏進羅珊娜的房間裡。羅珊娜驚恐萬分地往後退。她們還是面對面，誰都不敢動一下。門外那個穿貂皮大衣的女人開始哭。

「我一直在找妳。」蜜黎安輕聲說。

羅珊娜連氣都不敢喘一下。

「妳走到哪裡我都認得出來。」

她明白羅珊娜就要昏倒了，於是抓住她的手臂。

「坐下來吧。」她說，四下找著椅子。

羅珊娜掙脫開來。

「沒事的。」蜜黎安說，但是她自己也在顫抖。她的嘴唇發青。她試著再開口，卻發不出聲音來。

「滾吧。」羅珊娜用土耳其語說。

蜜黎安搖搖頭。

「妳認識我。」她說：「我知道妳認得。在外面哭的那個是洛雪兒。」

羅珊娜又退後幾步。

「滾吧。」她又說：「我不記得妳。」

她突然發現自己說的是法爾西語，方寸大亂。她該逃走的，她看著敞開的房門想。她應該逃到街上，躲開這個趁她不備之時發動攻擊的女人。她想像自己突圍而出，往外衝的時候把那個穿長大衣的矮個子女人撂倒在地。但等她再回過神來，蜜黎安已掌控大局。

「流浪了十二年，妳講的還是一樣的蠢話，」她說。她走到門邊。

「進來吧。」她對洛雪兒說：「別再哭了。」

洛雪兒跨了三步進到房裡，把鱷魚皮包緊緊抱在胸前，悶聲抽抽噎噎的，沒看羅珊娜一眼。

蜜黎安把她往前推了幾步。察覺到羅珊娜想要逃跑，所以她拉來房裡唯一的一把椅子，擋住門口。

「坐下。」她對洛雪兒說。

房裡灰撲撲的，什麼東西都沒有，窗子也用油漆漆死了。有張床——只是一張鏽蝕的鐵架擺在水泥地板上。床架上有個床墊和陳舊的床單，兩床毯子，一個塌扁的枕頭。床邊有張鋁桌。另一邊是一張彈簧露了出來的黃色破沙發。後面則是個水槽，以及羅珊娜的手提暖爐。蟑螂從排水管裡爬出來，在床鋪與沙發下面四處橫行。

沒人開口。羅珊娜一腳前一腳後地站著，手肘環抱，垂眼看著地上。洛雪兒把皮包抱得好緊，指關節簡直要從皮膚裡蹦了出來。蜜黎安走到沙發邊，坐了下來。

她望著羅珊娜。

「我們來帶妳回家。」她說。

羅珊娜頭也不抬。

「我們現在住在美國。」蜜黎安繼續說：「自從革命發生以後。」

她頓了一下。

「發生革命了，妳知道。他們推翻國王。現在是穆拉掌權了。」

洛雪兒哼了一聲，又開始啜泣。

「鐵慕爾死了。」蜜黎安說。

羅珊娜抖得好厲害，蜜黎安開始害怕起來。

「沒事的。」她要羅珊娜放心：「都結束了。」

「我什麼都不記得。」羅珊娜說。用的還是法爾西語。

「索拉博還在伊朗，還住在那幢房子裡。他還在等妳。」

「我不記得了。」

「莉莉快十八歲了。」

這一次，羅珊娜沒回答。

「沒事的。」蜜黎安又說：「妳什麼都不必解釋。沒人懷恨在心。我們只是要帶妳回家。」

回答姍姍來遲。

「不。」

蜜黎安嚇了一跳。

「不要回去。」羅珊娜堅持。

蜜黎安看了她一晌。然後伸手從袋子裡拿出一個小塑膠夾，裡頭擺了護照和她替羅珊娜買的機票。她把塑膠夾放在桌子邊上，站了起來。她的膝蓋霹靂啪啦響，活像燃燒的乾燥木頭。

「我們住在塔克辛廣場附近的喜來登飯店。」她說：「我們會再待一個星期，如果妳決定來的話。飛機票沒有期限，但是簽證的效期是一年。我的地址寫在上面，還有莉莉的，以及她的電話號碼。」

羅珊娜沒有反應。

洛雪兒跌跌撞撞走到門口，拉開門。蜜黎安跟在她後面，但卻停下腳步，轉過身來。

「我的兒女都死了。」她輕聲說。

她等著羅珊娜的反應，等著羅珊娜抬頭看她，卻枉然。

「約瑟夫溺死了。而我殺了莎拉。」

她以為她會因為自己的痛苦而撕心裂肺哭喊。

「那之後我一直想著妳。我一直想。我不能讓我的孩子回來，無論我怎麼做，無論我有多想都辦不到。而且我也沒辦法讓查爾斯回來——雖然他還活著，還和我住在一起。」

她越過整個房間走近羅珊娜。緩緩地，羅珊娜抬眼望著蜜黎安。

「可是妳還在，妳想找到女兒，只要轉過身來就行了。」

五月，我寫了最後一封信給索拉博。

「學期六月就結束了。我會和茉希狄一起住兩個月，然後在八月中旬到舊金山去準備大學開學。」

我沒告訴他，我有多麼害怕自己一個人參加畢業典禮，然後離開洛杉磯，到舊金山展開新生活。我沒提到月亮蜜黎安勇闖土耳其去找羅珊娜的事。

「畢業典禮是六月十八日。阿姨們說她們會來參加。」

畢業典禮預定在十一點舉行。從十點開始，對街的學校就擠滿了女生們的家人和客人。我待在自己的房間裡，身穿學校制服，盯著擺在我床上的帽子和畢業袍。蜜黎安從土耳其回來已經一個多月了。我是在和蘇珊閒談的時候知道這個消息的，蜜黎安自己從回來之後一直沒和我聯絡。我其他的阿姨也都不肯提到她和她在土耳其發現的事。她沒見到羅珊娜嗎？她因為太失望所以無法來看我嗎？

有人敲我的門。

「我們都在中學那邊等妳。」蘇珊擠出一個慘淡的微笑。「我和布萊恩還有他妻子一起來。親愛的光姨也和她丈夫來了。小孩耐不住的。約瑟芬要我替她恭喜妳。」

我第一次這麼高興見到他們。她沒提到蜜黎安，也讓我如釋重負。

她把門拉開一些，給我一盒鮮花。

「花店的人在外面找妳。」她解釋說：「我告訴他說我會交給妳。」

我父親送花來給我——兩打粉紅色玫瑰，裝在金色的盒子裡，在送貨卡車裡待得太久，所以等我收到的時候已經半凋萎了。我把盒子擺在桌上，開始套上畢業袍。蘇珊站在門口望著我。我知道她有話要說。我們的眼神在床頭的鏡子裡交會。

「蜜黎安也來了。」她喃喃說：「和洛雪兒一起。」

於是我知道了。

我知道她找到了什麼，我知道她為什麼沒早點告訴我，我知道她在想什麼，也知道她要怎麼傳達這個消息。一整個畢業典禮進行的過程中，那長達一個半小時的演講和握手，感謝與道別，前途光明的展望與時光飛逝的遺憾裡，我一直都心知肚明。

親愛的光姨在茶會上找我閒聊，抱怨天氣好熱。

洛雪兒不停調整她的帽子，問學校除了水果雞尾酒之外還有沒有供應其他的東西。

他們坐在倒數第四排——沉默，嚴肅，顯然不擔心引人注目。洛雪兒戴著帽子和太陽眼鏡，身上那襲洋裝應該是給年紀輕得多的女孩穿的。她一直抽著藍色登喜路，忙著給眼睛周圍擦防曬油。蜜黎安一笑也不笑地凝望著我。

蜜黎安深吸一口氣，勇往直前。

「是她沒錯。」她對我說：「但她不想相認。」

大家都離開之後，我回到房間裡，把那盒玫瑰丟進垃圾桶，換回我的睡衣。然後我拉下窗簾，溜到床上，拿起刀片劃破手腕。

蜜黎安離開之後，羅珊娜無法動彈。她一直站在那裡，眼睛牢牢盯住地面，門還敞著。最後，她摸索著走到床邊，坐下來。夜幕降臨，風吹來海洋的味道，灌進她的房裡。街上有人吼叫，有人大笑。大樓裡有人吵架。男人喝得醉醺醺的，唱著喬治亞歌謠，大聲做愛。天快亮的時候，下起雨來。漁夫拖著漁獲到對街的魚市場賣掉，步履蹣跚地邁向另一個睡意朦朧的白晝。孩童來到羅珊娜門口，偷偷瞄著，不敢進來。她還坐在床沿，心中尋思。

她漫無思緒地想到自己延誤了該去上工的時間，想到她走進餐館的時候，站在收銀機旁的老闆一定會對她大呼小叫，出言辱罵，炒她魷魚，只為了看她畏縮退卻，苦苦哀求，然後再雇用她。這回他很可能會永遠開除她——甚至不肯付她這個星期工作的薪水——除非她馬上起床去上工。但是，她還是無法動彈。

她起初沒認出那兩個女人。蜜黎安身上已經尋不著往日美貌的痕跡。洛雪兒換了髮型，換了鼻子，也換了顴骨。但是蜜黎安一開口之後，羅珊娜滿心只想叫她走。此刻，她努力要自己集中精神，使盡全力想把蜜黎安從心裡趕走，想重新拉起黑暗的簾幕，把她所有的愛與回憶全阻隔於外，像以前那樣過日子。

可是，在黑暗裡，她看見了一道光——是索拉博眼睛的顏色——她怎麼也擋不住。她轉頭不看，面對牆壁，卻看見蜜黎安談起她死去的兒女，一低頭，看見貓咪雅麗珊卓坐在鋼琴前面，一仰頭，就想起她透過新娘面紗望著鐵慕爾的情景。她還沒醒悟過來——回憶襲來，讓她如此驚

恐——她已開始做雅麗珊卓警告她千萬別做的事：回頭看，細數她離開伊朗之後的歲月與往事，算出她自己的年紀與蜜黎安的年紀，想知道索拉博、我和每個人的下落。

日子一天天過去，羅珊娜一直沒起身，連門都沒關上。過了一個星期，收租人來了，以為羅珊娜死掉了，因為她一動也不動地直挺挺坐在床上，對在她腳邊爬來爬去的成群蟑螂，以及隨風飄舞的垃圾視而不見。他走近她，叫她的名字，但她沒回答。他告訴自己，絕對不可以碰她，因為她一定會撐不住，面朝下倒在蟲子上，那他就得把她抬起來，入土埋葬。他離開，關上門。他想，等發臭的時候鄰居就會發現。

之後，羅珊娜站起來，突然感覺到肚子餓。她不知道已經過了多少天，只發現冰櫃裡的食物已經發霉，水槽爬滿蟑螂。

她拿起蜜黎安留在桌上的塑膠夾，塞進衣服口袋裡。她數數自己的錢，分成七份——足夠一星期每天吃飯的錢——然後去買吃的東西，找份工作。一連十天，她問過每家店鋪與餐館的老闆要不要雇她。最後，她在黎巴嫩雜貨店找到把一箱箱蔬菜扛下卡車的工作。沒事的，她對自己說。她還是可以繼續往前走。

但是，疑惑還在。

都是因為她談起自己死去的兒女，談起羅珊娜的女兒還活著，還等著被找到。

她讓羅珊娜在十二年來頭一次想到，或許——只是或許——她是做錯了。或許離開並非最好的選擇，更不是唯一的選擇。或許她應該回去，她還可以回去。

羅珊娜開始不停地想，再也停不下來了。疑惑侵蝕了她向來牢牢掌握的每一個確定性，讓她夜不成眠，讓她問著問題。自從逃出信仰大道那幢大宅之後，第一次，羅珊娜第一次必須知道自己是不是鑄成大錯了。

她被黎巴嫩市場開除了，因為她從卡車上搬下蔬菜箱的動作太慢了。老闆的兒子才二十三歲，有一頭捲捲的金髮，腰圍碩大，留著小鬍子。他對羅珊娜說，她做這種工作年紀太大了，也太胖了。這讓她嚇了一跳，她的體重向來太輕，竟然會被嫌胖。她到店鋪後面員工梳洗更衣的房間，對著掛在水槽上的小鏡子端詳自己：她的臉脹了起來，手腳也都浮腫。她走出來，從收銀機下面老闆兒子擺皮夾的抽屜裡偷走他所有的錢。

她把錢包在手帕裡，塞到口袋深處，在舊城專為土耳其有錢人服務的乾洗店裡找到燙襯衫衣領和袖子的工作。她從早上六點一直工作到下午六點。

幾個星期之後，店長拿了三件衣服給她帶回家。「妳需要新的衣服。」店長說，朝羅珊娜的衣服點點頭。羅珊娜順著那女人的目光，看見她自己的衣服腰圍又變緊了，鈕子都要蹦開來了。她的鞋也變小了。她的腳好沉重，一次無法站超過一個小時，在操作燙衣領機的時候得要求坐在凳子上。每回她上班的時候照照鏡子，就發現自己又變得更龐大了。

店長告訴她說她應該去看醫生，說她的體重在太短的時間裡增加得太多了，連皮膚都好像脹滿了水腫起來。羅珊娜說她會去看醫生，卻從來沒去，因為她想省下每一分錢。她有個想法——蜜黎安種進了她心裡的想法——她認為自己應該到美國去，找到每個人，親眼看看他們，看看自

己當年離家是不是犯了大錯。這是她唯一的念頭：到美國去，看看她這些年來到底是不是錯了，看看她是不是把她的一生全建立在錯誤的假設之上，看看她是不是曾經擁有自己從來沒察覺到的選擇。

到了六月，她已經很難穿過乾洗店後面掛衣服的通道了，每回一上公車，司機就歎氣連連，眼珠滴溜轉。店長警告她別再胖下去，否則就別來上班了。所以羅珊娜踏進診所，告訴值班的醫生說她這兩個月胖了好多。

醫生讓她量體重。八十六公斤，他說。他給她一些減肥藥丸，問起她的哮喘。她的呼吸的確有點奇怪，她說，胸部老是覺得沉甸甸的。偶爾，她如果走很長的路，就會覺得像是在一大缸水裡呼吸似的。醫生給了羅珊娜一個吸入器，打發她回家。

安娜蘿絲修女到房間來來叫我，她後來對院長以及被派到學校的社工說，她發現我睡在床上，覺得有些不對勁，因為校規規定除非到了晚上，否則沒有人可以上床睡覺。

「起來。」她說：「那個滿嘴威士忌酒味的女人派司機來接妳了。」

她看見我張開眼睛，只有一條小縫，然後又閉上。接著，她看見床罩上的污漬。她不敢拉開床罩，卻跑去找院長，尖聲高喊著要叫救護車。

茉希狄的司機，這個有雙綠眼睛，帥得像哈里遜・福特的年輕人，用他的領帶綁緊我的前臂，抱起我，開車直奔最近的一家醫院。院長考慮到法律責任與學校的聲譽，叫司機別再帶我回來，無論我是生是死。她說我已經唸完最後一個學期，除了我父親之外，已經沒有人對我負有任何責任了。

我在醫院裡住了七天，對精神科醫師和社工說我不知道為什麼會拿刀片割腕。他們問起近親。我給他們茉希狄的名字和地址，暗自祈禱蜜黎安別發現這件事。

她在第二天出現在醫院裡。

「妳做的真是蠢事哪。」她看著我手腕上的繃帶說：「上帝早就忙著殺掉我們了。祂可不需要妳幫忙哪。」

我轉頭不看她。

「可是我知道妳為什麼這樣做。」她繼續說：「所以我也不能說我怪妳這麼軟弱。我對失去

親人的傷痛還算有點瞭解，所以我知道這對妳來說很難受——妳媽媽現在的情況。」

「妳當然知道什麼是傷痛啦。」我說。我反擊她，傷害她，想拿一把和她戳我的那把同樣長、同樣利的刀，刺進她的傷口裡。「茉希狄說妳殺了自己的小孩。」

蜜黎安悚然一驚，變得像塊石頭，開始崩解。她沒料到我會這麼殘忍。她有一响說不出話來，然後提起袋子。

「沒錯。」她的聲音哽咽：「我給了他們生命，然後又奪走了。」

黎安是「那個送葬人」。

「妳想住多久就住多久吧。」茉希狄聳聳肩：「只是別讓那個送葬人進我家。」她老是叫蜜

整個夏末與秋初，我看著茉希狄和陌生的男人上床，碎過十幾次心，喝酒喝到天色發白。有天下午，我問她羅珊娜長什麼模樣。

「長得像妳一樣。」茉希狄馬上說，她的話讓我淚水盈眶。

那時我們坐在院子裡，酣飲洛杉磯下午的陽光。

「妳媽媽像是兩個永遠彼此纏鬥的人。」她說：「一個是命中註定該逃家流亡的人——每個

一整個七月，茉希狄讓我和她一起住，從沒問問題，也沒給建議。八月，我告訴她說，我沒有氣力離開這裡去上大學，我需要更多的時間，一個熟悉的地方。

人都期待她扮演的那個厄運女人。另一個是努力想扭轉乾坤，想證明每個人都錯了的人。」

她看見我拚命想忍住淚水，不禁微笑。

「悲劇演夠了吧。」她說：「妳媽媽也是這樣──老是痛苦得要命。我當年就常告訴她，命運全是狗屁。好好幹一場，就能改變一百萬人的命運。我希望她能瞭解這一點。我希望這就是她不願意和蜜黎安一起回來的原因。」

她把一杯白蘭地塞到我手裡。她自己灌了一杯，然後癱在那個黑底游泳池旁邊的椅子上。經過這多麼年的人世滄桑，她還是很美麗──齒如皓貝，身材玲瓏，心靈澄明。

「所以她才會生下妳，」她歎口氣，語氣帶著幾分諷刺：「就算其他人說的沒錯，她真的命帶厄運，無法扭轉。她明白，她搞砸了的人生還可以靠妳來修補。」

她傾身趴在躺椅邊緣，看著我。

「下一次妳覺得沮喪的時候，」她一本正經地說：「別拿自己出氣。毀了別人吧。」

九月，羅珊娜到航空公司去，訂了飛往洛杉磯的班機。她準備在一個星期之內就啟程。

她告訴收租人說，她得等到身體好轉，賺更多錢之後，才能付房租。

「我想妳的身體是好不了的。」收租人認真地說：「妳腫得像吞下一整條魚似的。」

她不時哮喘，變得越來越腫，越來越遲緩。一定是疑惑，她想，是蜜黎安強行灌進她腦中那些想法的重量，是蜜黎安和洛雪兒來看她的那天，她沒說出口的那些話的聲音。

上班的最後一天，羅珊娜從收銀機裡偷了幾千里拉──大約五十美元。她在半夜離開住處，沒告訴鄰居或收租人說她不回來了。所有的家當──她的新衣服，她的土耳其咖啡壺，診所醫生給她的吸入器，全裝在一個到機場途中在地攤買的小塑膠提袋裡。

飛機上，空中小姐安排羅珊娜坐在一個小小孩旁邊。她們得教她如何使用安全帶，因為她從來沒搭過飛機。而且她們還得把安全帶拉長到極限，才能繫得住她。坐在她旁邊的小男生穿短褲和及膝長襪。羅珊娜對他微笑。他對媽媽說，這個胖女人讓他很害怕。

羅珊娜在洛杉磯下飛機的時候有一百二十八公斤重，幾乎沒辦法走路。海關官員指著一個小亭子，說她可以在那裡把她的土耳其里拉換成美金。兌換處的女人告訴她上哪裡去找進城的巴士。

在國際航廈外面，羅珊娜站在人行道上，望著一排排電話。她可以打電話給蜜黎安，她知道，打給我，或蜜黎安給她的任何其他電話號碼。她可以說她人在機場，說她需要有人過來，因為她幾乎不會說英語，無法在這個城裡找到路。這是最明智的選擇，可是她無法這麼做。她想，如果沒人接電話怎麼辦？如果他們說她該滾開怎麼辦？如果他們過來——至少蜜黎安肯定會來——看見她又胖又病得會嚇壞小男生的模樣怎麼辦？她要給自己找個房間和浴室，她想。她要換衣服，梳頭髮，或許還買條口紅，才去拜訪他們。她看見一輛標示著「市區──中央」的巴士，於是跳了上去。

＊

巴士讓她在洛杉磯的中央大道下車。日正當中，街道人潮熙來攘往。羅珊娜到處尋找旅館，一家可以讓她住一晚準備一下的廉價旅館。從中央大道，她一直走到匹寇大道，然後又轉進山堤大道到服飾區。她看見拉美人在人行道上賣小吃，撞上掛在又髒又擠的店鋪外面的衣服吊桿，看著西非人推銷仿冒的名牌貨。在匹寇和山堤路口，有群人圍觀三個男子吵架。有個伊朗男人罵另兩個韓國裁縫，說他們裁錯布料，毀了三千條牛仔褲的訂單。那兩個韓國人則說錯在打樣工，不是裁縫，他們只想要回已經做完的工資，然後走人。

羅珊娜一如以往，很怕碰上伊朗人會被識破身分，於是低著頭，想擠出這混亂的場面，但是沒人要讓路。她決定跨過街，走另一邊的人行道。她在路邊抬起眼，看見車輛衝向她，明白自己

病得太重也太虛弱，連一步路都無法多走。她就留在馬路邊上，渾身顫抖，汗流浹背，驚恐不已。

「需要幫忙嗎？」有人用英語問。羅珊娜聽到這句話從周遭的嘈雜中迸了出來，但是一時沒意會過來是衝著她問的。問話的那個男人走近，碰碰她的手肘。

「妳需要幫忙嗎？」他的英語帶輕微的波斯口音。他很年輕，大約三十幾歲，穿著淺灰西裝和晶亮的皮鞋。汗水與驚慌讓她的眼睛濛上一層薄霧，她望著他，卻說不出話來。

那人拍拍她的肩膀。「等一下。」他說。他轉頭望著人群，叫他們換個地方去吵架。

「這位女士需要幫忙。」

突然之間，圍觀的群眾從為牛仔褲吵架的那三個人轉到羅珊娜身邊。他們從四面八方打量她，問問題，品頭論足。

穿灰西裝的那人暗暗懷疑羅珊娜是伊朗人。

「妳是伊朗人嗎？」他謹慎地問，怕猜錯了會太失禮。

她沒回答。

「妳講哪種語言？」他又試著問。

越來越多人──沿街開鋪子的拉美人和亞洲人，正要從工廠下工或去上工的拉美人，以及在市中心掃街講價的家庭主婦──停下來盯著她看。只有美國人沒停下來。他們放慢腳步，慢得足以瞄上一眼，然後不置一詞地繼續走。

「別理她，拉比。」人群裡有個伊朗人對穿灰西裝的男子說：「她搞不好是發瘋了。」

羅珊娜知道自己就快失掉唯一可能伸出的援手，於是強迫自己開口。

「我才剛到這裡。」她說。她一開口就是法爾西語，讓她自己驚駭不已。

「我需要一個過夜的地方。」

拉比緩緩點頭，再次打量她的身體。

「妳病了嗎？」

「我呼吸困難。」她很難為情：「我只需要一個可以過夜的房間。我到早上就沒事了。」

拉比可不這麼肯定。「妳從哪裡來的？」他誠懇地問。

她就只是盯著他。

「妳姓什麼？妳從伊朗什麼地方來的？妳是猶太人嗎？妳怎麼來的？」

她沒提蜜黎安的名字。有一大群人圍著她的此刻絕對不能提，面對這個肯定認識蜜黎安，而且會把她這個胖妹妹的事傳遍整個社區的拉比更絕對不能提。

她想張嘴告訴拉比說她不需要幫忙。然而，氣喘吁吁的她卻拉著他的手臂求救。她只能深深盯著他的眼睛，不讓自己昏倒。

拉比知道自己惹上了頭痛的問題。他想過要叫羅珊娜到洛杉磯的任何一家伊朗社福機構去，再不然就建議她去遊民庇護所或湯品廚房去。通常他都會這麼做，只是此刻有一大群伊朗人圍觀，而他又這麼急著想向他們證明自己的領導能力。於是他輕輕從羅珊娜手裡讓自己的手臂掙脫

開來，扛起他一點都不想要的麻煩。

「留在這裡，」他對她說：「我來看看能有什麼辦法。」

他把羅珊娜留在人行道上，走進最近的一家店鋪去打電話。這是一家尋常的服裝店，從天花板到地板全掛滿廉價的衣服。老闆很樂意借電話給拉比，「只要你別找我捐獻就成了，」他半開玩笑地說。

拉比打電話打了好久。他撥著不同的電話號碼，不時掛掉，和周圍的人討論一番，然後又開始翻著他那本口袋大小的電話簿。店老闆的妻子，一個有靜脈曲張、滿臉倦容的中年婦人，給了羅珊娜一杯泡了橙花蜜的玫瑰露。羅珊娜謝謝她，但沒抬眼看她，也沒喝。老闆娘一副被得罪了的樣子。

「我吞東西有困難。」羅珊娜解釋說。

老闆娘飛快過街到速食店的得來速去，拿了一根吸管回來。

「拿去。」她把吸管放進羅珊娜杯子裡：「試試看吸管吧。」

拉比從店裡走出來，看似很滿意，把電話簿塞回口袋。

「我和匹寇大道臺拉維夫市場那個屠夫談過了。」他對自告奮勇當助手的那個男子說。

「很醜的那個？」

「對，很醜的那個。他弟弟在雪納多開藥房。他有房間可以借住幾天。在樓上，比較像是儲藏室啦。沒有浴室，也沒有爐子。只有個有自來水的小水槽。但總比讓她睡在街上好吧。」

有個大概不到十七歲的伊朗男孩開一輛大廂型車過來。

「我們要讓妳上車，」拉比對羅珊娜說：「帶妳到我找到的那房間。那裡或許也有份工作，」──他又打量她一回──「如果妳覺得可以做的話。」

羅珊娜坐進廂型車後座，拉比坐在前座的乘客席。他們開了二十分鐘。

到了臺拉維夫市場之後，羅珊娜留在車上，看著拉比約瑟夫穿著雙排釦西裝，昂首闊步踏進店裡。市場的伊朗老闆在門口迎接他。他穿著花花綠綠的喀什米爾毛衣，就像比爾·寇斯比一年到頭在他那部飾演有五個子女的醫生，家裡好像沒人打掃也能一塵不染的電視影集「天才老爹」裡穿的那種毛衣。在伊朗貧窮度日的老闆是最近才發達起來的，現在他學天才老爹那副滿不在乎的神態穿著這件毛衣，彷彿要讓大家知道，他打從出娘胎就穿著這件價值四百塊美金，胸口繡著老虎頭的毛衣啦。

幾分鐘之後，拉比又從市場裡出來。有個魁梧禿頭，穿著血跡斑斑圍裙的男人和他一起出來，一路說個不停地爬上前座，挨著拉比坐下。

「就是她？」

他有隻眼睛瞎了，只有三分之一微張，右頰一道傷疤，兔唇，手指沒指甲。

屠夫轉頭盯著羅珊娜。

「她看起來不太妙。」他微笑著對她點頭，好像當她聽不懂他說的話。

他告訴駕駛該怎麼走。「往下九個街口。不能左轉進到那條巷子，所以往右轉，再從後面繞回來。那棟建築像一座塔——又窄又高——前面有個招牌寫著『藥房』兩個字。我兄弟不知道該給店取什麼名字。他就是那樣，你知道，不太有想像力。他唯一會做的事就是看書，配藥方。」

他轉頭，又看著羅珊娜。

「她喘得像頭鯨魚。」他當著她的面說。

他們停在雪納多大道轉角。屠夫帶拉比走進那間看起來像店鋪，以前原本是白色的建築裡。開車的年輕人連轉頭看羅珊娜都沒有。

藥師很單薄，一副頹喪的樣子，沉默寡言，和屠夫的健談恰成反比。他走到廂型車後面，打量著羅珊娜。「你確定她不會待太久？」他問拉比。

「我擔保啦。」屠夫插嘴說：「我會替她在臺拉維夫市場弄個工作。今天。我說了算。」

藥師看看哥哥，又看看拉比。

「她可以待兩個星期。」他對拉比說：「你擔保喔。」

在臺拉維夫市場工作的瓜地馬拉和薩爾瓦多工人，連一句英文都說不完整，卻會用伊朗各省份不同的猶太口音講法爾西語。他們和伊朗老太太吵架，爭論屠夫剛賣出的牛臀肉質，還為雞蛋

一放上車就摔破，灑得老太太滿鞋子都是，互相推卸責任。羅珊娜剛開始和他們一起工作，一天十二小時給腳邊的雜貨裝袋的時候，這些拉美人都以為她是他們的同胞，所以和她講西班牙文。看她沒回答，他們就改講法爾西語，甚至還試幾個他們勉強會說的英文單字。她卻只是看看他們，就低下頭。一陣子之後，每個人都認為她要不是精神錯亂，就是耳朵有問題。他們隨她去。

她在市場裡工作了一星期，每小時拿三塊錢工資。她最怕的事是睡著睡著就死掉了，而僅次於此的，是怕某個進市場採買的婦人會認出她來。

住在藥房的第八天早上，她一醒來，發現自己無法動彈。藥師等她下樓去上工。但她一整天都沒出現，他就知道她有麻煩了。那天晚上七點鐘，他上樓去。

「妳還好嗎？」他在門口喊她：「妳今天沒去上班。」

羅珊娜想坐起來，但是一動也不能動。她奮力掙扎，再次失敗，卻回說她沒事。

第二天早上，藥師又敲她的門。他只聽見她的呼吸聲，感覺到整幢建築在她身體的重量之下搖搖晃晃。他下樓，打電話給拉比。

拉比正要去給一個在西塢被黑幫槍殺的伊朗男孩主持葬禮。他答應會盡快過來看羅珊娜。

「趁這段時間，」他建議：「要你太太餵她吃點東西，免得她餓死。」

他們發現羅珊娜躺在床墊上，顯然比他們上回看見她的時候更胖了。她張著眼睛，但是沒有反應，不管他們怎麼逼她說話，她都還是沉默不語。

藥師想打電話給市政府，把羅珊娜弄出他的房子。拉比堅持要先聯絡幾個伊朗慈善機構。不

知體貼的政府公務員——這兩個人對公務員的看法倒是一致的——必定會把她丟到某個地方去等死。所以在把羅珊娜交給他們之前，他要先看看自己能不能幫得上忙。拉比花了整整兩天請教社區長老和教會領袖。第三天早上，藥師的苦難終於走到了盡頭。

他在星期三早上九點鐘打電話給拉比。「今天早上市政府的人過來，」他說：「塔樓好像歪了一邊，歪向過去幾天以來你那位女性朋友躺的方向。一點都不意外。她重得足以壓垮埼帝國大廈。現在呢，這幢塔樓好像已經危及公共安全了，因為隨時都可能在繁忙的匹寇大道上倒塌。所以市政府要把它拆掉，而且提醒你，我可沒有保險。」

等拉比趕到的時候藥房已經關上大門了。老闆站在人行道上，一副剛埋了自己兒子的模樣。他哥哥，那個屠夫，把他的新車停在屋前，笑顏逐開地繞著車子轉，不時用衣袖拂掉閃亮車漆上的指印。

樓上，拉比看見羅珊娜房裡有三個男人，正忙著查看房屋構造，想找出辦法，在不對房屋造成更嚴重損害的情況下，把羅珊娜弄出去。躺在這裡的幾天以來，她又胖了許多，根本沒辦法從房門出去。地基既然已經搖搖欲墜，拆掉一面牆的風險可能很高，所以他們考慮在窗戶周圍挖一個大洞，用起重機把她吊出去。

拉比走近羅珊娜，看著她。她也回看著他，眼睛睜得大大的，淌出黃黃的液體到腫脹的臉頰上。

「告訴我，女士，妳在這個世界上有沒有人可以求救？」

她看起來很哀傷，很害怕。

她沒牽動半條肌肉，也沒眨眼。在她身旁的地板上，他看見了她的袋子。

「我們已經檢查過了。」其中一個男人看穿拉比的心思。「裡頭有張紙，寫著外國文字。」說不定你看得懂。」

「我也看不懂。」

他把紙條塞回羅珊娜的袋子裡。

絕對會毫不猶豫地對他提起訴訟，指控他沒送她上醫院或沒早點把她轉送適當的權責機構。

必須對個人行為負法律責任的地方，情況完全不同。如果羅珊娜死了，拉比知道，洛雪兒的丈夫

鐘也不會浪費，就會抓起電話打給她們。但是在美國，無論出發點如何良善如何替人著想，卻都

知道該不該打電話給她們。他當然很想知道羅珊娜和這兩個女人的關係。如果是在伊朗，他一分

當然，拉比認得寫在那張紙上的蜜黎安與洛雪兒的名字。他手裡拿著紙條，遲疑了一晌，不

那天晚上，羅珊娜躺在她的床墊上，十二年來第一次，祈求上帝幫她。她一遍又一遍地誦唸

示瑪[49]——以前她媽媽教她在睡前唸的禱詞——恰如她多舛與波折命運的寫照，她的祈禱不僅得

到回應，而且還把釀成這一切災厄的罪魁禍首帶回到她門口。

[49] Shema，猶太教義中每日早晚須誦唸的三段經文。

月亮蜜黎安搭計程車沿著威爾夏大道，往臺拉維夫市場去。她打算趕早避開那些一大清早就衝進市場，對著食品部那個阿富汗經理大呼小叫說什麼蔬菜不新鮮、水果太貴的顧客。因為市場是七點開門，所以蜜黎安叫計程車六點半來，估計她可以在六點五十分抵達，成為第一批上門的客人，愛挑什麼就挑什麼。

沿威爾夏大道往下開過兩個路口之後，蜜黎安看見另一個女人——顯然是伊朗人，而且還很可能是猶太人，因為她一臉「失望受害」的表情——在等巴士。她身邊的長椅上擺了兩個空的購物袋。蜜黎安叫計程車司機停車。

「到臺拉維夫市場。」她探頭車窗外說：「我們可以載妳去。」

那個屁股股肥厚、關節腫脹的婦人花了好長的時間才從長椅上站起來。從人行道到計程車旁的這一段路，讓她氣喘吁吁，得好幾次擱下袋子。司機和蜜黎安下車扶她。

「謝謝你們。」她深深呼了一口氣，害司機以為她就要在他車上昏倒了。「我從早上五點就在這裡等公車了。車子一直來了又走，人上人下。我沒上車，因為我不知道我應該搭幾路車，而且我也沒辦法問人，因為他們要麼講西班牙文，要麼就是外國人。」

婦人提到「外國人」這個詞，讓蜜黎安微微一笑——這在伊朗是專門用來指西方人的統稱。而整個西方世界——美國人和歐洲人，甚至澳洲人——全都被恭恭敬敬地稱之為「外國人」。就連到了洛杉磯，蜜黎安這一代的人，無分男女，都還是叫美國人是「外國人」。

阿拉伯人、土耳其人或巴基斯坦人都各有國籍。

「我兒子如果發現我這麼做，一定會殺了我。」婦人氣喘吁吁地坐在計程車後座，兩條腿張得開開的，好像要讓空氣可以竄進她灼熱的肺部。「我有三個兒子。沒有女兒。他們都是好孩子，可是討的老婆都摩登時髦，還把頭髮染成黃色耶。他們把我關在七樓的公寓裡，那麼高，害我老是頭暈眼花，每次我抱怨說我不喜歡住高樓，他們就說我應該心存感激，因為全世界的人顯然都想一樓一樓往上爬得越高越好。我跟他們說，從窗子看下面的街道，我就會暈眩。所以他們就說我不該出來，因為我會跌倒受傷。他們一個星期接我出來一次，到他們家裡去吃晚飯。其他的時間我都是一個人，等我的某個兒子過來，開車載我出門。今天我想，我應該試試看搭公車。還好我運氣不錯，碰到了妳。」她終於停下來，端詳著蜜黎安。

「妳是從哪個省來的？」她問。

他們在比佛利谷右轉，開往匹寇大道。那婦人談起她從伊朗南部小城來到美國的親身經歷。

然後提起另一個剛來到美國的人。

蜜黎安估計他們再過差不多五分鐘就會到市場，也知道這位婦人對分攤車費的事既沒概念也沒經驗。伊朗的傳統禮數讓蜜黎安不可能開口要求她付錢，所以就打開皮包，開始數著十元紙鈔。

那婦人指著街道右邊的一幢建築，想對蜜黎安強調她說的那個故事有多誇張。

「……超過一百三十公斤，妳相信嗎？而且很明顯的，全都是水。他們說她一整個晚上都在流鹹水，流個不停，流得地板上到處都是。簡直像頭鯨魚。」

計程車停在臺拉維夫市場門口，六點五十五分，已經有好幾個老太太等在外面了，大多是住在這個地區的東方婦女。計程車司機數了數錢，知道蜜黎安沒給他小費，所以就不肯下車扶那個胖婦人。蜜黎安的新朋友好像坐得挺舒服的，完全沒打算要這麼快下車。

「最糟的是，妳知道，她不肯告訴任何人說她從哪裡來，或她的家人在哪裡，所以沒有人能幫她。」

這句話讓蜜黎安停下動作，凝神傾聽。

「如果我兒子知道我又嚼舌根，一定會殺了我。可是我覺得妳是我的朋友，雖然我也不算真的認識妳啦，所以我不介意說給妳聽。」蜜黎安扶她下車的時候，她說：「我兒子說她很可能是逃犯，再不然就是想躲開嫉妒又瘋狂的老公。」

蜜黎安和婦人一起等市場開門。她甚至還走到裡面，和那個穿比爾・寇斯比毛衣的年輕人打招呼，然後才轉身走過九個街口，那藥房所在的那幢塔樓去。

藥房前門封了起來，但是後門是敞開的。蜜黎安爬上樓梯，感覺到房子隨著沉重緩慢的呼吸聲搖晃。在她的步履之下，樓梯吱吱嘎嘎地抖動，隨時都可能坍塌，剎那間，蜜黎安覺得自己應該轉身逃走，救自己一命。

但是才走到半途，蜜黎安就聞到一股氣味，是潮溼的空氣，是縱情的夢境，是沁涼的夜晚，

以及好遠好遠的記憶。是她孩提時期就已聞過的氣味，是她和羅珊娜一起睡在地板上，一夜被羅珊娜翅膀在風中拍飛的聲音驚醒數次的那三年裡聞過的氣味。是羅珊娜和索拉博完婚之後幾個月就瀰漫鐵慕爾在德黑蘭那幢豪宅的氣味，是蜜黎安踏進羅珊娜在伊斯坦堡那間陋室，看見她那雙衰老疲憊的眼睛而激動顫抖時聞到的氣味。於是，在伸手握住壞掉的門把，推門進到閣樓房間的那一刻，蜜黎安一絲懷疑都沒有，她知道自己找到羅珊娜了。

房裡很暗。她看見另一頭有個影子，聽見呼吸聲停止，然後又開始。

「是我。」她輕聲說，與其說是怕嚇著了羅珊娜，倒不如說是為了緩和自己的恐懼：「別怕。」她走近那個黑影，繞了一圈，找著了頭。碩大浮腫的臉上，兩條細縫回望著她。羅珊娜的皮膚上滿是涔涔的液體，眼睛汨汨流下淚水。她一看見蜜黎安就閉上眼睛。

蜜黎安走到窗前，想開窗，但是卡住了。

她折回來，跪在羅珊娜床邊。

「發生什麼事了？」她激動哽咽地問：「妳怎麼會變成這樣？」

羅珊娜沒回答。

蜜黎安望著她，接著轉身下樓。

她找到公用電話，打給蘇珊、洛雪兒、布萊恩和他妻子。

「十五分鐘內趕來。」她對每個人說：「我找到羅珊娜了，如果不救她，她就會死掉。」

儘管蜜黎安強調羅珊娜的處境極其危急，但洛雪兒卻偏偏姍姍來遲，花了足足五個小時才抵達救援現場。她一整個早上都在努力從前一夜的派對狂歡裡清醒過來，在臉上和眼睛又熱敷又冰敷，抽菸，然後灑上香水，蓋掉身上的菸味。謝天謝地，她丈夫早早就出門了——「早餐會」，他前一天晚上說，可是洛雪兒猜他是去見別的女人——所以蜜黎安打電話來的時候，他並不在家。他向來不喜歡蜜黎安，洛雪兒的親戚他沒半個喜歡。他說她們還是沒離開猶太區——扛著猶太區走過萬哩路到美國來——而且還說他們是一群瘋子，打定主意要把花光他賺的每一分錢。洛雪兒偶爾也有同感。

所以如果那天早上接起電話聽到蜜黎安的聲音，他絕對不會高興，而且也絕對不會喜歡聽到羅珊娜來到洛杉磯的消息。「又一個財務負擔。」他會這麼說羅珊娜：「如果是蜜黎安找到她的，那蜜黎安就該自己養她。」

並不是洛雪兒不愛家人，也並不是她沒盡力幫助他們。老天明鑒，她不時偷偷攢錢給蘇珊，邀請布萊恩老婆來參加她的餐會，雖然那女人和其他客人格格不入，也一點都不想融入。只是，對洛雪兒來說，她小時候本來就和羅珊娜不熟，到如今要她覺得和一個幾乎完全陌生的人有血緣關係，更是很不容易。幾個月前，蜜黎安聽說羅珊娜在伊斯坦堡的時候，洛雪兒花了一個星期說服丈夫，最後才說動他負擔羅珊娜的機票費用。到最後一分鐘，就在蜜黎安準備出發之前，洛雪兒的丈夫還派她一起去。

「他大概是有新情婦了，所以不想要妳在家。」蜜黎安逕自下結論，完全不顧洛雪兒的自尊。

在伊斯坦堡，她們住進喜來登飯店，蜜黎安不肯住洛雪兒答應要買單的五星級飯店──「浪費就是浪費，花誰的錢都一樣」──整趟旅程簡直是一場讓洛雪兒想忘也忘不了的夢魘。第一天，她們搭計程車到庫姆喀皮；在羅珊娜的公寓大樓前面下車，盯著房子看，誰也不敢進去。她們回到飯店，徹夜難眠。第二天早上，她們爭執不下，不知道該怎麼接近羅珊娜才好……蜜黎安闖進大樓裡，把羅珊娜的樣子形容給住戶聽，找出她住的房號，敲她的門。洛雪兒則發誓，大樓裡的住戶在幫蜜黎安找到任何人之前，就算沒勒死她，也一定會先強暴她。一如以往，蜜黎安還是占了上風。

而歷經這一切之後──十二年的尋覓，旅途折磨，所有的憂心不安──她們從羅珊娜身上什麼也沒得到，只得到了拒絕。

所以洛雪兒這天早上坐在鑲有螢光燈與四倍放大效果的特製梳妝鏡前，心裡想著到底該不該再次去拯救羅珊娜。

十點鐘，女傭端來洛雪兒的咖啡和贊安諾藥丸。洛雪兒梳好頭髮，化好妝之後，煩惱該穿什麼──蜜黎安給她的那個地址好可怕，靠近那家洛雪兒死也不會去的市場（今天早上在電話裡，她甚至有衝動想再一次告訴蜜黎安，她只去世紀城的葛爾森買菜）她實在不知道該穿什麼去。

等到準備停當，已經十一點四十分，咖啡也涼了。她把整瓶贊安諾放進她的普拉達皮包，坐上她

的車，很想知道她有多少個家財萬貫的朋友已經聽說她離家出走的姊姊來到洛杉磯的事，更不知道該編什麼樣的藉口來挽回顏面。這災害控管可嚴重了，她想，而且，不管怎麼說，她也不認為羅珊娜值得她這麼費事。

她沿比佛利大道直走到匹寇大道，然後左轉到雪納多。遠在三個路口之外，她就看見圍觀的群眾：伊朗老太太們聚在藥房對面的人行道上，好像在觀賞火車意外的餘波盪漾。一輛救火車停在塔樓前面。救火車後面是兩輛警車，一輛救護車和一輛平臺卡車，還有布萊恩嶄新的黃色法拉利，蘇珊那輛有上千歲的老龐帝亞克，還有好幾輛洛雪兒不認得的車。

她把她的賓利停在一條小街，靠在一輛報廢的龐大垃圾車後面，戴上她的賈姬・歐納西斯風太陽眼鏡，套上她去年在加拿大用一萬塊錢買的栗鼠皮大衣（當然是在夏天囉，因為夏天的皮草生意比較清淡，店家比較願意降價求售）。然後下了車，希望自己看起來不會太醒目。

月亮蜜黎安正和拉比約瑟夫吵架。

「誰說這些人知道他們在幹什麼？」她問拉比。她的橫加攔阻顯然讓他很惱火。「誰允許你讓他們用這種方法搬動她的？」

洛雪兒一眼就在人群裡瞥見蘇珊，於是擠了過去。她吻了妹妹的雙頰，四下張望一回，確定沒有人聽見她說的話之後才輕聲說：「我們怎麼知道是她？」

飽嘗人世滄桑，多年來備受經濟與家庭壓力折磨的蘇珊很疲憊，很冷漠，也沒心情配合洛雪兒演戲。她看著洛雪兒，懶得回答，過了一分鐘之後，才挪動了一下，讓布萊恩可以靠得近一些。

洛雪兒覺得有必要替自己辯解一下。「我之所問這個簡單的問題，並不是因為冷血無情。」她自衛似地對布萊恩說：「我只是想知道，在我們把這個消息傳遍全世界之前，有沒有人先確定那個人就是羅珊娜。」

布萊恩轉著他的法拉利鑰匙，略略笑起來。自從有了中年危機，開始看心理醫生以來，他就養成在最不適當的時機發笑的習慣，告訴大家說所有的事情都會自動解決的。但是除了讓他自己懊惱之外，這樣的人生新態度並沒有解決他的危機困境。

月亮蜜黎安威脅要上法院控告約瑟夫拉比。

「萬一她受了驚嚇，」她的聲音壓過街頭的噪音：「或在半空中心臟病發。你告訴我，你願意負起法律和道德責任嗎？」

布萊恩注意到洛雪兒難堪得不得了，又略略笑起來。

「好像是因為她體型太大，沒辦法從門口出來。」他耐住性子解釋，原諒洛雪兒一個早上不見人影。「他們非得把她弄出來不可，因為這幢樓房要拆掉了。所以他們在牆面上那個原本是窗戶的位置，敲出一個大洞，打算把她綁在起重機上，吊到街上！」

洛雪兒臉色發白，害布萊恩以為她會尿溼那件皮草大衣。

「起重機？什麼起重機？」

但她已經看見那部讓她大驚失色的玩意兒，嚇得倒抽一口氣——這部用來搬動大型物體的機器，起重臂上有很寬的皮帶吊著一張權充輪床的東西，寬度足可躺下三個普通身材的人，準備把吊下來的人放進等候的那輛平臺卡車上。這甚至不是傳統的救援行動，洛雪兒想。甚至不能用救護車。女兒約瑟芬的婆婆永遠不會諒解她的。

「我幾個月前才見過她。」洛雪兒哀怨地對布萊恩說：「她又瘦又小，看起來是很慘沒錯，可是好單薄。」

布萊恩搖搖頭，但沒解釋。

他們併肩站在一起，看著蜜黎安和拉比吵架。

「有人打電話給莉莉了嗎？」洛雪兒又找話說。

布萊恩聳聳肩。

「有人打算打電話給莉莉嗎？」

「時機剛剛好。」布萊恩笑起來。

「什麼，『剛剛好』？」洛雪兒很火大：「你們這些傢伙在想什麼啊？」

她注意到布萊恩根本沒看她。所以她順著他的視線，抬頭迎著正午剛過的奶白色陽光，看見天空上好大的一朵雲。驚駭不已的洛雪兒拿下太陽眼鏡，瞇起眼睛想看得更清楚一些。泛黃的床單，彷彿龐大帳篷的布牆，在風中緩緩拍飛。床單下，羅珊娜俯躺著，雙腿直伸，臉側向一邊，

雙手垂向兩旁，讓起重機吊著她回到街頭，回到每個人的生活裡，宛如一個巨大無比的魔咒。

他們讓她繼續綁在輪床上，送到卡車的載物平臺上。兩名護理人員坐在她身邊。蜜黎安也想陪她，但是拉比約瑟夫說她已經對救援行動造成太多干擾，應該退開了。她和布萊恩開車帶路。

洛雪兒望著他們：一個舉止活像青少年的中年男子，載一個頭綁絲巾、身穿男裝的女人，疾馳過洛杉磯街頭，後面跟著一輛載送不肯或不能開口說話的龐然大物的平臺卡車，再來是蘇珊，開著一輛破破爛爛的龐帝克，這輛十二年前買來的二手車，光靠她修指甲的收入和布萊恩每個月月底給她的錢，根本就很難挪出多餘的錢來維修。洛雪兒押後，她犯偏頭痛，一路上停了三次車——買杯咖啡，抽根菸，再吞顆贊安諾。然而，等她終於開到蜜黎安家的時候，平臺卡車也才剛停下來。

她坐在駕駛座上，望著眼前的場景：蜜黎安走下法拉利，帶救火員進到屋裡。布萊恩和他請來的工匠打招呼，那人已經帶齊工具，準備要拆掉任何門或炸掉任何窗戶，因為只要他依約出現，布萊恩就會付他三倍工資。查爾斯先生站在門口，怨聲載道，說這麼多陌生人會嚇壞他的鳥兒，卻一次也沒問為什麼會有這麼多人突然跑到他家來。

在卡車上，羅珊娜一動也不動地躺著。

「妳遲早還是要見她的。」蘇珊把頭伸進洛雪兒的車窗裡，嚇了她一跳。「遲早的問題。」洛雪兒的緊張讓她微笑。「妳最好還是早點適應吧。」

這倒是事實，洛雪兒想。羅珊娜人在這裡。蜜黎安已經把她變成大家的問題了。無論喜歡或

不喜歡，洛雪兒都得要面對她，幫助她，忍耐她。

她歎口氣，把額頭靠在方向盤上。

「我只是不懂，我們為什麼非得忍受這個不行。」她對蘇珊訴苦：「這不公平吧。對我們每一個人都不公平。她甚至還不想要人幫忙。」

蘇珊拉開車門，扶洛雪兒下車。

「來吧。」她抓著洛雪兒手臂，要她鎮靜：「我們總不能讓她自己一個人死在藥房裡吧。」

她們一起走向平臺卡車，蘇珊還是抓著洛雪兒的手臂，既是撐著她，也是靠著她。走到卡車後面，她們對著還留在羅珊娜身邊的那個護理人員微笑，然後繞到另一邊，好看得清楚一些。她躺在那裡，水與肌肉組合而成的龐然大物，呼吸得好慢好慢，彷彿每一個喘息都可能是她的最後一口氣。她看著她們，一絲一毫的情緒都沒有，一片死寂。

洛雪兒盡量靠近卡車。是羅珊娜，沒錯──像往常一樣桀驁不馴，不為所動，難以置信。

「見到妳真好。」洛雪兒鼓起勇氣說，淚水潰堤而出。

那天下午，電影明星茉希狄走進我的房間，給我一杯伏特加馬丁尼。時間是下午四點。我整天都躺在床上，沒睡，但也無法起床面對這一天。

「妳阿姨洛雪兒打電話來。」茉希狄舉起她自己的杯子假裝乾杯說。我以前從來不喜歡酒。過去幾個月，茉希狄給什麼我就喝什麼。我喜歡的不是酒的滋味，而是酒精帶來的痲痺，那種「飄然無形」的感覺，不存在的感覺，只要我喝得夠多就感覺得到。

「喝掉吧。」茉希狄催我，一口喝光她自己的酒。「在這天結束之前，妳還得多喝幾杯才行。」

於是我來到這裡。這天傍晚，那個笑容迷得我阿姨心臟狂跳，長相神似哈里遜·福特的司機，開著茉希狄的黑色捷豹，載我來到這裡。我來，因為我別無選擇，因為我知道自己遲早會對蜜黎安和我其他的阿姨屈服，因為茉希狄生平頭一遭鼓勵我來。我這天來到這裡，自此而後的每一天都來。迄今將近兩個月，哈里遜·福特每天早上載我過來，深夜載我回去。然而，對於羅珊娜，除了眼中所見的之外，我還是一無所知。

起初，我只是坐在這裡，坐在蜜黎安客廳，在正中央擺著綠色瓶子的茶几對面的這張椅子裡。一整個星期，我靜靜聽著阿姨們談論羅珊娜和她每況愈下的驚人病情，每天聽見她們為該怎麼救她而爭吵不休。醫生來了又走。護士也是，還有遠從芝加哥和紐約趕來的親戚。洛雪兒相

信，等事情告一段落，老公一定會休掉她。布萊恩的女朋友不再逼他離開妻子娶她。我靜靜看，靜靜聽，完全不介入。我唯一做不到的是，走向通廊盡頭的房間，推開門，去看我的媽媽。

阿姨們想逼我去，但我又在竊竊私語聲中退卻，因為她們怕如果逼我太甚不知會出什麼事，因為她們沒想到我竟然會用她們始料未及的自殺舉動來嚇她們一大跳，也因為事後想想，在發生了這麼多事情之後，我會想了結自己也是無可避免的事。

「等妳準備好吧。」蜜黎安要我放心：「先留在這裡，習慣這個想法再說。」

她們在我身邊圍成一圈，徒費心機地想為羅珊娜的病祈福，想找出治療方法。因為沒有確切的病因診斷，他們讓她打點滴，不停餵她根本不肯吃的小口食物。帶她出門是不可能的事，所以她們用盡一切關係，找各式各樣的醫學專家到蜜黎安家裡來。她們拜訪頂尖的外科醫生，付錢請X光技師到家裡出診。她們找來專科醫師，要求更多諮詢意見。日復一日，川流不息的醫生和護士在家裡進進出出，作出一個又一個的診斷，進行一個又一個不同甚至還常相互衝突，最後卻只殘酷地證明完全無效的療程。在這段期間，羅珊娜還是沉默不語，只是繼續水腫。她從沒開口問起我。我知道，因為我一直豎起耳朵聽。

她的姊妹們想突破她的心防。她們坐在她床邊，問她問題，把自她離開德黑蘭之後，每個人的遭遇源源本本告訴她。她們帶兒女來，強迫他們進去看她，而且不准表現出心裡的驚恐。她們甚至還准許查爾斯先生帶著小鳥兒在她面前晃，希望能喚起她的反應。過了三個星期之後，羅珊娜的體重又更重了，她的呼吸聲讓蜜黎安那條街上的狗全都狂躁不安。

有天晚上，阿姨們比往常早一些離開。哈里遜‧福特打電話來說他要載茉希狄去市中心參加首映會，要到接近午夜才能來接我。突然之間，我發現在這個房子裡，只有我，蜜黎安與查爾斯先生。

還有羅珊娜。

我一直坐在那裡，直到查爾斯先生趕鳥兒去睡覺，蜜黎安回自己房間，關上房門。我知道她是故意留我一個人獨處的，給我機會在沒有人看見的情況下去看看羅珊娜。我又在那裡坐了好一會兒，不知道自己是不是真的該這麼做──站起來，去看這個大家都說是羅珊娜，而我卻覺得不親也不熟悉的龐然大物。我坐了好久好久，我以為我永遠都不可能站起來。但是我站了起來。

蜜黎安留著通廊的燈沒關，所以我可以看見自己的影子朝羅珊娜的房門接近。房裡的空氣迴盪著她的呼吸聲。很潮溼，宛如大海的水氣，而且很沉重。她的門沒上鎖。我推開，走了進去。

站在門口，我看見很大的一團東西，像隻動物朝天仰躺在薄毯裡。她和我所認識的羅珊娜那麼不同，那麼不像，我真的覺得走近一些瞧個清楚並不難。她必定感覺到我的存在了，因為在那一瞬間，她停止呼吸──或許是害怕吧。她的胸口上下起伏。她的腹部像個巨大怪異的水槽，在薄毯下顫動。我想起那個有天夜裡光著腳，把我扛在肩上的女人，那個爬下我們家外牆，帶我穿過德黑蘭霧氣迷濛的冰冷夜色，坐上摩天輪的女人。我記起她是怎麼告訴我說她曾經展開真正的翅膀飛翔。我記起她是怎麼在我們信仰大道的家裡喊我的，她的笑聲是怎麼迴盪在通廊，傳到樓梯間，穿透每個房間。

我挨近床邊，近得看得見她。

我們就這樣——我站在她的床邊，低頭盯著她看，而羅珊娜仰望著我，黃色的液體慢慢從她眼角流到枕頭上。她毫無動靜。就算她看見我，就算她認得我，也完全沒表現出來。然後，她閉上眼睛。

就是這樣，我想。經過這麼久的時間，捱過這麼漫長的等待之後，天使羅珊娜看見了我，但是她什麼都沒說也沒做，就只是當著我的面閉上眼睛。

我往外衝的時候撞上蜜黎安。

「我希望她今天晚上就死掉。」我說，很肯定羅珊娜聽得見。

♪

她那天晚上並沒死，可是病情更趨惡化，生命跡象也開始變得更為微弱。我知道，因為我隔天還是到蜜黎安家，再隔天也是。偶爾，甚至還違背我自己的心意和怒氣，再次進房裡去看羅珊娜。

我的阿姨們送走了那些既無法斷定病因也無法治療羅珊娜的醫生，接受科學陣線失敗的事實，轉而尋求更古老，更有實證經驗的治療方法。

洛雪兒不顧丈夫的強烈反對，抓住兩場重要的新婚贈禮會之間的空檔，飛到芝加哥，去見所有神聖拉比之中最神聖的那位——這位拉比是個美國人，他不和她說話也不看她，但是在收下豐

厚的「捐贈」之後，回贈給她一條持咒祝禱過的紅色絲繩，要她拿回去綁在羅珊娜手腕上。約瑟芬看見那條絲繩就哈哈大笑。

「洛杉磯到處都有得賣的。」她說：「現在我的朋友都人手一條。這是用來嚇退邪惡之眼的。」

布萊恩不甘被洛雪兒比下去，他帶情婦到開曼群島浮潛，回來的時候帶了一個他說是他「個人宗師與心靈導師」的人。這位宗師在世紀廣場塔樓飯店接受一整個星期的全額招待，每天早上下午都到蜜黎安家，用萬金油塗得溫熱的手掌貼在羅珊娜肚子上。他說他是要吸出讓羅珊娜生病的負面能量。這能量花了布萊恩一萬塊錢，卻還是沒被趕走。

之後，蘇珊的女兒找到一位塔利班教士，帶他到蜜黎安家裡來。他花了兩天在羅珊娜房門口誦經，焚燒味似腐肉的香，弄得每個人雙眼紅腫，頭髮聞起來活像臭毛巾。這個教士後來被趕走了，因為一直覺得必定曾在前世見過他的洛雪兒，後來猛然認出他是以前幫她清理游泳池的菲律賓工人，只是現在剃了頭髮，穿起白色長袍罷了。

折磨了九個星期又三天之後，月亮蜜黎安端來一杯洋甘菊茶，和我一起坐下，細細推敲：她已經把她相信能救得了羅珊娜的方法全都試過了，她說，而且她也知道全都沒用。她在伊朗社群裡丟足了臉，還讓羅珊娜無端受辱。她花了一大筆難以想像的錢，和鄰居的關係搞到不可收拾，而最後，卻還是只能眼睜睜看著羅珊娜死去。

「該是實話實說的時候了。」她坦誠對我說。

我警覺起來，但還是默不作聲。蜜黎安的實話實說通常也就是痛苦的代名詞。

「真相是，我其實一直都知道。」她繼續說：「我早就知道我們搞錯方向了。洛雪兒也知道。

這也就是她一開始不想讓我們帶她回來的原因。」

「妳大可以不帶她回來的啊。」我聳聳肩，從咬緊的牙關裡擠出話來：「我希望妳沒帶她回來。」

「話是沒錯。」蜜黎安喝了一口茶：「可是這不只是妳或我怎麼想的問題。為了找出正確的

治療方法，我們必須先作出正確的診斷。」

她放下茶杯。

「現在妳又成了醫生啦。」我諷刺地說：「妳搞不好可以自己治好她咧。」

她沒生氣。

「我不是醫生。」她說：「不必是。我只是知道妳媽媽是怎麼回事。」

她往前靠，對著我的臉輕聲說：「我知道是什麼東西要她的命。」

我的嘴巴裡，舌頭又乾又重。我捲動舌頭想說話，但舌頭卻卡在唇間，讓聲音全發不出來。

蜜黎安又靠回椅背，繼續使出致命的一擊。

「她就快要因為罪惡感而死了，妳知道。她有罪惡感，因為她對妳做的事，以及在妳之前對

妳爸爸做的事。她就快要因為傷心而沒命了。她很傷心，因為她浪費了生命，因為她可以修補卻

沒修補。這麼多痛苦壓抑在心裡，這麼多淚水，過了一段時間無處可以宣洩之後，就會要了妳的

命。法爾西語裡有個名詞：Degh，也就是『傷心而死』。我明白，羅珊娜從來沒有機會——沒給她自己機會——回頭，請求寬恕。我明白，如果她能有機會——就算不求索拉博，至少也該求妳——她或許可以流出一些淚水，開始康復。」

她直直盯著我，突然開始懇求我。好像以為我不只有力量拯救我媽媽，也有力量拯救蜜黎安自己，彷彿我說一句話，採取一個行動，就能在一瞬間把她們這一生所失去的東西全帶回到她們身邊。

「妳要我做什麼？」我問，與其說是想幫忙，不如說我已心疲力竭。「她連看都不看我一眼。」

蜜黎安抓住機會，不肯放手。

「我要做杏仁淚。」她說得很慢很慢，怕嚇著了我：「就在這個房子裡。我們以前在老家的時候，只要碰上解決不了的悲劇，就會舉行這種儀式。過程很漫長——至少要花兩天——而且到最後的時候，還需一個心靈純潔的人——也就是大家說的善良的人——餵那個生病的人吃淚水。

我想我得要妳來做這個工作。」

她停下來，但是雙眼還是緊盯著我。然後，她提出了一個她知道我絕對不會拒絕的條件。

「如果妳肯做，」她說：「不管妳想知道什麼，我都會告訴妳。」

她打量我，評估我的反應，我需求的極限。

「所有的祕密。」她承諾：「所有傷心的事。」

羅珊娜

「所有的祕密。」昨天晚上蜜黎安對莉莉許下承諾。

她們在客廳裡談話，但是我聽得一清二楚，就像她們站在我床邊一樣。蜜黎安的聲音好高亢，可是她明明知道要怎麼壓低聲調的，明明知道該怎麼控制音量放大或轉小，完全看她是不是想讓我聽見來決定。

「不管妳想知道什麼，我都會告訴妳。」她說，希望能引誘莉莉踏她的陷阱，但我想，她也是為了警告我，警告我說是該開口的時候了。

她說得煞有其事，彷彿真有所謂的真相這回事，彷彿她，蜜黎安，真的知道所有的祕密。

她這麼說的時候，我突然想到，自從我上回看到她以來，她變了多少，我們還在伊朗的那段時間，她說什麼都不會想要拿任何祕密來招搖。我想她很明白：在她出身的那個地方，所有的祕密都靜躺等候，只等一見天日，就嚇得你措手不及；她也明白，自己已經從那個地方踏進了眼前的這個世界──可以揭露任何錯誤，坦承任何罪孽，卻還至少可以抱持一線希望，幻想自己仍有機會的世界。

「這是個選擇與機會的國度。」我聽見布萊恩每天都對姊姊妹妹這麼說。他指的是他可以釣上的女孩，儘管他已婚，身邊還帶著情婦。「從黑到白，還有中間的各種膚色。」他說：「尺碼從二號到二十四號。身材從扁平到豐滿。單身或已婚。如果我願意，和男人上床也沒問題。」

我很想知道他到底明不明白其他的選擇，明不明白他在此地可以擁有的第二個機會。

我這一輩子都在流亡，連還在自己家裡的時候也不例外。對於流亡人生，我深有體會：隨便

你要怎麼愛你的故國都可以。有時候，流亡甚至可以說是我們人生之中最好的經歷。

蜜黎安提出條件之後，莉莉打電話給茉希狄說她要這裡過夜。莉莉的聲音很甜美，是那種孩童的聲音，我聽得出來，她對自己說的每一句話都不太有把握，因為她每講一句就遲疑半晌。

「她們要我留在這裡幫忙用杏仁做一些東西。」她說：「好像一大早就得開始了。」

我想茉希狄在另一端笑了起來。

莉莉並不需要知道全部的真相。她只需要知道我為什麼離開她，而能告訴她的，只有我。

我想起有一回我媽媽在猶太區做杏仁淚。那一次是我弟弟得了天花，每個人都認為是我給他們帶來厄運的。他們要做杏仁淚來挽救他的生命，而更重要的是，要改變我的運氣。我還記得當時一想到即將來臨的奇蹟，或者應該說是可能性，無論有多麼渺茫，心底仍然湧起興奮，甚至是敬畏的感覺：一把磨碎的杏仁竟然可以改變我命中所受的詛咒。

結果並沒有。

然而，和死亡面對面的時候，你還是不免會有做蠢事的衝動。我從來不覺得我的生命有什麼價值，但是，在我知道死期已近的此刻，我卻好怕死，我幾乎不敢閉上眼睛，因為我怕再也無法睜開。所以蜜黎安決定要做杏仁淚，真的讓我鬆了一口氣。她還沒放棄我，讓我非常感激。

&

一大早，我看見莉莉在院子裡，聽從蜜黎安的指示，爬上樹，親手摘下杏仁。天空一片豔亮的橙色，是春天不時從樹上掉下來的熟柿子的顏色，信仰大道那幢大宅庭院裡熟透的柿子。杏樹開得滿樹繁花，樹葉鮮綠，枝幹四處伸展，綠蔭映滿整個院子。樹下的莉莉站在一把腳凳上，伸長右手，探進粉紅的花朵裡，摘下最鮮嫩的果子。

這個工作很不容易，也很花時間，因為她得一次摘下一顆果子，丟進蜜黎安擺在地上的箱子裡。莉莉很賣力地摘個不停，我很想知道，她是真的相信蜜黎安的承諾呢，或者只是藉此殺時間，等著送我進墳墓。

&

我總是從她身邊離開。甚至遠在我那天晚上飛出窗外之前，甚至早在她出生之時，甚至更早之前，遠在我自己還是個小孩的時候，我始終就只有一腳踏地，另一腳卻渴望飛起。我有一回試著要告訴她。我不知道她是不是能理解。

在我離開之前，她常常光著小腳丫，撐著一雙瘦伶伶的腿，整天跟著我滿屋子轉，怕我隨時會在她眼前消失。每回我一轉身看見她，她就微笑，但是眼睛裡滿是恐懼。

我愛她，這是事實。但是我愛她愛得不夠。

太陽升起，我看見莉莉在灼熱的陽光裡很不舒服。打從過了九點，大門每個鐘頭都會打開一次，迎進我的一個姊妹或親戚。蜜黎安帶他們到客廳，要他們留在那裡，保持安靜。他們坐在椅子上，壓低嗓音講話。他們進來看我的時候，我一動也不動。如果他們對我說話，我不回答，但是靜靜傾聽。我孤獨太久了，已經忘了話語的撫慰，已經忘了此刻環繞身邊，在我封閉自己時嬌寵著我的聲音與感覺所交織而成的密網能帶給我多少安慰。這密網交織的網滲透了漲滿我皮膚底下的水，滲透了連我想入睡時都吵得我無法成眠的呼吸聲，滲透了我再也無法控制的恐懼。我回到了子宮裡，我不由自主地想著，等我死去，他們來守喪的時候，必定就像這樣。

莉莉誰也不理，就只是在樹下忙著。她的手被樹葉上的灰塵弄得黑黑的，臉上汗水淋漓，手一撥頭髮或擦眼睛，就在臉上留下一道黑印。有兩次，她停下來喝水。然後，她的目光越過院子，飄進我窗裡，看見我盯著她。

經過十三年的沉默不語，你要如何開口呢？

一點鐘，她摘的果子已經差不多裝滿一箱子了，蜜黎安告訴她說可以了。

「進來吃飯吧。」蜜黎安說，可是我知道莉莉不會肯的。

一整個下午，她都坐在院子裡，用手剝著杏仁皮，蜜黎安好幾次喊她進來吃這吃那的，她都只是聳聳肩沒回答。屋子裡，我的姊妹們竊竊私語，討論我死了之後她會怎麼樣，擔心她一定會再度自殺，所以要救她的唯一辦法就是救我。奇怪的是，蜜黎安竟然獨排眾議。

「不能因為有個人註定數難逃，就斷定其他人也會這樣啊。」她說。

五點鐘，莉莉剝完所有的杏仁。她把箱子搬進廚房，擺在餐桌上，然後又回到院子裡收拾殘餘的垃圾，拿去丟掉。時已黃昏，光線從我房間窗戶上的玻璃反射回去，所以我雖然可以從屋裡清楚看見她站在那裡，但是莉莉卻只看見落日映照在玻璃上的紅色餘暉。

她走近我的窗前，雙手——傷痕累累污黑黑的手——貼在玻璃上，往裡瞧著我。

一整夜，我都在黑暗裡看見那雙手。

　　　　✺

我離家的那個晚上，她跟著我走過整幢大宅。我知道。稍早的時候，我在樓梯口看見她了。

　　　　✺

我站在欄杆上的那個時候，她叫我，而我回頭了。她對著我伸出手。她一定以為她可以攔阻我，以為

我不會離開她，或者，至少不會丟下她自己走。我想她心裡一定是這樣相信的。我轉頭，拋下她。

這是我離開她之後，最讓我煩心的事：她無法相信我會拋下她。

我不像愛鐵慕爾那麼愛她，也不像愛我自己的自由那麼愛她。我曾經試著想告訴她這一點。

而她從來不相信。

又是早晨了，莉莉把那箱剝好的杏仁搬回到院子裡，站在桌邊，用絞肉機壓碎杏仁。她右手抓著絞肉機，使盡全身的力氣往下壓，然後稍稍放鬆一點，又再次往下壓。慢慢的，她把所有的杏仁全壓成濃稠黏糊的泥狀。

在客廳裡，蜜黎安端上茶和椰棗，去皮的檸檬鹽漬小黃瓜，削皮的蘋果，還有更多的茶。這些女人在想辦法救我的時候竟然已經守起喪來了。這正是她們一生的寫照，我想。她們喝著茶，望著院子裡的莉莉；喝著茶討論早婚的好處，抽脂的風險，最新的時裝風尚，保證生男孩而非女孩的受孕祕方──「在經期中行房」，親愛的傲姨對蘇珊那個信佛教的女兒說：「要妳老公吃辣的東西，喝中國蜂王乳。然後在妳開始之前，先要他用蘇打粉和水洗一洗。」

突然想到，這些都是守靈夜的傳統茶食，讓我不禁想笑──還真是諷刺哪，這些女人在想辦法救我的時候竟然已經喪失望，甚至早在還沒起而奮戰之前就已開始哀悼。她們永遠抱持最好的希望，但也知道自己終究會失望，甚至早在還沒起而奮戰之前就已開始哀悼。

親愛的光姨帶來一個消息，她高齡八十三歲，獨自住在德黑蘭的姊夫剛被人發現死在公寓裡。鄰居聞到死貓的臭味。收屍人到每個人說他起碼死了兩個星期。

「想想看！」親愛的光姨對每個人說：「你一輩子住在同一個城市，整整八十三年，到了最後，卻孤伶伶地死了兩個星期，才有人發現。」

有人生來就是流亡的命。就算哪裡都不去，也還是擺脫不了流亡的命運啊。

貓咪雅麗珊卓教我，生存的祕訣就是擁抱你的流亡，踏進去，向前走。妳一定要往前走，把一切拋在後面，她說。妳不能覺得疲憊，不能停下來歇息，不能偏離妳的道路。埋了孩子，繼續往前走。輸了戰爭，繼續往前走。更重要的是，她說，妳一定不能回頭看。

我照她的話做了十三年。我這麼做，因為我對雅麗珊卓的真理深信不移，我深信離開莉莉是我僅有的選擇，深信我不可能有機會回頭。一直都安然無事，在蜜黎安找到我之前，一直都安然無事。

院子裡，莉莉把一大條薄棉布裁成一張張五公分見方的小方塊。她坐在桌邊，還是一個人，用手指挖起一點杏仁泥放到小棉布塊上。她用布包起杏仁泥，以線縫緊。不到一個小時，她已經

包好了三打，一排排擺放在托盤上。這時，門鈴響了，蘇珊高聲說茱希狄來了。

就因為這樣，我才知道只有奇蹟能救得了我：因為我瞭解茱希狄，我瞭解她和蜜黎安有多瞧不起彼此。我知道茱希狄絕對不會踏進這幢房子，除非她認為我快死了。

蜜黎安在我房門外面的通廊迎接她。

「妳能來真是太好了。」她用極盡諷刺的語氣對茱希狄說：「妳應該再等幾個月的。或許到了那個時候，她就已經變成化石了。」

茱希狄沒回答，但是她踏進我房間的時候，我可以感覺到她周遭的空氣頓時緊繃，我也察覺到蜜黎安悚然一縮。

她是一場風暴──忿怒，迅猛，令人敬畏。僅只一瞬間，她就已穿過房間，用她那雙貓眼與紅寶石朱唇俯望著我。她停了好一會兒，足以好好看我一眼。她挑起眉毛，搖著頭，彷彿說我讓她失望了。接著，她轉身走向通往院子的玻璃拉門。她喊著坐在桌邊的莉莉。

「妳阿姨說的沒錯。」她說，明知道我聽得見，卻不在乎是不是會讓我覺得痛苦。對茱希狄來說，軟弱向來是最大的罪孽。「不管你們想搞什麼法術，最好還是快點動手吧。」

　　　※

蜜黎安找到我之後的最初那兩個星期，我躺在這裡，等著莉莉進房裡來，讓我可以看看她。我豎起耳朵在眾人的談話聲中傾聽她的聲音，傾聽她的腳步聲。然而等她終於進來的時候，卻還

是狠狠嚇了我一跳。我沒聽見她走近，甚至沒感覺到她踏過我床下的地板。連她站在我身旁俯望的時候，我也還是看不見她映在我床邊玻璃窗上的倒影。彷彿是偷偷溜進我房裡的鬼魂——年輕美麗的鬼魂，來到床邊索求一副軀殼。

我抬起眼，看見她。

我的女兒。

她很高。比我以前還高。和她爸爸一樣高。她也有一雙索拉博的眼睛。我一直想讓她有這樣的一雙眼睛。

她俯望著我，我心想，她有多麼美麗啊——她的皮膚那麼光潔無瑕，她的五官那麼精緻優雅。我看見她，覺得彷彿看見自己——雖然她更年輕，也更美麗。而且更聰明，毫無疑問。但是身上也有我始終揮之不去的那股孤絕的氣息，那種同樣疏離、遙不可及的感覺。身材纖弱單薄，沒有我現在增添的這麼多重量的她，看起來依舊宛若孤懸於無邊汪洋裡的孤島。

就因為這樣，我才會閉起眼睛不看她。我看見她有多麼孤單，瞭解她覺得自己有多麼隱隱而無形，明白她有多麼害怕看著我的眼睛卻發現我根本沒看見她。我或許讓自己走出了她的人生，我想，但是卻把我的宿命留給了她。

下午，莉莉開始把一包包的杏仁泥綁在樹上。她用繩子纏在樹枝上，然後在正下方的地面擺

上一只小盤子。

「我們得等淚水滴下來。」蜜黎安解釋說：「然後我們再裝進罐子裡，餵妳媽媽吃。」

電影明星茉希狄有別的想法。

「我們可不能乾等。」她對蜜黎安說：「妳答應要把故事說給這女孩聽的。」

於是她們一起到我房間裡——蜜黎安、莉莉和茉希狄。莉莉盤腿坐在我床尾的地板上。蜜黎安坐在莉莉對面的椅子裡。茉希狄站在玻璃拉門旁，雙手抱胸，望著她們。

蜜黎安從下午一直講到傍晚。客廳裡的其他姊妹揣測她在說什麼，猜她會當真多少，也祈禱她會知所節制。到最後，她們等得倦了，就離開了。查爾斯先生讓他的鳥兒睡覺，自己也上床了。直到夜幕低垂，茉希狄還站在那裡，她的剪影襯著銀色的天空，然後慢慢沒入黑暗之中。

她還是最堅強的那一個，我想，這個在沒有其他人敢反抗的時候就大膽挑釁猶太人，打破每一條規則，最後還能遠走高飛的女孩。她始終緊緊懷抱著她的怒氣，她的殘酷，就靠這樣才能生存下來。

或許只有此刻例外吧，此刻，她已倦了，倦得不想再生氣了。

這就是茉希狄之所以來到這裡的原因，這也是為什麼她看顧著莉莉，準備要保護她不被蜜黎安那些觸及真相的故事傷害的原因。是我，遠在我們還住在貓咪家的時候，想要個孩子的人是我。結果，把她一手帶大，直到現在還照顧著她的，卻是茉希狄。蜜黎安把故事源源本本說給莉莉聽：從我們那位猶太儀式派的曾曾曾祖母是怎麼在贖罪日裸奔逃出聖殿開始講起，講到我媽媽是怎麼打算殺掉我，講到茉希狄在猶太區裡是怎麼放浪形骸，以及我，一個猶太區的女孩，是怎

麼嫁給王子的兒子，卻在丈夫家裡和異教徒鐵慕爾上床。我記起鐵慕爾的雙手輕撫我肌膚的感覺。我記起他看我的眼神。如果我知道會造成什麼樣的傷害，我的作法會有不同嗎？我會因此而少愛鐵慕爾一些嗎？因此而多怕芙洛蓮·克勞德一點嗎？我會因此而可以堅強起來，抵抗誘惑，不再屈服於鐵慕爾的慾望，這麼多年來仍像綿綿不絕的浪潮般吸引著我的慾望嗎？

※

將近黎明破曉時，蜜黎安的聲音越來越小，最後完全停了。茉希狄坐在我的床沿，望著莉莉，等著看瞭解實情是會讓她得到解脫還是毀了她。

步向死亡就像這樣，我想：暗沉沉的天空，靜悄悄的房間，一句未說出口的話。

※

我內心的傷痛好深好深，無以名狀，我想告訴莉莉：

這是我母親，以及她母親的傷痛——她們滴進淚瓶裡的淚水。她們獨自飲下，無法撫慰的傷痛。

※

我不想讓我的女兒也有這樣的傷痛。我不想把這樣的淚水留給妳。

所以我離開妳：為了從妳的眼中帶走傷痛。

但我並非要犧牲自己來拯救妳。我念茲在茲的不是妳的需求，而是我自己的需要。我一心想

要的，比我想和女兒在一起的心意或我對鐵慕爾的愛戀來得更重要的是，我想要終結這種傷痛。

我回來，卻發現我失敗了。

⚜

莉莉跳起來，嚇了我們大家一跳。

「看看那棵樹。」她衝到窗邊說。我轉過頭去。

這時，我看見了：那棵高大美麗的樹矗立在黎明的晨光裡，枝椏闊長繁茂，一滴滴金色的油從枝葉間落到地上一個個黃的紅的紫的盤子裡，匯聚的汁液映照出大樹的紅色樹幹，東升朝陽的溫馨暖意，以及渺茫奇蹟的一絲希望。

就連茉希狄也喜極而泣。

⚜

她們一直等到杏仁泥裡所有的油液全滴到盤子裡。九點鐘，她們端起盛滿杏仁淚的盤子，擺在院子裡的桌上。然後，蜜黎安回到屋裡，拿出一個瓶子和漏斗。

「把油倒進來。」她對莉莉說。

莉莉臉色發白。她彷彿驚駭不已地倒退一步，張嘴喘氣，卻連忙用手掩住，好像怕自己會尖叫起來。

是那個瓶子——綠色，陳舊，缺了一角的瓶子，嚇壞了她。她以前看過這只瓶子。她一定恰恰記得是在哪裡見過。我也記得。

那是我母親的淚瓶，蜜黎安捎來秀莎自殺的消息時帶給我的瓶子。那是塔拉葉和那個姪子私奔之後的事：「媽媽對著瓶子哭了三天，然後喝掉她自己的淚水。」蜜黎安如是說。我把瓶子擺在我的房間裡，但是離開的時候沒帶走。莉莉也一樣，索拉博送她到美國來的時候，她並沒帶這瓶子走。但是蜜黎安後來去過，找到這個瓶子，帶著遠渡重洋，收在她家裡：我母親留給我的唯一禮物，也是我將留給莉莉的唯一一個東西。

我張開嘴說不。

但是，肺裡的水嗆住了我的喉嚨，我開始喘不過氣來。我想呼吸，但是怒氣讓我無法如願，我開始隨著沉重嘈雜的喘息哭了起來，水從我的喉嚨和鼻子湧了出來。我還來不及回過神，就從肺裡吐出了黃色的液體。蜜黎安聽見我的聲音，衝進來幫忙。她伸手抬起我的頭。我想躺回去，但是辦不到。她慌得高聲喊人來幫忙。於是所有的人都衝了進來。他們打電話叫醫護人員，高聲對彼此呼來喝去，站在房間後面，無助地哭了起來。我更用力咳嗽，吐出更多水，張嘴拚命想吸氣，但是肺裡積滿水，氣管阻塞，我急促喘息想吸進最後一口氣。

「媽媽！」莉莉叫我。

那是孩童的聲音，是那時在陽臺叫我的聲音，是事到如今還相信著我的聲音。

聽見她叫我，讓我心頭一驚。我一面喘氣一面找她，在籠罩我周遭的黑幕裡找她。她也回望

著我，就像我上一次看她時那樣驚恐。那年她五歲，我離開了她。茉希狄把蜜黎安推開，自己扶著我的頭，清空我的氣管，讓空氣可以暢通。等我再次吸進空氣，就變得平靜多了。

莉莉還在那裡，在我床邊，低頭看著我，觀察我的每一個呼吸。我記得她是怎麼喊我的，但是我現在看見在我離開時的那個小女孩和今日已然長成的女人之間有什麼不同了。然，但是她也很生氣——詰問我為什麼沒死，為什麼不就這樣死掉。她的存在已經不再繫之於我了：我還和她在一起的時候，拚命想讓她消失——在那些年裡，我一再告訴她說我終將離開她，不願再見到她；在那些年裡，我一心只想著自己的需求，只想著要逃走。那時我讓她在我眼裡消失了，可是現在，在這個城裡，在這個身旁有姊妹與茉希狄圍繞的房子裡，我再也無法藉著自己的死亡抹煞她的存在。

醫護人員帶來氧氣，清空房間，下達指令說我應該保持安靜。過了一會兒之後，我仰躺著，吸著嘗起來又甜又乾又空洞的氧氣，很高興自己還活著。我想要再多一分鐘，再多一小時。等我想起要再抬眼看，莉莉卻已經離開了。但是茉希狄還在。

「她們要拿油來進行儀式了。」她第一次對著我說話：「試試看有沒有用。」

蜜黎安帶著淚瓶進來，喊著莉莉。她把湯匙塞進莉莉手裡，從淚瓶裡倒出幾滴油，朝我的方向點了一下頭。

「最初的幾滴最重要。」她說：「要有信念。」

莉莉的手在顫抖，把油滴落到我的胸口。蜜黎安又試了一次。這一回，我的呼吸把油吹得溢出湯匙。

茉希狄開始不耐煩。

「妳不能用打點滴的嗎？」她語帶諷刺地問，但是蜜黎安沒聽見她說的話。

莉莉還在試，還在顫抖。淚水從她的眼睛奪眶而出，流過臉頰，滴落在我臉上。

以前，我還年輕的時候──差不多妳的年紀，或許多個幾歲吧。貓咪雅麗珊卓穿著我的衣服死去，我離開她的家，離開猶太區。在信仰大道，在我記憶中始終帶著魔力的那幢大宅裡，我遇見了一個男人，他愛我，給了我一個我想要的孩子。那時，在那幢大宅裡，我開始相信奇蹟的可能性。

莉莉試了第三次。我真的嘗到油了。

溫溫的，甜甜的，有點像我小時候常喝的東西。小時候，在猶太區，那個你永遠都知道自己還活著的地方，那個你永遠都知道自己還活著的地方，我們家中庭的陽光，我媽媽永遠在祈求奇蹟出現，對著淚瓶掉眼淚，喝掉自己的淚水，然後再次落淚。

我逃離索拉博家的時候告訴自己，我不會對任何事情懊悔，時至今日，我也一直都還不後悔。

只是此刻，看著莉莉在我身旁，嘗著杏仁油，細數讓她——我的小女兒——長成女人的年歲，我卻感覺到有一堵牆崩塌了，我開始哭——真正的眼淚，而不是這像毒藥一樣從我身上流出來的該死的水。

莉莉起初沒注意到，就連警覺性十足的蜜黎安也把我眼角流出的淚當成是水。她要莉莉餵我更多油。

突然之間，我發現自己在想——我，從來不相信報應，也從來不允許自己祈求奇蹟的我——我在想，或許一切還有可為。或許我還有可為。

我靜靜地哭，眼睛因鹽分而迷濛不清。我的淚汩汩流個不停，溼了我的枕頭，還是停不下

來。我覺得自己變輕了，彷彿每流出一滴眼淚，我就減了一磅的重量，彷彿這些淚蓄積已久，從我住在馬爾馬拉海濱的那些年，以及更早之前住在鐵慕爾的慾望之宅，甚至更早之前遠在沙漠裡的猶太區時，就一直蓄積在我身體裡──彷彿就是這些淚水讓我如荷重負。

蜜黎安錯了。我並不遺憾。這和遺憾一點關係都沒有。

我無法從妳眼裡帶走傷痛，我想告訴莉莉，但我並非註定只能留下傷痛給妳。事情不是這麼開始的，也不會就這樣結束。妳是個奇蹟的孩子──是被施了魔咒的人生所擁有的希望──我很確定，那麼多年以來始終相信，妳的人生旅程不會在傷痛中結束。或許在這裡，在這個充滿機會與選擇的國度，妳的人生旅程不必在傷痛中結束。

莉莉又拿起湯匙塞到我嘴邊的時候，我抓住她的手。

她先是一懔，接著驚慌起來，想把手抽開，但我不放手。我把她纖細美麗的手指握在我現在已變得龐大的掌心，使盡病軀的所有力氣緊緊抓著不放，一直到她不再掙扎。她的手變軟了。她站在黑暗中看著我，我知道她已經明白了，因為她一動也不動地等待著。

我站起來。我覺得自己變得輕盈了，比我這一年來所感覺到的輕得多了。然後，我伸手攬住

她，輕輕一個動作，就把她帶離地面。

我們滑出玻璃門，進到院子，然後越過院子，飛進夜空裡。我的腳一離地，她就抱緊我，往下看。

回頭看吧，我說。穿過這一片漆黑，看看我們背後吧。此刻，妳可以看到我們全部的過往，甚至包括我早已遺忘的部分。

我帶她看看我是怎麼一路來到這幢房子裡的──把我像頭野獸載到這裡來的平臺卡車駛過的街道，我吊在起重機臂桿上時心裡的恐慌，藥房塔樓的陰暗，我下飛機的第一天在洛杉磯街頭昏倒時圍在我身邊的男男女女。

但是，接下來，我們飛得更遠了，我帶莉莉去看伊斯坦堡的繽紛色彩，我那間公寓四周清真寺紅的金的綠的瓷磚，托普卡匹皇宮的彩繪拱門，馬爾馬拉海的青碧蔚藍。

我帶她看見我進入土耳其之前翻越的山脈，伊朗北部的叢林，還有光禿禿、足以征服一切的棕色沙漠。

德黑蘭已成廢墟。因為戰爭，因為饑荒。信仰大道兩旁的樹木都死了。我們家──鐵慕爾的家──被充滿敵意和怒氣的陌生人占住了。芙洛蓮‧克勞德和他們在一起，茫然失神蓬頭垢面地走來走去，和她死去的弟弟講話，問他鐵慕爾的事。索拉博自己一個人在他房裡，直到踏進人生

的盡頭，依然哀痛不已。

但是我沒在這裡停歇。我擁莉莉入懷，許多年前我就該這麼做的。我擁著她，飛過殘垣斷壁，穿過火炬明燦蜿蜒數哩的街道，進到我婚禮那天夜裡所看見的大宅。

回頭看吧，我說。

月光下，信仰大道上的大宅裡，一個房間接一個房間地亮了起來，是因為我，因為身穿結婚禮服的我，穿過一個個的房間，走向索拉博，走向等待著我，對著我綻開微笑，伸出手，拉我踏進他所允諾的陽光裡的索拉博。

就是這麼開始的，我說。

我們聽見音樂，聽見塔拉葉的笑聲，還有叮叮噹噹的聲響，是芙洛蓮‧克勞德的手鐲，隨著她在我婚禮上的走動而叮噹響。

我們走進再次擺滿家具，明亮而豪華的大宅，穿過屋子，來到後院。是春天。我穿著無袖洋裝站在那裡，用手壓碎紅的紫的葡萄。

索拉博問我願不願意嫁給他，我唯一的念頭卻是我會生個女兒，一個有雙黃眼睛的女兒。

「沒有命運這種東西。」他對我說，他的語氣──他天真無邪的信念──讓我想哭。

我十八歲，才剛離開猶太區，生平第一次見到鐵慕爾。

他站在大宅門口，就在蝕刻玻璃大門外面，不肯看我。

我不會──也不能──因此少愛他一些。我也無法因此而多拒絕他一些，多抗拒他一些。但

是這一天，在這個充滿選擇的國度，我看見了寬恕的可能性——犯下罪行而獲赦免的機會，重新開始的機會，這就是我在和鐵慕爾上床之後早該做的。是索拉博當時要我做的。也是莉莉此時可以做的。

在最初的時候，我對莉莉說：有許多的選擇，而我相信自己早就命中註定，於是放開手，白白浪費掉了。

此刻，我在她眼裡看見了：她瞭解我。她眼裡閃著光芒，就像那天夜裡我第一次帶她出門，爬下她房間的外牆，跑到街上，逃離芙洛蓮‧克勞德的暴虐時，在她眼裡看見的光彩一樣。那天莉莉嚇呆了——我還記得——驚駭地發現在我們家外面的世界，黑夜並不是像她向來以為的那樣陰暗寂寥。然後，她抬起頭，看見長靴帕麗穿過交織的車陣與人潮，從煙霧與汽車引擎的蒸氣裡冒出來仰頭大笑——宛如童話裡的神怪活了起來。莉莉已經看見另一個真相的可能性。

我輕吻著女兒臉頰，輕聲說：

「回頭看看吧。回頭看，妳才可能知道，最終也才可能得到心安。」

作者致謝辭

謹以此書獻給外子哈密德（Hamid），他始終是我最好的朋友，最有力的支柱，是我哭泣時可以倚靠的肩膀，是我跌倒時可以扶持我的手。

獻給我的兒女——亞力克斯、艾希莉、凱文——他們日復一日容忍母親釘在藍色電腦螢幕前，用他們美好的希望祝福這本書，用他們笑聲的奇蹟帶給我的人生滿滿的幸福。

獻給我的雙親，法蘭西斯‧巴克霍達先生與夫人吉蒂（Francois and Giti Barkhordar），他們勇氣十足地尋找「選擇的國度」。

獻給我的朋友，作家亞德里安‧夏普（Adriane Sharp）與瑪莉‧史塔錢菲爾德（Mary Stachenfield），他們在許多個週日清晨冒雨駛過南加州的高速公路，到某個荒郊野外的餐館和我碰面，討論這本書。咖啡很難喝，蛋下過好幾次鍋，但是那些個早晨所得到的建議彌足珍貴。

獻給我的經紀人芭芭拉‧羅文斯坦（Barbara Lowenstein），她從發軔之初就對這本書充滿信心，也為此書付出無人可及的心力。

獻給我的編輯克莉斯塔‧馬隆（Christa Malone），她告訴我說她讀過書稿之後落淚；還有她

的女兒希耶拉（Sierra），是她讓媽媽能繼續看完。

獻給發行人丹・法利（Dan Farley），他在贖罪日前夕點頭允諾。

獻給姊姊簡蒂兒・巴克霍達（Gentille Barkhordar），她不時在清晨六點接起瘋狂乍響的電話，經常在深夜開車來應付我當機的電腦。還要獻給我另一位姊姊珍娜特・孟法瑞德（Jeannette Monfared），她從我們在寄宿學校的歲月就照顧著我，直到今天仍然守護著我。

獻給我的朋友道格拉斯・席爾斯博士（Dr. Douglas Sears），他讓我看見另一個真相的可能性。

獻給我的老師，作家約翰・雷契（John Rechy），他給了我渴望追求卓越的動力。

獻給令人尊敬的拉辛・柯恩博士（Dr. Raheem Cohen），他帶我到他家，讓我分享他的記憶珍藏；獻給我的姨媽艾芙特妲・哈納薩巴（Eghtedar Hanassab），讓我擁有一輩子享用不盡的故事。

獻給已故的帕莉華希・納哈伊（Parivash Nahai），她的恩慈與勇氣啟發了我。

謝謝你們。

吉娜‧B‧納海新書《裡海之雨》搶先讀

◎李靜宜譯

她十六歲，一個青春少女，在一座青色山脈綿延的城裡。她臂彎抱著書，走路上學。身上一襲褪色的灰色制服，唇上淡色的口紅是她藏著不讓爸媽看見，等離開家之後才塗上的。在這個金閃閃的春日早晨裡，晝光澄亮如光潔的玻璃，空氣裡沁滿花香，那是詩人的茉莉，在城裡隨處可見的纖纖藤蔓上輕吐清芬。在英靈大道兩旁夾道的高大楓樹背後，太陽剛剛升起，晨光交織成一道光廊，光影疊錯，女孩的身影忽兒暗，忽兒明，忽兒又消失無蹤——直到轉過街角踏進珍珠經典廣場，才又重新沐浴在宛如無垠汪洋的明燦光亮裡。

她一踏下人行道的邊緣，就感覺到一陣微風拂過，仰起頭，及時迎向一片燦燦的櫻花雨，宛如恩賜般灑遍全身。她發出喜悅的呼聲，張開雙臂，在花雨中整整轉了一圈。懷裡的書掉了滿地，散落的紙張在滾滾車流中飛揚。但她笑了起來，因為她知道這是個好兆頭，來自天堂的徵兆，諭示她的運氣就要否極泰來了。從這一刻起，她想，上帝的恩典會拍著巨大的翅膀朝她飛來，棲在她的肩頭，改變她的人生。

很久很久以前，在一個充滿奇蹟的國度。

等她低頭收回視線時，已經差一點點就要撞上一部轎車閃閃發亮的保險桿。一個穿戴司機制服和帽子、膚色黝黑的男子，怒氣沖沖地探出車窗，吼著叫她走路要看路，就算想找死，也去找別輛車，別沒事弄髒他的輪胎。但女孩沒被他嚇著。她站在那裡，看著自己映在貼有深色隔熱紙的擋風玻璃上的身影，看見櫻花落在她的髮梢，她的裙褶，在她散落腳邊的書本封面上。司機還在大發雷霆——快滾開吧，別擋路，老闆趕著上班哪——可是女孩非但沒讓開，還更貼近車子一些，透過玻璃，望著坐在後座的乘客。這會兒，車道被她完全擋死了，四面八方的車輛喇叭齊鳴，可她還是從容不迫地撿她的書。該死的女孩，妳不過是個小丫頭，幹麼惹得比妳有來頭的大人物不痛快呢，難道妳不知道該怎麼表現得有教養一點嗎？司機又高聲嘶吼，但是答案很明顯。

就這樣，在我魂縈夢牽的這個城市，在初春的這個早晨，我父親看見我母親站在他面前：他看見了一個出身寒微，但精神無比豐足的女孩。

我要講的是我母親的故事。而在所有的故事裡，這是我最珍愛的一個。我喜歡看見她站在這起始的轉捩點，為我們每一個人的人生，以及隨之而來的所有故事揭開序幕的這一刻。而且，儘管我在說出第一個字之前就已經知道故事的結局，但我還是喜歡每一回講起時，心裡懷抱著看見不同結局的那種可能性，那種希望。

街上的那個女孩──她名叫芭荷兒──普普通通的，並不算出眾。她沒特別漂亮，也沒特別聰明，甚至也沒具備特別的才情，可是她對人生充滿渴望，懷抱奔放而無理性的樂觀主義，和周遭的現實世界格格不入，但是後來卻沒能如願當上領唱，靠著在婚禮和葬禮上獻唱為生。她母親在家做縫紉活兒，接猶太和穆斯林有錢女人的生意。那些婦人十之八九連她叫什麼名字都不知道，總是派女傭帶著布料和絲線來交給她，完工後再來取回。除了家常棉布和羊毛料之外，她們不敢託付給她其他更貴重的布料，而要她縫製的也只不過是床單和桌巾、孩子的學校制服，或丈夫的長衫睡衣。她們不時抱怨她連簡單的花樣都縫不好，更何況呢，線條也裁不直，不過呢，她人很老實，不偷布料，而且有好幾口人要養；就當是做善事吧，也沒人像她開價這麼低的。

詩班領唱的見習生，讓人不禁替她提心吊膽。她父親──我外公──以前是教堂唱他們家裡有個一輩子沒打過半天工的兒子，成天穿著二手西裝，打著借來的領帶到處混。他

假裝自己是個闊佬，偏偏每個人都知道他沒本領養家餬口，有一餐沒一餐的，靠著爸媽過活。他唯一的本錢是雄渾的男低音嗓子，光憑這個，就讓他相信自己有朝一日可以成為歌劇演員。他從來沒看過真正的歌劇，也不知道上哪兒去看，但是他很喜歡這個主意，只要登臺獻藝，他就可以博得粉絲青睞，名滿天下。其實呢，除了在家裡和在親朋好友面前之外，他從來沒公開演唱過，而且他記得歌詞的也只有一首歌——他說叫什麼「葛瑞那達」的歌，這歌沒幾個人聽過，他不只很可能唱走了音，而且用的還是他那一口小學六年級外語程度的破英文。不唱歌的時候，他就坐在巴勒維大道路底的蘇蘭多咖啡館屋頂，啜飲女侍們趁生意清淡時免費端來伺候他的冰咖啡，翻看前一天報紙的政府文宣，對著其他幾個顧客高談闊論大家都知道他過不起的生活，以及大家也都知道他無法擁有的未來。可是，嚴格說起來，這又有什麼差別呢？如果你認真想想，萬事萬物皆虛妄，誰又有資格說什麼是真或什麼是假呢。就拿雷札國王來說吧，他前一夜還是個大字不識半個的阿兵哥，隔天不就搖身變成了一國之君了嗎？

真實的人生啊，這位歌劇演員老愛說，有誰能說得準呢。

還有另一個兒子，十歲的時候就死了，可是還不時無聲無息、不請自來地回家，想待多久就待多久，不過呢，總還是掐準時間離開，免得又讓他媽媽像第一次和愛子天人永隔一樣心碎欲狂。另一個兒子，是三兄弟裡最小的，很可能也是最聰明的一個。他很早就想通了，不管是當窮人或是猶太人，都沒什麼好處，所以他改信伊斯蘭教，娶了個有錢穆拉的女兒，老丈人允諾他在

這一世有大筆財富，在來生還有七十二個處女等著他。原本叫莫夏的他改名成穆罕默德，照片登上城裡的每家報紙，標題寫著「Jadid-al-Islam」（新穆斯林）。他很賣力地讓每個人都相信他值得擁有現今的地位與新掙來的財富。

新穆斯林的父母親最氣的不是他改宗伊斯蘭教，而是他的投機取巧：他不能咬緊牙關挺著當猶太人，他們說；他選了條捷徑走。然而，他們始終甩不掉因他改宗而帶給全家人的難堪之情，所以只好假裝他還是猶太人，邀請他來參加葬禮，但是婚禮則不邀，同時求他行行好，在他們住的夕露斯街現身時把妻子留在家裡，脫掉穆斯林的長袍，因為他未婚的姊妹都已經因為他的自私而永遠攀不上好姻緣了。

事實上，早在他改宗之前，姊妹們的機會就已經比天上的恆星還要稀少了。大姊老早就跨過了老處女的門檻。她留在家裡洗米、拔雞毛，等待著在她十五歲、十八歲都沒登門提親，在她年近三十的此時也肯定不會上門的求婚者。她望穿秋水，在算命仙杯底的黑色咖啡渣痕跡裡，在奧瑪・卡哈揚❶詩句的字裡行間裡尋找他們的蹤影。爸媽老叨唸她沒本事釣到老公，好像男人是上魚市場就買得到似的──亮出妳最迷人的微笑，就會有人跟著妳回家。他們明明知道這不是看不看得對眼的問題，而是她命中註定，既不夠漂亮也不夠有錢，沒辦法克服她爸媽的處境與她兄弟

❶ Omar Khayyam，1048~1122，波斯詩人。

對她身價的傷害，可是他們還是怪她，怪她和他們自己的命運，因為當然啦，他們又不能怪上帝——怪罪上帝只會讓他們顯得不知好歹，惹得祂大發雷霆；那只會更糟，你知道，況且，他們認識的其他女孩，儘管缺點多得一塌糊塗，還不是照樣找到老公啦。就連那個表妹，皮膚黑得讓每個人都以為她是阿拉伯人的塔瑪，最後還不是釣到老公了。你知道那可不是簡單的事喔，想想看，伊朗人有多恨阿拉伯人啊，他們是「吃耗子的傢伙」，因為他們的行徑就像野蠻人——他們征服大半個世界，就為了焚書坑儒，宰掉每個國家所造就的詩人和哲學家。而今呢，有那麼多油源和財富，他們又幹了什麼啦？還不是成天在沙漠裡遊蕩，帶著駱駝和一大堆老婆，眼睜睜看著世界把他們拋在腦後。

二姊，謝天謝地，嫁人了，有兩個孩子，日子過得還不錯，真的，她大可以過上好日子，只要別那麼常惹丈夫生氣就成了。

她丈夫是個醫生，可是沒上過醫學院——這是大家都知道的事，因為大學入學考試的榜單每年都登在報紙上公告周知——也不知道到底是不是個真正的醫生；他很可能是個密醫，真的，雖然他自稱是「精神醫師」，專治腦袋秀逗的人，以為人腦是根可以重新固定的骨頭或是可以割除的盲腸似的。打什麼時候開始，靈魂可以靠著幾顆藥丸就治得好啦？話說回來，又有哪個翹了辮子的人靠他給救得起死回生了？不過，有個可以稱之為「醫生」的女婿還是很不賴，就算他偶爾會大發脾氣，當著兒女的面把老婆揍得差點昏迷不醒也無所謂。每次一揍完，他就把她拖到他們家屋頂，鎖進小房間裡。那個房間有扇破破爛爛的窗子，上百隻鴿子穿窗直入，在裡頭築巢安

身。

那個地方可恐怖的囉，風颼颼地灌進去——冬天太冷，夏天又熱死了。精神醫師把老婆綁在柱子上，門口掛上鎖，鑰匙擺在自己口袋裡。一天兩次，他派孩子——一個兒子和一個女兒——送飯給他們媽媽，但是不准鄰居或她娘家的人來探望被監禁的她，他才會叫丈人和丈母娘家裡來，直到家裡髒亂不堪，或他再也受不了九歲女兒代替母親為他做的飯，他才會叫丈人和丈母娘家裡來，把頂樓那間鴿子籠的鑰匙交給他們，讓他們可以把女兒放出來。她一現身總是披著一頭髒兮兮滿是鴿糞的頭髮，滿臉雙手全是鴿子抓傷的痕跡。她驚魂未定，渾身顫慄地站在他們面前，垂著眼看著地上，因為她無法忍受兒女看見自己的慘狀。在對這位治療人心的醫生連聲道歉之後，她還得先打掃房子，燒頓飯，才能去洗澡。

有些家庭哪，我明白，比其他家庭更怪異。

我以前一直很喜歡這一點——我母親娘家的異乎尋常。異乎尋常才能引人入勝，就像童話故事之所以引人入勝一樣——慘到極點，卻還是讓人癡迷。起初我從來沒想到過，我或許也遺傳到這種異乎尋常的天性，我或許打從出生起就禁錮在同樣詭異的詛咒裡，也因此註定終此一生孤絕寂寞。

我母親——她的名字芭荷兒意即「春天」——有顆一般稍有普通常識的人都派不上用場的腦

袋：算術加減一竅不通，連最基本的科學原理都搞不懂。可是呢，她說她以後要上大學，當老師——當高中老師，教詩歌與文學，以及所有屬於失業男人與放蕩女人範疇的科目。芭荷兒看的那些書，講的全是不存在的虛構人物，但她卻信以為真。她還蒐集美國電影明星的照片，努力吸收他們個人生活的點點滴滴。聽她講起史賓塞‧屈賽（Spencer Tracy）一副是她家隔壁鄰居的樣子，瞧她慶祝葛麗絲‧凱莉嫁給摩納哥親王的熱乎勁兒，彷彿相信有千萬分之一的機會，這種美事會降臨在她身上，或者更實際一點，是降臨在某個她認識的人身上。可是呢，話說回來，芭荷兒真的一心相信自己會嫁給某個「多金闊佬」——一個有錢，名聲顯赫，地位崇高，有影響力，每個人都認識也不時會提起的人，她一本正經地對家人與朋友解釋說。可她卻沒想通，「多金闊佬」不會娶住在與德黑蘭老猶太區僅一街之隔的女孩，而且啊，除了對自己的子女之外（那也得運氣夠好才行），家住夕露斯街的女孩也不可能對任何人「有影響力」——或許就是因為這樣吧，所以她和那個歌劇演員特別合得來。而也就因為這樣，她成為這個世界上唯一瞭解他的癡心妄想，還在這天早晨奉為真理的人。

一整個學年，芭荷兒都把午餐費拿來買街頭孤兒叫賣的口香糖和羅望子。她也買樂透彩券——雖然她爸媽三申五令禁止她買——因為她當然會碰巧買到一張彩券中個幾百萬彩金；等著看晚報上刊出的消息吧，他們甚至還會刊登她亮出那張彩券的照片給全世界的人看⋯看這信心堅

定的小女孩啊！到時候她會帶報紙到學校去給她的朋友，打從一年級就和芭荷兒坐在一起的安琪看。

安琪夜以繼日地唸書，她覺得自己這輩子都不會結婚，也絕對不會當上王妃。和芭荷兒一樣，她想上大學，當高中老師，離開夕露斯街，出人頭地，但是她知道這是很大的挑戰，也必須準備付出必要的犧牲。和芭荷兒不一樣的是，她沒浪費時間去看電影，放學時也不會為了經過男校而繞遠路回家。自從雷札國王開放全國各城鎮省市的猶太區之後❷，許多猶太家庭都因為厭倦被世人看輕的感覺而刻意淡化自己的猶太色彩，但是安琪家不會。也就因為這樣，所以芭荷兒的爸媽很能接受安琪，也准許女兒到她家去過幾次。除此之外，他們管芭荷兒管得很緊，對她過度樂觀的天性很不放心，因為他們太清楚樂觀所帶來的失望——她爸爸曾經夢想當拉比，雖然他明知這份工作是給那些天生註定的人，給某個從父母身上繼承了尊貴榮耀的人做的；還有她媽媽對死去的那個兒子的愛，對「新穆斯林」的信任，對那個歌劇演員終有一天能成大器的信心。可是看看他們落得什麼下場

❷
伊朗在十九世紀末掀起憲政運動熱潮，一九〇七年頒布的新憲法中賦予非穆斯林較為平等的權利，並廢止猶太人必須居住於猶太區的隔離政策，但一直到雷札國王時代，猶太人才開始真正融入伊朗社會。

了。

　　儘管如此，芭荷兒還是一直說他們錯了，他們不瞭解她所知道的事，她知道的是自己有朝一日終能成就大事，她會嫁給一個大人物，成為一個舉足輕重的人。她絕對不會放棄，也絕對不會半途而廢；她絕不屈服，絕不離開她天生註定該走的路，非得到她所想要的一切不可。

　　就這樣，她遇見了我父親。

　　　他名叫歐密德。也就是法爾西語的「希望」。

　　他二十四歲，是個猶太富豪的兒子，排行老二。他自己名下有財產，在父親公司裡有份工作，但是自尊卻飽受創傷：他訂了婚打算娶的女孩最近剛取消他們的婚禮，這會兒正抱著電話，打給每個認識她或歐密德的人，說她為什麼要離開他──因為他「情感匱乏」，她說。「情感匱乏」，說得煞有其事，彷彿這是個真正的醫學名詞，因為某些生理缺陷而造成人體內缺乏情感能力。這是近來德黑蘭流行的名詞，特別是在特定社經階級的年輕女性族群裡格外風行──那些旣不需要擔心有沒有屋頂可以遮風蔽雨，或有沒有辦法餵飽兒女的女輕女子。聽起來，感情豐富似乎和有錢或英俊，甚或是聰明，是等量其觀的有利條件。除了一輩子從沒吃過一點苦、沒上過一天班，倍受嬌縱，滿腦子理想的女孩之外，還有誰會拿男人來換「情感」呢？

歐密德的前任未婚妻是有條件可以這麼做的——毀棄婚約，知道自己可以再找個老公——因為一半猶太一半巴哈伊❸血統的她，是個將來可以繼承所有家產的獨生女，而她父親攢積的家業遠比大多數人多得多。她這位集諸多優勢於一身的父親，財力雄厚，讓他覺得自己有資格可以自稱是皇族之後，渾然不顧他在改信巴哈伊教之前明明是個猶太人，而猶太人呢，早在伊斯蘭教一傳入伊朗之後，猶太人就已經變成次等公民啦。大家都知道，這位前未婚妻的祖父當年在「臭坑」——也就是猶太區的中央廣場——賣水煮扁豆和烤雞肝。德黑蘭所有的猶太人都出身猶太區，雖然後來有些二人抵死不認。這女孩嗓音高亢，手指很短，除此之外可以算得上是魅力十足。她懂得如何在社交場合應對進退，如何讓該喜歡她的人喜歡她，如何反擊其他人的毒舌惡言。她整天耗在美容院和算命仙家裡，下午睡三個鐘頭午覺，用黃瓜汁和玫瑰露泡澡，但是這些對歐密德來說都無關緊要，因為他從來沒愛過她，從來沒渴望過她，甚至也沒特別喜歡她。在他眼裡，她只是眾多看來適合婚姻的女人之一。他之所以要娶她，只是因為這是男人到了一定年齡都得做的事——找個老婆，生幾個小孩——而她是他爸媽最中意的一個。

所以，對歐密德來說，最讓他苦惱的不是解除婚約這件事，而是解除婚約的方式與時機。婚禮在最後一分鐘才取消，請帖早就全部發出去了，所以這下子全城的人都知道他是她甩了他。還有另一個原因，雖然他硬撐著不對任何人承認，至少是不對他爸媽承認：歐密德雖然在社交圈還算

❸ Baha'i，一八四四年創立於伊朗的宗教，倡議各主要宗教之本質同源，全人類應平等相處。

吃得開，關係也不錯，但卻很寂寞。

他覺得自己和那些對他說來應該是最重要的人之間一點關係都沒有，他對任何人都不夠關心，甚至也不想和任何人牽扯上關係。他和哥哥說不到三句話就覺得自己被拒之於千里之外，被哥哥瞧不起；而除了工作上的事之外，他也想不出來自己和父親有什麼好談的。他倒是很愛母親，只不過比起其他人來，她待他更像個陌生人。亞巴柏太太高高瘦瘦的，臉尖得像把斧頭，修長的十指每天早上要花她十分鐘修剪，每晚上還得泡在溫石蠟裡保養。她戴上白色棉布手套，免得石蠟弄髒床單，頭髮裹上髮網，雙手交疊擺在腹部，仰面睡覺，所以從床尾看起來，活像一具平躺的屍體，就像美國電影裡演的那樣，死者躺在敞開的棺木裡展示，周圍滿滿的康乃馨，精心打扮的家屬一排排坐得整整齊齊的，只隱隱看得出一絲哀痛，因為，你知道的，美國人覺得在葬禮上哭是很不得體的行為：你看起來是該哀痛，但是不能像碰上世界末日似的呼天搶地。美國人是不會碰上世界末日的，因為他們想做什麼都可以──不怕失敗也不怕報應；他們是不同種的人類，是那種在富饒之地成長，長大之後要當總統和電影明星的男生和女生。像那樣的人，怎麼可能會覺得有任何事情會和世界末日沾得上邊呢？

（摘自《裡海之雨》，吉娜‧B‧納海第二本中文著作，即將出版，敬請期待）

文學館 E0124

天使飛走的夜晚 Moonlight on the Avenue of Faith

作者：吉娜・B・納海（Gina B. Nahai）
譯者：李靜宜

主編：周惠玲
執行編輯：翁淑靜
校文：沈羚、陳錦輝、翁淑靜

發行人：王榮文
出版發行：遠流出版事業股份有限公司
地址：台北市100南昌路2段81號6樓
電話：（02）2392-6899
傳真：（02）2392-6658
劃撥帳號：0189456-1

著作權顧問：蕭雄淋律師
法律顧問：王秀哲律師・董安丹律師
製版印刷：中原造像股份有限公司
初版一刷：2009年8月1日
行政院新聞局局版台業字第1295號
定價：新台幣360元
若有頁破損，請寄回更換
版權所有，未經許可禁止翻印或轉載
ISBN 978-957-32-6499-6
YLib遠流博識網：http://www.ylib.com
　　　　　　　　e-mail:ylib@ylib.com

國家圖書館出版品預行編目資料

天使飛走的夜晚／吉娜・B・納海（Gina B.
Nahai）作；李靜宜譯 . -- 初版 . -- 臺北市：遠
流 , 2009. 08
　　　面；　公分 . -- （文學館；E0124）
　　譯自：Moonlight on the Avenue of Faith
　　ISBN 978-957-32-6499-6（平裝）

866.57　　　　　　　　　　　　　98011247

文學館
Quill

作家的筆，是鳥的羽，載我們回到心靈最深處，築下永恆的巢